진뫼골 이야기

이 경 자

이화여자대학교에서 국어국문학을 전공했다.

충남대학교 국어국문학과 교수를 지냈으며 지금은 그 대학 명예교수이다.

《우리말과 글의 이해》,《우리말 신체어 형성》,《우리말 연구》등의 저서가 있다.

진뫼골 이야기— 그리운 우리 동네 사람들

초판 제1쇄 인쇄 2014. 7. 4.
초판 제1쇄 발행 2014. 7. 11.

지은이   이 경 자
펴낸이   김 경 희
펴낸곳   (주)지식산업사
　　　　　본사 ● 413-832, 경기도 파주시 광인사길 53
　　　　　　　전화 (031) 955-4226~7 팩스 (031)955-4228
　　　　　서울사무소 ● 110-040, 서울특별시 종로구 자하문로6길 18-7
　　　　　　　전화 (02)734-1978 팩스 (02)720-7900
　　　　　한글문패 지식산업사
　　　　　영문문패 www.jisik.co.kr
　　　　　전자우편 jsp@jisik.co.kr
　　　　　등록번호 1-363
　　　　　등록날짜 1969. 5. 8.

책값은 뒤표지에 있습니다.

ISBN 978-89-423-7062-7 (03810)

이 책을 읽고 저자에게 문의하고자 하는 이는
지식산업사 전자우편으로 연락바랍니다.

진뫼골 이야기

— 그리운 우리 동네 사람들 —

이 경 자

지식산업사

차 례

1부 큰집 이야기

2부 우리 집 이야기

3부 쪼깐네 이야기

4부 우리 마을 이야기

1부

큰집 이야기

집 터

큰집은 내 어린 시절의 싹이 돋아난 곳이고 그 싹을 키워준 터였다. 음력으로 1941년(양력으로는 1942년) 11월 26일 나는 큰집 우물쪽 갓방에서 태어났고 그 방에서 기저귀를 바꿔가며 자랐다. 내가 태어나고 얼마 되지 않아 아버지, 어머니, 오빠 그리고 나는 이씨 집안 재산의 씨앗이었던 정미소 집으로 이사를 하였다. 말만 이사였지 살림은 큰집에 소속된 부속 가지였다. 아침에 눈을 뜨면 온 식구들은 큰집에 가서 하루 종일 생활을 하였고 먹새, 입새 등 모든 관리체계가 큰아버지의 경영 테두리 안에서 이루어지고 있었다. 그래서 안흥 농장, 양조장 운영, 방앗간 관리, 농사 짓기, 물류 총배급권 등이 한 덩어리로 되어 있어서 아버지 어머니가 단독으로 할 수 있는 권한이 없었다. 세월이 가면서 하나둘씩 경영권을 넘겨받았지만 어린 우리들로서는 큰집과 우리 집이라는 분별 없이 커다란 울타리 안에 담겨 있는 공동체 의식 속에서 살았다. 더군다나 바로 이웃에는 큰고모 댁과 할머니 친정식구들이 살고 있어서 집단체제는 그 범위가 헤아릴 수 없이 큰 덩치였다. 울타리 안은 그 나름대로 규칙이 있었고 특이한 문화가 있었다.

할머니는 14남매를 생산하였으나 아들 둘과 딸 둘만 살아남았다. 큰아버지, 두 분의 고모 그리고 막내인 우리 아버지까지 네 분이었다. 장손인 큰아버지 내외가 9남매, 큰고모네 6남매, 둘째 고모(사랑재 고모라 칭하였음)네 6남매를 낳았고, 막내인 우리 아버지 5남매까지를 합하면 직계 손자만도 36명이나 되었다. 그리고 그 다음 대로 내려오면서 할머니의 손자들이 또 자식을 퍼뜨려 할머니 살아계실 때 이미 직계 자손만도 100여 명이 넘었었다. 그 가운데 둘째 고모 댁만 멀리 떨어져 살고 계셨고 다른 식구들은 모두 함께하는 삶의 덩어리였다.

큰집은 풍수지리적으로도 그 무게와 우아함을 갖춘 범상치 않은 조건을 갖추고 있었다. 우리 고을의 구조는 대방산 중요 줄기 자락 끄트머리에 남발산이 자리잡고 있었는데 그 남발산을 가운데로 하여 오른쪽에 신발산, 왼쪽에 대황부락이 긴 날개처럼 뻗어 있었고 그 날개 안쪽은 넓은 들녘이 담겨 있었다. 큰집은 대방산 정기의 줄기가 뻗어 내린 옴팡진 지역 그러니까 세 개의 부락이 ㄷ자 형태로 구성된 한가운데를 차지하고 들어앉아 있었다. 큰집 땅의 양쪽 끝에서 신발산, 남발산, 대황부락의 양쪽 뿌리가 시작되었고 앞에 펼쳐진 들녘은 두 부락을 양 날개로 하면서 몇 십리 밖 금강에까지 흐름이 계속되는 지형이었다. 큰집을 중심으로 양쪽 날개는 세 개의 겹으로 둘러쳐 있었다. 한 겹은 왼쪽의 팔방정네 집과 오른쪽의 공동 우물이고, 두 번째 겹은 동네 중간 지역의 끝이었던 왼쪽의 남발산 문석창네 집과 오른쪽의 신발산 엉철네 가게, 그리고 세 번째 겹은 왼쪽의 대황부락 끝집 정승군네 집, 오른쪽의 신발산 끝자락 채준석 집이다. 세 겹의 날개와 뒷산의 평풍, 툭 트인 들녘이 한 세트로 조화를 이루고 있었다. 드넓은 들녘과 세 겹의 날개 한가운데에 도도하게 앉혀진 것이 큰집이었고 날개들은 평풍으로 집터를 보좌해주었다. 몇 십리 밖 금강의 물빛이 너무 멀어 빛이 약하다 하여 앞 논 한 필을 방죽으로 만들어 저수지 구실과 풍수 기능을 담당케 하였다. 울안은 헤아릴 수 없이 넓었다. 남발산 한가운데를 차지하고 양쪽 동네를 가로지르는 땅 안에 집들과 밭들이 담겨 있었기에 그 넓이 또한 어린 마음에 가늠하기 어려웠다. 그 넓은 울안은 하나의 커다란 사회였고 그 형태 또한 여느 가정집과는 다른 세계였다.

　우선 대문에 들어서면 왼쪽으로 향나무 울타리가 약 10여 개 높이 층계 위로 둘러쳐 있고 몇 발자국 걸어가면 돌계단 위 향나무 울타리로 감추어진 새 사랑방을 만나게 된다. 새 사랑방 앞뜰은 길게 뻗친 정원이 있어 갖가지 아름다운 정원수와 꽃들로 화려하게 가꾸어져 있었다. 새 사랑방은 큰아버지의 영빈관이었기에 더 정성스럽게 만들고 정돈하여 손님맞이 준비가 항상 완벽하게 갖추어져 있었다. 여름에는 평상이, 겨울에는 뜨듯한 아랫목이, 봄이면 황철쭉을 중심으로 한 오색 꽃들이 가득한 곳이었다. 아이들은 평소에도 새 사랑방 근처에 얼씬하지 못하게 할 정도로 조심스럽고 고급스러운 중요 장소였다.

　새 사랑방으로 가는 계단을 오르지 않고 둥그렇게 둘러 이어져 있는 향나무 울타리를 쫓아서 안으로 돌아가다 보면 커다란 마당을 만난다. 마당 안으로 들어서면 넓게 가꾸어진 뜰을 가운데로 하여 오른쪽의 안채와 사랑채(남자 일꾼들이 기거하는 곳), 그 건너 그러니까 마당에서 볼 때 왼쪽에는 새 사랑방 옆구리로 이어진

긴 아래채 건물이 들어서 있다. 아래채 건물 위로는 목욕탕 건물과 우물이 있었고 안채 건물 뒤로는 한데(바깥) 부엌 건물과 언덕을 파서 만든 지하실이 있었다. 그 지하실은 여름 내내 냉장고 구실을 하여 여러 가지 식재료를 저장하는 저장고였다. 그리고 대문에서 들어서자마자 오른쪽으로 직각 방향을 틀면 길게 뻗어 있는 돼지우리들과 소 외양간을 만난다. 그 우리에서 키워지는 돼지들은 양조장에서 가져오는 술 찌꺼기를 사료와 함께 섞어 먹여서 술이 반 취한 상태로 자라고 있었다. 그 육질도 아마 특이한 형태의 맛을 지니게 되었을 것이다. 돼지우리와 함께 나란히 붙어 있는 소 외양간은 대농집답게 짚단을 넉넉히 깔아주어 바닥이 항상 보송보송하였다.

그 건너편에 집 한 채가 있었는데 그 집을 우리는 묵은 집이라고 하였다. 할아버지 할머니가 원래 사시던 본가였다. 그곳에서 큰아버지를 비롯하여 고모들과 아버지 형제들을 기르신 것 같다. 그 집은 이씨 가정의 뿌리였고 부자가 되게 한 원천의 장소였다. 그 집에 처음 이사를 하였을 때 할머니 꿈에 집이 불에 훨훨 타오르는 상황을 현몽받았다 한다. 그 이후 집안의 살림살이는 나날이 불어났고 시작하는 사업마다 성공을 거두면서 점점 부가 쌓여갔다. 살림이 커지고 부리는 사람들도 많아지면서 인근의 땅을 더 매입하고 터를 닦아 덩그런 기와집을 몇 채 지은 것이다. 그래도 뿌리를 보존해야 한다는 어른들의 의식 때문에 비록 짚단 같은, 보잘것없는 것들을 넣어놓긴 하였지만 소중히 여겼다. 안채 집과 멀리 떨어져 있는 외딴집 그 건물이 어린 나로서는 항상 을씨년스럽게 느껴졌다. 그곳을 가게 되는 이유는 그 집 뒤에 감나무 군락이 있었기 때문이다. 그래서 감을 줍고 따기 위해 가끔 들렀던 곳이다. 더군다나 그곳의 감은 단감이었기에 감 줍는 코스에서는 빼놓을 수 없는 장소였다. 외딴곳이어서 실컷 줍고 따먹어도 어른들에게 들키지 않아 안전이 보장되었다. 집안의 규율상 자연스럽게 떨어진 감은 주워도 되지만 나무에 달려 있는 것을 인위적으로 따는 것은 허용되지 않았다. 가을에 무르익을 때까지 기다려야 했다. 행여 익지 않고 자연 낙과되지 않은 감을 취하기라도 하면 할머니께 일러바쳐서 꾸중을 듣는 것으로 암약되어 있었다.

가을 수확 철이 되면 큰집에서는 새벽마다 작은 소란이 있었다. 이는 마당 닭장 옆 굴뚝 뒤에 있는 감나무(이 감은 땡감이어서 별로 인기가 없었다)를 비롯해서 층계에 올라서면 장독 뒤 감나무와 돼지막 옆 감나무들까지 작은 감나무 과수원 아래를 훑어가며 익거나 벌레 먹어 일찍 떨어지는 감들을 소쿠리에 담는 일들 때문이다. 누가 좀 더 일찍 일어나 그곳을 더듬느냐에 따라 수확량에 차이가 났다. 늦게 가면 먼저 훑은 뒤라서 먹을 것이 별로 없었고 요행히 훑은 이후에 떨어진 것이나 먼저 간 사람이 미처 발견치 못하고 흘린 것들을 줍는 수준으로 만족해야 했다. 한 소쿠리가 넘게 가득 담아온 감은 일단 할머니께 바쳐야 하고 어른들의 배분 명령에 따라 나누어 먹을 수 있다. 좀 덜 익은 것은 안채 마루 끝에 놓여 있는 뒤주 옆 항아리에 넣었다가 숙성된 후 먹었고, 때로는 잘생긴 감 몇 개는 작은 그릇에 담아 할머니 간식거리로 다락에 넣어드렸다. 그런데 할머니는 우리들이 얼씬거리면 불러서 사촌들 몰래 손에 쥐어주시기도 하였다. 할머니 마음에 큰집 사촌들은 흔전만전 잘 먹는데 작은아들네 손자들은 그렇지 못하니 항상 안쓰럽다는 마음 씀으로 슬쩍슬쩍 보너스 애정표현을 하신 것 같다. 늦둥이 아들 우리 아버지는 할머니에게는 항상 막내였고 불쌍한 자식이었다. 그 불쌍한 자식의 새끼들이니 그 애정 또한 각별하였다.

"어서 많이 먹어라, 내 새끼. 쯧쯧!"

눈물 콧물 닦은 명주 손수건 안에 감 두어 개 엿 두어 개 싸가지고 오셔서 우리들 손에 쥐어주시던 따뜻한 할머니였다.

울안이 넓고 나무가 많았고 건물이 여러 채였던 큰집은 그 집터 역시 여간 센 것이 아니었나 보다. 밤이면 저 밑바닥 어디에선가로부터 쿵쿵 울리는 소리가 은은하게 울안에 퍼졌다고 한다. 희한하게도 안주인 큰어머니 귀에는 그 소리가 들리지 않았고 어머니를 비롯해서 여러 다른 식구들은 그 소리를 감지할 수 있었다. 아래채의 끄트머리에는 새로 결혼해서 들어오는 식구를 맞이하는 갓방이 있었다. 방 두 개와 다락, 그리고 커다란 거실 같은 마루가 달려 있어서 신혼의 살림을 다 정리할 수 있게 만들어놓았다. 그 방의 부엌은 뒤로 돌아서 불을 지피게 되어 있었다. 아침저녁으로 군불을 지피려고 머슴들이 갔었는데 그곳은 새 사랑방 부엌과 함께 가장 외진 곳이었다. 저녁에 군불을 넣고 오노라면 바로 옆에 있는 우물가를 지나와야 하는데 그 우물에서는 이상한 인기척이 들리고 시커먼 그림자가 슬쩍슬쩍 지나가곤 하였다 한다. 우물 옆 울타리를 품고 우람한 은행나무가 한 그루 있었다. 은행나무는 그 크기가 엄청나서 한 번 따는 은행의 양이 몇 가마니였다. 은행나무 뿌리는 우물 밑바닥까지 뚫고 들어가 그 우물을 먹고사는 온 가족은 건강할 수밖에 없었을 것이다. 그래서인지 할머니는 95세, 큰어머니는 96세 고모들 또한 95세가 넘도록 장수하였다.

은행나무는 집을 보호하는 업이고 지킴이었다. 은행나무가 건강하여 열매가 많이 열리면 그해 가운이 활황이었고 그렇지 않으면 가운도 우울하다 하였다. 식구들 다 떠나고 집안이 휑해질 때 은행은 점점 열매를 많이 매달지 않았다. 그리고 은행나무 우물은 여러 가지 이야기를 안고 있는 명소이다. 물맛도 좋을 뿐 아니라 가뭄에도 마르는 때가 없고 항상 맑은 물이 넘쳐났다. 낮에는 빨래, 채소 씻기 등 살림 작업 장소로 사용되었지만 밤이면 컴컴하게 불이 꺼져 있어 발걸음을 멈추게 하는 무섬증을 주는 곳이었다. 저녁이면 안채 마루에 모여서 바느질 다듬이질 또는 다리미질을 하면서 여인네들이 밤일을 하였다. 그러면 우물에서 여인들의 깔깔대는 웃음소리가 들리기도 하고 수럭수럭 물 긷는 소리, 두레박 내려놓는 땡그랑 소리 등이 시끌벅적하게 들려왔다고한다. 호롱불을 그곳에 대고 멀리에서 들여다봐도 보이는 것은 아무것도 없었고 안채 마루에서 일하던 여인들은 서로 부둥켜안고 부르르 떨었다.

"에구머니나! 무신소리여. 아이구, 어멈 무셔라."

어머니는 각방 생활의 추억이 별로 좋지 않았다. 아버지 일본 유학 가서 홀로 남아 있던 때라 밤마다 가위에 눌려 소리치며 일어나고 우물의 술렁대는 소리에 식은땀을 흘리면서 밤잠을 설쳤다 한다.

큰아버지는 62세에 일찍 가셨다. 돌아가시기 사흘 전 안채 지붕 위에서는 커다란 혼불이 나갔는데 창공을 훤하게 비춰서 남발산 인근이 불 밝힌 듯하였다 한다. 혼불의 모양은 커다란 불덩어리로 보이지만 끝으로 가면서 길쭉한 꼬리로 끝나는 형상으로 되어 있다. 마을 사람들은 그 혼불을 보고 할머니 임종으로 예견하였다(아들인 큰아버지 임종으로는 예견되지 않았음). 흉흉한 전조는 도처에서 나타났다. 보이지 않던 커다란 구렁이가 마루 시렁 위에서 자주 늘름거려 할머니가 밥 해놓고 빌었던 일과 함께 또 다른 구렁이 한 마리가 대문 곁 탱자나무 울타리 위를 느물느물 기어가는 일도 있었다. 울타리 위의 구렁이 발견으로 집안 사람들은 물론 동네 사람들까지 발을 동동거리며 구경하고 있었는데 이를 본 사촌 오빠가 큼직한 막대기로 몸통을 때려 즉사시켰다. 집안 어른들로부터 꾸지람을 많이 들었다. 집안을 지키는 영물이라 하여 함부로 건드리지 않는 것이 불문율이었다. 인간들의 눈에 자주 나타나는 것은 무엇인가 불길한 예징豫徵인 것이었다. 집안에 불상사가 일어날 때면 구렁이가 이상한 울음소리를 냈고 잘 자라고 있던 소가 외양간에서 갑자기 죽어 있다든가, 멀쩡한 개가 괴성을 지르면서 쓰러진다든가, 조상들이 꿈에 자주 보이는 등 여기저기에서 이상 징후를 느끼게 하였다. 나는 지금도 집안에 흉흉한 일이 일어나기 전에는 며칠 간격으로 큰집 마당에서 잔치 벌이는 일과 돌아가신 선조들의 모습이 꿈에 나타나곤 한다.

그런 형태의 징후는 할머니 돌아가실 때도 비슷하였는데, 밤하늘의 혼불 창궐과 함께 그 밝음이 하도 강렬하여 마을 사람들을 불안하게 하였다. 대개 혼불은 운명하기 사흘 전이나 석 달 전에 보이는데 할머니의 경우 석 달 전 이미 불빛을 보았다는 사람들이 많았다. 큰집은 3부락민들의 관심이 유난히 집중되어 있는 곳이었다. 그 집의 흥망성쇠에 따라 먹고사는 상황이 변별되는 지역경제의 중심 구실을 하였기 때문이었을 것이다. 큰집 땅뙈기에 농사를 부쳐 먹는 일, 일거리를 얻어 품팔이 할 수 있는 일, 양조장 직원으로 채용될 수 있는 일, 안흥 농장에 파견 근무 기회를 얻을 수 있는 일 등. 이래저래 그물코처럼 연결된 부잣집과의 관계는 마을의 경제생활 명암을 좌우하는 구심점이었다.

또 큰집 터에는 도깨비들이 많이 산다는 소문도 있었다. 마을 사람들은 큰집을 에워싸고 있는 도깨비들 불빛을 자주 목격했다고 하였다. 지나가던 스님이 집터의 훌륭함을 언급했다는 소문은 입에서 입으로 전해져서 부잣집 터로서 강렬한 인식이 확산되어 있었다. 그래서인지 그 집안에서 태어난 자손들은 무탈하게 잘 자랐고, 일제 수탈시대와 6·25전쟁이라는 엄청난 사회 변혁을 거치는 동안에도 잃어버리는 자손 하나 없고 큰 재산 손실이 없었다. 오히려 일제강점기가 끝날 무렵부터는 재산이 기하학적 숫자로 증식되었다. 한창때는 돈을 가마니로 담아서 그 돈을 세느라 밤을 지새우는 일도 허다하였다 한다. 지금처럼 금융기관이 발달한 시대도 아니고 돈 넣는 궤짝도 마땅치 않아 항아리에 묻고 장롱에도 넣어두었다고 한다.

인근의 땅도 점점 넓혀 갔고 가까운 지역의 양조장들을 매입하였는가 하면, 충청도 안흥에서 간척사업도 크게 성공하였다. 가장 진보한 사업 경영에 앞장선 것이다. 큰아버지는 자식들 공부에도 관심이 많아 일찍이 동생인 아버지와 사촌 큰오빠를 일본에 유학시켰고 나머지 사촌 오빠들도 서울로, 언니까지 이화여고로 유학시킬 만큼 새로운 문물 유입에 한 걸음 다가가 있었다. 큰 집에 기식하면서 돈푼이나 얻어 쓰던 도사급 예언자들은 큰아버지 그리고 아버지 주위를 맴돌면서 집터 이야기, 산소 정비 지정, 잔칫날 택일 등 소일거리를 챙겼고 그때마다 어른들의 호주머니에서는 돈과 곡식들이 흘러 나갔다. 그들은 입이 마르도록 집터의 영험함을 설파하였을 것이다. 몇 달 만에 한 번씩 집 사랑채에 행장을 풀고 산해진미의 독상을 받아먹으면서 집안의 일들을 처리해주고 이런저런 일로 아버지의 말벗이 되어주었던 만허스님은 그 대표적인 인물이었다.

만허스님은 경태의 양아버지라고 놀려대었던 사람인데, 그는 아버지에게 달라붙어 감언이설로 묘지 결정, 가묘 작업, 묘지 이전, 가건물 시설 향방 등을 조언해주었다. 그의 예지력은 뛰어나서 할머니 묘지를 이장할 때 지팡이로 산 내부의 혈인 새빨간 땅줄을 집어내어 그곳에 참석한 수많은 사람들에게 놀라움을 준 적도 있다. 그가 정해준 산소 자리에 아버지 어머니를 모시고 자손의 영광과 번창을 점지해주어서 오늘날 우리 형제와 자손들로 하여금 그 덕분에 영광이 존재한다고 믿게 하였다. 터가 주는 영험성이 어떻게 효력을 발휘했는지 설명할 수는 없지만 터의 기가 세고, 그 강렬하게 품어내는 정기의 영향을 받아 불같이 일어난 우리 집안의 재산과 그에 따른 영광은 부인할 수 없는 미스터리 가운데 하나이다.

할머니의 기품

할아버지는 몰락한 양반의 후손으로 충청도 한산에서 살다가 전라도로 오신 분이었다. 내가 어렸을 때 할머니에게서 단편적으로 얻어 들은 이야기이다.

"고을의 원님이 부임해 오면 맨 먼저 증조할아버지께 인사를 드려야 할 정도로 지체 높은 분이셨다."

"원님과 함께 말을 타고 사냥을 하셨다."

전주이씨 왕손의 후예라고 긍지를 심어주었던 가계에 대한 이야기는 믿거나 말거나 하는 루머가 난무하는 이 시대에 내로라할 만한 이야깃거리가 아닌 것 같다. 대야면 심복에 살고 있는 사촌들이 이따금 할머니를 찾아뵙곤 하였다. 할머니는 그들을 귀하게 맞았고 큰아버지·아버지도 안팎이 다 그네 식구들을 거두어 도움을 주었다. 집안에 큰 행사라도 있을 때면 모두 모여 한 가족으로 행세하였다. 또 그들의 사촌들도 우리 마을 남발산에 갑석이 아저씨, 대황부락에 장엽 아저씨 가족이 살았다. 갑석이 아저씨는 사관 침을 좀 놓을 수 있는 기술이 있어 돌팔이 의원질도 하였다. 나는 예나 지금이나 과식을 잘해서 자주 그 아저씨의 침을 맞았

할머니의 모습

고 피마자기름을 먹으라고 해서 억지로 들이마셨다. 그 느끼하고
구역질 나는 기름 먹던 기억은 갑석이 아저씨와 함께 떠오르는
동일 장면이다. 심복 할아버지 계열이 할아버지의 사촌뻘이니 우
리에게는 10촌쯤 될 것이다. 더욱이 장손인 점동 오빠에 대한 어
른들의 태도는 정중하였다. 매해 명절에는 곡식과 고기 술 등을
보내서 제사에 소홀함이 없게 하였고 그들은 또 할머니에게 세배
인사를 드렸다. 장손 오빠 다음인 일천이 오빠는 마라톤 선수여

할머니(왼쪽)와 소산리 언리(오른쪽), 기홍(가운데)

서 항상 팬티 바람으로 대야에서 군산까지 뛰고 다녔다. 이씨 집 안 유일한 대표선수 운동맨이었다. 그들 후손들이 집안의 대소사 에 아직도 함께 참여하고 궂은 일을 담당하며 유대를 끊지 않고 있다.

할머니 역시 고창의 몰락 양반의 딸이었다. 서로 어려운 형편 에 그래도 양반을 찾다 보니 멀리에서 혼처를 구한 것 같다. 할머 니는 앞에서 잠깐 언급하였지만 언행이 분명하고 성품이 사려 깊 어 말씀이 없어도 주위 사람들을 긴장케 하는 고결한 인품을 지 닌 분이었다. 그녀의 품은 하도 깊고 넓어서 그 많은 재산과 사람 들을 하나로 품을 만큼 넉넉하였다. 할아버지는 까다로운 분이었

큰집 사랑방 앞 정원

다. 전형적인 양반이 갖고 있는 이기심과 외골수, 순수함 그리고 심약함은 할머니의 일방적인 말씀이니 정확한 표현은 아닐지도 모른다. 그러나 아버지 어머니의 말씀을 유추하고 할아버지를 많이 닮았다는 후손들 가운데 몇몇을 통해 맞추어보면 대체로 윤곽을 가늠할 수 있다. 할머니는 그런 할아버지를 조용히 그리고 엄하게 뒷바라지하였다. 할아버지의 언행을 질책하고 다독이면서 그녀의 기품으로 다스렸다. 우리들은 할머니의 엄격한 틀 안에서도 따스함만을 찾아내는 몰이꾼들이었다. 엄격한 나무람을 살살 피해갔고 그녀의 규율을 살짝 깨뜨리면서 새로운 우리 세계를 구축해갔다.

자식을 14명이나 낳았지만 다 잃고 큰아들인 큰아버지, 큰딸인 고봉 고모, 그리고 사랑채 고모, 상작 고모, 다음 48세 늘그막에 아버지를 막내로 낳았다. 어린 숙부에 대한 사촌 오빠들의 섬김은 특별한 것이었다. 더욱이 한 살 차이밖에 안되는 삼촌을 대

할머니(왼쪽), 어머니(가운데), 큰어머니(오른쪽)

하는 큰오빠의 자세는 아버지가 돌아가신 장례장에서까지 감탄할 정도의 예의를 보여주었다. 큰오빠의 아내인 올케도 아들딸 같은 우리에게 '아가씨, 도련님' 하며 극진하게 예의범절을 지키는 분이었다. 이따금은 예의 바르지 못함을 나무라기도 하였다.

"아가씨, 채신없이 행동하면 집안에서 잘못 배웠다고 욕먹어요."

95세까지 장수하셨던 할머니는 기어코 큰아들을 앞세웠다. 큰아버지가 62세에 돌아가셨으니 할머니의 장수가 그런 순서를 기다릴 수 없었나 보다.

새벽에 감나무밭을 훑는 것을 감시하셨던 할머니, 들키면 생으로 땄나, 주워 왔나 점검하셨다. 목욕물 데우느라 군불 때면 나

무 많이 없애고 몸뚱이 기름 빠진다고 질책하셨다. 하수구에 밥
풀 떨어져 있으면 복 달아난다고 야단쳤고 밥 먹은 뒤 밥그릇에
밥풀 남겨져 있으면 농사짓는 농부들 피땀 생각하라고 하셨다.
당신 속옷, 버선, 앞치마들은 덕지덕지 기워 입으시면서 흉년 들
던 해, 밥때만 되면 몰려들던 굶주린 사람들에게는 손수 밥그릇
들고 다니면서 퍼주셨다. 큰아버지는 구휼미 수백 가마니를 인근
부락에 풀어 굶주림에 죽어가던 사람들을 구해주었다. 목욕물 군
불을 아끼시고 속옷 기워 입던 우리 집안 어른들, 그들의 삶의 태
도는 내가 나이 들어 살아가는 길의 좌표가 되었고 또한 그렇게
살고 있는 나 자신을 발견하게 만들었다. 남편이 나라의 곳간을
지키는 은행의 총수가 되었을 때 나는 그에게 말했다.

"당신이 지켜야 하는 곳간은 전 국민이 먹고사는 양식이 들어
있는 곳입니다. 내가 어린 시절 밥 한 톨 때문에 야단맞았는데 당
신도 밥 한 톨 새어 나가지 않게 잘 지켜야 합니다."

남편의 양말을 깁고 자식들의 속옷을 기우면서 나는 그 옛날 할
머니가 내놓은 뜨지버선 다섯 겹 깁던 어린 시절을 생각하였다.
그들이 어떻게 호남의 갑부가 될 수 있었던가를. 내가 그들의 삶
안에서 자라지 않았다면 이 나라 곳간 지킴이와 함께하는 사람이
될 수 있었을까. 내 몸속에는 그런 할머니의 정신과 피가 흐르고
있을 것이다.

비범한 큰아버지

큰아버지는 어린 시절부터 비범하여 주변 사람들에게 신뢰감을 주고 존경받는 분이었다. 효심이 극진하고 근면 성실하여 할머니와 함께 가세 일으키기에 전념하셨다. 하는 일마다 성사되고 만나는 사람마다 일을 주어 큰아버지 성장 이후에는 가산이 불어나기 시작하였다.

큰아버지는 아침마다 자전거로 할머니 댁 방문을 빠뜨리지 않고 실행하였다. 큰집 가는 길목 우리 집에 들러 동생 내외 안부와 조카들을 두루 살피고 정미소 경영 농사 진행들을 살핀 뒤 할머니 뵈러 큰집으로 향하였다. 할머니께는 빠지지 않고 큰절 올리고 아침 밥상을 함께하였으며, 일꾼들을 불러 일을 지시하고 아들딸들 모두 점검하였다. 지금처럼 자가용이 없었던 시절 인근의 재산 상황을 자전거를 이용하여 보살피러 다녔다. 우리들도 할머니 뵈올 때는 하루 만에 만나도 큰절 하는 것이 일상이었다. 집안 어른은 말할 것 없고 다른 집 어른을 뵐 때도 꼭 큰절을 하는 것을 예법으로 익혔다. 결혼 후 시댁에 갔을 때 나의 그런 행동에 시부모님들이 놀라서 만류하셨고 그 이후 나도 버릇이 나빠져서 어린 시절의 예법 태도가 망가져 버렸다.

　큰아버지는 큰어머니와 일찍 혼인하여 14명의 자식을 낳았고 그 가운데 9명을 건져 5남 4녀의 다복한 가정을 이루었다. 바깥의 일을 마치고 집에 돌아오면 할머니에게 인사한 뒤 자식들에게 둘러싸인 퀴퀴한 이불 속으로 기어들었고 둘만의 은근한 웃음소리가 밖에까지 들렸다 한다. 14명을 낳는 동안 그들의 금실은 의심할 바 없는 찰떡이었을 것이다. 이에 할머니는 시샘을 하였고 며느리 시집살이의 간접 요인이 되었다. 큰아버지가 지경 큰어머니를 작은댁으로 들였을 때도 할머니는 오히려 반기는 태도였다고 한다. 남편을 빼앗긴 비통함에 가슴 찢기는 아픔이 있었지만 내색도 하지 못하였다. 작은댁 본 이후에도 이따금 본댁 큰어머니와 합궁하여 막내인 영순 언니를 낳았다. 어쩌다가 큰아버지께서 큰어머니 침실에라도 들면 할머니는 헛기침 하면서

　"어서 지경 가그라. 늦겄다. 에헴."

　어서 떠나기를 재촉하였다. 큰어머니 가슴에 원한의 앙금을 남긴 그 한마디가 얼마나 큰 적대감으로 남았을까. 시퍼런 시집살이와 싸늘하게 식어버린 남편의 시선 속에서 웃음 잃은 세월을 보내셨다. 모든 경제 권한을 작은댁에게 일임하여 생활비까지도 그녀 손에서 얻어 써야 했다. 사촌들에게 필요한 학비, 용돈, 머슴들 새경 등 작은댁 중심의 경제 운용이다 보니 사촌들의 불만과 큰어머니의 가슴앓이가 더욱 커졌다. 큰어머니는 시부모님 모시고 자식들 기르면서 실권 없이 살아야 하는 시골의 향처이고, 작은댁은 손님 대접과 사업 운영 그리고 경제적 실권을 쥔 읍내의 경처였다. 그런 시름 많은 큰어머니에게 우리들까지 엉겨 붙

큰아버지 안흥 농장 송덕비 앞의 가족들. 왼쪽 맨 윗줄에 고묵 언니, 본인, 영순 언니, 큰오빠, 원영 오빠, 병구 오빠. 둘째 줄은 상작 고모, 오산리 언니(기흥), 일례 언니, 어머니. 아랫줄은 작은큰어머니, 큰고모, 큰어머니. 오른쪽 윗줄은 큰아버지, 오빠(근형), 일천 오빠. 아랫줄은 아버지, 점동 오빠, 형진 오빠, 장엽 아저씨, 경의 오빠.

어서 큰어머니를 가운데 하고 옆자리, 윗자리, 아랫자리 삥 둘러 누워서 잠을 자고 또 뛰면서 놀았다. 시끄럽게 뛰노는 아이들의 소란스러움에도 아랑곳하지 않고 하나로 보듬어주는 공동의 어머니였다. 원영 오빠, 영순 언니, 경의 오빠, 나, 경태, 또 큰오빠네 아이들, 둘째 오빠 통사리 식구들. 사촌들은 사촌이 아니고 조카들은 조카가 아니었다. 우리들은 큰어머니라는 비옥한 땅에 뿌리 박고 자라난 꿈나무들이었다. 우리에게는 사촌이라는, 조카라는 개념의 선이 없었다. 큰집은 우리들 영혼의 터였고 그 영혼에 뼈와 살을 붙여주던 밭이다. 그 밭의 한가운데에 솟아 있는 하늘만한 거대한 산인 큰아버지가 계셨고 산자락에 펼쳐진 밭에는 큰어머니라는 따스한 양지가 있었다. 할머니는 우리들을 밭에 심어주는 질서였다.

재산 증식의 재미는 여기저기에서 이루어졌다. 6·25전쟁 때 그 많은 현금을 보관할 수 없어서 발산 안집으로 운반해 온 돈을 수많은 항아리에 담아 땅에 묻었는데 어린 시절 오빠는 그 현장을 목격하고 오히려 몸이 벌벌 떨렸다고 한다. 현금과 귀중품은 땅에 묻고 9남매 몫의 패물과 보석들은 손으로 열 수 없는 돈궤에 담아 보관하였다. 그 패물들은 얼마나 많이 사놓았던지 큰아버지 돌아가시고 수십 년 후 막내들 형진·원영 오빠와 영순 언니 혼사 때까지 요긴한 패물로 사용되었다. 서민들은 가난으로 굶주리고 있을 때 수백 가마의 쌀을 사서 농주를 만들고 그 농주는 여타 음료수로 돈을 달아주었다. 오일장 대야 장날에는 장터에 오는 사람들에게 무상으로 술과 밥을 주어 저녁 때가 되면 삼거리가 흥청망청하는 거리가 되었다 한다. 아버지 친구들도 양조장에서 나오는 특주를 얻어먹기 위해 그 근처를 알짱거렸고 양조장 사랑방은 거나하게 취한 친구들로 항상 북적거렸다. 동생 친구들을 유독 사랑하셨던 큰아버지다. 아버지 친구 박동근 씨가 도의원에 출마하니 경제적으로 후원해주었고 통일당 당수 양일동 씨가 국회위원에 출마하니 그 후원도 기꺼이 담당하셨다. 또 아버지의 가장 친한 친구 최봉한 씨를 사업 관리담당 총책으로 앉혀놓고 무시로 드나들며 말썽 피우는 동생의 만행을 넌지시 지켜봐 주었다. 아버지를 호랑이처럼 질책하였지만 동생 사랑은 무엇에도 견줄 수 없이 깊었다.

인근 지역의 대들보였던 큰아버지는 키가 크고 이목구비가 뚜렷하였고 갸름한 미남의 얼굴이었다. 더욱이 외모 관리에 마음을 많이 쓰는 그 시대 멋쟁이셨다. 중국 송방 사람들은 안사람들의 비단 옷 마련만을 위해 부름받은 것은 아니었다. 동생과 아들들에게도 몇 벌씩의 양복을 짓게 하였고 큰아버지는 수십 벌을 맞추어 친구들이나 지인들에게 선물하기도 하였다. 여러 벌의 옷을 이것저것 골라 바꾸어 입으면서 매무새를 다듬었다. 서울에 가면 미스꼬시(미도파백화점)에 들려 옷가지들을 샀고 이를 적절히 사용하면서 최신 유행에 뒤지지 않게 자기 관리를 철저히 하는 분이었다. 식구들의 옷매무새에도 관심이 많아서 명절 때가 되면 그 관심을 실행에 옮겼다. 군산에 있는 중국 사람인 송방 주인을 불러서 비단 옷감을 고르게 하였다. 그날은 안살림하던 여주인들과 새언니, 딸들이 마음 설레는 하루가 되었다.

"뙤놈 주인허고 뒷서두리 허는 놈 하나가 따라온다네. 밥상 하나 깨깟이 준비혀놓게나."

큰어머니는 민식이 어멈에게 당부한다.

"요새는 양단보다 호박단 하비단이 더 좋아유."

"시꺼! 뭐니 뭐니 혀도 양단 유똥이여."

"모본단도 색깔은 괜찮지."

설왕설래하는 동안 송방 사람들이 도착하였다. 여러 종류의 옷감을 방안에 펼쳐 놓으면 안식구들 우르르 달려들어 이것저것 몸에 걸쳐보고 소란을 피웠다.

"암만 혀도 안주인들은 양단이 갠찮은디유."

어머니는 나를 부른다.

"갱자야, 이리 쪼매 와봐라. 무엇이 좋겠능가? 어디 한번 몸딩이 우에 대봐야긋다."

"작은어머니는 바느질 솜씨가 좋응게로 색동 저고릿감 끊어도 되겠유."

어머니의 바느질 솜씨 덕분에 갖가지 색깔의 색동 옷감을 바쳐 만든 양단저고리에 하비단 치마를 입게 되었다. 명절 때 할머니의 입성만은 항상 어머니가 지어드렸다. 다른 사람의 솜씨를 신뢰하지 않았고 또 그것이 효도라고 생각하신 것 같았다. 식구들 옷은 재방침네나 백운네를 시켜서 만들었는데 명절날 입고 나온 옷 모양을 보고 어머니는 조용히 비웃었다.

"시상에 바느질을 어떻게 혔간디 몸딩이허고 옷이 따로 논다냐. 에이 쯧쯧."

은근히 당신 솜씨 자랑 말투다. 여자들에게는 이렇게 호사스런 옷치장을 해주었고 남자들은 엉구나 태천이에게 시켜서 양복을 짓게 했다. 물론 사촌 오빠들은 대처에 나가 더 멋진 양복을 지어 입었지만.

큰아버지는 안식구들의 용태까지 보살피는 자상함을 지니셨는가 하면 머리칼 하나도 흐트러짐이 없었고 언행에 고고함과 단정함이 배어 있어 범접할 수 없는 위엄의 용태를 갖추고 있었다. 사람을 끌어들이기도 하고 밀어내기도 하는 독특하고 진한 빛깔을 지닌 분이었다. 그 앞에 가면 주눅이 들고 기에 눌려 표현 방법을 잃게 되는 특별한 분위기 연출가였다. 아무도 헤아릴 수 없는 수많은 방법의 경영 카드를 가지고 있어서 만나는 사람마다, 상황의 변화에 따라 대처할 수 있는 탁월한 지략의 역량 샘물을 안고 있었다. 사업을 시작하면 밑그림을 그리고 그 위에 어떤 모자이크를 해야 하는지, 성공으로 가는 지름길을 알고 있었다. 그러기에 시대를 뛰어넘는 사업에 용감할 수 있었다. 그 시대 가장 촉망받는 사업이 정미업이고 양조업이고 농토 확장 사업이었다. 일제의 만행이 퇴락기에 접어들고 있었고 양식 증산을 위한 국가 정책이 바야흐로 절실하게 요구되던 때였다. 다른 생산업이 없었던 때라 농산물 중심, 더욱이 양곡 관계 사업이 중요 산업 업종이 될 수밖에 없었다.

우리나라 굴지의 재벌가들이 그 시기에 가장 먼저 시작하였던 사업이 양조업, 정미업이었다는 사실을 우리는 근대 경제학사에서 간파한 바 있다. 일제강점기 발산에 자리 잡고 농장을 운영하던 일본인 히마다니〔都谷〕의 농장에서 일하면서 농장주의 사업 수완과 관리 능력을 지켜보았다. 그 수습 과정은 밑거름이 되어 호남평야의 곡물을 수탈해가는 일제 만행의 길목에서 양조장과 정미소를 경영하는 진로를 가늠할 수 있게 하였고 또 탁월한 발상의 주인공이 되었다. 인근의 다른 양조장에까지 사업 영역을 확장하는가 하면 여타 지방의 술과 변별성을 두기 위해 여러 가지 실험 연구도 하였다. 거기에 농업 기반 산업의 특성을 살려 큰아들은 대처의 이리 시내에 농기구 공장까지 경영하였다.

가장 큰 업적은 충청도 서산 안흥에서 간척사업을 성공시킨 일이다. 지금도 국책사업의 일환으로 새만금 간척사업이 국가 이익에 대단한 기여를 하고 있음을 우리는 알고 있다. 자금도, 장비도 변변치 못한 여건에서 바다를 막아 몇 십만 정보의 땅을 일궈낸 일은 우리나라 지도를 재편한 커다란 역사적 업적이 아닐 수 없다. 정미업이나 양조업 물류업 등의 지역사회에 한정되어 있던 사업 규모로는 만족하지 못했던 그의 가슴에, 끝없이 펼쳐진 바다는 또 하나의 큰 사업 야망의 불이 꿈틀거리게 하였다. 저 드넓은 바다를 내 손 안에 움켜쥐어야만 한다고 결심한 것이다. 그때 국가에서는 국토 확장과 곡식 양산을 위한 정책으로 간척사업에 나서는 사업체에게는 적극 지원을 해 힘을 실어주던 때였다. 지금처럼 교통이 원활치 못한 어려운 여건이었지만 큰아버지는 해안을 따라 남쪽에서부터 북쪽 신의주까지 자전거 하나에 몸을 의탁하고 탐사에 돌입하였다. 죽을 고생을 수없이 겪으면서 이곳저곳을 면밀하게 훑어보고 또 조사하였다. 결코 현대식 지리학이나 토목학 교육을 받은 분도 아니다. 감각과 사업 야망이라는 하나의 목표만을 안은 채 긴긴 여행길에 들어선 것이다.

북쪽을 거쳐서 충청남도 태안반도를 끼고 안흥이라는 지점에 도달했을 때였다. 이상한 기운이 큰아버지 발길을 끌어당겼다. 정신을 차리고 주위를 둘러보았다. 간척에 적합한 요건인 바다를 안은 반도형 지형을 만난 것이다. 바다를 안은 저쪽 땅과 이쪽 땅의 거리가 짧고 그 땅들은 산으로 둘러쳐 있어서 바다의 둑이 되어줄 수 있는 천혜의 요지였다. 땅 가운데를 가로질러서 둑을 만들면 커다란 평야가 만들어질 수 있다. 그 평야는 몇 십만 정보는 될 듯하였다. 집에 돌아온 큰아버지는 사업 구상에 밤잠을 설쳤고 계획은 구체화되기 시작하였다. 국가적인 지원, 집안 사람들의 전력투구 경제적 지원, 우리 외할아버지의 재정 보증 등, 신은 큰아버지 쪽에 손을 들어주었고 사업은 우여곡절을 겪으면서 성공하였다. 해마다 1천여 가마의 양식이 생산되는 들녘을 안게 되었고 그 들녘 안 산모퉁이에 들녘 관리를 위한 농장도 지었다. 그 이름은 근흥 농장. '근흥'이라는 큰아버지의 호를 따서 지어진 이름이다. 안흥사업 실행 과정에서 벌어진 애환을 구체적으로 알고 있던 선친들은 이제 그 많은 이야기를 가슴에 담은 채 이 세상의 생을 마감했고 후손들은 저편으로 스러져간 기억의 파편만을 주워서 이야기해야 하는 답답함이 있을 뿐이다. 몇 년 전 우연히 안흥에 갔던 적이 있다. 찬란했던 이씨 집안 관리 시대의 흔적은 알 길이 없고 큰아버지 송덕비는 한쪽에 쓰러져 내동댕이쳐져 오가는 사람들의 발길 아래 이리저리 밟히고 있었다. 너무 늙어 눈도 제대로 뜨지 못하는 어느 할아버지가 희미한 옛날을 더듬으면서 들려준 한두 마디 이야기와 함께 나는 다시 서울로 발길을 옮겼다.

"우리들한테는 하느님이었지. 그 양반이 안 계셨으면 피죽도 못먹던 우리가 어떻게 살았겠능가. 다 굶어 죽었지. 새끼덜은 그것도 모르고 주인을 내쫓을라고 혔어. 공도 모르는 놈들. 죄 받을기여. 죄 받고 말고."

이 시대 현대그룹의 총수였던 정주영 씨가 태안반도에 간척으로 기적을 만들었다면, 그 시대에는 큰아버지가 안흥의 바다를 막아 기적을 만드신 것이다. 지금 생각하면 어마어마했던 그 들녘에 대해 자긍심을 가졌어야 했는데 나는 그때 그런 내용을 의식할 만큼 성숙한 나이가 아니었다. 다른 지주들은 기존에 있는 땅을 이용해서 소작농들을 부렸고 그곳에서 이익을 취했지만, 큰아버지는 바다를 막아 땅을 만들었고 그 땅에서 수많은 사람들이 양식을 취할 수 있게 하였다. 몇 번의 실패를 겪는 사이 다른 사람들도 그곳에서 사업을 시도하였지만 참여했던 사람들에게 수없이 패망과 좌절을 안겼던 곳이었다. 그러나 신은 우리 집안에게 성공의 주사위를 던져주었다. 큰아버지가 앞에서 달렸고 가족들은 혼신의 힘을 얹어서 뒤따라 달려 고지에 함께 도달하였다. 몇 번의 실패를 거듭할 때마다 새로이 거푸집을 짜고 바다에 던져서 물막이를 하였는데 한번 일을 시작할 때마다 그 비용 부담은 가족들의 몫이었다. 속옷을 누덕누덕 기워 입고 끼니까지 아끼면서 경제력 보강에 진력하였다. 어머니도 집안 살림을 총지휘하면서 외갓집의 도움과 함께 안흥사업에 매진, 힘을 보태었다. 큰아버지는 그런 어머니의 노력에 감동하여 입버릇처럼 치하하였다.

"내 이 일을 성공만 하면 제수씨 공은 잊지 않을 꺼유. 동상도 여그 한몫 있응게 더 노력허자구유."

여자 어른들은 밤마다 공단지에 물 마를 날 없었고, 정수리는 항상 젖어 있었다고 한다. 거듭되는 실패로 실의의 발걸음이 거푸집 물막이 장소에 도착한 어느 날 새벽이었다. 모두는 눈을 의심하였다. 바닷물이 물막이를 다 쓸어가 버리곤 하였던 그곳에 새끼줄과 함께 모래 언덕이 줄지어 생성되어 있지 않은가. 어디에서 새끼줄이 왔는지 언덕을 누가 만들어 주었는지 아직까지도 풀리지 않는 숙제로 남아 있는 그 사건. 아마 밀물 썰물이 물막이를 만들어주었을 것이다. 그런데 그 많은 사람들이 시도했던 그 장소에서 웬일인지 우리 집안 거사 때에만 새끼줄과 언덕 막이를 허해주었다. 인간의 힘은 이미 한계에 와 있었다. 우리를 도와주고자 신께서 왕림하신 것이다. 우리 집안의 신화 가운데 하나가 안흥 간척사업의 물막이 사건이다. 어른들은 그 일을 신의 조화라고 굳게 믿고 있었다. 신의 은혜를 받은 자손들이다. 후손들에게도 그렇게 이야기되어 내려오는 일화이다. 인간은 하나하나가 신이 계획해놓은 작품이고 그 궤도를 벗어날 수 없다는 것을 깨닫게 한 결과였다.

"이 세상에는 보이지 않는 이치가 있다. 순리대로 살아야지 도를 벗어나면 안 된다."

정직하고 바르게 살아야 한다는 가족령이었다. 그 도道는 바로 신의 힘이라고 설명된다. 당산에 물 떠 놓고 빌고 또 빌던 어른들의 가르침이 바로 '이치, 순리, 도, 신' 같은 내용이었다. 내가 세상에 태어나기 전 일어난 일이었다. 내가 자라나고 있을 때는 이미 안흥 농장이 자리를 잡고 있어서 어른들이 쌓아 올린 노력의 탑 위에서 풍요를 누렸다. 큰아버지의 검소, 정직, 근면, 예의 가정교육은 후손들에게 본이 되었고 로열 패밀리라는 긍지를 심어 주었다. 한발 앞서간 그분의 추진력과 경영 능력은 각각 다른 진로로 이 시대를 걷고 있지만 후손들에게 쥐어준 영향력은 '하면 된다'는 자신감의 선물로 가슴속에 자리잡았다. 사업이 활짝 피어 활발하게 진행되고 안정되어 노후를 화려하게 살 수 있었던 큰아버지, 62세의 짧은 생으로 한 시대를 막음하고 생을 마치셨다.

진뫼 활극

소란스런 바깥 소리에 눈을 뜨면 안마당은 어느새 깨끗하게 빗자루로 정리되어져 있었고 두어 명의 머슴들이 우물에서 물을 길어 부엌 바닥에 묻힌 커다란 항아리에 붓고 있거나 물지게를 지고 종종걸음을 치는 것을 보게 된다. 겨울에는 사랑방 부엌에 걸려 있는 무쇠솥에 물을 끓여 식구들의 세숫물과 부엌에서 사용하는 난방용 물 준비를 하였고 눈이 많이 오는 날에는 마당의 눈 치우기에 바빴다. 세수하고 간단한 세탁을 할 수 있는 돌바닥은 사랑방 아궁이 무쇠솥 앞에 만들어져 있었다. 그 아래에는 하수구가 거름망을 올려놓아 설치되어 있었다. 한겨울에는 하수구 앞마당에 물을 끼얹어서 미니 얼음판이 만들어졌고 우리들은 그곳에서 얼음지치기 놀이도 심심치 않게 할 수 있었다. 물론 큰집 앞 공동 우물 아래 파놓은 방죽이나 동네 물 담아놓은 논에서 큰 놀이는 하였지만 아직 어린 아이들에겐 마당에 마련하여 얼려놓은 얼음판이 쓸모 있는 놀이터가 되어주었다. 아이들이 놀거나 외부 사람들이 오가는 것을 살피는 아주 작은 관망대가 있었는데 안방 미닫이문 중간의 하단에 붙여놓은 가로 세로 10여 센티미터가량의 유리가 문풍지에 덮여 걸려 있었다. 안방에 앉아 있는 식구들은 수시로 그 관망대를 통하여 바깥 상황을 살필 수 있었다.

머슴들 기거하는 사랑방 앞에는 잔디가 깔려 있고 아름답게 가꾸어진 정원이 있었다. 그 정원에는 돌로 깎은 말 한 마리와 각종 체육시설 그리고 명절 때는 널뛰기 장비까지 마련되어 있었다. 오빠들은 수시로 그곳에 가서 역기, 아령, 높이뛰기, 철봉 등으로 체력을 단련하였고 조무래기 우리들은 그네뛰기와 널뛰기랑 새끼 역기들을 들기도 하였다. 또 매달리기도 하였는데 그 덕분인지 나는 매달리기 기구를 상당히 잘 다루는 소녀였다. 두 손으로 매달리기, 철봉대와 머리 사이로 다리를 거꾸로 집어넣는 어려운 운동까지도 할 수 있었고 그네뛰기는 꽤나 잘해서 이리여중학교 교정 앞 운동장 끄트머리에 설치되어 있는 커다란 그네에서 솜씨를 발휘해서 친구들을 놀라게 한 적도 있었다. 새끼 역기를 들썩거렸던 실력은 제법 다른 친구들을 능가하는 정도가 되기도 하였다. 돌로 깎아 만든 말은 우리들이 가장 많이 애용한 놀이 기구였다. 서너 명이 한꺼번에 올라 타 밀고 당기면서 떨어지고 깔깔대면서 한바탕씩 놀았다. 오빠들은 그곳에서 체력을 단련하여 근육이 불끈불끈 튕겨져 나온 어깨와 양 팔을 서로 뽐내면서 경쟁을 하였다. 더구나 막내 사촌이었던 원영이 오빠는 몸이 날렵하고 맵시가 좋아 그중 뛰어난 실력을 발현하였다. 긴 장대로 높이뛰기 연습을 할 때면 우리 모두를 감탄케 하였는데 오빠는 장대높이뛰기 전주고등학교 대표선수였다. 서로들 권투하는 폼으로 뛰는가 하면 넓은 마당에서 달리기도 하였다.

전주북중학교와 고등학교는 전라북도에서는 가장 수준 높은 좋

본인, 영순 언니, 형진 오빠, 경의 오빠, 경태, 기호.

은 학교였다. 큰아버지의 진보적인 교육 방침에 따라 일찍이 아버지를 비롯해서 사촌 큰오빠 등이 일본 유학을 한 여파와 함께 여타의 오빠 언니들이 서울로 보내졌고 아래 오빠들인 형진, 원영 그리고 우리 오빠 경의 등은 전주북중으로 유학시켰다. 그들이 방학 때 돌아오면 집안은 가득하여 두 집 식구들은 이 집 저 집 드나들면서 방학을 즐겼다. 함박눈이 소복하게 쌓인 날 사촌 오빠 언니들이 오면 어머니는 야무진 손끝으로 갖가지 반찬을 만들어 맛있는 점심을 마련하여주었고 쑥, 인절미, 오꼬시(강정) 등을 내놓아 간식으로 먹게 하였다. 아랫목에 발을 넣고 동네 소식이랑 이런저런 이야기를 하면서 하루를 놀다가 갔다. 그래도 우리 집이 마을의 중심지로서 동네의 최신 뉴스를 가장 먼저 접하게 되는 곳이었다. 우리 집에는 항상 화젯거리가 풍부하였고 저 깊숙이 들어앉은 안동네에서조차 궁금한 마을 소식을 듣고자 공연히 와서 눌러앉아 한바탕씩 수다를 떨고 가기도 하였다.

운동으로 신체 단련을 열심히 하고 서로 근육 자랑과 힘자랑을 겨루었던 오빠들에게 무료함을 달래줄 기회가 왔다. 군산 깡패 몇 명이 평화롭기만 하였던 마을에 나타난 것이다. 마을 이곳저곳을 어슬렁거리면서 괜스레 여기저기 시비를 걸고 있었다. 그 시빗거리에 마침 경의 오빠가 걸려들었다. 그 시절 깡패들은 무서울 정도로 극악했고 막돼먹은 아이들이었다. 깡패들 세계에는 계파가 있었다. 전국에서도 이리역 중심으로 껍적대는 깡패조직이 가장 무서운 힘을 가졌다고 소문 나 있었다. 이리는 여수로 가는 전라선, 목포로 가는 정읍선, 대전으로 가는 대전선, 군산으로가는 군산선의 열차가 교차하는 교통의 요충지였다. 외지로 가는 모든 교통망이 반드시 이곳을 통과해야만 하기 때문에 대전, 전주, 정읍, 군산 계파의 깡패들이 집합된 곳이다. 그래서 외지 패거리들은 일단 이리 지역 집단의 허가 없이는 그곳을 지나칠 수 없다. 막강한 힘의 근원지 구실을 하는 조직이 바로 이리 역전 주변을 석권하고 있는 조인식파였다. 각 열차를 활동 무대로 하는 계파들은 저마다 성격이 조금씩 달랐다. 그 가운데 내가 이용하는 군산선 활동 조직으로는 와가리파와 김동오파가 있었다.

와가리는 큰집의 대야 양조장 한편 작은 가게를 얻어 장사를 하고 있는 정육점집 아들이었다. 그 건물은 물론 우리 집안의 것이었기 때문에 우리에게는 깍듯한 예의를 보이는 처지였다. 그들은 대대로 백정의 자손으로 그때만 해도 백정이라는 신분이 저자세로 생활할 수밖에 없는 사회 상황이었다. 말투까지도 그네들에게는 '하게'라는 표현을 사용하였다. 나는 그 집 아들 와가리의 비호를 받으면서 중·고등학교 시절을 무사히 지낼 수 있었다. 그 무서운 조직들이 싸움판을 벌이는 광경을 몇 번 목격한 적이 있다. 칼부림을 하여 누군가를 찔러댔고 피를 흘리면서 악을 쓰며 실려 가는가 하면 악다구니와 욕설을 퍼부으면서 기차 바닥을 피비린내로 얼룩지게 하여 승객들을 공포의 도가니로 몰아넣는 싸움판이었다. 우리 식구들에게 그토록 공손하였던 와가리가 그 싸움의 우두머리였다. 손에 피 묻은 칼을 거머쥐고 상대방 적군을 무자비하게 구타하던 대야역 마당은 피바다였다. 그런 경험이 있었기에 외지로부터 유입되어 온 깡패들에게 공포를 느끼지 않을 수 없었다. 일단 이상한 사람들이 마을에 나타나면 수군수군하면서 아이들과 노인들 그리고 청소년들을 집안으로 피신시켰다. 더욱이 청소년들은 그들의 공격 목표가 되기 쉽기 때문에 위험을 피하고자 하는 어른들의 배려는 더했을 것이다.

깡패들은 복장부터 여느 사람들과 달랐다. 바지가 심하게 퍼진 나팔 모양이었고 모자는 갈기갈기 찢어진 채로 움직일 때마다 모자 천 조각이 펄럭거리며 삐딱하게 걸쳐 있었고 걸음걸이도 약간 팔자걸음으로 갈지자 자세였다. 음흉한 눈초리는 슬쩍슬쩍 곁눈질하며 주변을 두리번거렸다. 순박한 시골 마을 아이들과는 판이하게 다른 그들의 출현으로 마을 분위기가 술렁거리기 시작하였다. 우리 집 앞 버스를 기다리는 사람들과 정미소 벼 찧을 사람들은 기다리는 동안 집 앞 가게에 길게 붙어 있는 쪽마루와 들마루에 엉덩이를 붙이고 앉아서 서로 잡담을 나누고 있었다. 그곳에는 적당한 웃음과 쌍소리, 반가움, 섭섭함 들이 어우러져 평화롭고 안정된 채로 리듬이 반복되는 소박한 문화 거리가 형성되었다. 평화와 안정이라는 날줄과 씨줄이 잔잔하게 엮인 호수에 갑자기 저승바람 같은 으스스한 파도가 늘름거리기 시작한 것이다. 이 수상한 껄쭉댐에 경의 오빠가 걸려들었다. 오빠는 재빨리 집 안으로 피신하여 운동화 끈을 질끈 동여매면서 큰집 사촌 오빠들에게 응원을 청했다. 형진·원영 오빠는 군화의 끈을 꽉꽉 동여매고 손에는 가죽 장갑을 끼고 떡 벌어진 가슴을 앞으로 내밀어 갈지자걸음 흉내를 내면서 군악대 소리를 배경으로 걸어가듯 우리 집을 향해 도도하게 걸어왔다.

"야 이 새끼들, 그렇잖혀두 몸띵이가 근질근질혔는디 헤이 몸띠이 좀 풀게 생겼다잉."

우리 집과 큰집은 작은 들녘을 가운데 하고 서로 마주보고 있었다. 큰집 대문에서 오빠들이 나왔고 곧바로 할머니 비가 세워진 광고판 앞을 꺾어 오면 바로 우리 집이다. 경의 오빠는 안방 쪽 관망용 유리에 코를 박고 "야떨아, 성들 어디쯤 왔냐. 광고판쯤 왔냐?"라며 깡패들에게 쫓긴 몸이라 공포에 떨고 있었다. 우리들은 앞으로 전개될 싸움판에 대해서 걱정이 많았다. 저 놈들은 전문 쌈꾼이고 오빠들은 그냥 선량한 운동맨들인데, 행여 저 깡패 놈들이 칼이라도 들이대면 어떡하나. 어른들도 발을 동동거리면서 싸움판 추이에 불안해하고 있었다. 그때 미처 싸움이라는 구도가 만들어지기도 전 번개처럼 달려드는 원영 오빠의 날렵한 손발 놀림에 속수무책으로 당한 것은 정신도 가다듬기 전 순식간에 나동그라진 깡패들이었다. 먼저 시비를 가리고 이러쿵저러쿵 한

다음에 한 손이 가고 오고 하는 싸움의 순서를 상상하고 있었던 터였다. 찌그러져 땅바닥을 박박 기고 있는 그들을 둘러싼 동네 여러분들은 차라리 허탈하였다. 두려움은 있었지만 아찔하고 근사한 한판 싸움을 기대했던 그들이었기에 원영 오빠의 날렵한 해치움은 오히려 원망스런 결과였다. 두 손으로 한 놈씩 두 놈을 해치우고 양발 끝으로 또 두 놈을 해치우니 한꺼번에 네 놈이 순식간에 쓰러진 것이다.

"형님, 한 번만 살려주슈. 잘못혔슈."

무릎 꿇고 싹싹 빌면서 살려달라고 애원하였다. 옆에 서서 한 방 멕여볼까 폼 잡던 형진 오빠, 경의 오빠도 손 한 번 써보지 못해 못내 아쉬워했다.

"야 우리들에게도 기회를 주어야지. 너만 다 해먹냐. 나도 몸 좀 풀까 했는데. 허긴 나도 옆구리 한 방 멕이긴 혔어."

진뫼 활극은 그렇게 간단하게 끝났고 건달들에게 당부의 말이 남겨졌다.

"느이 새끼덜. 한 번만 또 이 동네에 을씬만 혀봐. 뺙다구도 못 추릴 팅게로. 알었어? 이 쌔끼들아?"

"아뉴. 성님! 다시는 앙 그류."

그렇게 당하고 가면 흔히들 패거리들이 다시 동네를 쳐들어와 청소년들을 해치며 복수하는 일이 비일비재했다.

"와가리, 김동호, 다 내 친구들이여. 느그들 까불면 그 친구들 부를 팅게."

깡패 보스들을 들먹거려 못을 박았다. 실제로 김동오는 원영 오빠와 개정초등학교 동창생으로 서로 친근한 사이였다. 사랑방 앞

체력 단련장에서 얻은 결실을 마을 치안을 위한 행동으로 실행한 오빠들에게 동네 사람들은 모두 찬사를 보냈다. 가족들 모임 자리에서 우리들은 그 영웅담을 반추하며 즐겼다. 지금은 70~80대에 걸친 우리 오빠들, 멋지고 자랑스러웠던 그들이었다.

몇 년 전까지만 해도 폐허가 된 사랑방 앞뜰엔 역기도 철봉대도 사라졌지만 돌로 만든 조랑말만은 그대로 서 있었다. 까맣게 이끼 낀 모습으로 옛 주인들을 기다리고 있기라도 하듯 우두커니 쓰러진 지붕을 쳐다보고 있었다.

사촌 오빠들의 일화들 가운데 빼놓을 수 없는 이야기는 정미소에서 곡물 빼돌리기 작전이다. 큰아버지가 주시는 용돈만으로는 성에 차지 않은 오빠들은 이따금 거행되는 쌀 정미행사에 기꺼이 (?) 참석하였다. 큰집의 많은 곡식들은 창고에 저장했다가 필요한 만큼씩 우리 방앗간으로 옮겨 정미하였는데 그 정미의 수수료가 엄청나기 때문에 우리로서도 큰 수입 기회라 할 수 있었다. 초창기엔 수수료 없이 작업하였지만 나중엔 수수료 수입을 요구한 것 같다. 큰아버지의 정미 명령이 있고 머슴들은 큰집과 우리 집 달구지를 동원해서 창고의 벼를 실어 운반하였다. 이미 어머니의 귀띔이 사촌들에게 하달되었고 오빠들은 각각 자기들 필요량만큼의 곡식 빼돌림 작전에 임하였다. 예를 들어서 100가마니 양의 벼를 정미하면 70가마니의 쌀이 나온다고 할 때 그 가운데 10여 가마니를 슬쩍 빼돌려서 현금으로 바꾸는 일이었다. 할머니도 모르게 그 거사에 참여할 수 있는 멤버는 큰어머니와 어머니 그리고 사촌 오빠들이었다. 머슴들도 소수만이 도움에 참여토록 하여 극비에 처리되었다. 더욱이 이 일에 가장 적극적이었던 오산리 오빠는 씀씀이가 많아서 작은어머니인 어머니를 졸라댔다. 어머니는 시숙인 큰아버지에게 들킬까봐 조마조마하였다.

정미한 쌀 결과가 만족스럽지 않은 큰아버지는 언젠가 이를 눈치채고 벼 정미 방앗간을 다른 곳으로 옮기겠다고 으름장을 놓았다. 이 일이 시행되고 있던 며칠 동안은 사촌 오빠들이 우리 집에 기거하면서 방앗간을 수시로 들락날락하였다. 사촌들에 대한 어머니의 애정은 친자식 이상으로 특별한 것이어서 큰아버지 몰래 기꺼이 부정행위에 협조하여 주었다. 현금이 넉넉해진 그들은 다음 날부터 대처 외출이 잦았고 표정 또한 밝았다. 공연히 조무래기 우리들을 발로 툭툭 치는가 하면 유성기 틀어놓고 한바탕씩 뺑돌이 춤을 추었다. 유성기는 큰오빠 일본 유학 시절 근로봉사 아르바이트로 번 용돈을 아껴서 사놓은 것이었다. 그때 사놓은 것으로 또 하나 귀중품이 있었다. 폭 30센티미터가량의 제너럴 회사의 선풍기가 그것이었는데 부채로 여름을 지내는 여느 집과는 다르게 품격 있는 여름 나기에 도움을 주는 전기 기기였다. 손잡이를 끼고 돌리면서 밥을 주어야만 소리가 나는 유성기는 특히 오빠들이 아끼고 많이 이용했던 오디오 기기였다. 테이프가 거의 돌아가면 노랫소리가 늘어져서 빨리 밥 주는 손잡이를 힘껏 돌려야 하는 소리틀로 남인수, 이난영 등의 노랫가락이 구슬프게 흘러 분위기를 만들어주었고 그런 노래에 맞춰서 흥이 나면 춤을 추기도 하였다.

사촌들의 뺑땅을 도와주던 어머니는 의외의 집안 도둑에 발목이 잡히는 일이 있었다. 머슴들에게 부탁하여 어머니 몰래 곡식을 빼돌리는 아버지의 뺑땅행위였다. 아오마스네(아버지가 몰래 만난 여자의 별명)에게 몰래 돈을 보내는 때도 있었고 유흥비가 모자라서 곁손질 하는 때도 있었다. 집안의 모든 재산 관리는 어머니 손 안에서 좌우되었기 때문에 아버지의 일거수일투족은 거울처럼 투명하게 비춰졌다. 치부책에 적힌 거래 내용에 차질이 생기면 즉시 손안 기록에 투영되었다. 유난히 기억력이 우수하였던 어머니를 뛰어넘을 사람은 없었다. 정확하게 짚어냈고 신속하게 처리하였다. 머리 회전 능력이 뛰어났고 임기응변에 능란하였으며 달변으로 설득의 명수였다. 조그만 체격에 크지 않은 눈초리에는 총명함이 강렬하게 깔려 있어 순간적으로 상대방을 압도하였다. 그런 예리한 탐색력 앞에 아버지의 부정행위는 어설픈 놀이에 지나지 않았다. 그러나 때로는 모르는 척 덮어주면서 아버지의 자유로움을 허락하였다. 아랫사람들 거느림에도 그런 식으로 모르는 척 용인을 주었기에 숨 쉴 수 있었을 것이다. 사촌들과는 부정행위를 도모했고 아버지의 뼹땅은 눈감아 주면서 그 삶의 묵묵함을 견지해나갔다.

9남매의 사촌 오빠 언니들 가운데 우리와 연배가 비슷하고 잘 어울리던 사촌들 이야기만 기억에 남는다. 이들 가운데서 특별한 관계로 맺어져 있는 사촌 하나가 영순 언니다. 뛰어난 미모와 포용력, 카리스마 있는 인품을 가지고 있었다. 나보다 나이는 한 살 위였으나 모든 범절을 어른처럼 지켜서 나는 조무래기처럼 언니 뒤만 졸졸 따라다녔다. 어린 시절부터 사촌 동생인 나를 유난히 챙겨주었고 나는 그녀의 그늘에서 독립심 없는 연약한 아이로 성장하였다. 큰집 울안에서 같이 성장한 언니는 그 집의 주인이었고 나는 작은집 아이였다. 소꿉놀이 할 때 백운네 둘째 아들 병선이와 부부였고 나와 조카 기호는 항상 그들의 아들딸이었다. 우리는 그들의 심부름꾼이었고 아기 울음소리나 흉내 냈으며 그들이 주는 음식을 먹는 시늉으로 소꿉놀이가 진행되었다. 나이 많은 오빠 언니들에 밀려 우리 둘은 다락이나 골방 그러니까 아래채 중간방 뒤 다다미방 같은 곳에서 작은 성을 쌓고 놀았다. 단 수수, 옥수수 등을 까먹고 치우지 않아 큰어머니께 꾸중도 들었다.

새 사랑방 부엌은 숨바꼭질 포기 장소로 알려져 있었다. 구석지고 인적 드물어 무서운 장소로 귀신 소문까지 있었던 터라 용기 있는 어린이만 그곳을 택할 수 있었다. 언니는 사내같이 용감하고 활달하여 기꺼이 그곳 선택에 앞장섰다. 마침내 '못 찾겠다 꾀꼬리'를 받아내고야 마는 억척스런 소녀였다. 이리여중·고 시절 기차통학 할 때도 언니가 있어 든든하였고 이화여대에 진학하였을 때도 그녀만 따라했다. 나는 언니 시중드는 것을 기꺼이 담당하였고 행복해했다. 대학 시절 그녀는 이미 노라노 양재학원의 모델로 활동하였고 양단 코트에 서양 여배우 수잔 헤이워드 같은 헤어스타일로 머리를 꾸몄으며 이대 교정을 거니는 그녀를 모두 쳐다볼 정도로 빛나고 있었다. 박마리아와 이승만 대통령의 아들이었던 이강석 등과 어울려 말을 타고 교정을 거닐면서 벗하였다.

중학교 시절, 내가 상상도 못할 연애를 하였고 바람이 나서 서울로 가출까지 하였었다. 큰아버지 알게 될까봐 오빠들이 쉬쉬 서울에서 언니 찾아 집으로 데려왔고 나는 그 사실을 미리 알고 있었음에도 충성심과 의리심이 발동하여 침묵으로 그녀의 비밀을 지켜주었다. 유난히 보수성이 강해 엄격하였던 우리 집안 분위기에서 탈출하고자 하였던 것 같다. 그에 견주면 나는 고지식하고 융통성이 없었으며 유약하고 겁이 많았다. 어머니 말씀에 절대 복종하였고 그것만이 내가 갈 수 있는 행복의 길이라고 생각하였다. 언니의 복장은 화려하였고 멋이 있었으며 나는 착실히 교복 같은 옷만 입었다. 어린 시절부터 대학 시절 그리고 결혼하여 미국으로 떠날 때까지 수많은 대화와 인고를 함께하였다. 친구의 오빠인 재미 교포를 만나 그때 한창 바람 불던 미국의 매력에 빠져 별로 바람직하지 못한 결혼을 하였다. 결혼 후 한때 행복한 듯하였으나 일찍 남편을 여의고 55세의 짧은 생을 마감하였다. 여자 형제 없는 쓸쓸함에 견딜 수 없이 외로울 때 나는 자주 영순 언니를 떠올린다. 지금 계셨으면 우리 서로 의지하며 살고 있을 텐데. 여자 형제 복 없는 나는 가까운 언니마저 잃고 만 것이다.

들녘 만찬

앞에서도 말했지만 검소함은 우리 가정의 가훈 같은 것이었다. 겉으로는 부잣집 자손들이라고 인근의 부러움을 샀지만 집안 살림은 절약과 검소로 색깔 없는 생활 일색이었다. 윗 자식이 입었던 옷은 내림으로 줄지어 연달아 입었고 무릎이나 팔꿈치 해어지면 끊어서 재생하여 입혔다. 자봉침 솜씨도 좋았겠지만 사촌들과 조카들은 험한 것을 입혀도 인물이 좋아서 빛이 났다. 이목구비 뚜렷하고 우윳빛 피부, 기다랗게 쭉 뻗은 양다리는 오늘날 손꼽히는 배우들 버금가는 수준이었다. 재생 의상을 걸쳐도 모델 같은 폼이 살아났다. 그러나 다리가 짧고 이목구비 흐리멍텅에 가무잡잡한 피부를 달고 나온 우리 형제는 모양새가 돋보이질 않았다. 어머니는 갖가지 솜씨를 발휘해서 자식들 모양 내기에 힘썼지만 아직까지도 그 희망은 성사되지 못한 채였다. 양식을 아끼기 위해서 점심은 수제비나 김칫밥을 해 먹었다. 밥 한 끼 얻어먹으려고 끼니 때마다 줄서 있는 사람들에게 주는 밥은 아끼지 않았어도 식구들이 먹는 양식은 혹독하게 절약하였다. 밥 한 톨, 푸성귀 한 보시기도 할머니의 무서운 관찰의 눈을 피할 수 없었다.

어린 시절 나는 제대로 된 속내의 한 벌 입는 것이 부러웠고, 학교에서 정해준 모양의 교복 입는 것이 소원이었다. 내 교복은 항상 정해준 모양을 이탈한 어머니의 자유로운 디자인 손끝에서 태어나 들어가고 나온 데 없는 펑퍼짐한 그것이었다. 아침 조회 때마다 복장 검사에서 지적받아 방과 후 청소를 그렇게 많이 했어도 어머니는 아랑곳하지 않았다. 식구들 옷가지 깁던 바느질 장면이 스크린의 한편처럼 내 안에 아직도 담겨 있다.

집안 살림살이의 검박함과는 다르게 가난한 이웃들에게는 훈정을 베풀었다. 모심기, 피사리, 밭매기, 벼 베기, 바심하는 날은 농사 일 가운데서도 놉(일꾼)들이 많이 필요한 날이다. 그날은 일 나온 식구를 비롯해서 일꾼들의 전 가족이 동원되어 밥 먹으러 오는 날이다. 하루 종일 식사 준비가 필요 없는 날이다. 남정네가 바깥일을 하는 동안 안사람들은 부엌일을 도와주면서 끼니를 기다린다. 시어머니는 손자를 업고 와서 마당에서 서성인다. 이따금 며느리의 젖을 물리기도 하고 슬쩍 훔쳐내는 누룽지를 꼼쳐놓기도 하지만 세 끼 밥을 먹을 수 있다는 포만감에 들떠 있다. 그의 자식들은 부잣집 안마당을 밟아볼 수 있는 영광도 누리고 색다르게 근사해 보이는 안집을 기웃거리면서 뒷마당에 가서 밥 먹으러 따라온 다른 집 애들과 어울리기도 한다.

감히 안마당 깊숙이는 못 들어온다. 그 애들 부모들의 조심스러움도 있었지만 부잣집의 기에 눌린 그들의 일상이 그렇게 길들여졌다. 마당에 길게 멍석을 깔고 그 위에 밥상이 줄지어 오른다. 여자들과 남자들은 각각 다른 자리로 나뉘어져 앉고 비로소 등에 업힌 포대기를 끌러놓은 시어머니를 먼저 앞세워 밥그릇 앞에 앉힌다. 가슴을 헤치고 내놓은 젖부리에 매달려 있는 젖 먹이는 주린 배를 채우느라 가슴팍 빠질 듯이 빨아댄다. 노랗게 익어 쭉 찢으면 꽉 찬 알이 먹음직하게 튀어 나오는 황석어 젓갈에, 고춧가루를 찌트러 소복이 담은 접시 위로 손이 먼저 간다. 손가락 쪽쪽 빨면서 비 오듯 흘러내리는 땀을 씻을 경황도 없이 젖 안 물린 한 손으로 밥숟가락을 입에 퍼 넣는다. 그 옆에 앉아서 칭얼대는 다른 새끼들 입에도 사이사이 밥숟갈 밀어 넣으면서. 식사시간이 끝날 무렵 미처 배 채우지 못한 새끼들의 앙탈이 또 말썽이다. 숟가락을 내던지고 울어대는 애를 보면서 할머니는 어멈을 나무란다.

"나수 멕여라. 어린 것이 배 골아서 승에 차겄냐. 끙쩌허지 말고 어서어서 배불리 멕여라잉."

한 끼 때우고 한 사발은 앞치마 폭에 감추었다가 다음 끼니를 요량한다. 다른 푸성귀들 젓갈들 한 바가지씩 담아서 가도록 안주인들은 은근한 배려로 모르는 척 눈감는다. 일꾼들의 밥상과는 다르게 안채 마루에서도 모여든 식구들 식사 준비에 한창이다. 일하는 날 빠지지 않고 끓이는 돼지고기 국은 일품이었다. 쌀 씻은 뜨물에 김치와 고기를 넣고 푹푹 끓여낸 멀텅한 민식이 어멈의 그것은 우리 혀끝에서 아직까지도 맴돌고 있는 독특한 맛이다. 내가 첫 임신하여 입덧을 할 때에도 다른 음식은 모두 거절하였지만 어린 시절 먹었던 그 돼지고기 국만은 입에 당겼다. 친정어머니의 솜씨가 옛 맛을 되살려 주었기 때문이다. 그 국은 멀텅하게 끓였다고 멍석 위의 일꾼들에게만 주고 안채 주인들 밥상 위에는 국물 없이 갖가지 양념과 함께 고기만 뽀듯하게 볶아낸 주물럭 볶음을 얹어 놓는다. 막내 사촌 영순 언니와 나는 슬쩍 내려와 무쇠솥을 열고 돼지고기 국을 퍼서 밥 말아 먹었다. 돼지고기가 상큼한 김치와 쌀뜨물에 섞여 끓여져서 국물 위로 둥둥 떠다니던 비계 덩어리와 함께 고소 얼큰 시원한 깊은 맛을 주었다. 그 맛을 비슷하게 창출해내는 전라도 웅포의 한 시골 토속음식점을 가끔 내가 찾아가는 이유도 어린 시절 큰집에서 먹었던 일꾼들용 돼지고기 국을 잊지 못해서이다.

벼 베기 같은 농사 일이 들녘의 논에서 실행되는 때도 있다. 그때는 일꾼들의 점심이 야외로 배달된다. 뺑 두른 가장자리에 춤 낮은 울타리가 엮여 있는 너부데데한 소쿠리에 갓 무친 겉절이와 고테고테 곰삭은 황석어젓, 새빨갛게 버무려진 홍어회, 장독 항아리에 묻어 두었던 생선말림 반찬들이 켜켜이 쌓여서 똬리 튼 아지매 머리 위에 얹힌다. 펑퍼짐하게 퍼 늘어진 엉덩이를 흔들어대면서 아그작아그작 걸어가는 찬거리 운반 아지매 뒤에는 봉기나 다른 남자 머슴이 물지게에 양쪽으로 돼지고기 국과 물통을 지고 겅중겅중 걸어간다. 양조장에서 금방 퍼 올린 막걸리까지 곁들여진 들녘 만찬은 온 동네의 작은 잔치였다. 우리는 밥 얻어 먹으러 온 일꾼 자식들 틈에 끼어서 들녘 잔치에 참여하는 때가 있었다. 밥 차려지기 전 기다리는 동안 벼 베어낸 논바닥에서 우렁을 잡거나 이삭을 주우면서 옆 자리를 흘낏거린다.

"싸돌아다니지만 말고 거그 바닥에 흘린 이스락이나 줏거랭."

밥이 거의 차려지면 기웃거리는 아이들을 향해 핀잔을 준다.

"어따 걸판지게 생겼네. 쩌그로 치나야. 느그 부잣집 자석들은 집에 가서 존 것 먹지 멋 헌다고 들녘 것 껄떡거리냐."

그러거나 말거나 툭 트인 논바닥 가마니 위에 펼쳐진 찬반들에

혓바닥 밑이 홍건해진다.

"어이 여그 부잣집 논일 허는디 탁비기라도 한잔 걸치고 가지 그려."

지나가는 사람들까지 불러 모아 배불리 먹었던 들녘 잔치는 인정이 넘치는 훈훈함 속에 진행되었고 흥이 나면 간단한 노랫가락도 뽑아댔다.

"노세 노세 젊어 노세… 함평 천지……."

이것도 구휼을 위한 또 다른 베풂이 아니었을까.

잔   치

큰아버지는 풍류를 즐기는 분이셨다.

새 사랑방에는 가야금과 피리 등 몇 가지 악기들이 장 안에 보
관되어 있었다. 감히 그 방 근처에는 얼씬도 하지 말라는 어른들
의 경계령에 따라 한 번씩 살짝 만져보곤 하였던 그 악기들을 꺼
내서 큰아버지는 이따금 시조를 읊고 꺾어지는 창을 하면서 여흥
을 즐겼다. 더욱이 꽃피는 계절이 오면 서울의 국악원에서 악사
와 춤, 기예가들의 노래로 잔치를 벌였다. 새 사랑방 앞뜰에는 작
은 정원이 정갈하게 가꾸어져 있었다. 그 방을 옆으로 돌면 미끈
하게 뻗어 있는 백양나무가 서 있다. 그 백양나무 위에는 봄 여
름 가을 시원한 바람을 맞아 노래를 부르고 단수수 껍질 까먹던
새끼줄 엮어 만든 우리들의 아방궁이 있었다. 큰아버지의 영빈관
격인 새 사랑방과 머슴들이 거처하는 사랑방을 구별해서 차원이
다른 제3의 장소라는 점에서 새 사랑방이라는 이름이 붙여졌다.

여러 가지 꽃들이 요모조모로 자리하고 있었다. 황철쭉의 강렬
하고 요기 어린 자태에 밀려 사이사이 얼굴이 가려져서 뽐낼 수
는 없었지만 기둥 꽃을 보좌하는 그 나머지 꽃들도 무수리처럼

끼어서 피어 있었다. 분홍 철쭉이 먼저 피고 황철쭉, 흰 철쭉이 시차를 두고 차례대로 피었다. 먼저 분홍 철쭉이 피면 황철쭉 꽃망울이 쫑긋쫑긋거리고 곧 이어질 만개 시기를 가늠하게 해주었다. 드디어 초대된 손님들이 앞뜰 디딤돌에 첫발을 디뎌 올릴 때쯤은 꽃잎은 겹겹의 날개로 기지개를 펼쳐 보였다. 요염한 꽃잎들은 유난히 짙고 화려해서 기생들의 휘황찬란한 복식과 향기에도 아랑곳하지 않고 도도히 그들을 압도하였다. 내가 짙은 황색을 좋아하게 된 연유도 혹여 그 황철쭉 때문이었을지 모른다.

그 직전 꽃망울 수줍어할 무렵 잔치를 기획하여 안사람들에게 준비를 하달한다. 큰어머니를 중심으로 안식구들은 머슴들과 소달구지를 이끌고 잔치 음식 장만차 시장을 누빈다. 안채에서는 떡 찌고 전 부치고 고기 굽고 음식 냄새가 인근을 괴롭힌다. 손님들이 당도하기 전 머슴들은 대문 앞에서부터 마당까지 드넓은 뜰을 대빗자루질로 깨끗이 쓸어낸 다음 그 위에 발걸음을 옮기도록 하였다. 일 년에 몇 차례씩 잔치가 벌어졌는데 잔치 때는 기생들의 잠자리로 악사들 방과 분리해서 아래채 방 두어 개를 깨끗하게 비우게 하였다. 그들이 들락거리는 길목에는 원색의 펄럭이는 옷자락과 짙은 지분 냄새가 깔렸다. 요조숙녀로 깊숙한 집안에만 갇혀 사는 안채의 여인네들에게도, 혈기 왕성한 남정네들에게도 참을 수 없는 자극이 되었을 것이다. 그래서 안식구들은 이를 흘낏흘낏 훔쳐보는 오빠들의 행태에 신경이 쓰였음은 물론이다.

그때 신식 댄스가 막 들어오기 시작한 때였나 보다. 연희대학교에 재학 중이던 형진 오빠는 마카오 양복에 클라크 케이블이 쓰던 모자 같은 중절모를 머리에 얹고 다녔고, 올백으로 넘긴 머리가 더욱이 멋스러웠던 화가 오산리 오빠는 서울의 최신 모드를 아래채 중간방에서 재현하였다. 왈츠 블루스로 몸을 돌려 돌뱅이쳤던 오빠들의 모습이 이 기생 파티와 함께 떠오르는 것은 시차를 두긴 하였지만 자극에 대한 몸부림이 아니었을까 한다. 그러거나 말거나 어린 우리들은 한창 어우러진 그들의 유흥 잔치를 문틈으로 엿보는 재미에 푹 빠진다. 너무나도 점잖아서 무섭기까지 하였던 큰아버지가 흥에 취해서 기생들 어깨에 손을 얹고 춤을 추는 모습을 볼 때면 또 다른 큰아버지를 보는 것 같았다. 때로는 아버지까지 어울려 특기인 곱사춤을 멋들어지게 추어 분위기를 돋우었다. 춤과 노래와 시조 가락을 열창하면서 황철쭉 축제는 며칠씩 계속되었다. 거나해진 남자들의 호탕한 웃음과 간드러지는 기생들의 콧소리, 젓가락 장단, 악사들의 바쁜 몸놀림들이 어우러진 축제는 해마다 그렇게 되풀이해서 연주되고 있었다. 그들에게는 두둑한 출연료가 주어졌고 또 국악 지원 자금까지 보내졌다. 수십 년 뒤 국악인 명창 오정숙은 그의 젊은 시절을 회상하면서 호남의 토호 이성렬 씨가 어려웠던 그 시대 국악인들의 듬직한 후원자였다는 이야기를 설파한 바 있다. 그래서인지 황철쭉 꽃 축제는 우리 집안에 뿌리를 둔 모든 자손들 가슴에 천연색 화보로 물들여져 있다.

양조장 사랑방에는 친구 채내용 씨가 상주하고 있었다. 그는 큰아버지의 절친한 친구로서 자기 집의 궁색함을 외면한 채 친구 집에 눌러 앉아 큰아버지 급의 대우를 받고 있었다. 그의 한학 지식수준과 동양 예의 그리고 한방 상식까지 다방면에 걸친 능력은 큰아버지에게 많은 영향을 주었다. 악기 다루는 솜씨 그리고 시조 읊조리기, 붓글씨 등의 다재다능함은 우리 모두의 존경을 한 몸에 받을 만한 분이었다. 부잣집 회장님으로서 권위를 지켜야 하는 큰아버지로서는 허물없는 친구와 격의 없이 지낼 수 있는 관계에서 당신의 편안함을 찾았을 것이다. 그는 큰아버지의 그림자였다. 이따금 방문하는 향교에도 그와 동행하여 큰아버지의 격을 높여주었다. 서울의 국악원 악사들, 기생들과 섭외 방도를 알았고 분위기의 초를 잡아줄 수 있는 해박한 능력자였다. 아산리에서 양조장까지는 10여 리가 넘는 거리였지만 특별한 일이 있는 날을 제외하고는 큰아버지를 찾아 지경까지 출근하였다. 작은 큰어머니는 그이의 뒷바라지에 짜증을 냈고 그때마다 큰아버지의 질책이 따랐다. 큰아버지의 풍류를 가장 잘 이해하고 벗할 수 있는 친구로서 어려운 사업 경영의 긴장 틈새를 흥겨움으로 풀어주는 완충제이면서 한 시대를 같이 걸어가는 가깝고 편안한 친구였다.

　빼놓을 수 없는 이야기는 안흥에서 펼쳐졌던 소작인들에 대한 잔치다. 안흥 들녘에 땅을 붙이고 사는 소작인들이 큰아버지를 기리는 송덕비를 세우고 그 송덕비에 답하는 집안의 화답 잔치를 베푸는 날이었다. 국악원의 기생들과 악사들, 그리고 가족들, 일꾼들이 몇 대의 버스에 나누어 탔고 다른 짐차에는 잔치 준비 식재료와 비품들이 가득 실려 있었다. 안흥에는 커다란 들녘에서 나오는 벼 정미를 위해 방앗간이 있었고 살림집과 일에 종사하는 사람들의 관사급 집이 몇 채 있었다. 우리 모두는 몇 채의 집에 짐을 부렸고 잔치 준비 인원들과는 별도로 형제들만 하얀 모래로 뒤덮인 바닷가로 산책길에 나섰다. 야트막한 산은 소나무가 빽빽하게 들어찬 모래톱이었다. 살랑살랑 불어오는 바닷바람은 소나무 산을 가로질러 바다를 향해 걸어가는 몸채로 거역하듯 밀려왔다. 간척할 때의 일화들은 현장을 둘러보며 들을 수 있어서 생경감이 더했고 신비스럽기까지 하였다. 그 엄청난 일을 어떻게 감내하며 이루어냈을까 어린 나로서는 상상도 할 수 없는 이야기들이었다.

집안 사람들 정신교육에 특히 관심을 쏟았던 기억을 더듬어볼 수 있다. 동생과 큰자식을 외국 유학길로 이끌었고 다른 자식들도 근처에 머무르지 않고 더 넓은 세상으로 눈 뜨게 전주로 서울로 신식 교육받게 격려하였다. 집안에서는 식솔들을 모아놓고 경서로 훈육하였으며 안사람들은 만주로 서울(경성)로 자주 여행 보내서 신식 문물에 대한 견문을 넓히도록 촉구하였다. 새로운 세상에 대한 갈망과 개척정신이 이 땅의 주인 됨을 허락하였나 보다. 지금 생각하면 어마어마했던 그 들녘에 대해 자긍심을 가졌어야 했는데 멋모르고 시원스레 바람 쏘이고 맛있는 음식 먹으며 무대 공연 보고 식구들 함께 몰려다니고 그랬다. 지역의 큰 행사이기 때문에 도지사·군수를 비롯해서 유지급 인사들이 참석하였고 마을의 소작인들은 빠지지 않고 다 모인 자리였다. 한쪽에는 무대가 설치되었고 울긋불긋 치장한 기생들이 왔다 갔다 하였다. 요즈음의 연예인들 출연 행사와 같은 것이다. 무대 위에 올라간 큰아버지의 훌륭한 인사 말씀과 지역 대표의 인사와 간단한 의식이 끝난 뒤 공연이 바로 시작되었다.

소 돼지 잡고 집에서 가져간 술통을 열어 농사일에 지친 그들을 치하하고 위로하는 자리였다. 무대 위에서는 아리따운 기생들의 춤과 노래가 간드러지게 열창되고 멍석 깔아 만들어 놓은 바닥 자리에는 음식과 술이 차려져서 실컷 먹고 즐기게 하였다. 그들로부터 거두어들인 벼는 집으로 실려 와 재산 축적의 일부가 되었고 그 일에 종사하는 농민들에게는 일정 양의 곡식을 남겨주는 소작형태였다. 땅 한 뙈기 없던 그들에게 간척으로 말미암은 땅 분배는 그 시절 대단한 배풂이었고 그들 또한 감사하는 자세로 소작 일에 기꺼이 참여하였으며 그 고마움의 표시로 큰아버지를 위한 송덕비가 세워지는 날이었다. 그 보답으로 베푸는 큰 잔치였다. 그날은 서로의 고마움에 답하는 마음을 잔치로 위로해주며 주인과 지역민들과의 관계를 돈독하게 하는 화합의 행사이기도 하였다. 주인은 땅 개간으로 농사를 지을 수 있는 혜택을 주었고 마을은 부유한 경제력을 갖게 되었다. 그 사업의 한가운데에 큰아버지가 계셨다.

큰아버지 돌아가신 몇 십 년 뒤 감사와 고마움으로 송덕비까지 세웠던 이들의 후손들은 그네 부모들의 만류에도 아랑곳하지 않고 '내 땅 내놓으라'고 시위하였다. 가톨릭 농민회를 앞세워 주인인 오빠를 납치하여 창고에 가두고 굶주리게 하였으며 물에 빠뜨리면서 위협 협박하여 죽음 직전까지 가게 하였다. 헐벗고 굶주리던 옛날의 그때는 이미 그들의 것이 아니었다. 그들의 행위는 진보를 위장한 제3의 다른 횡포였다. 진보정신은 남의 것을 위협으로 빼앗는 것이 아니라 정당한 타협으로 결말을 이끌어가는 논리적 과정에서 시작되어야 했었다. 재직 시절 민주교수협의회에 몸을 담고 있으면서 진보정신 담장에 한 발 넣고 있었던 나로서도 우리 집안 문제에 부닥친 아이러니한 사건 가운데에서는 무모

한 그들 행동에 격앙되지 않을 수 없었다.

안흥 들녘의 땅들은 모래사장 위에 빽빽하게 심어져 있던 소나무들과 함께 어슴푸레라도 옛날의 고마움을 기억하고 있을 것이다. 바닷물로 꽉 들어찼던 그곳을 옥토로 만들어 기름진 양식을 생산할 수 있게 하고 피폐했던 농가를 부자마을로 만들어준 이씨 집안을 잊지 않고 있을 것이다. 기생들의 청아했던 노랫가락과 악기들의 반주, 그리고 떡 벌어지게 차려진 음식들도.

설과 추석 같은 양대 명절, 제사, 그 밖의 약식 잔치를 포함해서 매달 한 번꼴의 행사가 있었다. 그 가운데 가장 큰 잔치는 큰아버지의 회갑연이다.

몇 년 전부터 면밀하게 계획된 먹거리와 손님 초대의 범위 또 지역민들 대접에 필요한 제반 시설과 비품 준비를 위하여 목수들을 불러 요리대와 밥상들을 짜기 시작하였다. 뒤뜰과 옆 마당에는 가마솥들을 걸어서 요리 기초를 다졌고 아래채 창고 바닥은 과방(음식 차리는 곳) 용으로 멍석을 깔아 놓았다. 음식 종류에 따라 칸을 가르고 젖은 음식과 마른 음식 그리고 주식과 후식들을 구분하여 자리 배치를 하였다. 일에 참여할 인원 확보가 이루어지면 간단한 교육과 예행연습까지 하였다. 앞마당과 바깥마당에는 멍석과 가마니들이 깔리고 묵은 집 옆 마당에는 본채를 향해 무대가 가설되었다. 미리 짜 놓은 수백 개의 밥상들에 음식을 담고 마당으로 운반될 수 있도록 리허설도 마쳤다.

음식 광(창고)의 칸 중에서는 고기 칸이 가장 인기 있어서 나는 며칠 동안 고기 청에만 들어 앉아 먹어댔다. 잔치가 거의 끝날 무렵이면 영락없이 토사곽란 일으켜 장엽 아저씨에게 침 손을 내밀곤 하였다. 위치가 선정되면 잔치 총책인 어머니의 지시가 하달된다. 행동이 빠른 사람은 동적인 일에, 느린 사람은 정적인 일 즉 단순 노동에 투입되었다. 마을 사람들의 일 처리 능력과 품성을 잘 파악하고 있는 주인들로서는 재빠른 사람과 그렇지 못한 사람의 구별이 판별되는 시점이기도 했다. 통솔력과 재치를 겸한 사람은 밥상 위의 음식 점검책으로 선정된다. 생선회나 찌개 등은 특별히 군산 등 대처에서 불려 온 이다바(요리사)들의 전문적 솜씨에 의존한다. 평소 굵은 고객 중의 으뜸인 우리 집안일에 기꺼이 참여해준 것이다. 회갑연이 진행되고 있던 며칠 동안은 인근 재래시장의 장사가 되지 않았다. 물품과 식재료 등이 싹쓸이되어 소달구지에 실려 부잣집 대문 안으로 들어왔기 때문이다. 또 시장 사람들도 지역 축제에 참여하기 위한 휴가였을 것으로 생각된다.

며칠 동안 전문가들이 사랑채에서 쌓아올린 음식들을 괴목 상에 죽 차려 놓았다. 높게 고인 음식들 뒤로는 할머니, 큰아버지 내외가 병풍 둘러친 방석 위에 나란히 앉아 계셨다. 갖가지 비단 옷감들로 꽃단장한 안식구들이 서열에 맞춰 줄 서 있다. 큰아들 내외 둘째 셋째 동생 내외, 사위와 딸들 조카들……. 기생들의 은은한 창과 악사들의 풍악이 흐르는 가운데 가족들의 예법 실행이 차례차례 이어졌다. 먼저 할머니에게 술잔이 올려졌고 다음으로 큰아버지 내외 순으로.

흉년이 극도에 달해 굶주림이 막바지였던 때였다. 집안 어른들은 머리를 맞대고 회의를 거듭하였다. '굶주린 지역민들 배불리 먹이고 곡식을 풀어 구휼하자'는 목표였다. 그래서인지 많은 음식과 술을 준비하였다. 안마당과 바깥마당까지 넓게 깔려진 멍석 위에 음식상이 운반되었고 손님들은 앉아서 음식과 함께 잔치를 즐기기 시작했다. 바깥마당 위에 설치된 무대 위에서는 기생들과 악사들이 창과 악기로 흥을 돋우어 주었다. 십리 밖 양조장에서부터 시작된 술 항아리 행렬은 몇 미터마다 비치시켜 마음껏 마시도록 하였다. 술 항아리 곁에는 취한 사람들의 비실거림이 눈에 띄게 많았다.

잔치는 썩 성공적이었다고 할 수 없었다. 처음 계획과는 다르게 너무나 많이 굶주렸던 사람들이어서 한꺼번에 몰려드는 인파가 질서를 무시한 채 음식상 위로 엎어지고 훔치고 싸우고 하면서 혼란이 벌어졌고 또 다음 차례의 손님들에게 자리를 양보하지 않아 순환에도 문제가 발생하였다. 무대 위 공연은 오히려 손님들 순환에 장애가 되었고, 질서 훈련이 없었던 사람들과의 호흡이 맞지 않아 애로가 많았다고 한다. 작은 장애물 가운데 하나는 품바족들의 출현이다. 안하무인으로 달려드는 그들에게는 얼마간의 용돈과 푸짐한 음식을 대접해야만 한다. 가장 껄끄러운 문제 가운데 하나다. 잔치 때마다 몽니를 부리고 떼를 쓰면서 주인네 심기를 건드리는 게 그들이었다. 어르고 잘 다독거려 시끄럽지 않게 해야 잔치 뒤끝이 깨끗하다. 최하위층이었던 그들을 달래주고 배불리 먹여주는 일은 또 하나의 보시였다. 처음 계획한 잔치보다는 성공적이지 못했지만 집안 어른들의 구휼 방법의 일환이었던 그 일은 우리 집안 잔치 가운데 가장 큰 규모였던 것으로 기억된다. 재력 풍부했던 우리 집안이 가난과 굶주림에 허덕이는 지역민들을 위해 베풀고 싶었던 깊은 마음의 표현이었을 것이다.

이어서 수백 가마의 곡식을 기부하여 지역민들의 배고픔을 달래
었다.

다락방 간식

우리 집안에서는 겨울나기용 간식을 미리 장만하였는데, 어느 말날(12지의 수가 되는 날)을 선택하였다. 말날은 손損이 없는 날이라서 만드는 음식도 잘되고 그것을 먹는 식구들에게도 탈이 없다고 믿었다. 아침부터 부엌 식구들과 안식구들은 부산하게 움직인다. 품목은 해마다 비슷한 것으로 정해져 있었다. 깨강정, 쌀강정, 산자, 엿, 쑥떡, 조청, 콩고물 등이고 그 밖에도 과일 밭에서 딴 홍시와 고구마가 있었고, 배추 꼬리도 비축해 놓았다. 홍시는 장독대 항아리에 지푸라기 사이 떫은 감을 켜켜이 놓았다가 한겨울 얼어 있는 것을 한두 개씩 꺼내 먹을 수 있게 하는 것이고, 고구마는 곳간 한쪽에 보관하였다가 겨울밤 배추 꼬리와 함께 깎아 먹었다. 그 밖에 엿은 밀가루 항아리에 묻어 놓았고, 쑥떡도 항아리에 콩고물과 함께 무쳐서 담아 놓는다. 콩고물은 밥을 버무려서 먹기도 하는 별미 간식이었다. 강정들 역시 틈틈이 몇 개씩 어른들의 손길로 나뉘어졌다. 산자는 찹쌀을 오랫동안 물에 담가 놓았다가 떡을 쪄서 납작납작하게 빚어 아랫목에서 말린 다음 기름에 튀겨내고 그 위에 알벼 튀긴 튀밥을 입힌 것이다. 대개는 지장암 스님이고리짝에 가득 담아 시주 집들에 보내주지만 집에서도 만들었다. 조청과 함께 섞어 떡판에 얹고 각을 조절한 후 자그맣게 잘라 만든 것이 강정이다. 머슴들이 절구에서 떡메 치던 모습 생생하다.

어렵고 가난하였던 시절 내가 누린 호사스런 간식 문화는 농산물 풍부한 가세 덕분이었다. 더욱이 산자를 만들려면 기초 작업에서 오랜 시간과 손질을 요한다. 반죽하여 만든 떡들은 안방 할머니가 계신 방바닥 위에서 건조시켰다. 할머니 앉아 계실 자리만 남겨두고 바닥 위에 온통 산자 말림으로 가득하였다. 겨울에 가족들은 저녁 식사가 끝나면 각자의 방으로 가지 않고 안방 할머니 곁에 앉아 도란도란 이야기꽃을 피웠다. 할머니 앉아 계신 방석은 유난히 높아서 장작불로 지글지글 뜨거워진 아랫목의 더 위에도 동요하지 않으셨다. 긴 담뱃대를 입에 물고 봉지담배 곽과 화로를 품은 고고한 자세에 흐트러짐이 없었다. 밤이 이슥해지도록 이야기꽃이 끝나지 않으면 점동 할매가 조용히 할머니의 이부자리를 펴 드렸고 할머니 숨소리 '푸우 푸우'를 들으면서 가족들은 아래채 방으로 건너가 각각 잠자리에 들었다. 겨울 긴긴 밤 이야기꽃과 함께 즐겨 먹었던 간식들은 이씨네 후손들 입맛의 바탕이 되었다. 토종 한식만을 좋아하는 내 입맛 역시 바로 그 터에서 갈무리된 혀끝의 맛 뿌리 때문이 아니었을까.

안방 마루 위에서 밀대로 밀어 만들던 강정들, 떡 찍어 먹던 조청, 밀가루 항아리 속의 엿 토막, 뒷방에 차갑게 놓인 쑥떡, 한겨울 장독대 항아리에서 가져오는 홍시, 할머니 방 다락에 감추어 둔 이름 모를 먹거리들, 고구마, 콩고물 등. 어린 우리들에게는 항상 감질나는 간식들이었다.

멋쟁이 오산리 오빠

수 년 전 어느 일요일 그이와 나는 양평의 용문산 산자락 한편에서 조용히 살고 계신 오빠를 찾았다. 오랜만에 만난 우리는 이런저런 이야기들을 나누었다. 그러나 짧은 시간으로 다 나눌 수 없는 많은 사연은, 한밤을 꼬박 지새우도록 나를 뒤척이게 하였고 마침내 컴퓨터 앞으로 발걸음을 옮기게 하였다.

"살다 보면 이런 때도 있네잉……. 나는 전 서방 테레비만 나오면 그냥 좋아서 소리 친다네. 어이, 여보 어서 와 봐. 경자 신랑 나왔어."

순천댁 올케 언니 말꼬리엔 여전히 강력한 남도 어투인 '-잉' 소리가 달려 있고 오빠는 어정쩡 서투른 손님맞이다. 반가움으로 어쩔 줄 몰라하는 그들에게 우리의 출현은 너무나도 약소한 것이었다. 오빠는 중풍으로 육신이 자유롭지 못하다. 오른쪽이 경직되어서 빼어난 솜씨가 잠시 유예되어 있었다. 두서없는 이야기로 환담 나누는 동안 나는 잠시 발산의 안집 마당으로 돌아가 있었다.

어린 시절 나는 오산리 오빠가 이 세상에서 으뜸으로 손꼽히는 멋쟁이라고 생각하였다. 순진하기만 하였던 내 정서의 밭고랑에 꿈이라는 씨앗을 심어주었던 오빠다. 그 당시 유명하다는 배우들 이민, 김진규, 장민호, 박암 또 누구더라……. 그들도 우리 오빠와는 비교될 수 없었다. 어림도 없는 상대들이다. 고상한 몸놀림과 흩어짐 없는 은근한 표정 그리고 우아한 걸음걸이, 바리톤의 목소리와 함께 빼어난 용모까지 골고루 갖춰 타고난 멋의 마술사였다. 오빠가 종이 위에 붓을 올리면 나무가 피어났고 나무토막에 칼을 대면 용트림으로 생명이 얹혀졌다.

"거그 앉어봐라이."

오빠는 때때로 영순 언니와 나를 캔버스 앞으로 불렀다. 무뚝뚝한 목소리로. 우리들은 동화 속의 주인공이 된 듯 기뻤고 예쁜 표정 그려지라고 눈을 추켜올렸다. 진뫼 촌년의 천진하고 멋성머리 없던 야생녀가 착색되는 순간이었다. 오빠의 손끝은 야생마처럼 처달려 햇빛에 아무렇게나 내던져진 나를 수선화로 그려주었다. 아니면 더덕진 코딱지를 소매 끝으로 하도 문질러 맨돌맨돌해진 누런 윗저고리, 머릿니 서캐가 솔깃솔깃 실려진 머리칼 참빗 엮어서 빗어야만 그나마 빼종그레해졌던 그때 경자를 소공녀로 그려주었다. 지금 대학 교수 되었다고 콧대 올라가 있지만 저 깊숙한 과거 한쪽에는 소공녀 이전의 야생녀였다.

때때로 오빠는 총대 맨 사냥꾼이었다. 나는 깍두기 인형 되어 그들 등에 업혔고 논두렁에 앉아 사냥감을 지키고 있노라면 시보리 잠바로 덮어주며 들콩을 구워주곤 하였다. 고산이나 진안 등에서 노루, 멧돼지 사냥해 올 때는 개선장군 돌아온 듯 머슴들은 사냥감 뒤치닥거리로 집안이 어수선하였다. 더욱이 참새나 들새 사냥은 감기로 기침하는 꼬맹이들의 치료약이어서 우리들은 그 맛을 실컷 즐길 수 있었다. 다른 오빠들과 함께 총을 어깨에 메고 (어떤 때는 영식이 아저씨가 야미로 몰래 만들었다고도 함) 늠름한 모습으로 걸어갈 때의 오빠는 그 시절 최고의 배우였던 이민이었다. 이제 옛 기억들이 희뿌연 탁본으로 변색되었지만 오빠를 만난 순간 총천연색 갈피로 되살아났다.

오빠는 기인이었다. 마을을 온통 들끓게 했던 신비로운 행적으로 홀연히 나타나기도 하여 우리를 놀라게 했다. 짙은 포마드 냄새와 함께 늘씬하게 차려입은 마카오 양복, 깊숙이 눌러 쓴 중절모의 흑기사는 말없이 어디론가로 획 외출하였고 또 소문 없이 돌아오곤 하였다. 큰아버지 몰래 빼낸 쌀값 일부를 챙겨들고 전주인지 군산인지 아니면 더 멀고 먼 어디론가로 떠났다. 며칠씩 집을 비우다가 마을을 뒤흔드는 굉음에 묻어서 자동차 트랩을 내려 올 때면 최신 유행의 복식인 연예인 같은 이상한 옷차림을 하고 나타나는 것이었다. 우리들은 맨발로 그 뒤를 달렸고 자동차 가솔린 냄새에 홀린 뜀박질은 차가 멈출 때까지 이어졌다. 그들과 함께한 나는 지프차 임자가 우리 오빠라서 튀어나온 배때기를 더 흔들었고, 더욱이 차에서 오빠가 내릴 때의 광경은 나를 훨씬 더 근사한 기분으로 만들었다. 동네 사람들의 수군거리는 소리를 아이들이 반복하였다.

"씨아이씨(CIC) 사람이랴(어린 시절의 기억이라서 불확실하다). 찡을 갖고 다닌디야. 순사도 꼼짝 못헌다는디."

CIA는 헌병도 순경도 무시 못할 초월적 권력 단체였다. 굉장히 빽이 세다는 뜻이었다. 아이들은 CIA를 CIC로 잘못 표현하고 있었다. 지프차, 마카오 양복, CIA찡 증명, 안집 대가댁 셋째 아들 아닌가. 인근 처녀 군침들을 어찌 다 감당했을까.

나는 오빠가 데리고 간 어떤 집, 어떤 여자를 기억한다. 봉씨라고 하였던가. 비단 이불 속에 누워 있던 그녀는 우리들을 맞이하자 반색을 하고 일어났다. 흐늘거리는 잠옷에 강렬한 콧소리 말투는 이음새 사이를 미끌어지고 있었다. 오빠가 만나는 여자들이 저런 사람들이었나, 의구심 갖게 한 장면이었다. 그녀는 상당한 영향으로 그 지역 사교계를 주름잡고 있었던 것 같다.

"뭣 하러 왔어어어응 동사아앙. 몸띠이 녹작지근헌 게 영 편치 않구마아안."

오빠는 그녀를 누나라고 하였고 사교계 진출에 다리가 되어준 것 같았다. 부잣집 미남 청년을 대동하고 다니면서 사교계 활동에 기름칠 해주었을 것이다. 지금의 언니도 그녀의 담금질로 만나게 되었다 한다. 순천여고를 1등으로 졸업한 수재 규수였던 올케 언니는 빼어난 용모(젊은 시절 배우 김자옥 비슷하였음)로 한국은행 전주지점에 근무하면서 톡톡 튀는 총명함이 입소문으로 퍼져 있었던 때였다. 오빠는 그녀를 찍었고 가교 역할은 봉씨가 하였다. 학교 졸업 후 이제 막 사회에 발 들여놓고 꿈에 젖어 있던 언니는 두 사람의 작전에 휘말려 우리 집안 며느리로 발 들여 놓게 되었다. 시집오던 날 신랑 각시 묶어놓고 신랑 발뒤꿈치 내려치면서 신부의 노래를 재촉하였다. 온 가족이 모인 앞에서 실 같은 목소리로 불렀던 〈봄날은 간다〉는 그 후 나의 18번이 되었다.

그는 6·25라는 역사적인 전환기에 서울대학교 미술대학을 다녔던 젊은 인텔리 미술학도였다. 전쟁이 발발하고 한강을 넘어

구사일생으로 화염 속을 탈출하여 집에 돌아올 수 있었고 그때 집안 어른들은 마당에 뛰어나와 눈물로 맞이하였다. 전쟁 와중에서 인민군에 차출되지 않도록 생면 부지를 위한 숨바꼭질 몸부림이 시작되었다. 상작 고모댁은 산골 마을 오지여서 신분 숨기는 피난지로 선택된 곳이었다. 그곳에서 옥수수, 수수깡 많이도 먹었다. 마당에 가마니 깔고 모기장 치고 잠을 잤다. 그 무렵, 군 입대는 죽음이나 마찬가지였다. 이를 피하기 위한 보신의 책략이 필요하였고 CIA로의 변신은 군 입대 회피용이었다. 산으로 들녘으로 방황하였던 그 시절 그것만으로는 불꽃 같은 야망과 정열을 삭일 수 없었을 것이다. 더군다나 가장 진보적인 것이 예술 아닌가. 보수적이고 고압적이었던 집안에서 그 소질을 이해할 수 있는 사람 누가 있었겠는가. 아까운 재능이 그렇게 녹슬어가고 있었다.

오빠는 어찌어찌하여 실패를 거듭하고 큰아버지 손수 지어주신 오산리 집(오산리 오빠라는 칭호가 그 지역 이름에서 비롯되었음)까지 떠나 천리 타향 서울로 옮겨왔다. 들리는 소문에 따르면 예술성을 살려 국전에 입선도 하였고 학원 강의, 개인 지도 등으로 실력을 펼친다고 하였다. 그래서 젊은 날의 예술적 방황이 만년에 꽃 피는구나 하고 여겼거늘. 서로가 멀리 떨어져 지내는 형제들, 이제 사랑할 수 있는 시간 얼마 남지 않았다. 처진 오른쪽 육신 일으켜 보겠다고 절규하는 오빠와 함께한 시간 속에서 온몸, 온 마음, 일가친척 그리움, 아쉬움, 외로움, 황혼녘 얼굴들. 회색으로 바랜 우리들의 찬란했던 발산 시절들이 날개가 되어 떠올랐다.

오빠 집 언덕을 내려오면서 양 볼 적셔오는 흥건한 물기를 삼켰

다. 땀이었는지 눈물이었는지 컴퓨터 자판 글씨 배열 위에 맴도
는 이야기들만 되뇌었다. 아련히 사라져가는 내 고향 진뫼와 멀
어져가는 오빠 내외가 하나 되어 내 등 뒤에 남겨졌다. 폐허된 큰
집 둘러친 탱자나무 울타리는 아직도 그곳에 서 있는데.

충견 '예스'

　그런저런 일과 함께 내 기억 마당에 큰집은 항상 멍석이 깔려 있고 그 위에는 고추나 콩 등이 널려 있었다. 할머니 큰어머니 병선네들 앉아서 콩을 까거나 아니면 머슴 시켜 도리깨질 치던 그림이 그려진다. 때로는 생선을 널기도 하였는데 집안의 강아지 '예스'를 시켜 지키도록 하였다. 영어로 사람 이름이나 알 수 없는 단어를 도용하여 개에게 붙여주는 것이 유행이었던 것 같다. 예스, 메리, 존, 독구 등. 똥개일 때는 대개 누렁이로 불렀다.

　생선은 군산 어시장 상황에 따라 배가 들어오는 날 소달구지를 두어 개 대동하고 큰어머니와 어머니가 일꾼들과 함께 직접 가서 구매해 오신다. 어업조합장 강옥균이 어머니의 사촌 동생이어서 물건은 싸고 좋은 것으로 선택할 수 있다고 했다. 달구지 위에 가득 실려 온 생선들은 종류별로 분류되어 마당, 돼지 우리 지붕, 닭집 지붕, 안채 마루, 건너 채 마루 온 집안에 생선 비린내가 콧속을 메웠다. 그것을 먹고자 각종 짐승들 파리 떼들도 엉겨 붙는다. 이들의 지킴이가 예스였다. 눈치 빠르고 영리하여 어떤 장애물도 얼씬 못하게 짖어대고 뛰어다니면서 맡은 바 일을 충실하게 이행하였다. 커다란 거위도 보초 일을 함께 수행하였는데 예스처럼 아이들을 보호하지 않고 우리들을 쫓아다니면서 성가시게 쪼아댔다. 아이들이 나타나면 거위가 쫓아다니면서 괴롭히기 때문에 마당에 얼씬도 못하는 때가 있었다. 그때 짖어대는 소리와 함께 거위를 멀리까지 쫓아내어 우리를 안심시켜 주는 예스였다. 할머니께서 우리 집 오실 때면 예스가 반드시 옆에 따라오며 수행하여 마을 사람들의 칭송을 받았다. 근처 방해되는 일이라도 있으면 짖어 신호하여 할머니께 알려주었고 다른 집 앞 지나오다가 그 집 개가 나와서 할머니께 으르렁대면 쫓아가 야단쳐주었다. 지팡이에 몸 의지하고 아흔 살 노인이 손자들 보시겠다는 의지로 들녘 건너 힘겨운 걸음을 하시는 날 큰집 대문 앞 할머니 모습 보이면 우리들은 쪼르르 달려가 팔짱 끼고 거들어 함께 걸었다. 곁에서 우리 맞이하는 예스는 이리 뛰고 저리 뛰며 반가워했다. 우리들 관심은 할머니 손에 들려 있는 명주수건 속 간식거리 엿 토막이나 곶감 등에 꽂혀 있었고 그것을 차지하려고 형제 사이에 싸움까지 벌였다.

"엣따, 이리 주거랭. 자발떨지 마라. 나눠 먹여야지. 애미헌티 혼난다. 쌈혀싸치 마라."

예스는 고모네 영식이 아저씨네들까지도 우리 가족 테두리에 포함시켜 파악하고 있었다. 꼬리를 엉덩이 밑으로 내려 깔아 충성스런 모습으로 다가오는가 하면 살랑살랑 흔들어 맞이해 주었다. 거위는 나에게 좋은 추억거리가 아니다. 그보다 예스에 대한 기억이 훨씬 아름답다. 생김새 또한 출중하여 여타 다른 집 개들과는 확실하게 구별되는 모습을 지니고 있었다. 새하얀 털가죽을 썼고 미끈한 팔다리는 큰집 사촌들만큼이나 멋들어지게 길쭉하였다. 부잣집 식생활 찌꺼기를 먹고 자라서인지 여느 집 똥개와는 견줄 수 없는 준엄한 기상을 지니고 있었다. 쫑긋한 양쪽 귀와 6각형 얼굴 그리고 한 번 휘돌려 말려 올라간 꼬리는 진돗개 아류쯤으로 추측되는 종자였을 거라 심증이 가게 하였다. 팔 다리 짧고 가무잡잡한 얼굴에 앙금바리져 뜀박질마저 볼품없었던 우리 형제들에 견주어 예스의 행태는 오히려 고상하고 귀태 나는 품위를 보였다. 소리 내어 짖을 때에도 방정맞은 똥개족과 변별되는 품위있는 깊은 소리로 우렁차게 표현하였다. 서로 못생긴 모습 비양거렸던 우리 형제들은 눈썹이 어디 있냐, 다리는 어디 붙었냐, 코는 지프차가 지나갔냐, 얼굴색은 흑인이냐로 상대방 골리기에 열중하였던 시절이다.

예스가 가족들의 사랑을 더욱 돈독하게 받게 된 계기가 있었다. 6·25전쟁 때 큰집은 집이 크고 울안이 넓어서 북한에서 내려온 군인들 숙소로 정하기에 적합하였나 보다. 완전무장한 북의 군인들은 남쪽 군인들과는 복장과 억양이 달라 이질감이 분명하게 느껴졌다. 부엌에 와서 쌀과 푸성귀 또는 양념들까지도 도움을 요청하였다. 마귀처럼 뿔 달리고 입에서는 피가 나는 북한 괴뢰군이라고 교육받은 어린 나에게 그들의 상냥하고 신사적인 행동은 오히려 이념적 혼란을 일으켰다. 어린 아이인 나를 무릎에 앉히고 노래도 불러주고 이야기도 자상하게 해주는 등 고향의 동생처럼 예뻐했다. 그래서 나는 누구보다도 북한 노래를 잘 불렀다. 그 노래가 나쁜 노래인지 좋은 노래인지도 모른 채 목청이 터지라고 불러대고 다녔다. '장백산 줄기줄기 피 어린 자욱…' 어머니의 소스라친 놀람으로 그치곤 하였지만 그때 그 찌든 땀 냄새와 귓가에 무슨 말인가 속삭이던 이야기꾼 군인 아저씨의 입 냄새가 아직도 내 후각 창고 안쪽 한편에 남겨져 있다.

그런 소용돌이 속에 낯선 군인들의 설레발은 예스에게 결코 받아들일 수 없는 상황이었던 것 같다. 밖에 얼굴도 내밀지 않고 마루 밑 깊숙이 들어가 앉아 그들을 경계하였다. 그곳에는 오빠들과 남자 어른들이 몸을 감출 수 있는 은신처가 있었는데 그들을 보살피기 위한 정보원 노릇을 예스가 했다. 인기척이라도 들리면 짖어서 신호하였고 으르렁거려 퇴치하였다. 아군과 적군을 구별할 줄 알아서 적군 편이 안집에라도 기웃거릴 때나 총부리로 위협하던 때도 굴하지 않고 이빨을 드러내 물어뜯어 반항하였고 적의를 표현하면서 식구들을 보호하기 위한 경계 신호를 보내주었다. 충성스런 예스 덕분에 여러 번의 위기를 모면할 수 있었던 가족들은 그를 식구 이상으로 사랑하였다. 삶과 죽음을 가르는 긴장의 전쟁, 등 돌린 배신자들의 포위 속에 갇혀 있던 우리 가족을 목숨 걸고 도와주었던 지킴이, 그 애는 진정 인간보다 더 사랑 가득한 충견이었다.

굿

큰아버지가 갑자기 돌아가셨다. 환갑잔치를 요란하게 끝내고 일 년이 지난 어느 날 황급한 연락이 온 집안을 긴장하게 만들었다. 큰아버지가 쓰러진 것이다. 우선 급한 대로 개정병원에 모셨고 원장이신 김경식 박사 주도로 병세는 수시로 점검되고 있었다. 혼수상태가 계속되었고 유언 한마디 못한 채 며칠 만에 눈을 감으셨다. 연로하신 할머니 그대로 생존해 계셨고 벌려놓은 사업도 한창 활황세였던 때다. 너무나도 일찍 가신 연유에 대하여 집안의 안식구들은 황당한 죽음에 의구심을 품기 시작하였다. 요즈음처럼 진료를 정규적으로 하셨더라면 고혈압쯤은 어렵지 않게 넘길 수 있었을 텐데 그 시절은 예방의학이라는 개념이 부족하여 뇌출혈의 변을 당한 것이다. 체질적으로 순환기 계통의 병변을 의심할 수 있었지만 질병이 될 줄 미리 알아차리지 못하던 시절이었다. 이러한 사실을 인정할 수 없었던 집안 여자 어른들이 원인 규명과 억울하게 일찍 가신 영혼 달래주어야 한다는 취지로 젊은 자식들 만류를 뿌리치고 굿판을 벌였다. 큰아버지는 생전 그 큰 사업을 하실 때도 무당 한번 못 들여놓게 하신 분이다.

망자의 견해와는 무관하게 자식 잃은 할머니의 원통함이 굿 결정에 앞장선 것이다. 굿 준비 제사상은 상다리 휘어지게 많이 차려졌다. 돼지고기는 몸뚱이 통째 피가 뚝뚝 떨어지는 상태였고, 떡도 잘라서 다듬어놓지 않고 커다란 덩어리 그대로 올려져 있었다. 일반 제사와 비슷한 내용의 제물이었으나 매만져 다듬어지지 않은 모양의 야성적이고 투박한 상차림이었다.

큰무당과 그녀를 따르는 작은무당들이 도착하였고 인근에 살고 있는 무당들까지 큰 굿판 행사에 참여하고 있었다. 아니면 대모격인 큰무당에 대한 예의였는지 모른다. 여자 무당들과 어린 박수무당과 법사들, 악사들 한 패거리의 작업반이 들이닥쳤다. 미리 그들의 지시에 따라 준비된 무구들이 한쪽에 나란히 정돈되어 있고 각각의 위치에서 진행을 서둘렀다. 총지휘자는 여자 큰무당이었다(어릴 적 기억이라서 상세한 내용을 빠짐없이 기록하기는 불가능하지만 생각나는 대로 장면들을 모아 정리하였다). 원래 일반 굿은 12거리의 절차를 거치게 되는데 우선 거리굿을 시작하기 전에 부정풀이부터 시작하였다. 주관자와 무구잡이 한 사람들 외에 다른 사람들은 지붕의 처마 밖으로 나가 있어야 했다. 하얀 한지 3장을 불살라 올리고 부정풀이가 다 끝난 후, 법사들이 신을 청하는 경을 읽기 시작하였다. 그 법사들 가운데 한 분은 하령 이모부였는데 본래 부잣집 장손 아들로 태어나 대학공부까지 하였으나 할일 없이 놀이마당을 즐겨 찾아다니다가 심심풀이로 무당의 경 읽기를 배웠다. 전문가 이상으로 잘 해내는 그의 솜씨에 반해서 여자 무당들이 줄줄이 따라다녀서 이모 속앓이 많이 시킨 분이다. 큰 굿 마당이 벌어지면 빠짐없이 불려 다녀 총책임자 노릇도 하

큰아버지 영결식 모습

였다. 인물 훤칠하고 목소리 좋아 굿판을 주도하며 경을 읽어냈
다. 집안 망신이라고 아버지는 그 이모부를 상대하기 꺼려했으나
화합 능력 뛰어나고 친화력 좋은 그분 참석은 오히려 집안 분위
기를 기분 좋게 조성해주었다.

　이모부에 대한 일화는 또 있다. 무당들과 굿판에서 일하다 보면
각종 혼령들이 나와서 함께 춤추고 한풀이 놀이를 한다고 한다.
오랫동안 그 일을 함께하면서 자연스럽게 혼령을 알게 되고 그들
과 대화도 나누는 능력을 얻게 되었다. 접신하는 무당은 아니지
만 혼령들이 모여서 재잘대고 한을 토하고 당부하는 일까지 알게
되었다 한다. 이미 신의 세계에 대한 투시안이 생긴 것이다. 어느
날 밤늦도록 굿판 경을 읽으면서 그 혼령들을 보내고 뒷전거리까

지 다 마친 뒤 산길을 가로질러 집으로 발길을 재촉하고 있었다. 그런데 아까 그 집에서 만났던 혼령 몇이서 이모부를 기다리고 있었다. 놀이마당에서 놀다가 흥이 미처 가시지 않은 혼령들이었다고 한다. 그들과 어울려 새벽까지 놀다가 잠에서 깨어보니 어느 산골짜기였다 한다. 경 읽는 중간에 때로는 혼령이 이모부의 정신을 혼미하게 흔들어 이성을 잃게도 한다고 했다.

"대가 세지 않으면 혼령들에게 휘둘려서 그 짓도 못혀. 내가 원체 기가 세니까 다 물리치지."

우리들은 신비로운 세계 이야기에 매료되곤 하였다.

신을 청하고 신과 무당이 하나 되는 장면이 시작되었다. 법사들의 경 읽는 소리와 악사들의 풍악에 맞춰 초청되어 온 신들이 가무로 한바탕 즐겁게 노는 마당이다. 무당은 이때 무복으로 단장한 뒤 그들과 한바탕 노는데 그들을 맞이하여 접신할 때면 온몸을 부르르 떨고 이상한 비명을 지르면서 갑자기 하늘을 향해서 뛰기 시작하였다. 악사들의 풍악 소리는 힘주어지고 주변에 서 있던 다른 그 나머지 무당들도 함께 술렁이기 시작하였다. 가족들에게는 신맞이 준비 태세로 신 오심을 인사드리라고 하였다. 할머니, 큰어머니, 어머니, 고모들 손바닥에 불이 붙은 듯 비벼대며 빌었다.

"오셨나벼. 아이고 오셨나벼. 시상으 얼마 만에 오셨디야. 어서 오슈. 당신 집인디 못 올일 있겄슈."

큰아버지 혼백이 오셨다고 흐느낌이 있는 인사가 이루어졌다. 굿의 본론에 해당하는 장면이다. 무당이 장르에 맞게 복식을 갖추고 모자를 바꾼다거나 코트를 더 입거나 허리에 대는 띠를 바꾸기도 하였다. 전문 마당의 사설이 달랐고 무구 사용과 악사들의 악기 연주도 변별성이 있었다. 또 제주들은 그때마다 돈을 더 얹어주었다. 한바탕 뛰고 놀더니 신과 대화하는 장면이 펼쳐졌 다. 혼백이 무당에게 실려서 큰아버지 목소리 흉내 내며 이야기 하였다.

"늙으신 어머니 두고 홀로 떠나와서 미안혀유. 어머니. 식구들 모두 떠나 왜 이렇게 혼자 있게 되었는지 서럽고 원통허네. 오다 가 막내아들 원영이가 추운 땅바닥에 서서 보초 서고 있등만. 아 이고 발 시려워. 아이고 추워. 내 새끼 얼매나 춥겄능가. 이 꼴 저 꼴 못 보는 이내 몸 절통허네 절통혀."

"참으로 용혀게도 맞추네. 원닝이 군대 가서 일선에 있는 것 어 떻게 안 디야."

막내 사촌 원영이 오빠는 그때 마침 최전방 군부대에서 보초를 서고 있었던 시간이었다고 한다. 가족들은 무당의 이야기에 혀를 내두르면서 참으로 기가 막히게 잘 맞춘다고 야단법석이었다. 나 도 어린 나이였지만 무당의 이야기는 사실처럼 이어져가고 있었 다. 지금은 다 잊었지만 그곳의 구체적인 배경까지 설명하였다. 아래채 마루 바닥에 무엇인가 있다고 지적하며 그것이 집안 가운 에 악영향 끼칠 것이라 하였고, 은행나무를 소중하게 모시라고도 하였다. 대나무 가지로 큰어머니를 두드리며 무엇인가 대화하였 다. 생전에는 작은 큰어머니와 더 금실이 좋았었는데 굿마당에서 는 오히려 본댁을 긍휼히 여기는 모습 보여 큰어머니 마음이 흐 뭇하신 것 같았다. 효성 지극하였던 큰아버지의 할머니에 대한 태도는 기대만큼 알뜰한 것이 아니어서 가족들은 의아하게 생각 했다. 박수무당이 나와서 신선하고 영험한 이야기를 많이 쏟아냈다. 주로 막내아들 원영 오빠와 딸 영순 언니에 대한 염려의 표현이 많았다. 성혼시키지 못하고 떠나가신 무거운 마음이 그대로 사설이 되어 전달되고 있었다.

아직 어려서 턱 밑 솜털까지 살아 있는 잘생긴 박수무당 소년이 무복을 입고 춤추며 신의 이야기를 전달하는 장면도 있었다. 눈 속의 검은 동자가 약간 위로 올라가고 눈 바탕 색깔이 흰색 되어 미친 듯 뛰고 있는 그를 보면서 안쓰럽고 애처로워 가슴이 메어졌다. 그러면서 이상한 매력과 두려움이 이중적으로 적셔져왔다. 한창 호기심 많은 소녀였던 나의 눈에 그는 남성으로 비치지 않고 제3의 세계 공중에 떠 있는 이상한 나라의 불쌍한 왕자였다. 거역할 수 없는 가시밭 운명 위에서 혼 빠진 몸부림으로 자기를 잃어버린 볼모 같았다. 한지를 꼬아서 만든 종이를 태우기도 하고 무명을 길게 늘어뜨려 풀어가는 행위도 하였으며 나뭇가지로 두드릴 때마다 두드림을 당한 사람으로 하여금 놀이에 함께 참여토록 종용하기도 하였다. 더욱이 신이 무당의 몸을 빌려서 넋두리, 회한, 예언, 당부들을 이야기할 때는 망자의 몸짓, 눈동자 놀림, 목소리등과 유사한 행위를 하여 더욱 흥미로웠다. 그러나 어른들이 듣고 싶어 했던 큰아버지의 갑작스러운 운명의 원인 규명은 속 시원하게 풀어주지 못했다.

뒤풀이에서는 집안으로 들어오지 못한 밖의 혼령들을 위해 방안의 제물에서 골고루 조금씩 거두어 상을 차리고 술과 물을 준비하여 그들을 위로하였다. 그리고 굿에 초청된 신들을 돌려보내는 송신送神 과정에서는 망자의 이승과 저승의 갈라짐을 의미하는 내용을 무당의 입을 빌려 노래로 표현하였다. 소창 베와 삼베

들녘을 지나가는 큰아버지의 상여

로 이승과 저승의 상징을 보였다. 소창 베는 먼저, 삼베는 두 번
째로 흔들어 평안하게 가시라고 주문을 외웠다. 굿하는 동안 큰
아버지 자주 거닐던 마당, 방, 부엌, 우물, 새 사랑방 등을 두루
다니면서 회고하고 산책하는 시늉을 하였다. 마지막 떠날 때도
산 사람들이 인사하듯 안타까운 이별을 하였다.

굿이 끝나고 거기에 참석하여 수고한 사람들에게 굿 값과 수고
비를 넉넉히 주었고 우리 가족들은 꺼림칙하였던 큰아버지 운명
이후의 여러 가지 설에 금을 그었다. 그 기회를 계기로 하여 개운
한 마음으로 큰아버지 잃은 아쉬움을 달래게 되었다.

2부

우리 집 이야기

가운의 씨앗

나는 어려움 없는 환경에서 순탄한 어린 시절을 보냈다. 우리 집은 그 시절 촉망받는 사업의 하나였던 정미소를 소유하고 있어 호남평야 요지에서 미곡 거래 사업을 활발히 하고 있었다. 많은 농토는 선대로부터 받은 것이기도 하였지만 그 나머지 사업에서 얻어지는 이익으로 더 넓게 확장되었다. 정미사업뿐만 아니었다. 일제 전시 때 모든 물품이 통제되어 백성들에게는 소량의 것만 배급해주던 제도가 시행되고 있었다. 곡물을 중심으로 해서 소금, 설탕, 석유, 옷가지, 신발, 약품 등까지 일정 양의 배급표가 주어지고 그 배급표의 지정된 양에 따라 물품을 배분 받을 수 있는 제도였다. 일본에서 직접 통제되어 들여온 각종 물품을 나누어주는 그 지역 물류 총배급센터 구실을 우리 집이 담당하고 있었다. 일본이 항복하고 물러간 그 이후까지도 물류 취급은 일정 기간 시행되었다고 어렴풋하게 기억 속에 남아 있다. 전매청 물품까지 포함하여 그것들을 근거로 한 사업들은 다른 것까지 확대되어 크게 번성하였다. 정미소, 농사, 전매청 물품을 포함한 물류 배분 등 창고에는 항상 곡식과 물품들이 가득하였고 창고를 겸한 마루에는 각종 곡식들과 설탕, 약품들이 수북수북 쌓여 있었다. 정미소에서는 탈곡하는 기계 소리가 요란하고 앞문 밖에는 배급 타러 온 사람들이 웅성거렸으며 정미소 앞마당에는 곡식과 물품 운반하는 사람들이 부산하게 움직였으며 소달구지는 항상 대기하고 있었다. 그 어수선함이 무엇이었는지도 모르는 채 배불리 먹고 깔깔대면서 이곳저곳을 뛰어다니며 자란 어린 시절이었다. 재산 증식의 명당 일부였던 뒤뜰 안 구조도 생각난다.

위치는 전주와 군산 사이를 오가는 국도 1호의 대로변이었고 대황부락 뒷산인 대방산을 배경으로 하여 길게 뻗은 산의 아구리에 자리하고 있었다. 앞에서 보면 산의 머리 전면에 위치한 아구리 형체라고 하였다. 본채를 중심으로 볼 때, 오른쪽으로는 쪼깐네가 약간 뒤로하여 옴팡지게 앉아 있었고 왼쪽으로는 방앗간 건물과 곡식 저장용 창고 건물이 연이어 서 있었다. 커다란 창고 건물 앞에는 아궁이 앞 무쇠솥을 안고 있는 방이 하나 꾸며져 있었다. 머슴들과 식구가 많아 밤이면 집에서 쫓겨 나온 동네 남자들 그리고 오갈 데 없는 길거리 유랑인들에게 잠자리를 주는 용도의 사랑방이다. 창고 뒤 밭은 가을에 바심하지 않은 볏단을 쌓아 놓아 봄까지 벼 저장소 구실을 담당하게 하였다. 바로 그 뒤 일제 강점기 히마다니를 중심으로 한 일본 사람들의 신사 참배 장소가 언덕에 자리하고 있었다. 우리들은 폐허가 된 그 참배 터의 돌판과 평풍처럼 삥 둘러쳐 만들어진 둔덕에 올라가 뛰어 놀았다. 그곳에 올라가는 계단은 우리 집 정미소 뒤부터 시작되었다. 층층마다 정교하게 쌓아 올라간 계단 사이사이에는 들꽃들이 꽂아 놓은 듯 피어 있어 아기자기한 작은 정원이 단아하게 꾸며져 있었다. 실제로 나는 그 계단을 오르내리면서 이웃집 송자와 함께 소꿉놀이를 하였다. 풍수지리로 볼 때 용트림하는 형세의 용 아구리가 바로 참배 장소였고 그 바로 아래에 지어진 것이 우리 집이었다. 그 아구리가 소리를 칠 때마다 불이 뿜어져 나오는데 마침 방앗간은 전깃불로 정미를 하기 때문에 기계가 움직일 때마다 돈이 뿜어져 나오는 형국이었다는 것이다. 명당이라고 하였다.

계단 옆으로 뒤뜰까지 연결된 마당에는 뒷산에서부터 흘러내리는 작은 도랑이 마당 한가운데를 가로질렀고 도랑 위에 얹힌 다리 너머에는 장독대와 돼지우리가 있었다. 장독대 왼쪽 언덕은 참배 터 바로 밑이었는데 방공호 겸 식재료 보관소인 동굴이 파여 있었다. 다리 건너 정미소 뒤로 가는 길목에는 뒷언덕에 바짝 붙여서 맵겻간, 잿간, 나무청 그리고 닭장이 한 건물 안에 길게 칸을 나누어 만들어져 있었다. 취사용 난방용 거름용으로 사용하였던 맵겨는 정미소에서 무한정 취할 수 있어서 머슴들에게 나무 심부름을 따로 시키지 않아도 될 정도였다. 다만 겨울나기 나무는 진안 고산 장수 등지의 산골에서 트럭으로 장작을 운반해 와 뒤뜰 처마 밑 나무청에 잔뜩 쌓아 놓았다. 한겨울에는 그 나무들이 눈을 맞거나 얼어붙어 불쏘시개 보관에 신경을 많이 써야 했다.

돼지우리 옆에는 벚나무 하나가 서 있어서 열매가 매달려 익어 갈 무렵이면 나는 동생들이 쳐다보는 앞에서 능숙하게 기어 올라가 꼭대기의 버찌를 따 입에 물고 으스댔다. 동생들의 내민 손바닥 위에 몇 개씩을 던져주고 입술에는 온통 버찌를 문질러서 시뻘건 주둥이를 만들곤 하였다. 장독대 뒤에는 대나무밭이 있었다. 아버지는 낚싯대 고르는 일로 대밭 고랑을 휘젓고 다니면서 마땅한 나무를 잘라서 아궁이 불에 구워가면서 휘어진 몸통을 재단장하였다. 대밭과 닭장 사이는 공간이 꽤나 넓어서 여름에는 그곳에 작은 들마루를 놓아 뒹굴뒹굴하면서 골짜기로부터 불어오는 바람에 몸을 맡겨 시원함을 즐겼다. 돼지우리와 닭장 그리고 하수 오물이 도랑으로 흘러들어 파리 떼와 모기 떼가 대낮에도 우글거렸다.

더러운 도랑가 언덕에는 무화과나무와 감나무가 있어 주렁주렁 열매를 선물하였고 그 옆자리의 진자주색 목련은 땅을 헤집고 나온 원추리꽃과 손을 맞잡아 어수선한 뒷마당을 환하게 단장해주었다. 백제의 유물로 보이는 넓직한 통돌다리는 얼마나 귀한 고부가의 물건인지도 모른 채 허술한 우리 집 뒤뜰까지 끌려와 도랑을 건널 수 있게 뉘어져 있었지만 돌다리 언저리는 갖가지 꽃들과 잡풀들이 어울려 피어 있었다. 다리 오른쪽에는 소나무 한 그루가 있었다. 그 소나무는 고불고불한 모양새가 제법 품격을 지니고 햇빛을 가려주면서 주인에게 충성하였다. 소나무 아래에는 커다란 들마루가 있어 여름철 이른 저녁밥을 먹는다든가 다리미질, 나무새 다듬기 등 긴요한 활용 공간이 되어주었다. 나무 위에는 주로 오빠가 다람쥐처럼 기어올라 지붕 너머로 보이는 앞뜰을 향해 노랫가락을 뽑아냈다. 6 · 25전쟁 직후 해방의 맛을 잔뜩 만끽하고 있었던 어느 날 오빠는 그 소나무에 올라가 김일성 찬양 노래인 '장백산 줄기줄기 피어린 자욱…'을 소리쳐 불렀다. 어머니는 황급히 만류하여 꾸지람했다.

"시상으 자 좀 봐라. 시방 시대가 어느 땐디 저 노래헌디야. 너

가족사진. 5남매와 사위, 손자들.

잽혀갈라고 환장혔냐."

　이씨 가운의 씨앗이 처음 움텄던 곳. 큰아버지는 이곳 정미소를 바탕으로 하여 사업을 다져갔고 다져진 '씨앗의 바탕'을 동생인 아버지에게 물려주었다. 우리는 그 기운을 이어받아 부를 축적하였다. 어머니 소원대로 건강하고 영특한 자식들을 자라게 해준 전라북도 옥구군 개정면 발산리 101번지, 우리의 영혼과 추억들이 갈피갈피 배어 있는 그곳, 나의 고향집이었다.

가 족

　아버지 어머니를 중심으로 오빠, 나, 그리고 남동생 경태, 영태, 양의 7명이 직계 혈족으로서의 가족이다. 그 밖의 나머지 식구들로 많은 일꾼들이 있었다. 많은 사람들이 교체되면서 자리바꿈을 하였지만 머릿속에 남아 있는 사람들 몇 명 손꼽을 수 있다. 일꾼들은 집안 살림의 역할 분담에 따라 3분되어 있었다. 많은 농토와 밭일을 주관하는 남자 일꾼들과, 정미소 일과 물품 운반을 주관하는 일꾼들, 그리고 안살림만을 주로 하는 여자 일꾼들로 구분되었다. 이들은 우두머리를 중심으로 두어 명씩 뒷서두리가 딸려 있어서 잡심부름 하는 꼬마둥이까지 합하면 총 7~8명의 구성원들이 있었다. 정미소 일을 하는 사람들은 들녘 일이나 밭일에 투입되는 것을 싫어했고, 농사일 하는 사람들은 기계만 만지는 정미소 일과 분리되어 있었다. 부엌을 도맡아 주관하는 주방장급 어른과 20세 전후의 처녀(일순이, 영애), 우리들의 이불 개기, 세숫물 시중, 청소 등을 담당하는 10여 세의 어린아이(정애)로 '어른·처녀·어린아이'의 체계를 이루었다. 아래 부하를 주인보다 더 혹독하게 다루어 자기 종처럼 부려 먹으면서 호령하였다.

그래서 실질적인 동거 가족은 훨씬 많았다. 봄 가을 농사일이 많을 때는 달머슴까지 집안일을 돕는 사람만도 10여 명이 더 넘었기 때문이다. 그래도 일은 항상 분주하고 일손이 모자라 이웃의 도움을 필요로 하였다. 때때로 사람을 품팔이로 놉 얻어서 하거나 어머니 보좌인들이 도와주었고 성산면 하령 이모와 대야면 만자산 이모들까지 모셔와 막내 동생 살림에 참여시켰다.

집 안팎의 살림살이, 농사일, 사업, 정미소 일을 모두 어머니가 주관하고 지휘하였다. 아버지는 한량이셨다. 아침에 느지막이 일어나서 자전거로 들녘에 나가 땅들을 한 바퀴 휭 돌아보고 오신다거나 머슴들을 모아놓고 어머니로부터 지침 받은 내용으로 새벽 훈령을 하달하시는 일로 하루를 시작하셨다.

"학교 앞 자리 물꼬가 막혀서 시방 터질라고 허네. 가마니때기에 흙 좀 꽉꽉 채 넣어서 단단히 막아야 쓰겄네. 그리고 완뱅이 자리는 거름이 부족헌가 드문드문 뇌랗게 잎이 들떴등만. 거름을 골고루 뿌리야지 어디로 해찰을 혔는가. 칠뱅이헌티 시켰능가. 덕수가 한 번 더 가서 뿌리야긋네. 쓰잘데기 없는 짓 허지 말고 칠빙이 좀 오라구혀. 사랑채 똥이 넘치등만."

주인으로서 지침을 내린 뒤 진수성찬의 아침식사가 끝나면 깨끗하게 단장하고 어머니로부터 얼마큼의 용돈을 받는다. 인근 대처로 외출하여 친구들과 어울려 하루를 놀고 들어오신다. 아버지의 식도락을 잘 알고 있는 군산의 몇몇 음식점에서는 그날 새로 들어온 제일 좋은 생선이나 고기가 있을 때 알림을 주었다.

"이 생원 기슈? 오늘 새벽참에 싱싱한 횟감이 들왔응개 일찌감치 나오시라는디유. 쥔이 기별 드리라구유."

어머니는 그렇게 살고 계신 아버지의 삶 태도에 불평이 없었다. 몸에 좋은 음식과 술들을 손수 만들어 저녁에 돌아오는 서방님 섬김에 진력하였다. 맛 좋은 음식, 멋진 옷, 수려한 인물 그렇게 세월을 보내는 팔자 좋은 분이었다. 때때로 새로 유입되어 온 기생과 사귐에도 뒤지지 않았을 뿐만 아니라 신식 다방의 멋진 마담들에게까지 풍채 좋고 매너 좋은, 그러면서 돈 씀씀이 넉넉한 부잣집 양반. 내가 봐도 우리 아버지는 매력 있는 분이었다. 기둥서방 같은 아버지를 하늘 같은 남편으로 떠받들면서 살아오신 어머니의 삶은 "내 이야기는 몇 권 책으로 만들어도 끝이 없을 것이다"라는 푸념만큼이나 역동적이고 폭넓은 내용으로 엮여 있다.

우리들은 아침에 일어나면 정애가 놋대야에 떠다 놓은 세숫물에 코만 문지르고 부엌에서 올려오는 밥 한술 먹으면 하루가 시작되었다. 늦잠꾸러기 나는 식구들이 아침상 물리기까지 아랫목에 밀쳐져 자고 있는 때가 자주 있었다. 마냥 잠에 빠져 있는 내 궁둥이를 도닥거리던 아버지는

"우리 양념딸년 늦잠 주무시는구만. 이거 이렇게 커서 어떻게 시집간디야?"

하고 말씀하시면서도 한 손은 이불자락을 덮어주었다. 식사 중간에 눈이 떠지는 때도 있었지만 모르는 척 다시 눈을 감고 밥상이 나갈 때까지 이불 속에 웅크리고 기다리는 때도 많았다. 오빠와 뒹굴고 경태와 싸우고 영태, 양의를 놀려대는 그런 삶이었다. 먼발치의 어머니는 나를 흡족하지 못한 애정 갈망자로 만들었다. 동생들이 많아 어머니 곁을 멀리한 지 오래였고 사업에 살림에 너무 바쁜 어머니 품은 따뜻할 틈 없이 쌩쌩 바람이 불었다. 어머

니가 혹 의붓어머니가 아닐까 의심한 때도 여러 번이었다. 훈계가 무섭고 엄격하여 행동거지 천박하면 불호령을 주었기 때문이다. 싸우고 울고 일러바치고 그 판결자가 어머니였기에 집안 판사는 공정해야 했을 것이다. 그러나 억울한 판결도 있었다. 어린 동생들이 옳았고 나이 많은 오빠, 누나는 죄가 훨씬 큰 것 같았다. 나는 서러웠고 애정을 의심하였다. 그러나 이따금 어머니는 당신의 사랑을 깊고 뜨겁게 확인시켜주는 때가 있었다. 내 의심을 풀어주는 순간들이다.

"내가 갱자 너를 안 낳더라믄 딸이 읎어서 을매나 쓸쓸혔겄냐. 딸 하나서 너는 귀허디귀헌 귀명딸이다잉. 너는 복을 많이 타고 났단다잉. 딸 하나라도 너는 참 잘 태어났다. 아이구, 내 새깽이 복딩이."

"계집애가 솔찬히 찬찬혀유. 동생들도 잘 챙겨 멕인당게로. 아이구 내 강아지가 참 이쁜 짓도 허네잉."

어머니는 애정 뿌리까지 흔들리게 하는 애칭을 당신 나름대로 불러주었다.

"내 새깽이, 내 강아지, 내 못난뎅이, 복딩이."

늦게라도 집에 돌아오는 날에는 맨발로 뛰어나와 맞이하면서 어머니는 예의 그 몸서리치도록 애정 넘치는 반가움을 쏟아 부어주었다.

"아이구 내 강아지 왔능가. 내 새깽이야. 보고 싶어서 눈깔이 빠지는 줄 알았데잉."

보고 싶은 어머니. 이 세상에서 나에게 그토록 으스러지는 애정 표현할 분 어디에 있을까. 5남매 마음에 각각 심어준 굵은 애정의 뿌리를 우리 형제들은 다 안고 살았다. 이 세상에서 나를 가장 사랑한 분 우리 어머니였음이 틀림없다고 느끼도록.

　우리 집 밥상을 둘러싸고 식구들이 앉는 구도는 형제 한 명씩 혼인해서 나갈 때까지 자리바꿈이 없었다. 아랫목 우측에 아버지, 좌측에 어머니가 앉으셨고, 부모님들을 가운데로 하여 아버지 옆에 영태, 어머니 옆에 양의 두 막내가 앉았다. 그리고 위쪽으로는 경태, 나, 오빠가 나란히 앉아서 밥을 먹는다. 부엌 쪽으로는 반찬 운반용 작은 상이 하나 놓여 있었다. 부엌 쪽으로 터진 조그만 문으로 반찬이 운반되어 왔다. 그 밥상은 이따금 나에게는 독상의 구실도 하였다. 7명의 구도가 꽉 찬 밥상에 손님이 한 분이라도 오게 되면 내가 뒷상으로 몰려나 그 작은 상 앞에 앉게 되는데 어머니는 본 밥상에서 시시껍적한 두서너 가지 반찬을 한 접시에 몰아쳐 담아 내 밥상 위에 얹어주었다. 그때마다 나는 소외감과 모멸감에 기분이 좋지 않았다. 혹 손님이 두어 사람 올 때도 있다. 그러면 경태와 내가 함께 앉게 된다. 오빠는 큰아들이라고 고기 덩어리 큰 것을 받는 혜택을 보았고 막내들은 어리다고 마음을 써주었고, 나는 양념딸이라서 정을 받았다. 가운데 있는 경태만이 관심의 대상에서 멀어져 있다는 생각이 들어 그 애는 더욱이 자기 존재 부각에 더 안간힘을 썼다. 소리도 더 크고 이 사람 저 사람에게 자신을 각인하는 행위로 부딪침도 요란했다. 그래서 밥상 앞에서도 자리와 먹거리 확보에 적극적이었다. 나는 속으로는 부글부글 화가 나도 꾹 참고 있지만 경태는 불만을 터뜨려 화를 버럭버럭 내질렀다.

　"에이 또 여기 앉으라고? 반찬 많이 줘. 저 밥상허고 똑같이 줘야 혀."

"시꺼! 아무 소리 말고 먹어둬."

오빠나 영태나 양의는 그럴 기회가 없어서 우리들의 울분을 이해할 수 없을 것이다. 지나가는 걸인들에게나 주는 혼합 반찬 형태의 식사를 받을 때의 그 심사를 어머니도 모르고 돌아가셨다.

"여그 숭님(숭늉) 왔어유. 물고기 지진 것도 있유. 이것은 주인 것이유."

국이나 찌개는 아버지 것과 우리들 것에 차이가 있었다. 아버지 것은 더 많은 고기와 양념을 가한 것으로 작은 냄비에 지짐지짐 따로 끓인다. 대주의 것을 그 나머지 식구들 것과 함께 요리하면 안 된다는 어머니 생각이다. 참게 젓에 갖가지 양념을 하여 무쳐 놓으면 껍데기의 알짜배기는 아버지가 드시고 우리들은 아버지가 남겨놓은 다리나 그 국물만 비벼서 먹을 수 있었다. 또 어쩌다 남겨놓은 아버지의 찌개는 우리들 것과는 비교가 안 될 정도로 맛이 있기 때문에 그것을 서로 먹고 싶어서 형제끼리 싸우기도 하였다. 더욱이 경태는 그런 것을 많이 탐내어 우선 자기 앞으로 끌어가 우리 형제들이 단체로 항의하였다.

"야! 너만 먹냐. 우리도 함께 먹어야 혀. 이리 내놔. 빨리."

네 것 내 것 밀고 당기면서 싸우다가 결국 접시는 엎어지고 반찬은 방바닥으로 나뒹굴어 깨지고 만다.

"씨어걸 것덜. 왜 이렇게 시망을 떨어쌌냐. 내가 나누어 줄 틴디."

생선도 고기 반찬도 아버지가 먼저 잡숫고 우리들은 아버지가

"너희들도 먹어라."

허락이 있을 때까지 그 나머지 시시한 반찬만 쩝쩝거리고 있어야 했다. 어머니는 그런 태도가 밥상 예법이라 하셨다. 밥을 먹을

때 음식 씹는 소리 쩝쩝 크게 내지 말아야 하고, 수저 소리 크게 내지 말 것, 입은 꼭 다물고 먹어 음식물이 밖으로 튀어 나가지 않게 씹어야 하고, 밥은 남기지 말 것, 밥그릇은 지저분하게 하지 말 것, 어른 반찬에 먼저 손대지 말 것, 어른이 일어나기 전에는 일어나지 말 것 등.

경태와 나는 옆자리에 앉아서 서로 자리가 좁다고 끼니때마다 밀치면서 티격태격 싸움질을 해서 밥 먹기 전 매번 야단맞았다.

"왜 내 자리까지 오냔 말여. 여그가 금인디."

"왜 밀어. 니가 다 차지헐래? 엄니 넛님이 나를 밀었유."

"니가 나를 건드렸어. 왜 내 치마를 만지냐."

"넛님이 먼저 내 손을 건드렸어."

결국 둘이서 서로 밀치면서 치고 때리고 울고 야단이었다.

"밥상 앞에서 무신 짓들을 하는 거여. 복 달아날라고."

경태와 내가 싸움을 자주 하였고 영태와 양의는 나의 보호막 아래서 경태의 거친 말썽을 조금은 피할 수 있었다. 경태는 별명이 놀부였다. 호기심이 많고 머리가 명석하였으며 손재주, 부지런함, 넘치는 힘, 그리고 적극적이고 낙천적인 성정을 지녀 주변 사람들과 부딪침이 많았다. 낙천적이고 명랑 쾌활한 성정은 우리 형제들의 공통점이기도 하다. 그 애는 밖에서 노는 것을 싫어해서 집안에서만 뱅뱅 돌며 갖가지 말썽을 부렸다. 동생들 놀이나 내 일을 방해놓아 영태와 양의는 징징거리고 울면서 나에게 일러바치고 나는 경태를 야단치고 서로 엉겨 붙어 싸우고 그러다가 어머니에게 들키면 문틀 위에 얹어 놓은 옷 만들 때 사용하는 잣대로 몇 대씩 맞기도 했다. 그 잣대는 몇 개가 부러져 나갔는데 그 부러짐의 원인은 항상 경태 때문이었다. 억세고 고집 있고 욕심 많아 타인에 지지 않는 아이였다. 아이가 별종이어도 귀염성 있어 더 사랑받았다. 한번은 안동네에 나가서 놀고 있는데 장난삼아 최홍엽 씨가 경태 옷에 물을 끼얹었다. 한 다섯 살쯤 되었을 때였을 것이다. 경태는 그 집 마루에 앉아 옷을 말려놓으라고 고집을 부리고 떼를 써서 어른들이 달래다가 그 고집을 당할 수 없어 어머니에게 달려왔다.

"아이고 자 좀 데려가야겠유. 고집이 쇠고집이유."

어머니가 달려가 달래었지만 끝내 설득되지 않아 최홍엽 어른이 미안하다고 사과한 적이 있다. 쪼깐네 호박에 못을 박아 병신 호박을 만드는가 하면(이 일은 내가 종용했지만) 기계에 대한 호기심이 발동하여 그 기계를 다 분해하여 다시 맞추기도 망가뜨리기도 여러 번 하였다. 수박 장사가 리어카에 가득 싣고 동네 안을 돌면서 장사를 하였다. 어머니는 일하는 일꾼들과 우리들 모두에게 두고두고 먹으라고 수박을 한 통씩 사주었다. 보리 두어 됫박 넉넉히 퍼주면 한 리어카에 가득 실은 수박을 송두리째 주었다. 욕심 많은 경태는 자기 수박은 돗자리 뒤에나 다듬잇돌 뒤, 다락에 숨겨 놓고 동생들 것이나 내 것을 뺏어 먹었다. 며칠 뒤 돗자리 뒤, 다락에서 썩은 냄새가 나고 다듬잇돌 뒤에서 물이 흘러나와 살펴보면 영락없이 경태의 보관 과일 때문이었다. 세계 인명사전에 오를 정도로 훌륭한 국제적 유체공학자가 된 그 애의 야망과 끼는 어린 시절부터 싹이 보였다. 미국에 살면서 이따금씩 들리는 집안 식구들을 이리저리 챙겨주는 그 애의 마음 씀이 어린시절 우리를 괴롭혔던 쓸쓸함을 씻고도 남게 한다.

영태는 형인 경태의 휘둘림과 동생 양의의 막내성 만행 가운데 끼어서 소리도 못 내고 착하기만 하게 자랐다. 경태는 놀부, 영태는 꽁치, 양의는 납작코를 달고 태어나 양일동(통일당 당수) 지프차가 지나간 코라고 놀려댔다. 노래도 있었다.

"양일동 찗차가 지나가서 맨돌맨돌하다네."

한쪽에서 '치'하면 어느 한쪽에서 '꽁'으로 화답하면서 콘트라스를 이루어 영태를 골렸다. 오늘날 대한민국 육종학 분야 일인자라고 신문에서, 학계에서 떠들썩한 소식이 들려오지만, 우리 모두는 말 없고 순하기만 하였던 어린 시절의 영태 심연에 그런 엄청난 능력이 도사리고 있었음을 그때는 알지 못하였다. 오랫동안 농업진흥청에서 육종학에 전념하다가 퇴직 후 그 실력 아끼는 동료들의 부름 받아 대학 강단에 다시 서게 되었다.

첫째로 태어난 오빠는 부모들이 만난 것이 아버지 15세, 어머니 19세였음에도 어머니 나이 26세에 잉태되었으니 그 기다림의 시간이 얼마였을까 짐작이 간다. 할머니의 늦둥이였던 아버지는 집안 식구들의 사랑을 유난히도 많이 받았을 뿐 아니라 결혼 이후에도 관심 대상이었다. 늦깎이 철없음은 가족들에게 염려심을 유발시켰고 개선되지 않는 생활 태도는 할머니에게 안쓰러움을, 큰아버지에게는 호통을 자극하여 막내 지키는 눈여김을 생태적으로 안게 하였다. 결혼으로 똑똑한 아내인 어머니를 만나 외형적으로는 부부의 상하 구조를 확립하였지만 순하고 의지 약한 아버지를 보는 주변의 시선은 제구실 능력 평가에 의구심을 갖게 하였다. 그러다가 느지막이 끝방망이 같은 첫 아들을 낳게 되었다.

그런데 그 아들이 어렸을 때부터 유난히 영민하여 온 집안의 사랑을 한 몸으로 흡인하는 특출난 명물로 출현하게 된 것이다. 더군다나 할머니 사랑은 더할 나위 없었다. 막내아들 손자에게 유난을 떠는 할머니 때문에 다른 사람들의 질투도 많이 받았다 한다. 그렇게 태어난 오빠는 관심의 대상이 될 수밖에 없었을 것이다. 어머니의 치맛바람도 있었지만 학교에 입학하자마자 우선적으로 반장이 되었고 학교 생활에서는 월등한 성적과 인간관계 속에서의 지배력이 돋보여 반 전체는 말할 것 없고 선후배 사이에서도 존경을 한 몸에 받았다. 마을 안에서는 집안 배경도 힘이 되어주었지만 공부 잘한다는 소문과 함께 누구도 넘볼 수 없는 실력자로 인정받았다. 약간은 건방져서 학교 등하교 때에는 책가방을 다른 아이들이 들어다 주는 섬김까지 받았다. 오빠가 가는 곳이면 몇몇의 친구들이 조무래기를 자처하여 양쪽으로 날개를 만들어 주었고 오빠는 그 가운데서 무엇인가 큰 소리로 잘난 척하며 걸어갔다. 다른 아이들은 감히 오빠에게 도전을 못했고 그저 고개 숙여 그 잘난 척에 아부의 응수만 하였다.

집안에서 귀여움을 독차지하고 바깥에서 인정받고 공부 잘하고 집안의 배경이 근사하고. 오빠의 어린 시절은 찬란함 그대로였다. 전라북도에서 제일 수준이 높다는 전주북중학교로 유학을 하였다. 교통이 불편하여 지나가는 트럭에 하숙비 쌀을 싣고 떠나는 오빠의 모습을 뒤로하면서 하염없이 눈물 흘리던 어머니의 슬픈 모습이 아직도 눈에 선하다. 한 달 하숙비는 소두 고봉 닷 말의 쌀이었다. 아버지의 친구 최봉한 씨 집에 하숙을 부친 뒤 갖가지 농산물과 선물들을 열심히 챙겨 보냈고, 그 집에서는 친아들 못지않게 알뜰하게 거두어주었다. 천정 높은 줄 모르고 세상을 휘젓고 다니던 오빠가 처음으로 집을 떠나 남의 집에서 하숙 생활을 하게 된 것이다. 야성과 추앙으로 찬란했던 고향 땅에서 스타 생활을 접고 남의 눈치를 보고 조심스러워 하며 살아야 하는 타관살이가 시작된 것이다. 규격화된 도회 생활에서 자라난 다른 아이들과 비교에서 처음에는 열등의식을 느꼈지만 실력은 곧 그들을 압도하였고 항상 선두대열의 성적을 견지하였다.

오빠가 서울대학교 경제학과에 합격하던 날 부모님들은 춤을 덩실덩실 추었고 우리들은 덩달아서 좋아하였다. 발산초등학교가 설립된 이후 최초로 서울대학교 입학생이 탄생되었다. 그 이후 우리 형제들은 그 기록을 계속 갱신하는 선수들이었다. 내가 이화여대, 경태가 서울대 공과대학, 영태가 농과대학. 형제가 줄줄이 서울대학교에 입학할 수 있었던 것은 어머니의 지극한 정성에 따른 것이었다. 어머니는 우리 형제 5남매를 공들여서 성장시켰다. 오빠가 공부할 때는 집을 한 채 통째로 비워주고 조용히 그곳에서 공부하도록 하였고 나는 학교 가까운 곳에 하숙을 들여 입시 공부하게 하였다. 집에서 공부할 때는 한밤중 공단지를 머리에 이고 다니면서 빌고 또 빌어서 머리에 물 마를 날 없었다고 한다.

오늘날 내가 이 자리에 올 수 있었던 것도 모두 어머니의 지극한 빎이 있었기에 가능하였다. 내 신앙은 신이 아니라 바로 어머니였다. 지금은 그 빎을 받아 수행해주는 대상이 돌아간 남편이 되었지만 남편이 가기 전까지 저승에서라도 이 몸을 위해 구구절절 염려해주고 기도해주는 이는 우리 어머니였을 것이다.

오빠는 우리 형제들의 좌표였고 교과서였다. 그가 하는 대로 공부하고 행동하게 하는 형제들의 본이었다. 심지어 나는 장차 남편감으로 오빠 같은 남자를 만나야 한다고까지 생각할 정도였다. 동생들은 오빠를 존경했고 또 그래야 하는 것으로 세뇌되었다. 서울에서 자취 생활을 할 때 콩나물국을 끓여도 건더기를 더 많이 얹어주고 우리들은 국물을 먹었으며 고깃국을 만들면 좋은 고기를 먼저 오빠 국사발에 넣었다. 동생들은 아무 불평 없이 오빠 떠받드는 일에 동조하였다. 우리들은 지금도 오빠에 대한 소중한 사랑이 마음 속 깊이 깔려 있다. 사이가 소원해진 막내 양의까지도 큰형에 대한 애정은 각별하다. 큰형을 말할 때마다 속을 많이 썩인 동생이라고 눈물을 글썽이니 그 애정이 얼마나 큰지 알 것 같다. 선발 주자였던 오빠의 삶이 올곧았기에 형제들의 인생도 바른 생활 대열에 낄 수 있었다.

　두 번째로 태어난 나는 부끄러움을 많이 타는 내성적인 아이였다. 조그만 일에도 가슴이 벌렁벌렁 떨리고 작은 꾸지람에도 울어버리는 연약하고 당차지 못한 아이였다. 위로 오빠가 있고 아래로 강직한 남동생 경태가 커가면서 내 연약성을 차츰 담금질하게 되었다. 내 것을 빼앗고 밀치고 방해하는 경태와 힘겨루기가 시작된 것이다. 생애 최초의 적이 바로 밑 동생이었다. 내 어머니를 앗아간 것도 분한데 내 영역을 종횡무진 침범하여 막무가내로 휘저었다. 내 소망은 경태를 밀치고 그에게 지지 않는 일이었다. 심지어 밥상 앞에 앉아서도 그는 나를 밀쳐냈고 나는 그에 지지 않으려 더 밀고 당겼다. 그 이후 영태가 태어나고 양의가 태어나면서 싸움은 나 혼자의 이익만을 위한 것이 아니게 되었다. 두 형제들을 그 애의 폭력과 회유로부터 보호해야 한다는 책무까지 더 보태진 것이다. 나는 점점 쌈쟁이가 되어갔다.

초등학교 입학 후 제법 공부를 잘하여 남녀 일등도 하고 영특함도 발현되어 학교 생활에 잘 적응해 나갔다.

"딸이라도 훌륭하게 키워야지. 초등학교 선생질보다 더 높게 키워야긋다."

어머니의 야심은 나를 인문계 중학교로 입학시켰고 국가고시 시험 점수가 월등하여 전국 어느 중학교에도 갈 수 있었다. 나는 참고서를 본 것도 아니고 오직 교과서만을 암기하여 공부하였을 뿐인데, 지금과 견주어보면 참 어수룩한 세상이었다. 중학교에 간 나는 그 분위기에 적응하지 못해 항상 편도선이 부어 미열에 시달렸고 힘에 겨워 비실거렸다. 대야에서 이리(익산)까지 약 40리 길, 기차를 타고 6년을 통학하였다. 아침 일찍 일어나 껄끄러운 입에 입맛이 없었다. 영애 언니는 참기름에 김치 국물과 깨소금을 잔뜩 넣어 만든 비빔밥을 억지로 떠 먹여주면서 나를 따라다녔다. 못된 주인집 딸인 나는 신경질을 부리면서 밥투정을 하고 언니는 그것을 다 받아주면서 통학길 걸어가는 내 옆을 따라오며 내 입에 밥을 넣어주었다.

"경자야 한번만 입 벌려봐잉. 오늘 밥은 참기름이 더 많이 들어갔댕. 어츠 어서 입 벌려라잉."

"참말? 어디 진짠가 먹어볼까? 에이 맛없어. 아이 나 늦단 말여."

아침잠이 많은 나는 항상 늦잠을 자고 밥 먹을 시간이 모자란다. 지금도 나는 늦잠꾸러기이다. 아침잠을 설치면 하루 종일 피곤하여 온몸에 하얀 막을 씌운 것처럼 몸과 기분이 무겁다. 나이 먹은 아직까지도 늦잠 자는 체질은 변하지 않아서 때로는 남편이 아침밥 불을 지펴주기도 하였다. 나는 내 소질이 무엇인지, 대학은 어느 학교로 갈 것인지 도무지 방향을 모른 채 사촌인 영순 언니가 이화여대에 입학하니 그 여세로 같은 대학에 보내졌다. 소질 또한 희미하여 고등학교 시절 몇 편의 글쓰기로 국어선생님의 칭찬을 받았다는 이유 하나로 국문과에 원서를 냈다. 대학 입시 공부는 나름대로 열심히 하였나 보다. 수학에 약한 나는 주로 암기 과목에 치중하였고 수학도 그냥 무조건 암기로 일관하였다. 운이 좋았다. 암기 과목들이 효도하여 수학에서 모자란 부분을 채워주어 그럭저럭 합격하였다. 오빠의 대학 합격으로 코끝이 하늘로 치솟은 어머니에게 그 이듬해 나의 합격은 간단한 감격으로 끝났다. 그 다음 2년 뒤 경태가 어려운 공과대학에 합격하였을 때도 영태가 농과대학에 합격하였을 때도 그저 그러려니 하는 태도였다.

위로는 오빠를 부모님 다음으로 의지하고 존경해야 했다. 오빠는 아버지 대신이라는 의식이 강하게 있어서 제일 공부도 잘했고 똑똑하고 의연했으며 동생들과는 항상 구분되게 대우해야 하는 대상이었다. 나는 딸이라서 단독으로 옷을 해주었지만 경태부터는 헌 옷만 물려 입혀서 해지고 꿰매고 줄이면서 입혔다. 경태가 뛰어나도 오빠의 그늘에 가려서 빛을 발할 수 없었다.

"느그 성이 제일인 거여. 아버지 대신이다잉. 성 말을 거스르믄 못쓴다잉."

마음 자세가 항상 오빠 제일주의를 지향하며 자랐다.

막내 양의는 서울대학교에 입학한 형제들 못지않은 명석함을 지녔지만 대학 입시에 거듭 실패하면서 사업으로 눈을 돌리기 시작하였다. 영리한 그 애는 사업에서도 수완을 발휘하여 군산에서 나무사업의 일종인 제재업을 하였다. 동남아에서 수입해 들여온 원통나무를 제단하여 판매하는 사업이었다. 어려운 시절 아버지 어머니를 모시고 시골 생활을 하였다. 그 애의 효심과 형제들 우애 배분에 감동하면서 우리들은 전 재산을 그 애에게 넘겨주기로 약속하였다. 그러나 IMF라는 큰 경제 파고를 견디지 못해 사업은 쓰러졌고 형제들과 관계도 서먹해져서 지금은 작은 업체에 몸을 의탁해 월급 생활을 하고 있다. 그 애를 생각하면 항상 마음 아프고 안쓰러워 도움 될 일 못하는 것 미안하기만 하다.

어린 시절의 경험을 공유하였던 우리 형제들 이제 같이 늙어가고 있지만 추억의 파편들을 들추어 세월의 한 페이지씩 넘길 때마다 서로의 소중함이 가슴 시린 그리움으로 저며진다. 감성과 표현이 다양하여 주변 사람들을 기쁨과 분노로 삽시간에 몰아갈 수 있었고 그러면서 대단한 지혜와 카리스마를 갖춘 여인 우리 어머니, 우리들은 그녀의 의지대로 조각된 작품이었다.

일꾼들

아버지와 어머니 부부 사이의 금실은 변함이 없어 집안에서는 웃음이 떠나지 않았고 재산은 불어났다. 더욱이 어머니는 유머 감각이 뛰어나고 표현력이 좋아서 집안 분위기를 밝게 하고 주변을 즐겁게 하였다. 바느질 솜씨, 음식 솜씨, 사교술, 사업 수완, 남다른 매력을 지닌 분이었다. 아버지를 앞세워 주변 사람들에게 이씨 가문의 위력을 과시하였고 당신 또한 은근히 그 배경을 이용하여 사업을 이끌어나갔다. 주변에는 그녀를 따르는 몇몇 심복들이 있었고 그들에게 적당한 배려와 인화를 도모하여 몸 바쳐 일할 수 있도록 마음을 이끌어냈다.

그 한 예로 6·25전쟁, 그 생사를 가르는 극한 상황에 처했을 때 평소의 처세 결과가 나타났다. 집에는 많은 곡식과 설탕, 소금, 석유, 심지어 약품들이 창고 안에 가득 쌓여 있었다. 일제강점기부터 미처 배분하지 못해서 쌓여 있었던 물품들을 전쟁이 나면서 급하게 처리해야만 하는 상황이었다. 몇몇 심복들의 집안에 귀중품을 분산 보관토록 하였고 뒷밭의 흙을 파서 썩지 않을 물건들은 모두 묻기도 하였다. 석유는 그 당시 금보다 귀한 물건이었다. 전기 시설이 미비한 산간 지역들은 소주병만 한 작은 병들을 들고 와서 배급권과 얼마간의 돈을 내고 석유를 배급 받아 갔었다. 나는 이따금 일 도와주는 사람이 없을 때 석유 배급 일에 참여하였는데 그 과정에서 몰래 돈을 훔쳐서 찹쌀떡을 사 먹기도 하였다. 그 일을 맡아 밤을 새우면서 작업에 투입되었던 사람들에게는 전쟁이 끝남과 함께 넉넉한 사례를 하였을 것이다. 아니 전쟁 중에도 그들 가족들이 먹고살 만한 양식을 주어 마음을 붙잡아 놓았다. 전쟁이 끝난 뒤 땅 속에 묻혔던 석유와 다른 물건들이 빛을 보면서 우리 집의 부는 더욱 화려해졌다. 가난한 집 장롱 속에 숨겨 놓았던 전쟁 전의 화폐도 개혁을 통해 손해 보지 않고 이용할 수 있었다. 그들이 생명을 바쳐서 주인집을 위해 일할 수 있었던 것은 평상시 아버지 어머니의 따스한 배려 덕이었을 것이다.

정미소 주변에는 쌀 장사꾼들이 상시 주변을 맴돌고 있었다. 어머니는 그들을 가까이 하여 싼 값에 쌀을 사서 비싼 값으로 넘기는 중개하면서 그들에게 이문을 돌려주면서 어머니 곁에 머물도록 하였다. 어머니는 한 번 만나면 그녀를 떠날 수 없게 하는 이상한 마력을 가진 분이었다. 마을의 누구 집 아이가 태어났다 하면 쌀보리 한 되와 미역 한 톳을 보내서 위로하였고, 누구 집 굶어 죽게 생겼다는 소문을 들으면 보리·밀이라도 보내서 몇 끼의 죽이라도 먹게 하였다. 전쟁 전후 굶주림이 극에 달했던 시기가 있었다. 끼니때가 되면 마을 사람들이 줄을 지어 안방 사랑방 마루방을 차지하고 앉아 있었다. 어머니는 부엌에 일러두어 보릿가루 밀가루 죽이라도 많이 끓여서 그들에게 나누어주었다. 우리들은 밥그릇 빼앗기는 일이 부지기수였는데 다른 사람들의 밥이 모자랄 때는 우리가 먹고 있는 밥그릇도 빼앗아 그들에게 주었다.

"너는 아침도 먹었고 또 저녁도 먹으면 되니까 그만 먹고 저 사람 주자."

"예야, 밀가루 보리 많이 넣고 물이라도 좀 나수 붓거랭. 그리야 한 사람이라도 더 먹을 수 있지잉. 그러고 구시렁대지 말그래잉."

부엌 사람들에게 입이 마르도록 타이르셨다. 지나가던 행인이 배고파 쓰러져 있으면 머슴 시켜서 사랑채에 눕혀 죽 쑤어 먹이고 밥 먹여 며칠씩 안정시킨 다음 떠날 수 있도록 하였다. 바깥 사랑방에는 항상 오갈 데 없는 몇 사람들이 군식구로 먹고 자고 하였고 오랫동안 갈 데 없는 사람은 행실을 봐서 달머슴으로라도 일하게 하여 끼니를 이을 수 있게 하였다.

"영수! 사랑방에 있는 그 사람 어쩌든가."

하고 고정 구성원인 큰 머슴에게 묻는다.

"솔찬이 갠찮여 봬유. 며칠 일 더 시켜볼 팅게 그때 좀 싸가지를 보쥬."

기득권이 있는 고정 구성원에게 잘 보이면 그 사람은 채용되기가 쉽고 밉보이면 쫓겨났다. 우리 집 앞 도로는 급커브로 돌게 되어 있어서 자동차가 자주 앞 논으로 처박히는 사고가 일어났다. 신호체계가 미비한 위험한 커브 길이었다. 그래서 인명사고가 자주 일어났고 그렇게 되면 환자가 사랑채에서 여러 날 누워 있기도 하였다. 의사 팔봉이가 와서 치료해줬고 때로는 숨지기도 하였다. 어머니는 환자를 위해 뜨거운 물을 끓여서 치료해줬고 항생제가 없던 시절 다이야징 가루를 상처에 뿌려 염증이 나는 것을 막았다. 약을 발라주는가 하면 방에 불을 많이 지펴서 따뜻하게 재우라고 지시하였다. 임자 없는 사람은 장례까지 치러주었다. 그렇게 해서 우리 집에 고정 멤버로 안착한 사람도 여럿 있다. 그 가운데 하나가 윤철 아버지 김영수, 진택이 등이다.

"전라도에 가면 먹을 것이라도 풍족하겠지."

경상도에서 홀로 떠돌다 와서 이곳저곳을 방황하던 참에 우리 집에 들려 달머슴으로 일을 시작하였다. 사람이 천박하지 않고 두뇌 회전도 빨라 눈치가 빠르고 상식 수준도 높아 고정 일꾼으로 안주시켰고 정미소를 맡겨서 덕수와 함께 일하게 하였다. 그 후 장가도 들이고 집도 사줘서 우리 집을 큰집처럼 여기면서 오순도순 살았다. 심진택 역시 군산 쪽으로 떠돌다가 사랑방에 기식하여 있었던 것을 정식 멤버로 채용한 경우다. 이후 군대에 가게 되니 그 자리 아까워서 동생을 대신 앉혀놓았다. 군 제대 후 다시 돌아와 살림을 돕고 있던 기배와 눈 맞아 장가들었다.

기배는 만자산(대야) 이모의 큰며느리 동생이다. 이모 큰며느리 토순 언니는 어려운 살림 속에서도 성적이 뛰어나 그녀의 부모들이 논밭 팔아 공부시켰다. 그 당시에는 실력이 가장 우수한 사람이 공주 사범학교를 갔었는데 토순 언니가 그 학교에 입학할 수 있어서 동생들은 모두 농사일로 큰딸 학비 조달에 매달렸다. 사범학교 졸업 후 초등학교 선생 발령 받고 근무하고 있었는데, 이모가 며느리로 점찍어 결혼하게 되었지만 친정의 곤궁한 삶에는 큰 보탬이 되지 못하였다. 살림살이가 곤궁하여 동생인 기배를 우리 집 부엌 담당 일꾼으로 데려왔다. 당신 동생처럼 또는 당신 자식처럼 돌봐주는 어머니에게 의지하면서 평생을 함께한 사람들. 우리들 마음속에는 윤철네, 진택이네, 덕수네 식구들 그리고 정 생원네, 또 누구누구 다 한 가족으로 심어져 있다.

그분들은 목숨 던질 정도로 아버지 어머니께 충성하였다. 6·25전쟁 때 다른 집 머슴들은 거의 주인을 배신하고 엉덩이에 따발총 차는 출세의 길을 택하였다. 그러나 이들은 달랐다. 더욱이 영수 긴상(본명은 김영수. 일본식 호칭인 긴상이라 통칭되었음)은 어머니를 대신하여 오빠를 외지로 피난시키는 일에 적극 참여하였고 도중에서 아버지를 만났을 때도 인민군이 눈치챌까 봐 서로 모르는 척 눈짓으로 신호를 하였다 한다. 물품들을 은밀한 장소로 피난시킬 때도 그가 주도하여 일을 성사시켰다. 그에 대한 신뢰도는 절대적이어서 정미소 일을 그만두게 하고 안흥 농장 일을 도맡아 관리하게 하여 실제로 농장장 위치로 승격시켰다. 우리들이 안흥에 가면 현지 주민들 태도가 냉랭했지만 영수 긴상에게는 부동자세로 예의를 보였다. 서부 개척시대에 있었던 농장장, 노동 십장들의 위세가 대단했던 것처럼, 안흥에서도 비슷한 상황이었다. 지방 행사가 있을 때는 농장장이 참여해서 면장 군수와 어깨를 나란히 하여 단상에 앉았고 소작인들로부터는 하늘 같은 대우를 받았다. 그러니 농장 주인에게도 못지않은 충성과 정직함으로 보답하였다. 그는 긍지가 있는 사람으로 행동거지에 나름대로 기품이 있었다. 그는 장가들고 아내를 맞은 뒤에도 아침에 우리 집에 출근하여 저녁때 부부가 함께 퇴근하면서 주인에 대한 깍듯한 예의를 보였다. 우리가 한 식구라는 테두리 의식을 가질 정도로 성실한 사람들이었다. 그런 영수 긴상은 명이 짧아 일찍이 간경화증으로 세상을 떠났다. 그를 떠나보내고 아버지 어머니의 상

실감은 형언할 수 없는 아픔으로 남겨졌다. 그를 친동기간처럼 아꼈고 정을 주었기 때문이다. 홀로 남은 그의 아내와 자식들을 어머니는 따스하게 보살펴 주었다. 어머니가 세상 뜨고 가장 서럽게 울었던 그의 아내 윤철 어멈, 세상의 끈이 떨어졌다고 절망하던 모습이었다.

홍 생원도 평양에서 1·4후퇴 때 피난 온 사람이다. 지장암 스님이 사돈뻘 된다고 무작정 내려온 것이다. 스님의 부탁으로 우리 집에 몸을 의탁하여 정미소 일을 보게 하였다. 손재주가 뛰어났고 믿음직하여 정미소 일뿐만 아니라 집안의 대소사에 그를 참여시켜 머슴 수장 노릇을 시켰다. 기계 조작 능력이 탁월하여 집 안팎의 웬만한 작은 기계들이 그의 손끝에서 살아났다. 방앗간 천장에 선풍기를 만들어 달아매기도 하고 농기계도 또드락거려 만들었다. 성격에 약간의 고집이 있어 이따금 며칠씩 일 안 하고 시위도 했지만 어머니의 위로로 마음을 달래면 다시 방앗간으로 돌아왔다. 그의 일에는 확실한 선이 있었다.

"나는 기계 일을 하는 사람이지 농사일은 못혀."

농사일이 아무리 분주해도 방앗간에서 한 발자국도 나오지 않는 사람이었다. 머슴 수장으로서 위엄을 보인 것이다. 허드렛일은 하지 못한다는 태도였다. 그에게 힘을 실어주었던 부모님들은 그런 그의 태도가 못마땅하였지만 다른 통솔능력을 높이 평가하여 주었다. 이북에 남겨놓고 온 자식들이 우리들 연령대와 비슷하다고 눈물을 찔끔거렸다. 어머니의 배려로 그런 그에게 새 부인을 맞게 해줬다. 처녀가 아니고 결혼 한 번 했던 여자였는데 신기가 있다고 항상 무병巫病을 앓고 있었다.

"처복도 드럽게 없는 사람."

옆에서들 수군거렸다. 없는 머슴살이 하는 남편 처지 생각하면 들일 밭일 무차별로 해야 되지만 아랫목 차지하고 아프다고 징징거려 남편 심기를 불편하게 하였다. 영수 긴상 부인처럼 억척스럽게 일하는 여자가 아니었다. 어머니의 눈에는 그녀의 근면하지 못한 생활이 못마땅하게 보였다.

홍 생원이 어머니를 배신한 큰 사건이 있었다. 우리 집에는 그때 열대여섯 살 되는 여자아이가 있었다. 착하고 인물도 좋은 아이였다. 그의 딸보다 나이가 어린 풋풋한 아이였다. 그즈음 지경에서 활동사진 상영이 가끔 있었다. 활동사진 상영이 시작되면 온 동네 남자며 아녀자들은 스믈스믈 바람이 불어 마음이 동동 뜨게 된다. 우리 집 머슴들과 부엌 일꾼들도 예외 없이 들떠서 낮부터 집안일이 손에 잡히지 않아 건성들이다. 어머니는 그들을 불러 일하는 사람들을 인솔하고 활동사진 구경 가도록 하였다. 일찌감치 서녁상을 물리면 옷단장과 함께 실컷 멋을 부리고 동네 아낙들과 떼거리로 읍내급 지경을 향해 달려갔다. 영화 상영 장소는 우리 집에서 약 5킬로미터 정도 먼 거리였다. 오랜만에 일터로부터의 해방과 자유로움을 만끽하면서 그들의 발걸음은 하늘에 떠 있는 구름만큼이나 높이 날아가고 있었다. 뒤 곳간에 훔쳐 놓았던 곡식을 치마폭에 감춰 들고 동네 가게 뒤에 들어가 빵 나부랭이 등을 사 먹을 수 있는 기회도 이때다. 영화 상영이 다 끝나고 모두 함께 집에 돌아와야 하는데 인솔자 홍 생원의 마음이 엉큼해지기 시작했다.

"너희들은 먼저 가거라. 난 말년이하고 할 말이 좀 있다."

"무신 말유. 나도 자아네들허고 함께 가야겠유."

"아녀, 안줜이 너허고 어디 갔다 오라고 혔어."

다른 사람들을 따돌린 뒤 그 애만 데리고 으슥한 풀밭으로 들어가 일을 저지른 것이다. 그때 그 애는 집에서 일하는 작은 머슴 진택이와 달근달근한 사이였다. 홍 생원은 아랫것들의 해뜩거리는 사이가 눈에 거슬렸고 질투심이 발동하여 자기가 먼저 그녀를 범했던 것이다. 딸보다 어린 아이를 겁탈한 사람이다. 아무도 모르는 사이 두 남녀는 틈틈이 남의 눈을 피해 방앗간이나 사랑방 아니면 곳간에서 은밀한 만남을 지속하였다. 아무도 눈치채지 못하는 관계였다. 외형적으로는 진택이와 짝인 모양새로 되어 있고 홍 생원은 아내와 자식이 있는 어엿한 유부남이었다. 나이 또한 30여 세 차이 있는 부녀 같은 관계다. 그들의 불륜은 오래가지 못하였다. 말년이가 헛구역질을 하고 음식을 못 먹는 수상한 몸태를 보이면서 꼬리를 보인 것이다. 소화불량으로 착각하고 그 애를 병원에 데려갔다.

"아 뱄는디유."

진택이 아기로 판단한 어머니는 그 애들 혼사를 서두르자는 마음으로 다그쳤다.

"누구 애기냐. 진택이 씨냐?"

머뭇거리는 그 애 머리채를 휘여 잡고

"너 이년, 바른 대로 말 안 허믄 동네방네 소문내서 네 신세를 망칠 팅게 어서 말혀라. 말혀 봐. 진택이 씨믄 혼인허야지."

새파랗게 질려서 벌벌 떨던 그녀는 뜻밖에도 다른 말을 하였다.

"홍 생원 애유… 홍 생원허구 잤유."

끄덩이 잡았던 손 힘이 스르르 풀렸다. 하늘이 철퍼덕 꺼지는 듯하였다.

"이런 천하에 몹쓸 놈 같으니라구."

어머니는 즉시 그를 불렀고 어머니 두 배나 되는 큰 덩치의 남자 머리끄덩이를 낚아채서 땅에 발로 밟아 눕힌 뒤 으르렁거렸다.

"너 이놈! 사실대로 말혀봐라. 그 애를 어떻게 혔냐. 그 말이 정말이냐?"

"죽을 죄를 지었유. 안쥔이 허라는 대로 다 헐 팅게 한 번만 봐주슈."

"너 이눔! 떠돌이로 돌아댕기던 눔을 불상혀서 거뒀드니 네가 내 등에 칼을 꽂냐 이눔아? 이 땅에 발붙이고 살 생각이 있냐, 없냐. 너 한 놈 죽이고 살리고 내 손에 달렸음을 너 몰라서 이런 짓 혔어? 너 이제부터 허는 소당머리 봐서 살고 죽고 결단 내릴 것이여."

어머니는 그의 불륜 행각에 치를 떨었다. 그를 거두어들인 것은 스님에 대한 신뢰감도 있었지만 6·25전쟁이라는 쓰라린 역경을 겪으면서 큰 손실 없었던 터라 아픔을 지닌 한 사람이라도 거두는 것이, 어머니 표현에 따르면 '죄다짐'을 하는 것이라는 속내가 있어서였다. 다른 이들의 고통을 함께해야 한다는 마음이었다. 북쪽 하늘을 우두커니 바라보면서 눈물 지으며 한숨 쉬는 홍생원을 볼 때마다 그를 위로해 주었던 어머니였다. 우리들에게도 그를 함부로 대하지 말 것을 당부하셨다.

"느그들허구 똑같은 새끼덜이 이북에 그냥 있단다. 을매나 보고 싶겄냐. 너무 알짱거리지 말고 시설떨지 마라."

저희 여편네 멀쩡하게 놔두고 자식 같은 어린애를 농간했으니 어머니의 분노는 헤아릴 수 없었다. 여자아이를 떠나 보내고 마음 되잡아 안정됨을 보면서 그 이후로도 계속 근무할 수 있게 하였다.

한편 그는 중·고등학교 시절 이리까지 기차 통학하던 나와 경태를 대야역까지 마중 나와 쌀가마 싣던 커다란 짐자전거에 앞뒤로 나누어 태우고 다녔던 고마운 분이었다. 비가 억수같이 쏟아지거나 칼 같은 겨울바람이 휘몰아칠 때도 겨울밤 이슥해지도록 기차가 도착하지 않아 애태우던 어머니의 부탁에 기꺼이 간이 자가용 짐자전거를 끌고 나와주었다. 땀을 뻘뻘 흘리면서 이쪽저쪽으로 흔들며 운전하던 그의 엉덩이와 짭쪼롬한 땀 냄새를 나는 아직도 기억하고 있다. 또 서울로 유학한 우리들의 된장 고추장 항아리가 깨지지 않게 새끼줄 수십 번씩 엮어 작품처럼 씌워주었던 솜씨도 국전에 입상할 만한 수준의 것이었다. 무더운 한여름 먼지와 기름으로 찌들어 있는 정미소에 갖가지 냉방기구를 만들어 곡식도 사람들도 시원하게 바람 쐬게 해주었던 노고도 손꼽아 용서 순위에 올려놓아야 한다. 그래서인지 그의 불륜 비밀은 아버지와 어머니 두 분만 알고 있었던 일이다. 먼 훗날 그가 늙고 병들어 고롱고롱할 때 마지막을 지켜보며 어머니는 나에게 조용히 이야기해 주었다. 그 어린 아이의 장래와 홍 생원 후손들을 배려하는 어른들의 함구가 결국 모두를 행복하게 해준 것이다.

여자 일꾼들 가운데 영애 언니와 정애가 가장 많이 생각난다. 영애 언니는 14세 때 쪼그만 보따리를 옆구리에 끼고 우리 집에 몸을 의탁하러 왔다. 먹고살기 힘들어 한 식구의 입이라도 덜어야 한다는 부모들의 결정이었을 것이다. 이따금 딸을 찾아온 그녀의 어머니는 꾀죄죄한 행색의 초라한 차림새로 부엌 한편에 쪼그리고 앉아 작은 상에 차려주는 밥 한 술을 얻어먹고 약간의 곡식과 먹거리를 얻어 돌아가곤 하였다. 그 모녀가 헤어지는 광경은 항상 눈물로 범벅이었고 눈은 벌겋게 젖은 채였다. 오빠보다 한두 살 위였던가. 언니보다 한 계층 상위인 고묵 언니가 주방장급이었고 그녀 아래로는 정애가 있었다. 고묵 언니는 큰고모의 외동딸이었는데 결혼하여 소박맞고 친정으로 돌아온 처지였다. 건넛마을 빈집 한 채에서 살게 하였고 낮에는 우리 집 일을 도와주고 있었다. 고묵 언니는 우리의 친인척이라는 배경이 있었고 성격 또한 괴팍하여 영애 언니와 정애를 종 부리듯 다루었다.

그때 어머니는 좋은 터에 좋은 집을 새로 지어서 멋지게 살아보자는 꿈을 계획하고 그 계획의 실행을 위해 지관의 언질에 따라 명당이라는 남발산 건너편에 있는 터전 안 몇 개 집을 하나씩 사들이고 있었다. 값을 몇 배를 주면서도 꿈 실행은 계속되었다. 나는 어머니를 따라서 그 빈터에 있는 밭에 자주 갔었다. 밭 입구에는 공동 우물이 있었고 뒤 언덕은 축대를 쌓아 올려 그 아래엔 뱀들이 득실거렸다. 뒷산을 등에 업고 앞에는 넓은 들녘이 펼쳐져서 시원하게 뚫려 있었다. 이후 그곳 터를 닦아 오늘날의 친정집이 된 것이다. 몇 년 전 축대 밑에 있는 창고 안으로 쏘시개 한 줌 꺼낼까 하여 한 발 들여놓은 적이 있었다. 나무껍질 한 잎 뒤집는 순간 그 밑에서 꿈틀대는 커다란 구렁이를 만났다. 멈칫 놀라 뛰어나왔지만 아직도 그 언저리에는 옛날 내가 어릴 적 어머니 따라갔을 때 우글거렸던 뱀들의 후손이 늘름거리며 옛터를 지킴이로 오가는 것 아닐까. 지금은 정돈되어 흔적이 없어졌을 것이다.

그즈음 집 한 채를 깨끗하게 정리하여 고묵 언니 기거하도록 배려하여 주었다. 영애 언니는 까다로운 고묵 언니의 비위를 잘도 맞추면서 부엌 분위기를 이끌어가는 주역이었다. 성격이 밝고 선천적으로 심성이 착한 처녀였다. 주인집 딸이라는 위세로 아랫사람을 얕잡아 보고 그들을 천박시하는 못된 자세를 가진 나였다. 나는 그들에게 명령하였고 그들은 응당 복종해야 한다고 생각했다. 남을 배려할 줄 모르고 나 하나만의 세계에 갇혀 있던 시절, 언니는 그런 우리 형제들에게 헌신해주었다. 반찬 없다고 투정 부리고, 입맛 없다고 밥그릇 팽개치고, 더럽다고 짜증 내고, 세숫물 안 떠 온다고 소리치고, 물이 차갑다고 돌아서고……. 어머니 앞에서는 꼼짝 못하고 모범적인 자식인 척하였지만 어머니 안 보이면 아랫사람들에게 갖가지 행패를 다 부렸다. 주인집 자식들과 일꾼들과 등급 간격에 현격한 차이가 있다고 인식되던 때였다. 마을 잔치가 있었던 어느 날 홍 생원이 나를 귀히 여겨 무릎에 앉히고 풍악패의 놀이를 구경하고 있었다. 이를 목격한 아버지는 즉시 나를 불러 그 무릎에서 내려오도록 하였다.

"쥔 딸이 머슴 무르팍에 앉는 거 아녀. 볼상 사납다."

나는 죄 지은 것처럼 자리를 바꾸었다.

또 한 예는 영수 긴상의 처남과의 일이다. 성산면의 외딴 마을에 사는 처갓집 식구들이 딸 집에 자주 왔다. 그 가운데 내 나이 또래의 처남이 하나 있었는데 나는 그 애에게 푹 빠져 눈만 뜨면 쪼르르 그 집에 가서 하루 종일 놀고 오곤 하였다. 이를 묵묵히 지켜보던 어머니가 나를 불러 엄히 다스렸다.

"머슴네 식구들허구 그렇게 놀아쌌는 것 아니뎅. 가가 나뻐서 그렇게 아녀. 너는 쥔 집 딸인디 함부로 팔랑거림 못쓴단 말여."

아랫사람들 다스림에 손이 크고 인자하였지만 반상의 간격을 지키는 아버지 어머니 태도는 엄격하였다. 지금 생각하면 그들에게 미안하고 죄스런 마음 가득하다. 그런데도 그때는 나의 모자란 태도가 그들에게 큰 상처였다는 사실을 의식하지 못하였다. 알량한 주인 위치랍시고 괄시하였던 나를 공주처럼 떠받들던 그들에게 사죄하고 싶다. 그리운 사람들이다. 내가 밥 식어서 못 먹겠다 하면 영애 언니는

"갱자야. 내 후딱 따순 밥 새로 혀서 챙기름 비벼줄게. 기다려잉. 쬐끔만 기다려잉. 너 줄넘기 몇 번만 혀봐. 얼라 벌써 밥물이 올라오네. 아이구 이것 봐라잉. 밥 시방 끓지 응?"

달래고 어르면서 따뜻한 밥 지어주었다. 때로는 콩고물에 묻혀서 주먹밥 만들어 입에 넣어주기도 하였다.

"콩구물 밥이 더 꼬숴야. 아이고, 맛있어라. 너 안 먹을라믄 옆집 쪼깐네 갔다줄란다."

학교 갈 때 가방 무거우면 어디까지 따라오면서 그것을 짊어지고 함께 걸어주었다.

"나는 안 무겁뎅. 너는 그냥 훨훨 걸어가도 써어. 내가 디려다줄 팅게로."

추운 겨울날 아랫목에 우리 형제들 눕고 차가운 윗목에 자리 편 영애 언니와 정애. 행여나 내 몸이 그들 가까이 가면 이불자락 덮어주면서 다독거려 주었다.

"너는 따순 디서 자라잉. 우리들은 여그도 갠찮다."

내가 대학 다니던 어느 날 언니가 남편과 함께 신촌 자취집을 방문하였다. 언니는 결혼하여 안양에서 자리를 잡고 사모님 칭호 받으면서 잘살고 있다는 소식 듣고 있었다. 때가 되어 밥상을 차리던 차 밥이 약간 모자란 상황이었다.

"나는 찬밥을 더 좋아혀. 네가 따순 밥 먹어야지. 나는 암치께나 먹어도 갠찮혀. 너는 챙기름 깨소금 비빈 것 좋아혔는디 시방도 그러냐. 가까이 살믄 내 맛있는 것 많이 해줄 틴디."

아직도 나를 챙겨주는 언니의 마음 씀에 눈물이 콧마루 위로 핑 돌았다. 그때쯤은 내가 좀 철이 들었나.

병이 깊이 들어서 치료조차 받지 못하는 정애 아버지 이씨는 마누라 일찍 여의고 아이들은 많아 먹고살 길 막막하고 오랜 병고는 집안을 피폐한 형색으로 만들었다. 한밤중 우리 집 사랑채 옆 변소 똥막으로 들어가 겉똥을 휘휘 젓고 속 똥물을 눌러 떠서 마시곤 하는 것이 그의 유일한 치료 행위였다. 무슨 병인지는 모르지만 중병임에 틀림없었다. 일본에서 귀국하여 건강하였을 때는 마누라와 자식들과 제법 튼실한 가정 이루고 살았던 것 같다. 마누라 먼저 가고 이씨 역시 병마에 몸이 휘어진 후 말년의 삶은 비참함의 연속이었다. 그래도 생명이 붙어 있을 때에는 굶주리면서도 자식들을 끌어안고 있었다.

어느 날 그가 떠났다는 소문이 들렸고 아들들은 아산리 고아원에 맡겨졌다. 그리고 막내딸 정애가 우리 집에 오게 된 것이다. 불쌍한 아이이니 당신께서 거두겠다고 어머니가 자청하신 것 같다. 학교에도 입학시켰고 옷도 깨끗하게 입혀놓았다. 잔심부름하면서 잘 자라기를 바랐을 것이다. 마침 경태와 연령대가 비슷하여 사촌 오빠들은 놀려대기도 하였다.

"경태야. 네 여동생이 하나 생겼다면서? 너 좀 타겼더라."

"경태 짝으로 민며느리 디려왔담서?"

그런 행위는 극성스런 경태의 자존심을 건드려 즉시 그 반향이 정애에게 갔다. 공연히 그 애를 미워하고 윽박지르고…… . 그런 행동으로 정애와 자신이 그런 사이가 아니라는 것을 입증하고 싶었던 것이다. 그런 이유로 정애는 쓸데없는 구박을 더 받은 셈이다. 그 애의 입지는 열악하여서 위로는 주방의 상위층 고묵 언니의 명령과 다음 계층 영애 언니의 명을 받아야 하고 우리들의 잔심부름까지 해야 했기 때문에 어린 나이에 고단한 삶에 시달리고 있었다. 추운 겨울에는 아궁이 불 지피는 일을 고묵 언니가 하였고 무더운 여름날엔 정애를 아궁이 앞에 앉혔다. 그렇게 넓은 집안의 청소도 그 애가 다 해야 했고 간단한 세탁까지도 그 애 몫이었다. 그래도 학교 공부를 시켜야 한다는 것이 어머니의 뜻이어서 발산초등학교에 입학을 시켰다. 그녀의 오빠들은 고아원에 보내졌어도 학교에서 전체 일등을 하는 우수한 아이들이었다. 정애 역시 똑똑하여 학교 성적이 뛰어났다.

어머니는 그 애를 한때 제2의 딸로 키우겠다는 야심을 품은 적이 있었다. 학교 공부가 거의 끝나가고 있을 무렵 남의 집살이에 싫증나고 자유가 그리웠던 그 애는 고되고 힘든 고용살이로부터 탈출하고 싶은 바람에 마음이 흔들리기 시작하였다. 떨어져 사는 오빠들과 돌아가신 아버지에 대한 그리움, 가난하게 살았어도 막내라는 응석받이 기질이 남아 있어 인내에 한계를 느꼈을 것이다. 이를 감지한 나쁜 사람들의 검은 손길이 그 애를 낚아챘고 사탕발림에 이끌려 군산의 사창가에 몸담게 되었다. 백방으로 찾아 나선 우리 집 부모님들의 노력이 사창가의 조직까지는 흔들지 못했다. 영리하고 똑똑한 그 애였던지라 어느 날 그곳을 탈출해서 집으로 다시 돌아왔다. 이미 순진하고 깨끗하기만 하였던 정애가 아니었다. 집에 돌아온 뒤 시커먼 옷차림의 이상한 남자들이 집 주변과 동네 안팎을 서성거리면서 마을 분위기까지 술렁이게 만들었다. 얼마 동안 집안에 박혀 옛날로 돌아간 듯 보였으나 이미 자유로움을 맛보았던 그 애는 어느 날 또 사라졌다. 그리고 몇 년이 지났던가. 내가 충남대학교에 재직하고 있을 때 한 통의 전화가 왔다.

"언니, 나 정애유. 여그 회덕에 살아유. 자식 낳고 잘살고 있유."

"어머. 정애야. 말이 필요 없다. 내일이라도 우리 집에 오니라."

한솥밥 먹고 한 이불 덮던 동생이다. 반가움에 지난 일들 묻고 대답하고 몇 번 방문하고 그 이후 다시 소식 끊겼다. 착실하게 있다가 짝지어 시집간 영애 언니는 잘살게 되었고, 미리 바람나서 가출한 정애는 평탄한 삶을 살지 못했다. 잊을 수 없는 언니·동생들이다.

아버지와 어머니의 만남

어머니는 여자 일곱에 남자가 하나인 8남매의 막내로 태어났다. 어릴 적 외할아버지께서는 그곳의 큰 지주였는데 딸들이 신식공부하면 팔자가 드세져 서방 잡아먹는다고 가정교사를 집에 두어 한학 교육, 양반 교육에만 치중하였다고 한다. 외할아버지가 딸 일곱에 아들 하나를 두었어도 가장 영리하고 똑똑한 막내딸 어머니를 귀히 여긴 것은 단순한 편애 때문이 아니었다. 똑같이 천자문을 가르쳐도 항상 몇 배의 속도로 다른 아이들을 앞질렀고 세상의 이치 깨우침 또한 뛰어났기 때문이었다.

"저년의 눈깔이 한 개만 내 것이어도 원이 없겠어. 다른 집으로 시집보낸다 생각하면 억장이 무너진단 말여."

아들의 우둔함을 탓하면서 한탄하셨던 외할아버지였다. 많은 언니들과 오빠 그리고 여러 하인들을 관리 지도하는 막내딸의 행동거지를 지켜보면서 한숨을 몰아쉬곤 하셨다. 어머니는 대가댁 학습을 고스란히 받았음은 물론 신속한 적응력으로 새로운 환경 수용에도 남다른 감각을 지닌 분이었다. 머리 회전 속도와 총명함, 지혜로움이 짝달막한 체구에 담겨 있어 예리하게 빛나고 쭉

째진 눈에 카리스마까지 얹혀 있었다. 어머니의 어린 시절에는 고매한 인품과 지략을 고루 갖춘 외할아버지와 큰 살림을 슬기롭게 지켜나가는 외할머니, 8남매 형제들, 많은 하인들 속에서 기량을 마음껏 펼쳐가며 자라온 그 시절 나름의 당당함을 골고루 흡인한 성장기가 깔려 있었다.

외할아버지는 전라북도 군산 인근의 땅과 충청 지역에 많은 재산을 가진 지주였으나 일찍이 봉건사회의 불의에 저항할 줄 아는 의식도 지닌 분이었다. 그때 호남 지방에서 일고 있던 동학혁명에 전주錢主 노릇을 할 정도였다. 호남의 요소요소에 있는 지주들이 비밀리에 자금을 조달해주었고 때로는 하인들을 은근히 부추겨 그 일에 참여하도록 했던 것 같다. 그즈음 외할아버지는 하인을 대동하고 괴나리봇짐 둘러메고 하인 행색으로 두어 달씩 어디론가로 가출하였다가 오셨고 귀가했을 때는 온몸이 만신창이가 되어 있었다 한다. 어린 시절 어머니는 어른들의 수군거리는 말소리만 들었고 미루어 짐작만 하였을 것이다. 나라를 생각하고 백성을 생각하는 외할아버지의 철학에 말없이 내조하였던 외할머니는 인품이 수려하고 인자하여 아랫것들에게는 푸근한 사랑을 베풀었고 소작인들에게는 항상 손 큰 마님으로 알려져 있었다. 아들을 낳지 못해서 대를 잇지 못하는 죄송함으로 마침내 몸종 같은 작은댁을 보게 되었다. 외할머니 자손으로는 어머니를 막내로 하여 위로 네 딸들이 있었고 작은외할머니로부터 딸 둘과 아들 하나를 얻어 비로소 대 이을 자손을 본 셈이다. 큰마님으로서 푸근함과 작은댁으로서의 섬김 관계가 잘 조화된 외가댁 구조였다. 지략과 올바름을 아버지에게서 배우고 베풂과 사랑을 어머니에게 이어받은 어머니는 이 모든 것을 지혜롭게 고루 갖춘 그 시대의 여걸이었다.

19세 어린나이에 혼사가 이루어졌다. 인근의 다른 지주집 장씨 집안과 혼담이 어우러졌다. 외할아버지는 높은 한학 수준으로 역학까지 꿰뚫어 자식들의 사주팔자까지 예견하셨다. 딸 일곱의 사주가 드세어서 일부종사하기 힘든 딸들이라 생각하고 모두 연하 남자와 혼인시켰다. 딸들이 대체로 지능이 뛰어나서 남편의 삶을 뛰어넘을 애들이라고 판단하고 연하 남자들을 맺어주었다. 이름까지도 남자 이름으로 지어줘서 어머니 이름은 안길택이다. 어른들의 눈에는 딸들의 능력이 넘쳐나서 가정생활에서 벗어난 행동을 할까 염려되었던 것이다. 이모들은 대체로 양반집 맏며느리로 보내졌고 큰살림 이끌어나가는 솜씨 또한 능숙하여 사돈집들 칭찬이 자자하였다 한다. 그러나 이모부들은 하나같이 첩을 두어 큰마님의 속을 태우는 꼴이었으니 외할아버지의 사주 꿰뚫음이 명관이라고 말해도 지나침이 없었다.

어머니 경우 역시 '어느 남자도 이년을 당할 자 없을 텐데…….' 하는 심정으로 짝 고르기에 고심하셨다 한다. 거의 성사되어가는 장씨 집안과 혼담은 거역할 수 없는 흐름이었다. 가운데에서 중개하는 제3의 지주집 양반의 추천도 물리칠 수 없고 장씨 집안과도 세교가 친밀하였기에 난감한 처지였다. 그러나 사주를 훑어보니 장씨 집 아들이 단명하여 곧 과부가 될 거라고 판단되었다. 체면 생각지 아니하고 혼사의 방향을 틀어서 이씨 집 아들인 우리 아버지 이성환 씨와의 혼사를 서둘렀다. 우여곡절 끝에 성사된 이씨 집안은 가세가 외가댁 수준에는 못 미치는 집안이었으나 외할아버지의 눈에 큰아버지의 관상이 인근을 휘어잡을 만한 큰 인물로 비쳤다. 가세로 보아 외가댁은 석양으로 넘어가는 기운이었으나 이씨 집안의 가운은 이제 막 떠오르는 아침 햇살처럼 새로운 힘으로 솟아나고 있는 태양의 기운이었다 한다. 외가댁은 일제의 압박으로 모든 재산을 빼앗기고 그 많던 토지도 강제 분배되었으며 몇몇 하인들도 내보내야 하는 몰락 양반이 되어가는 참이었다.

그즈음 이씨 집안은 큰아버지를 필두로 해서 신식 문물 수용에 남다른 감각을 지녔음은 말할 것 없고 일본 사람들이 운영하는 새로운 방식의 사업에 눈을 뜨고 정미소, 양조장 등을 사들여 운영하였으며 바다를 막아 땅을 만드는 서해 간척사업에까지 참여하여 활기찬 가세 확장에 힘이 붙어 있었다. 외할아버지 눈에 이씨 집안의 가운은 특별한 빛으로 보였음이 확실하다. 4살 연하의 쪼그만 머슴애였던 아버지 사주를 막내딸 어머니와 맞추어 본 할아버지는 망설임 없이 결정을 하셨다. 어머니는 모래이고 아버지는 소나무였는데 모래 위에 소나무라면 별로 합이 좋지 않았겠지만 그 모래가 개울가 모래여서 소나무에 자꾸 얹혀 북돋아 줌으로써 아버지를 성장시키는 좋은 합이라고 하였다. 또 이들의 궁합으로 봐서 자식을 낳으면 금덩이를 생산하게 될 거라 예단하였다. 아버지는 일생 동안 어머니의 도움 없이는 살 수 없었고 어머니는 항상 아버지 뒷바라지 하는 분이었다. 아버지가 일 저지르고 오면 뒷수습하는 사람은 어머니였다.

"우리 집 복덩이(어머니)가 이씨 집안으로 가던 날부터 그 집안은 가운이 융성해질 것이고 너를 빼앗긴 우리 집안의 가운은 기울 것이다."

그래서인지 어머니에게 사주단자 보내는 날 밤 꿈에 황금 덩어리가 집안으로 들어왔다고 한다. 외할아버지의 예언대로 외가댁은 차츰 기울어갔고 이씨 집안은 나날이 번창해갔다.

어머니가 우리들에게 들려주던 몇 가지 이야기가 있다. 그때 마침 밀물처럼 몰려오는 신문화에 눈을 뜨고 서해 안흥에서 간척사업을 시작하는 이씨 집안에 외가댁의 재정 보증은 사업의 밑거름의 일부가 되었다 한다. 간척사업 외에 경제적인 배경이 되어 음으로 양으로 많은 도움을 받은 큰아버지는 외할아버지에게 약속을 하였다.

"이씨 집안 재산의 3분의 1을 동생에게 주겠습니다."

"안흥 사업의 지분 일부를 동생에게 주겠습니다."

약속대로 이씨 집안 재산을 이루게 한 불씨였던 정미소와 일제 때부터 소유하고 있었던 인근의 물류 총배급권인 상권을 고스란히 아버지에게 물려주었다. 아버지는 큰아버지의 약속을 이행받았다고 믿었다. 그러나 어머니는 원망스러움이 남아 있었던 같다. 왜냐하면 안흥 토지 문제는 흡족하게 이행되지 못했고 그 나머지 토지들도 주었다가 아버지 어머니가 열심히 사업에 진력하여 재산을 확장하고 땅을 넓히면 큰아버지의 마음이 바뀌어 다시 회수하여갔기 때문이다. 어느 날 어머니가 큰아버지를 독대하고 과거지사를 따졌더니 큰아버지는 할 말을 잃고 슬그머니 자리를 피했다고 한다. 어머니는 시집와서도 잘사는 친정 배경으로 정신적으로는 꽤나 자부심이 있었다. 큰아버지가 바깥 사업들을 추진하는 동안 이씨 집안의 일은 어머니가 총책이 되어 호흡 맞춰 가운을 다졌다. 그러나 결국 큰아버지는 훗날 태도가 달라졌고 드디어 어머니의 분노가 폭발한 것이다. 그래서 어머니는 마음을 굳게 먹고 자식 공부를 더 탐하였다.

"재산으로는 큰집에 못 미치지만 자식 훌륭하게 키우는 일은 내가 이길 것이오."

우리들이 공부할 때 어머니는 항상 한밤중에 바느질하던 손을 내려놓고 뒤뜰로 가셨다. 작은 항아리에 우물을 떠서 당산에 올려놓고 빌고 또 빌었다.

"어쩠던지 우리 자석덜 훌륭하게 키워주셔유. 내 자석덜 하나도 빠뜨리지 말고 성공시켜주셔유. 비나이다."

어머니의 지극한 정성과 채찍이 효과가 있었는지 우리 형제들은 어머니 표현에 따르면 "모두 싸가지 있게 컸다."

아들 셋을 서울대에 입학시켰고 딸을 이화여대에, 그리고 사위까지 서울대 출신을 얻었다. 막내아들은 서울대 시험을 세 번이나 봤다가 실패했지만 말이다.

분교부터 시작된 발산초등학교에 다닌 우리 형제들은 창고 바닥에 주저앉아 몇 개의 학년들이 합반하는 멀티 시스템 교육을 받았다. 요즈음 아시아 오지 소개에서 자막으로 뜨는 산골 아이들, 맨발로 헐벗고 굶주리며 흙방에서 여러 등급의 혼합 커리큘럼을 공부하는 아이들과 다를 바 없는 초자연적인 웰빙 교육을 받았다. 한 분의 선생님이 칸막이도 없는 창고 안에 1학년, 2학년, 3학년을 따로 나누어 앉히고 학생들 사이를 오가면서 가르치는 여건이었다. 그래도 우리들은 잘 커줬다. 어머니 마음 흡족하게. 어머니는 말년에 회심의 미소로 당신 삶을 자랑스럽게 생각하셨다. 아들 셋과 딸을 대학 교수로, 막내아들을 사업가로 키웠으며 의사 며느리들, 중앙은행 총재 사위도, 서울대 합격한 3명의 손자들도 모두 만족한 자손들이었다. 소원풀이 하셨다.

　어머니가 시집가던 날 아버지는 초립둥이 옷을 입고 말을 탔다. 너무나 조그만 신랑이라 말에서 자꾸만 떨어지니 옆에 하인 둘이서 부축해줬다 한다. 어머니는 한 번도 보지 못한 신랑을 가마 문틈으로 처음 보았는데 너무나도 쪼그만 신랑 모습에 질겁하였다. 더군다나 그때 한참 유행했던 어린이들 놀이가 못치기였나 보다. 하인으로 따라간 머슴애와 못을 가지고 싸움질을 하는 장면이 눈에 띄었다. 잠깐 가마를 내려 쉴 때 주머니에서 못을 꺼내어 못치기를 하면서 네 것 내 것 싸우는 신랑을 목격한 것이다.

　"저런 어린 것이 언제 커서 신랑 노릇을 할 수 있을까."

　심란한 마음 구슬프기까지 하였다. 가마 속에서 어머니는 결심하였다. "저 남자가 성인이 될 때까지는 절대로 내 곁에 오지 못하게 해야지. 저 남자를 훌륭하게 키워서 좋은 남편 만들어야지."

　본래 야무지고 지혜로웠던 열아홉살 새색시는 입술을 깨물면서 마음을 다졌다. 첫날밤 어른들의 지시로 새색시의 옷을 벗기는 순서가 있었다. 어떤 순서로 벗기는 줄을 모르는 철없는 꼬마 신랑은 땀만 뻘뻘 흘리고 어쩔 줄을 몰라하였다. 어머니는 족두리를 벗고 원삼의 옷고름을 슬며시 풀어 신랑의 손씀을 도와주었다. 조촐하게 차린 상이 하나 들어오고 술을 한 잔 따라 나누는 순서에서는 어설프게 술잔을 들이밀다가 엎지르기까지 하여 속으로 웃음이 나왔다. 밤이 이슥해지니 밖에서

　"성환아, 어서 잠자리에 들어라."

　라는 말과 함께 문풍지 뚫는 소리가 여기저기서 들려왔다. 어머

니는 마음 한구석이 불안하였다.

"저 꼬맹이가 신랑 노릇한답시고 덮치기나 하면 어떡하나."

옷매무새로 온몸을 단단히 감싸고 한쪽 구석에 누우니 신랑은 베개를 던져주었다. 어린 신랑이 장가간다고 하루 종일 시달렸던지 색색거리면서 곧장 골아떨어졌다. 어머니는 앞으로 삶을 생각하고 미래에 대한 불안한 마음과 꼬마 신랑에 대한 연민이 교차되면서 거의 뜬 눈으로 첫날밤을 지새웠다. 시집살이는 그 다음 날부터 시작되었다. 친정에서 여러 하인들의 도움으로 물도 묻히지 않고 자랐던 새색시가 새벽부터 분단장하고 시어른께 인사드리고 부엌일과 살림 노동에 투입되었다. 말할 것도 없이 부엌 허드렛일을 하는 주방 아주머니들이 있었지만 시아버지, 시어머니, 시아주버니 그리고 9남매를 한 살 터울로 낳아 기르는 손윗동서를 보좌하여 실질적인 살림 총괄인 위치가 된 것이다. 할아버지는 유난히 변덕스럽고 까다로워서 할머니와도 관계가 고르지 못했다 한다. 할아버지는 새 며느리가 들어오니 새 맛에 마음 흔들려 기존의 큰며느리나 마나님의 이야기에는 귀 기울이지 않고 새 며느리인 어머니 말에만 마음을 주었다. 옆 사람들의 비아냥거림이 있어도 아랑곳하지 않고 당신 마음대로 행동하였다. 예를 들어서 몸이 편찮으실 때 다른 사람이 물을 갖다드리면,

"이렇게 차디찬 물을 어떻게 먹는다냐. 쯧쯧, 망할 것들. 속을 뒤집어 놓냐? 못 먹겄다. 못 먹어."

그 물을 그대로 받아 들고 어머니가 갖다드리면,

"흥흥, 옛따. 니가 가져온 물은 이렇게 따숩구만."

라고 하셨다고 한다. 할머니는 사려 깊은 분으로 할아버지의 그

50대 시절의 아버지와 어머니

런 가벼운 행동을 몹시 못마땅해 하셨다.

"빌어먹을 늙은이라고. 채신도 없이 자석들 앞에서… 끌끌."

눈도 바로 떠주지 않는 마나님 앞에서는 항상 어렵고 조심스러운 자세였던 할아버지였다. 할머니는 이목구비 생김새가 곱살스럽게 잘생겼고 인품 또한 훌륭하셔서 행동거지의 지엄으로 가족들 존경을 한 몸에 받았다. 큰어머니는 순하고 착하여 할머니의 혹독한 시집살이와 매년 낳는 새끼들 속에서 헤어나지 못하는 분이었다. 그러기에 만만한 큰며느리를 향한 할머니의 질타는 끊이지 않았다. 큰아버지와 큰어머니 두 분은 금실이 좋아서 계속해서 아이를 만들었고 그 많은 자식을 아래 어머니와 함께 같이 길렀다. 물론 부엌의 민식 어멈, 재봉침네(침모), 그리고 백운네 등이 서로 도왔지만 큰살림을 운영하면서 시부모 모시고 자식들 돌봄, 일꾼들 관리에 힘들어하셨을 것이다. 더군다나 큰아버지가 양조 사업에 손을 대면서 읍내급 대처인 지경으로 나가 작은댁과 살림을 차린 이후 큰어머니의 시집살이는 더욱 혹독하였고 남편 빼앗긴 설움까지 겹쳐서 좌절과 한탄의 나날을 보내고 있었다. 그런 소용돌이 속에 어머니의 민첩함이 도움이 되고 의지가 되면서도 마음 한편에서는 은근히 시샘도 났을 것이다. 이따금 큰어머니의 표현에서 그 점을 읽을 수 있었다. 어쩌다가 우리들이 어머니로부터 꾸중을 듣고 큰어머니에게 일러바치면

"느그 어매가 본래 그렇게 극성맞니라. 무엇이 그렇게 잘났다냐. 쯧쯧 ……."

하고 혀를 차곤 하셨다.

초등학교 재학 중인 아버지는 방과 후 책보자기를 팽개치고 날마다 못치기에 빠져서 어머니 마음을 무던히 안타깝게 하였다. 큰조카인 한구 오빠와 의논하여(아버지와는 나이 한 살 아래인 큰조카였음) 팽개쳐진 책보자기의 숙제를 몰래 해서 싸놓았다. 이튿날 아버지는 가만히 보자기를 펴서 숙제를 확인하고 기뻐하면서 학교에 갔다. 그렇게 초등학교를 마친 뒤 일본 유학길에 올랐다. 한복을 깨끗이 지어서 두루마기로 단장한 아버지가 일본 시모노세키 항에 내렸을 때 선배 박동규라는 사람이 옆으로 다가와 손을 잡고 자기 집으로 데려갔다. 촌스런 귀털개와 한복을 모두 벗기고 말끔한 양복으로 갈아 입혀 줬다. 행색이 얼마나 촌스러웠을까 짐작이 간다. 머리에는 토끼 귀털개를 쓰고 까맣게 물들인 무명 한복 바지저고리를 받쳐 입은 어벙벙한 조선의 쪼그만 머슴아가 얼마나 안쓰러웠으면 자기 옷을 벗어 입혔을까. 박동규라는

사람은 아버지의 선배로 귀국한 뒤 산업은행 총재까지 지낸 사람이다. 아버지는 그를 두고 잊을 수 없이 고마운 선배였다고 회고하셨다.

"신식 양복 한 벌 차려입게 한 후 일본 보냈으면 얼마나 좋을까."

어머니는 손위 어른들 눈치 보느라 그런 촌스런 모습으로 남편 떠나보낸 슬픔을 삭이느라 가슴이 저미는 듯 아팠다고 한다. 일본 생활은 그때부터 시작되었다. 동경에서는 동아상업학교와 와세다대학까지 다니셨다. 대학에 다닐 때 일본 학병 출행이 시작되었다. 아버지는 곧바로 귀국길에 올랐다. 사촌 큰오빠는 귀국하지 않고 중앙대학에 재학하면서 학병으로 끌려가 남양군도에서 죽음 직전까지 갔다가 병에 걸려 후송되어 와서 목숨을 건질 수 있었다. 그러나 그 후유증으로 죽음의 문턱을 수없이 왔다 갔다 하였다. 후에 아버지는 어머니 덕분에 두 번이나 죽음을 모면할 수 있었다고 우리에게 말씀하셨다.

첫 번째, 일본 와세다 유학 시절 아내가 본국에 없었더라면 귀국할 생각을 하지 않고 학병으로 끌려가 죽었을 것이다. 본국에서 아내가 기다린다는 일념에 고국을 향해 달려왔다. 두 번째, 동아상업학교 시절 하숙집 주인이 전쟁터에 나갔는데 안주인이 밤이면 아버지 방으로 기어 들어와 어린 학생을 유혹하였고 아버지는 그녀에 이끌려 불륜을 저지르게 되었다. 마침내 그 여자는 임신을 하였고 아버지와 손을 묶고 같이 물에 빠져 죽자고 졸라대는 바람에 졸지에 죽을 뻔하였다. 아버지는 그녀의 강압에 못 이겨 혹여 물속에 들어가게 될지라도

"끈을 풀고 뛰쳐나와 느그 어매한테 달려올 생각만 혔다. 조강

일본 유학 시절의 아버지

지처인 느그 어매가 없었으면 나는 아마 그녀와 함께 죽었을지도 모른다. 느그 어매 땜시 나는 절대 안 죽을라고 혔다."

라고 회고하셨다. 마침내 아버지는 짐을 싸들고 그 집을 몰래 도망 나왔다. 목숨을 건진 동기가 바로 어머니였던 것이다.

남편도 없는 쓸쓸한 새색시 어머니는 시부모님과 큰동서(큰어머니) 내외를 모시고 조카들을 키우면서 바쁘게 보냈다. 어머니에게 조카들은 자식 같은 존재였다. 조카들을 생각하는 깊은 마음은 우리가 자라면서 가장 가까이 느낄 수 있었다. 아버지와 결혼 후 곧이어서 사촌 큰오빠도 장가를 들였는데 숙명여전에 다녔던 신식 여자 김제댁을 맞이하게 되었다. 그러나 아버지는 구식 여자이기는 하지만 똑똑하고 지혜로운 어머니를 끔찍이 여겼다. 아버지 유학 시절, 나이 19세가 되어서야 23세의 어머니와 처음으로 합궁하였다. 나이 19세가 되기 전에는 방학 때 귀국하여 집에 와도 어머니는 마음을 열지 않았다. 아직은 더 성장해야 한다고 생각했기 때문이었다. 그러나 사춘기가 되면서부터 아버지 곁에는 항상 여자들이 에워싸고 있었다. 이미 여자를 알게 된 아버지의 생활은 공부에는 취미가 별로 없었던 것 같다. 유학 시절의 사진첩에는 일본 학교 생활의 여러 장면이 꽂혀 있다. 유도선수였던 모습, 학교 운동장에서 군사훈련과 운동하던 광경, 친구들과 술자리 펼치고 노는 모습, 기타 치면서 노래 부르던 모습 등. 아버지도 학창 시절은 신식 교육과 신식 생활로 화려한 한때를 보냈다.

귀국 후 한동안 나라 위한 계몽운동에 앞장서서 사회계몽 목적으로 극단을 조직하여 지방을 순회하면서 연극 공연을 펼쳤다. 5~6세쯤이었던 나는 극단 큰언니들이 무용을 가르쳐서 〈오빠 생각〉 등의 유희를 솔로로 하였다. 공연이 끝날 때까지 나는 큰언니와 아저씨들의 등에 업혀서 잠을 자느라고 그 뒤의 일이 별로 생각이 나지 않는다. 주로 유희는 문대포집 딸과 광고판 옆집에 살던 문석창의 동생 문시내라는 언니가 가르치고 연습시켰다. 다른 아이들에 견주어 손이 잘 돌아간다고 하였던 것 같다. 어머니는 그 말에 현혹되어 나를 어떻게든 무대에 세워놓고 싶어 했다. 신발산에 사는 고짱 동생 영자도 있었고, 큰집의 사촌 막내인 영순 언니도 있었지만 어머니의 로비로 그들을 따돌리고 나를 앞세우게 된 것이다. 공연은 주로 밤에 이루어졌고 어린 시절의 일이라서 기억에 남는 장면들 몇 토막이 있을 뿐이다. 징을 치면 광목으로 만들어진 막이 젖히고 맨 먼저 위원장인 아버지가 나가서 연극의 취지를 설파하였다. 아버지는 단상 연설에는 소질이 없어서 말을 더듬거렸다.

"에… 또… 이렇게 여러분들이 많이 오셨지만서도… 저 거시기, 에… 또……."

단상 아래에서는

"저… 거시기, 그러지만서도… 에… 또……."

낄낄 소곤소곤이다. 나는 부끄러워서 제발 아버지가 단상 인사를 하지 않기를 바랐다. 웅성거림을 뒤로하면서 코에 빨강 물을 묻히고 고깔모자를 쓴 우스꽝스럽게 차려 입은 누군가가 나가서 연극 첫머리 인사를 하였다. 그리고 내 차례다. 유똥 치마에 색동 저고리를 받쳐 입고 머리에는 분홍색 꽃 한 송이를 띠로 질끈 묶은 모습이다.

"날 저무는 하늘에 별이 삼 형제……."

춤을 췄다. 뒤에서 언니들이 부르는 라이브 노래에 맞춰서 춤을 추고 나면 손뼉 치는 소리나 나고 휘파람과 함께

"잘한다, 잘한다! 앙코르!"

소리가 터져 나온다. 그 앙코르 소리는 어머니의 부추김을 받은 이웃들의 훈수 박수였을 것이다. 앙코르를 받을 만큼 그렇게 잘 춘 춤이 아니라는 것을 좀 성장한 뒤 나는 알게 되었다. 나는 다음 앙코르 무대를 위해 빨리 모자 쓰고 륙색을 짊어진 양복 차림의 복장이 되어 무대로 나간다.

"뜸북뜸북 뜸북새 논에서 울고……."

아버지 회갑 기념. 윗줄 왼쪽부터 영식 아저씨, 오산리 오빠, 저자 내외, 경의 오빠 내외, 영태, 양의, 사촌 큰오빠, 병구 오빠, 기봉. 아랫줄 왼쪽부터 일천 오빠 아들, 오산리 언니, 상작 고모, 종익, 큰어머니, 석우, 아버지, 어머니, 은정, 작은큰어머니, 큰올캐 언니, 병구 오빠 언니, 종은.

또 이런 복장들은 극성스런 어머니의 로비 결과였다. 그 양복은 신발산 양복쟁이 태천네 집에서 맞추든가 아니면 발산 뒤꼍에 사는(발산초등학교 지어지기 전 창고 교실 위쪽 옆 층계를 오르면 재봉틀 하나를 놓고 바느질하던 재단사) 엉구네 집에서 만든 옷이었다. 몇 년 뒤에는 신발산 면장집 채준석 씨 집에서 짠 홈스펀 같은 옷감으로 우리들의 옷을 맞춰주었고 혹은 군산 비행장에서 나오는 미군들의 양복을 빼내서 파는 미제 장사로부터 사들인 사지 쯔봉(바지)등을 줄여서 중학교 시절 교복을 만들어주기도 하였다. 어머니는 양장을 한 번도 배워 본 적이 없음에도 당신 마음대로 그 큰 바지의 위아래만 줄여서 우리들에게 입혔다. 그렇잖아도 시원찮은 우리 형제들의 옷매무새를 망쳐놓았다. 중학교 시절 우리 친구들은 내 궁둥이가 정말로 그렇게 큰 줄 알았다. 군인들이 입는 와이셔츠 모양의 옷을 팔과 길이만 잘라 교복으로 대용하였다.

경태 또한 코르덴바지를 줄여서 입게 되었는데 벙벙한 엉덩이 옷이 앞뒤로 움직여 볼팅이 쯔봉에 대한 사촌들의 놀림도 많이 받았다(경태는 코르덴을 볼팅이라고 발음하였음). 그 무렵 사촌들과 조카들은 몸에 꼭 맞는 멋진 옷을 입었지만 절약심이 강한 어머니는 자식들 호사에 마음을 써주지 않았다. 미제 군복을 염색하여 입히는 정도가 호사의 전부였을 뿐이다.

계몽운동과 의기찬 생활로 활력 있게 본국 생활을 시작한 아버지는 이미 오빠와 나를 낳아 큰집 생활에서 분가할 시기가 되었다. 재정적으로 완전히 안정권에 돌입한 이씨 집안의 재산 축적은 나날이 늘어났고 그 기세 또한 누구도 넘볼 수 없는 경지에 이르렀다. 큰아버지의 사업 수완과 경영 능력은 아무도 따라잡을 수 없을 만큼 뛰어났다. 어머니는 그런 큰아버지의 수완을 옆에서 많이 배웠고 또 실현하였다. 분가할 때는 외할아버지와 약속 수준에는 못 미쳤지만 정미소와 사업권, 그리고 얼마 가치의 땅을 배분받았다. 그러나 말만 배분이지 실제로 모든 운영권은 큰아버지에게 있었다. 어머니는 독립권을 주장하여 여러 방법으로 투쟁하였고 우리가 상당히 성장하였을 무렵 큰아버지가 돌아가신 후에야 확실한 독립권을 확보하게 되었다.

큰집과 우리 집

우리 집의 살림은 형식뿐이었고 아침에 눈 뜨면 쪼르르 큰집으로 가서 온종일 그곳에서 생활하였다. 옷도 먹거리도 큰집과 한 살림 안에서 이루어졌다. 명절 때가 되면 그 많은 가족들의 옷가지 양말까지도 모두 공동구입하여 각 집에 전달하였다. 나도 결혼하여 큰며느리 노릇한답시고 몇 년 동안은 어린 시절 큰집에서 사랑받았던 기억을 떠올리며 그 흉내를 냈다. 큰집은 항상 아랫사람들에게 베풀고 있었다. 맏며느리 노릇하면서 집안 어른들의 자세는 항상 내 삶의 지침이었고 그분들이 베푸시던 모습은 삶이 다 닳아빠져도 내 안에 새겨져 있을 것이다.

사업과 집안 살림살이에 여념이 없는 능동적인 어머니와 달리 큰어머니는 수동적이고 말이 없었으며 느긋한 성정을 지닌 편안한 분이었다. 당신 자식들과 조카들과 손자들을 분별하지 않고 한 품에서 길러주었다. 우리들은 큰어머니 가운데 눕고 이쪽저쪽 갈라져서 서로 큰어머니의 가슴을 차지하기 위해 밤마다 전쟁이었다. 그 공동생활 속에서도 눈에 보이지 않는 애정 갈등이 조금씩 있었다. 할머니는 48세에 늦둥이로 낳은 막내아들인 아버지에 대한 사랑이 유난히 깊으셔서 막내아들 새끼들에게까지도 그 사랑을 눈에 띄게 표현하셨다. 큰집 사촌들 틈에 끼어서 행여 힘들까봐 밥상 앞에 와서 당신 잡숫던 국그릇에서 고깃덩어리를 건져 주었다.

"갱이(오빠 이름이 경의였다)야. 엇따 게기 더 먹어라. 시상으 즈 그 성들 땜이 지대로 먹겄냐. 아이고, 내 새끼. 어서 먹고 어서 크얀다."

여기저기서 사촌 오빠 언니들의 비아냥거림이 들려온다.

"우리는 손자 아녀유? 갱이 갱이……. 눈꼴 셔서 못 본당게?"

사촌들은 큰집의 주인이라는 의식이 있었고 우리들은 빗겨 있는 작은주인이었다. 조카들은 또 우리들과는 다르게 주인의식이 더 강했다. 우리들은 사촌들 눈치를 보았고 힘겨루기에서 밀리는 처지였다.

할머니가 기거하는 안방 다락은 간식거리를 두는 비밀 장소였다. 할머니와 큰어머니만 손댈 수 있는 신비로움 가득한, 왕래 금지 장소였다. 문을 열면 무엇인가 먹거리가 우리 손에 하나씩 쥐어졌다. 산자 혹은 쑥떡, 강정 혹은 깐밥(누룽지) 등. 가장 값어치 있는 먹거리는 우선적으로 할머니 앞에 대령하였고 할머니는 먼저 시식한 후 큰어머니의 배분으로 하달되었다. 나머지는 다락에 넣어 두었다. 먹거리에 껄떡대는 우리들로서는 그곳에 관심이 많을 수밖에 없었다. 할머니는 작은집 손자들인 우리들을 살짝 불러 한 개씩 손에 쥐여주곤 하셨다. 사촌들은 할머니 허락 없이도 그 먹거리들을 자유롭게 꺼내 먹을 수 있었지만 우리들은 할머니나 큰어머니의 허락 없이는 먹지 못했다. 사촌들은 기득권이 있었고 우리는 방계의식이 있었던 것 같다.

또 목욕탕 사용도 사촌들은 수시로 자유롭게 할 수 있었지만 우리들은 할머니의 허락에 따라 실행 여부가 결정되었다.

"방정맞게 무신 놈의 몸딩이를 그렇게 씻쳐쌌냐. 실컷 처먹은 것 지름 다 빠지겠다."

목욕에 관한 할머니 철학을 따를 수밖에 없었던 우리 식구들은 평상시에는 무쇠솥에 물을 덥혀서 커다란 나무통에 퍼놓고 부엌에 쪼그리고 앉아 우적우적 씻었다. 명절 때 아니면 제사 때가 되어야만 할머니의 허락과 함께 목욕탕 사용이 가능해진다. 목욕탕은 우물 옆 건물이다. 그 건물은 목욕만을 위해 지어진 집이었다. 욕조는 요즈음 사용되고 있는 지붕 위에 얹힌 물통같이 움푹 패인 모양으로 되어 있다. 그 재료는 주물로 만들어져서 아궁이 밑에서 불을 지피면 주물 욕조가 뜨거워져 물이 데워진다. 바닥에는 동그란 마루판을 얹어 놓아 물이 욕조 속에 가득 채워지면 그 마루판이 동동 떠서 욕조 위로 올라온다. 동동 떠 있는 마루판 위에 쪼그리고 올라앉아 있으면 욕조 아래로 가라앉는다. 그 속에 조무래기들은 3명쯤 들어가 앉을 수 있다. 물이 뜨거워 벌벌 떨면서 발을 한 번 담그고 두 번 담그면서 점점 익숙해질 때까지 넣었다 뺐다를 반복하면서 들락날락해야 한다. 탕 안에 들어가 앉아 있는 동안 어머니는 머리를 감고 우리들을 하나둘 끄집어내서 때를 밀어준다.

"이 새깽이야! 무엇을 처먹어싸서 때가 요롱게 많다냐. 국시 허자 국시. 이놈의 자석, 가만 있어! 찰싹."

"아이구라. 아이구라. 엄니 아퍼유."

볼기짝을 찰싹 때려 꼿꼿이 세운 뒤 다시 삼베 수건으로 인정사정없이 묵은 때를 밀어댔다(그때는 이태리타올이 없었다). 한 명 두 명 씻길 때마다 어머니는 지쳐갔고 마침내 지친 목소리로

"이눔의 생깽이덜. 지 에미는 죽네 사네 허는디 무신 놈의 소락빼기는 소락빼기여?"

아프다고 꽥꽥 소리치는 우리들에게 하는 푸념이었다.

"일순아, 경자는 니가 씻겨라."

살림꾼 언니에게 시키기도 하였다. 언니의 솜씨가 알량해서 어머니의 재손질 수고로움이 더 힘들었을 것이다. 내가 철이 들고 초등학교 고학년쯤 되면서부터는 영태, 양의를 맡아서 씻어주기도 하였다.

사촌들과 한 덩어리로 잠자는 것이 재미있고 신나는 우리들을 할머니는 구태여 안방으로 데려가기도 한다.

"내 싸둬유. 그냥 자게."

큰어머니가 반박하면 할머니는

"즈그 사촌들 틈새기서 지대로 자겄냐. 안씨러서 안채로 디려갈란다."

라고 하셨다.

밤이면 30촉 희미한 전등불 아래에서 즐겨 이를 잡아주던 막내 원형 오빠가 잊히지 않는다. 검정 무명 바탕에 빨강 끝동을 단 커다란 이불 속에는 위아래로 형제들이 줄지어 누워 있다. 오빠는 우리들의 옷을 벗겨 이불 속에 처넣고 본인 또한 홀랑 벗은 채 베개를 받쳐 놓은 전등 밑으로 간다. 겨울이라서 방안 공기가 얼마나 추웠을까. 바짝 오그라든 고추가 가랑이 사이로 보일까 말까

하였다. 이 잡기를 즐겨 해서 우리들 속옷을 다 벗겨 꾹꾹 눌러대
면 톡톡 이 죽는 소리가 들린다. 너무나 열중하여 주둥이는 한 주
먹이나 앞으로 내밀어 있다. 옷 솔기에 이가 알을 실어놔서 잘 떨
어지지 않는다. 그러면 솔기를 뒤집어서 이빨 사이에 대고 아작
아작 씹었다. 그러면 알 터지는 소리가 입 사이에서 리듬을 만든
다. 오빠가 이 잡는 동안 빨가숭이 우리들은 발길질로 서로 차고
밀고 정말 신나는 이불 속이다. 뿌연 먼지 연기가 방안을 가득 메
워도 큰어머니는 아랫목 한쪽에 누워서 다시 한 번 힘없이 반복
한다.

"시꺼어어어, 어서덜 자그랭."

한두 번 하고 소롯이 잠들어 버린다. 9남매를, 조카들을, 손자
들을 그렇게 키웠다. 사랑하는 우리 큰어머니. 보고 싶습니다.

큰집에서 얻은 재산을 밑거름으로 하여 큰집만큼의 부자로 만드
는 것이 어머니의 목표였던 것 같다. 큰집의 대소사를 맡아서 관
리하면서도 우리 것 경영에 힘을 쏟았다. 밤낮을 가리지 않고 정
미소를 돌리고 배급권·상권을 확장하였으며 계속해서 땅을 사들
였다. 그것도 들녘의 것이 아니라 문전옥답으로 동네 안에 있는
논만 관심 대상이었다. 땅 매매가 있을 때는 다른 사람보다 훨씬
많은 값으로 매수하였다. 들녘의 땅들은 값이 헐했기 때문이다.
고라실 땅에만 관심을 갖고 들녘 땅 값의 몇 배를 주어 금싸라기
논들을 사들였다. 밭도 땅도 닥치는 대로 샀고 양식도 많이 비축
하여 재산이 불어났다. 문전옥답들은 나름대로 우리 식구들만 아
는 이름이 붙여져 있었다. 학교 앞, 모다간(모터 있는 곳) 논, 완빙
이 자리, 대황동리 밭, 남발산 밭 등. 학교 앞 논은 한때 발산초등

학교 운동장으로 빌려줘서 학생들이 공을 차면서 놀기도 하였다.

모다간 논은 그곳에 물을 품어 올리는 양수기가 설치되어 있어 그것을 관리하는 사람이 상주하면서 우리 집 논들에 물을 대는 일을 수행하고 있었다. 주로 집안의 친인척이나 믿을 만한 사람을 선정하여 밤낮으로 상주토록 하였다. 그 가운데 한 사람이 을용이 오빠였다.

을용 오빠는 같은 이씨 집안이지만 할아버지의 사촌 형제에서 분류되어 나간, 10촌이 넘는 먼 친척 가운데 한 명이다. 10여 촌이 되는 그들 집단 가운데 장엽이 아저씨 형제가 있었는데 그 아저씨의 둘째아들이다. 을용이 오빠는 방광이 망가져서 오줌을 질질 싸는 허약한 몸인지라 어디에 나가 행세를 할 수 없는 젊은이였다. 장가도 못 가서 환락가의 어떤 여인을 하나 물고 와 몇 년을 살았는데, 그 여인은 미래가 불투명한 남자에게 기댈 수 없다 판단하고 어느 날 동네 총각을 달고 한밤중에 도망가 버렸다. 우리 집 물건까지 훔쳐 뺑소니쳤다. 어머니는 을용이 각시를 불쌍히 여겨 집안 허드렛일을 시키고 양식 푸성귀들을 싸주면서 그들을 도와주었다. 그 여자가 나가고 난 뒤 할 일 없는 을용이 오빠를 모다간 관리인으로 자리를 주어 행세하게 하였다. 그랬더니 어느 불쌍한 어린 여자를(동네 남자에게 겁탈당해서 애기를 임신하니 낯을 들 수 없어 우리 동네로 몰래 도망 온 여자였음) 각시로 맞아들여 모다간에서 애기를 만들었다. 동네 사람들은 그 애기를 '모다간 새끼'라 부르면서 수군댔다.

"오줌빼이가 그려두 애기 맨드는 재주는 있능가벼."

대황동리에도 상당히 큰 우리 땅이 있었는데 권용남 씨 집을 지나고 유인택 씨 집을 돌아 을용 오빠 본가 옆에 넓게 펼쳐져 있었다. 어쩌다가 어머니가 그 밭을 가실 때면 내가 종종걸음으로 따라가기도 하였다. 작은 등성이를 넘고 산을 건너 꽤나 멀리 있는 밭이다. 그곳에 갈 때면 일꾼들을 데리고 갔고 나는 곧 따라간 것을 후회하였다. 거리도 멀었지만 땅이 넓어 할 일이 금방 끝나는 게 아니어서 심심하고 무료하여 자꾸만 칭얼댔다.

"어머니, 배고파. 집에 가. 언제 끝나?"

"아가, 심심허장? 쬐금만 기다려잉? 아이고 우래기 나물이나 캐그라. 우래기는 솜씨도 좋당게. 옳지 옳지."

일하다가 중단하고 나오셔서 엉덩이를 토닥거려주면서 징징거리는 나를 달래었다. 고구마라도 캐는 날이면 한 개를 쓱쓱 문질러 내 입에 물려주었다.

"어서 먹어봐라. 참 맛있댕."

그토록 따뜻했던 어머니의 토닥거림을 지금은 어디에서 만날 수 있을까.

우리 형제들은 어머니의 정성 때문인지 학교 성적이 우수하여 어머니의 기대에 만족감을 안겨드렸다. 초등학교에 입학하자마자 우선적으로 반장을 시켜놓았다. 담임선생을 미리 만나 속삭거렸을 것이다.

"우리 갱이를 반장으로 안 혀놓믄 김 선생 좋지 못혀. 우리 집 앞에 얼씬도 못헐줄 알어."

"우리 경태도 반장감인 게 알아서 혀."

협박과 농담이 섞인 압력을 가하였다. 학교의 이사장이 큰아버지였고 부이사장이 아버지였으니까 강력한 백인 셈이다. 또 경제적으로 절대적인 후원을 받고 있는 학교 입장에서는 후원회장 식구들의 요구를 거절할 수 없는 일이었을 것이다. 발산초등학교는 분교 수준이었고 본교인 개정초등학교에서 갈라져 나왔다. 그 첫해 입학생 가운데 하나가 나였다. 학교가 갈라져 나오는 과정에서 재정적으로 절대적 기여를 한 것이 우리 집안이었다. 어머니는 이를 뒷받침하고자 입학 전 언문 틀을 벽에 붙이고 한글을 미리 가르쳤다.

"기역에다가 아를 붙이면 가가 되고…….."

"셋에다가 넷을 보태면 일곱여."

시골에서 그 정도의 예비학습을 하고 초등학교에 입학하는 아이들이 거의 없었기에 우리들은 자연스럽게 똑똑한 아이가 되어 있었다. 때로는 그런 태도에 반감을 보인 선생도 있었다. 말끝마다 "알갔어" 말투가 있었는데 그 말투는 우리들 귀에 "알랐어"로 들려 '알랐어선생'이라는 별명을 가진 선생님이었다. 그는 문 교장이라는 분이었는데 강력한 배경과 힘을 삐딱하게 생각하고 있었던 터였다. 오빠가 전체 회장으로 입후보하여 당연히 당선될 것으로 의심치 않았다. 공부도 일등이고 통솔력도 뛰어나서 자격도 충분하였을 뿐 아니라 아이들 어버이들이 대체로 우리 집안의 덕을 많이 받고 있는 처지라서 눈치만 슬슬 보고 있는 상황이었으니까 말이다. 그런데 선거 결과 문 교장의 입김이 담임에게 작용하여 오빠를 회장에서 낙방시켰다. 그때 어머니의 분노는 하늘을 찌르는 듯하였다. 통사리에 사는 장씨 집 아들이 회장으로 낙점되자 오빠는 울고불고 어머니는 분노로 으르렁거리고 동네가 시끄러웠다. 이를 수습하기 위해 재선거를 하였고 기어이 오빠에게 회장 자리를 내주고야 말았다. 장씨 집 아이는 공연히 회장 한 번 되었다가 반 아이들의 따돌림으로 마음고생만 하였다. 어머니의 자존심 회복 사건 가운데 하나였다.

후덕한 아버지

아버지는 인물이 훤칠하고 성격이 온유하여 사람들에게 호감을
주는 후덕한 분이었다. 자식들에게는 전통적인 아버지상이었지만
따스한 사랑이 가득 담긴 가슴을 가지고 있었다. 다만 표현이 서
툴러 사랑 기술이 세련되지 못한 옛날 아버지 그대로였기에 그의
따스함을 가까이 느껴보지 못했을 뿐이다. 아버지 앞에서는 철퍼
덕 앉지 말아야 하고 밥상 예법 엄격히 지켜야 하고 꾸지람에 무
조건 "잘못했어유"를 반복해야 하며 똑바로 아버지의 눈을 쳐다
보지 말아야 하는 등. 아버지와 우리 사이를 멀리하는 온갖 규범
들이 아버지와 자녀들의 관계를 더 서먹하게 하였다. 그런 엄격
한 가정교육이 맥을 함께하여서 큰아버지, 아버지에 대한 자손들
의 자세도 그렇게 고정화되었다.

그러던 아버지가 어머니 돌아가신 뒤 숨겨놓았던 사랑 덩어리
가 녹아서 한 솔기씩 밖으로 새어 나오기 시작하였다. 어머니의
몫까지 우리를 감싸려 하였고 그 마음을 우리 형제들 하나하나에
뼈 아리게 적셔주었다. 더욱이 과거의 잘못들을 반성하는 자세는
몇 년의 어머니 병간호 기간 동안 지극정성 태도로 대변해주었

다. 지역의 대소사에 대표 노릇을 함으로써 인근의 존경을 한 몸에 받으며 부와 명예를 누리셨던 분이다. 어려서는 늦둥이로 태어나 집안의 사랑을 독차지하며 자랐고 똑똑하고 현명한 아내를 맞아 사업, 농사일, 자식 교육 등 모든 것을 어머니에게 의지하며 편안하게 사셨다. 무리한 일 피하고 고통스런 일 당하지 않았고 횡액 없이 사셨던 아버지는 아무리 생각해도 팔자가 좋은 분이었다. 태어날 때부터 성장기에 이르기까지 사랑받은 아이, 좋은 아내와의 결혼, 공부 잘하는 자식들, 경제적인 풍요, 인근의 존경, 건강, 인물. 모든 것을 가지신 분이었다. 전국적으로 유명했던 백운학이라는 사주쟁이가 그렇게 말했다 한다. 이름 떨치던 통일당 당수였던 양일동, 전라북도 도의회 의장이었던 박동근 등 몇몇의 친구들과 함께 사주를 보러 갔었다.

"정치적 사회적으로는 당신들이 더 이름 나 있을지 모르지만 여기 있는 이성환 씨만큼 사주 좋은 사람은 없소."

그래서 그날 아버지 한잔 샀다던가.

어머니는 아버지의 여자관계 때문에 오랫동안 속앓이를 많이 하셨다. 그 과정에서 아버지의 여자관계에 선을 그었다. 첫째는 기생들과 염문들을 대처하는 태도다. 그녀들은 대개 돈을 목적으로 하는 잠정적인 머묾이었다. 그러기에 그들이 즐기는 시간을 가만히 지켜봐주었다. 만남이 오래 지속되면 가까운 친구 도움을 얻어 돈을 주고 해결하였다. 아버지는 바람을 피우다가 조강지처 품에 돌아오면 그동안의 여자관계를 모두 고백하고 반성하면서 얼마 동안은 오히려 안정된 생활을 하였다. 집 나간 아이가 엄마 품에서 새근새근 편안하게 잠들듯. 그럴 때 어머니는 갖가지 보약과 산해진미의 음식을 만들어 아버지를 극진히 섬기고 감싸줬다. 오랜 방황 끝에 돌아오는 아버지를 맞았던 어머니를 나는 잊을 수 없다.

"기집 년들에게 얼마나 후달렸겠냐. 삼 단지 올려놓아라."

아버지가 집안으로 들어오시는 기척이 나면 부엌을 향해 지시하는 말이었다. 아버지 공경은 참으로 극진한 것이었다. 약초 잎이나 뿌리로 손수 담근 술이 뒷방에 즐비하였고 식사 때마다 그 약초 술을 번갈아 반주로 드시게 하였다. 친구, 술, 여자, 향응을 즐겨하셨던 아버지는 어머니의 믿음직한 남편이 아니라 철없는 막냇동생 같았다.

아버지의 성정은 순하고 착하였다. 늦둥이 아버지는 형수(큰어머니) 젖을 조카와 나누어 먹으며 자랐다. 위로 독신처럼 큰아들(큰아버지) 하나를 두었던 할아버지, 할머니에게 늘그막에 태어난 버릇없고 숫기 없는 마냥 의지박약한 아이였다 한다.

큰아버지의 큰아들 즉 조카와 나이가 한 살 차이인데도 조카는 아버지를 '숙부님'으로 깍듯이 대했다. 장손인 큰오빠는 의젓한 위엄을 갖추고 있어서 장손의 격조와 의연함을 보이는 집안의 대들보였다. 그에 견주면 아버지는 어른들로부터는 사랑을 많이 받았고 조카들로부터는 숙부님으로 극진한 대우를 받았다. 어린 어른 노릇이 버거웠을 것이다. 초등학교에 다닐 때도 큰오빠는 성적이 앞서 있었지만 아버지는 방과 후 책가방을 팽개치고 놀이에만 치중하였다 한다. 그리고 성정이 착하고 순해서 인근 사람들로부터는 존경을 한 몸에 받았다. 마을 잔치 때 소나 돼지를 잡게되면 가장 맛있는 부위(말똥, 창자 등)를 아버지에게 먼저 진상하였다. 특별하고 좋은 음식을 하게 되면 아버지께 먼저 가져오는 일도 흔한 일이었다. 노후에 인근 노인들의 추앙을 받아 노인회 장을 맡게 된 것도 인근 사람들의 아버지에 대한 추앙심에서 비롯되었을 것이다.

집안일 처리에도 아버지 위신을 먼저 생각하는 어머니였다.

"여보, 오늘은 창고에서 물건들 내야 되는디 당신이 일꾼들 불러서 싸납게 말씀 좀 허슈. 요새 진택이가 좀 띵깡을 놓아쌌는디 그것도 너무 야단은 치지 말고 살짝 달래면서 짚고 넘어가야 혀유."

어머니의 구체적인 지시에 아버지는 완급 조절이 안 된 채 일꾼들을 부른다.

"덕수! 오늘은 창고 물건도 내야 허고, 핵교 앞 논에 거름도 내야겠네. 한꺼번에 몽땅 몽땅 집어던지지 말고 골고로 뿌리면서 줘야 혀. 몽니 부리지 말고 싸게싸게들 혀. 근디 진택이 너는 왜 그렇게 요새 싸가지 없게 노냐. 일을 허는 거여 마는 거여. 안 헐라믄 아주 싹 그만두어뻐리렝."

"당신은 같은 말이라도 그렇게 허믄 써유? 잘 달램서 허랑게."

어머니는 요령 없는 아버지의 뭉툭한 지시에 핀잔을 준다. 그러나 바깥주인의 지시는 어머니의 잔잔한 지시에 견주어서 효과가 있다. 진택이, 덕수, 그리고 홍 생원까지 아버지의 큰소리에 슬슬 눈치 보며 일터로 나간다.

우리 동네 사람들은 대중교통을 이용할 때면 거의 우리 집 앞에서 기다리게 되어 있었다. 그때는 특별한 정거장 시설이 있거나 표를 팔지는 않았지만 그곳이 모임 장소였다. 서쪽의 군산, 동쪽의 이리·전주, 남쪽의 김제, 북쪽의 서울까지 방향은 다르지만 그들의 목적지 행로의 버스를 타기 위해서는 터미널 격인 우리 집 앞으로 와야만 했다. 항상 사람들이 북적거렸는데 한편 그들 대부분은 우리 집 정미소를 이용하거나 배급 혜택을 받는 고객이기도 했다. 어머니는 무더운 여름에는 시원한 설탕물을 타주었고 추운 겨울에는 방안에서 따뜻하게 쉬면서 기다리게 하였다. 그러면서 집 안팎의 안부나 대소사를 묻고 고민을 들어주는 등 귀천을 가리지 않고 정겹게 대해주었다. 더욱이 전기가 오락가락하였던 그 시절 정미소에 온 사람들의 끼니 해결, 숙박까지도 마다하지 않고 따뜻하게 맞았다. 혹 동네 남정네들이 올 때는 아버지께 인사를 드리기도 하였다. 여러 부락민들의 우두머리 격인 이장들은 아버지 힘의 영향을 많이 받고 있는 처지들이었다. 그들을 맞이하여 이런저런 이야기를 나누면서 꼭 당부하는 말을 놓치지 않았다.

"요번 나락은 씨알들이 지대로 여물지 안 혔등만. 그려도 방애는 우리 집으로 와서 찧야 허네. 거기 방 생원네랑한티도 말 좀 잘 혀놔야 혀."

"잘 알었유. 근디 남발산 거쳐 올라믄 최 생원네 방앗간 때미 껄쩍지근혀유."

"이따가 어둑어둑혀지믄 우리 집 덕수 보낼 팅게 소구루마(달구지)에 실어버리랑게."

아버지의 한 말씀이 어머니 열 마디보다 위력을 발휘하였다. 손님을 끌기 위한 경영 사교 구실까지 안팎의 호흡이 맞았다. 그러면서 집안 이야기, 자식 이야기들이 오갔고 마을의 작은 소식들까지도 상세하게 들을 수 있었다. 물품 배급 때는 쌀도 기름도 소금도 설탕도 넉넉히 얹어주어 그들 마음에 모닥불을 지펴주었다. 인근의 소식통이 어머니였고 때로는 그들 삶의 길잡이가 되어주었다. 지금도 고향 땅 깊숙한 안동네 구석에서 나이 드신 어른을 만날 때 누구 집 딸이라고 하면 반갑게 두 손 잡아 맞이해주는 분들, 모두 아버지 어머니의 정을 잊지 못하는 사람들이다. 아버지 어머니는 우리 동네 대표 어른으로서 어른 노릇을 하면서 손색없이 위엄을 갖추고 있었다. 베풂 또한 인색하지 않아서 배고픔에 귀 기울이고 슬픔에는 뛰어가 함께 울어주었다. 그래서 돌아가셨을 때는 온 마을이 울음바다가 될 정도로 모두가 한마음으로 섬기는 대상이었다. 두 분의 그 따스했던 손길을 기억하는 사람도 이제 다 늙고 돌아가셔서 고향 땅은 찬바람만 휘돌고 있다.

자식 성장과 재산 모음만이 어머니에게 기쁨을 주었다. 어머니의 지혜로움은 재테크의 바탕이 되었다. 아버지는 젊은 날 유흥에 빠져서 여자관계가 복잡하였고 그런 일로 어머니와 다툼이 잦았다. 외부에서 기생이나 새로운 여자가 유입되어 오면 우선 아버지가 먼저 소개받았고 아버지는 그 일에 기꺼이 응답하여 솔선수범하였다. 동기들의 머리 얹어주는 일에 우선순위로 뽑혔다. 노리개 여자들과 관계에는 비교적 너그러운 어머니였다. 곁에서 술잔이나 얻어먹고 뒤따라다니는 얼쩡이 친구들이 슬쩍슬쩍 정보를 흘려주어서 아버지의 행보는 항상 어머니 레이더망에 연결되어 있었다.

어머니는 손으로 꼽을 수도 없이 여자와 술을 즐겼던 아버지를 매년 겨울이면 지장암 절에 안거시켜서 보약으로 몸 다스리게 하였다. 때로는 머슴들을 시켜 대방산에 있는 칡뿌리 등 약초를 캐

오도록 하였다. 몇 가마니씩 캐 온 약초를 잘라 말렸다가 아버지 보약으로 달여드리곤 하였다. 아버지를 지장암에 기거토록 조치한 어머니는 성실한 스님의 정성을 믿었고 그녀도 열심히 아버지의 건강증진에 애썼다. 어머니는 그곳에 가지 않고 아버지 역시 그곳을 떠나지 못하게 하여 금욕과 정신수행의 시간으로 심신세탁을 하였다. 그렇게 해서 건강을 만들어놓으면 아버지는 다시 대처에 나가 유흥에 빠졌다.

아버지를 거쳐간 여자들이 헤아릴 수 없이 많았지만 유독 한 여인만은 떠나지 않고 씨앗까지 뿌리면서 집안을 괴롭혔다. 발산초등학교 옆에 사는 여자였다. 어머니의 절친한 친구였고 아우였을 정도로 마음을 주고받았던 여인이다. '아오마스네'라고 불렀던 그 여자는 서울에 살다가 6·25동란 때 남편을 여의고 아들 하나와 함께 친정인 신발산에 와 있었다. 머리 좋고 사람 좋아 어머니는 그를 안쓰럽게 여기고 다각도로 도와주었다. 친정집 앞에 가게를 내는 데 도움을 주었고 물건을 주문할 때도 돈을 융통해주는 등 친교가 두터웠다. 친언니처럼 따르고 소통하면서 어머니에게 의지하였다. 혈혈단신 피난 나온 젊은 그녀를 살게 해줘야 한다는 애정이 오히려 왜곡된 결과를 초래하게 된 것이다.

어느 날 밤 아버지가 늦도록 집에 오시지 않으니 어머니는 허심탄회하게 푸념이나 하자고 아오마스네 가게 앞에 다다랐다. 달은 유난히 높이 떠올라 있고 그 달빛은 그녀의 가게 안방 문 앞 디딤돌 위를 덮고 있었다. 그런데 이게 웬일인가. 아버지의 신발과 그녀의 신발이 나란히 놓여있지 않은가. 그 밤은 대낮처럼 밝은 달빛이 세상을 밝히고 있었던 날이었다.

"이 양반이 놀러왔나 보다."

하고 가까이 갔을 때 방에서는 정을 나누는 소리가 새어나왔다. 어머니는 온몸의 피가 쫙 내려가면서 땅이 꺼지는 것 같았다. 털썩 주저앉았다가 겨우 정신을 수습하여 집에 돌아온 뒤 어찌할 바 모르게 가슴을 쥐어뜯는 아픔이 고통이 되어 기절할 것만 같았다. 먹지도 못하는 소주 두 병을 연거푸 들이마셨다. 한밤중 어머니의 흐느낌 소리가 들렸고 술 냄새가 온 방안에 가득하였었다는 장면이 흐릿한 내 기억의 일부다. 한참이 지난 뒤 아버지와 다투는 소리가 잠결에 들렸었다. 우리 집의 평화로움은 완전히 깨지고 그녀의 발걸음도 끊겼으며 아버지에 대한 밤마다의 행적 추적, 숨바꼭질의 만남, 불화는 계속되었다. 우리들은 심기가 불편한 아버지 어머니의 눈치를 살피면서 양쪽의 기분 맞추기에 심신이 지쳐 있었다. 헤어지지 못하는 그들 남녀의 행각은 점점 더 심도 있는 경지에 이르러 임신까지 하게 되었다. 본남편에게서 낳은 아들 평이가 있었고 아버지의 씨앗 병의를 잉태한 것이다.

그녀는 목숨 걸고 그 아이를 낳고자 고집 부렸다. 본남편을 여의고 홀로 살던 과부에게 알뜰살뜰하고 솜사탕 같은 외간 남자의 맛은 결코 포기할 수 없는 꿀단지였을 것이다. 더군다나 새 생명에 대한 번식 본능은 그녀를 더 깊은 불륜의 수렁으로 빠지게 하였다. 아버지는 한때 그녀를 포기하겠다고 어머니에게 약속하였다. 뿌리를 중히 여기는 아버지로서는 궤도 이탈이 항상 마음에 걸림이었던 것 같다. 그러나 생명에 대한 갈등과 뿌리에 대한 귀소 본능으로 괴로운 나날을 보낼 수밖에 없었다. 아버지는 아오마스네와의 관계에서 헤어나지 못하였고 은밀한 만남을 계속하였다. 그런 아버지의 이중적 생활에 어머니도 우리 형제들도 치를 떨고 있었다.

그녀는 아버지 씨앗인 병의와 본남편의 아들 평이를 데리고 서울로 이사했다. 아버지는 몇 달에 한 번씩 그녀를 찾아가 며칠씩 있다 왔고 돈도 쏠쏠히 가져다주었다. 가을마다 어머니는 농사지은 쌀을 그 집으로 보냈다. 또 병의가 학교에 다니기 시작하면서 학비도 보내주었다. 아버지의 도리를 어머니가 챙겨주신 것이다. 병의는 방학 때 우리 집에 오는 때가 있었다. 어머니는 그 애에게 용돈을 두둑이 쥐여주었다. 그러나 아버지는 본가의 자식들과 면접하는 것을 원하지 않아 그 애의 외가댁에 기거하다가 상경케 하였다. 본가의 식구들과 첩의 자식은 등급을 달리해야 한다는 것이 아버지의 철저한 철학이었다. 본처와 본가의 자식이 우선 순위고 서출은 그 다음 순위라는 나름대로의 기준 긋기였다. 우리 형제들 역시 그 애의 얼굴도 잘 몰랐고 한핏줄의 형제가 같은 하늘 아래에 살고 있다는 사실조차 인정하려 하지 않았다.

어머니 돌아가시고 홀로 남은 아버지가 그 여자와 여생을 함께하면 어떨까 우리 내외 의논한 적 있었다. 아버지는 진심으로 그것을 원했으나 아들들의 강력한 반대에 맞서 의견을 내세우지 못하셨다. 어머니의 가슴에 응혈이 진 아픔을 주었지만 이미 돌아가신 어머니보다는 아버지의 여생이 안타까웠던 나는 은밀하게 아버지의 마음을 타진해보았다. 그때 아버지가 얼마나 쓸쓸해하시고 외로웠던가를 나는 이해하게 되었다. 남편이 10년 전 내 곁을 먼저 떠났을 때 의지할 데 없는 황망한 세상에서 나동그라진 이 몸뚱이, 처절한 아픔으로 몸부림치면서 나는 아버지의 마음을 몇 백배 알게 되었다.

"내가 왜 더 강력하게 아버지와 그녀의 만남을 주선하지 못하였던가."

그랬더라면 아버지는 말년을 그렇게 술로만 세월 보내시지 않았을 것이다. 수명도 몇 년은 더 연장되실 수 있었을 것이다. 나는 어머니와 나란히 누워계신 아버지 묘소를 어루만지면서 어머니 몰래 속삭인다.

"이 불효자식 딸년을 용서하지 마세요. 아버지의 말년을 그토록 외롭게 하지 않을 수 있었는데 자식들 앞에서 언어를 잃은 채 얼마나 외롭게 지내셨습니까? 나는 알아요. 나는 아버지 마음을 다 알고 있어요."

자식 사랑 가득하셨고 조강지처 끔찍이 여겼던 아버지였지만 뛰어나게 영리한 아내 만나 그 능력 제대로 발현하지 못하였던 분이다. 어머니 나이 77세, 아버지보다 먼저 돌아가시기 전, 병이 시작되는 시점이었다. 마을 잔치 있어 초대되어 간 어머니는 부인네들 흥 돋워 줄 요량으로 춤을 추기 시작하였다. 추임새는 어느덧 새로운 끼를 발산케 했고 아낙네들은 고무되어 잔치를 극으로 치닫게 하였다. 생의 마지막 축제를 마을 주인공 되어 춤으로 장식한 흥 많고 끼 많은 어머니. 혼신을 다해 생명불을 춤으로 승화시키고 집에 돌아오신 뒤, 다시는 활발한 생활을 못하셨다. 그 이후 5년여를 투병하시다가 애타게 부르짖는 아버지를 뒤로하고 돌아가셨다. 경영의 앞선에서 수많은 인간들을 지휘하고 사업수완 발휘하시던 어머니의 말년은 여느 할머니와 다름없이 병고에 회색빛 생활이었다. 어머니를 향한 순정과 자식들에 대한 배려심과 숨겨져 있던 능력까지 확인할 기회 남겨주신 아버지 또한 어머니 이상으로 우리들 가슴에 사랑 심어주고 가셨다. 어머니 보내고 홀로 마지막을 맞이하시던 쓸쓸한 임종 순간을 우리 남매들은 얼마나 가슴 절절하게 지켜봤던가 잊히지 않는다. 일제강점기를 지나 계몽단체 만들어 사회운동 하셨을 때 능력 탁월하고 통솔력 풍부하였던 분, 예기에 능란하고 풍류를 즐겼던 분, 이웃 일을 내 일처럼 보살피던 후덕함으로 모두의 추앙을 한 몸에 받았던 분, 말년엔 자식들 마음까지 빼앗을 만큼 어머니에게 충직하여서 젊은 날의 잘못들을 뉘우치셨던 아버지, 아버지 우리 아버지, 당신을 사랑합니다. 돌아가신 지 20여 년 되었어도 그때까지 어머니 그리워 우두커니 먼 산 바라보시던 뒷모습, 문간방 아버지 체취와 함께 이곳에 그대로 담아 봅니다.

지혜로운 어머니

멋

어머니는 멋을 아는 분이었다. 할머니를 모시고 큰어머니, 작은 큰어머니 그리고 큰고모가 한 조가 되어 멀리 외출을 하시는 기회가 가끔 있었다. 조카들이 공부하고 있는 경성(지금의 서울)에 다니러 간다든가 만주 여행을 떠난다든가 관청에 등청하는 날 같은 때다. 여행 시에는 며칠 전부터 미리 만자산 이모나 하령 이모를 모셔와 집안일과 아이들을 부탁하고 어머니는 여행 준비를 시작하였다. 우선 고대를 화로 속에 묻어두어 데운 다음 가르마 약간 비켜서 앞머리를 세 번 지진다. 머릿기름을 살짝 발라서 쪽진 머리로 잘 빗은 다음 흩어지지 않게 눌러 빗는다. 머리치장은 그 전날 해놓아야 그 다음 날 약간의 흐트러짐이 어우러져 더 멋이 난다고 하였다. 그리고 여행 떠나는 전날 밤을 꼬박 지새우며 저고리 치마 바느질을 하였다. 저고리 앞섶 끝자락에서 바늘을 갓 뺀 그 옷의 매무새가 가장 아름답다고 했다. 숨겨두었던 금시계를 차고 저고리 팔 길이는 약간 짧은 듯하게 만든다. 금시계가 팔

157

끝 사이로 나올 듯 말 듯 멋스럽다. 사진관에 가서 사진을 찍을 때는 금시계를 보이기 위해 시계 찬 손목을 가슴과 배 사이 위치에 살짝 얹어놓고 앉는다. 금비녀는 떠나기 직전에 쪽진 머리 위에 꽂는다. 긴 치마를 입고 갈 때는 그 전날 하얀 고무신을 정갈하게 닦아 밀가루를 발라놓고, 짧은 치마를 입고 갈 때면 굽이 있는 구두를 꺼내서 기름을 발라놓는다.

"거그 누구 있능가. 인력거 한 대 불러야긋네."

"모시모시, 여그가 진맨디 방앗간 집 안줜이 시방 출타하실라구 혀유. 인력거 한 대 보내줘유."

양단 치마저고리에 양복지 두루마기를 받쳐 입은 어머니의 외출을 구경하고자 부엌 식구들, 옆집 쪼깐네, 선수네들이 모여든다.

"안녕히 잘 댕겨 오슈우. 집 걱정은 안 혀도 돼유. 아이고, 어느 여왕이 저렇게 이쁘당가. 매무골댁 옷티는 으디다 내놔도 일등여."

떠나간 뒷모습에 칭송이 자자하다. 어린 내 눈에도 우리 어머니는 그 시절 최고의 멋쟁이였다.

솜 씨

어머니는 음식 솜씨 뛰어나서 고기 요리하는 방법, 생선 요리하는 방법, 채소 요리 하는 방법 따로따로 비법이 있었다.

김치는 젓갈이 중요하다. 생선 속을 젓갈로 만들어서 김치에 넣는 것이 기본이었다. 젓갈을 액젓으로 하지 않고 잘 발효된 생젓을 넣어야 김치의 맛이 살아 있다고 하였다. 즐겨 사용한 젓갈은 옛날에는 상어의 내장이었고 상어가 잘 잡히지 않자 갈치 내장 젓갈을 주로 사용하였다. 푹 절인 배추를 약간의 액젓에 뒹굴려서 꼭 짜낸 다음 소금 넣지 않고 생젓갈과 들깨죽으로 버무려진 야채들을 배추 속에 넣는 방법이었다. 군산 항구에서 쉽게 구할 수 있는 싱싱한 생선을 토막 쳐서 배추 포기 속에 듬뿍듬뿍 넣기도 하였다.

고기 요리는 전날 갖은 양념으로 버무려 하루쯤 발효가 되면 구이, 찜 등을 하였다. 생선찌개는 된장으로 살짝 한 번 끓여낸 뒤 고추장을 넣지 않고 통고추를 씨까지 마늘과 함께 확독에 갈아서 밑바닥까지 씻은 양념 물과 육수를 국물로 사용하였다. 간을 맞출 때면 간장이나 소금을 넣지 않고 젓갈로 조정하였다. 생선 구이는 초벌구이 양념이 다르고 재벌구이 양념이 달라서 세 번 구이를 해야만 깊은 맛이 난다고 하였다. 때로는 양념 없이 무쇠솥에 지푸라기를 깔고 쪄낸 생선을 따로 당신만의 비법으로 만든 양념 소스에 찍어 먹게 하기도 했다. 그 양념 소스는 어머니만의 비법으로 우선 간장부터 보통의 것과는 다른 것이었다. 쪄서 먹는 생선은 빨랫줄에 매달아 물기만 없어지면 얼건하여 요리하였다. 비법의 간장은, 소금물에 메주를 넣어 담그는 간장이 아니라 생선 액젓 국물에 메주와 고추씨를 넣어 숙성시킨 뒤 이를 끓여서 항아리에 붓고 숯과 고추를 넣어 금줄을 띄우고 발효시킨 것이다. 그 간장의 비법은 오늘날 내가 계승받아 같은 방법으로 담그고 있다. 살림 시작 때부터 돌아가실 때까지 해마다 겹장 담근 수십 년 전 간장도 함께 사용하셨다.

채소 무침은 소스를 간장이나 된장 물, 혹은 고추장 물을 사용하여 마늘, 깨, 파, 생강, 참기름, 약간의 엿, 꿀, 청주 등을 섞어서 만들었다. 채소의 성질에 따라 그 재료의 가감이 다르기 때문에 그 비법을 따르기란 그렇게 쉬운 게 아니었다. 손끝이 바로 조미료였다. 어머니는 손끝 놀림으로 맛을 조종하였다. 신식 요리는 못 배웠지만 반찬에 관한 모든 것은 통달하고 있었다.

아버지의 반주는 갖가지 약초 뿌리와 이파리를 구해서 누룩과 메주를 섞어 담갔는데 약초에 따라 삶아낸 물로 밥을 지을 때도 있고 생뿌리나 잎을 버무리기도 하였다. 관절염이나 신경통을 다스릴 때는 엉겅퀴 우슬, 개복숭아나무 등을 주재료로 하였고 오래된 기침은 배, 콩나물, 파 뿌리, 도라지, 갱엿을 함께 넣어 중탕하여 만들었다. 백일해가 한창 창궐하였을 때는 새의 새끼를 삶아 그 물을 먹였다. 아버지를 위한 술 항아리는 열 개 이상 뒷방에 마련해 두었고 그 술들은 모두 아버지 건강 지킴이 기능을 하였다. 모든 음식 솜씨 발휘는 오직 남편을 위한 일념으로 이루어져 있었다. 부엌에 들어가시면 조물락거리는 손놀림으로 순식간에 몇 가지가 만들어졌다. 남편 섬기는 자세를 어머니에게서 배운 나는 그 실천을 게을리하였지만 마음 자세만은 '하늘 같은 남편'이라는 의식을 버리지 않았다.

어머니 손 냄새 묻은 밥상이 그립다.

꿈

어머니는 예지력이 있는 분이었다. 꿈과 관련된 내용들은 후손들에게 남겨줄 수 있는 좋은 화젯거리다. 더구나 태몽은 우리 앞날을 점쳐주는 좌표 같은 것이었다.

오빠에게는 다음과 같은 태몽 이야기로 앞날을 점쳐주었다.

"너는 어려서부터 부모와 떨어져 살아야 할 것이다. 네가 외로움 사주가 있느니라. 네 태몽은 황금시계를 천황으로부터 받은 꿈이었다. 천황이 번쩍번쩍하는 관을 쓰고 몸에는 휘황찬란한 띠를 두르고 나에게 금시계를 주었느니라. 그 시계를 귀에 대었더니 책깍책깍하는 소리가 선명하게 들렸다."

오빠는 중학교 때부터 부모 형제를 떠나 전주에서 학교를 다녔고 남의 집에 하숙을 하면서 외롭게 객지 생활을 하였다. 대학교 교수로 이름을 빛냈고 금시계처럼 보석 같은 일생을 보냈다.

나에게 들려준 말씀은 또 달랐다.

"너는 복덩어리다. 네 태몽은 커다란 무쇠 가마솥 속 무럭무럭 김이 나는 하얀 밥 한가운데 누워 있는 애기를 내가 덥석 안아 품으로 가져오는 꿈이었다. 내 가슴에 폭 안겨서 새근새근 잠을 자더구나. 너는 중간에 요절하거나 그런 일은 없을 것이다. 꿈이 튼실하였으니 걱정하지 않아도 복 많이 받을 것이다. 세상 천지의 밥이 다 네 것이 될 것이다. 그러나 너는 얼굴색이 너무 붉고 탄력이 빵빵하여 그 색이 약해지고 탄력이 느슨해지는 50줄 나이가 되어야만 팔자가 편안해질 거다. 너희 5남매 중에서 네 사주가 제일 좋다."

비밀리에 자긍심을 심어주었고, 내가 40대에 직장 종양으로 사경을 헤맬 때도 믿음을 주었다. 그 말이 맞다면 이 나라 돈 지킴이 남편을 만난 것도 태몽으로 알려준 것일까.

"너에 대한 태몽이 그렇게 확실한데 네가 죽는 일은 없을 것이다. 걱정 말아라. 너는 틀림없이 복딩이 될 것이다."

동생인 경태에겐 특이한 꿈 이야기를 들려주셨다.

"네 태몽은 천지가 흔들리는 비행기 소리와 함께 비행기 트랩으로 가방을 들고 내려오는 신사와 그 뒤를 따르는 하얀 까운 입은 여자 의사가 집안으로 들어오는 꿈이었다. 그리고 반짝반짝 빛나는 베어링 같은 기계 앞에서 그 기계 사이사이를 닦으면서 청소하는 젊은 청년이 서 있었다. 밖에서는 민식이 즈매가 "매무골댁 손님 다 왔유? 어서 밥 퍼야지유." 했다.

"너는 공과대학을 가야 하고 네 아내는 아마 의사일 것이다."

과연 경태는 태몽대로 기계공학을 전공하였고 비행기 타고 미국 유학을 가서 그곳에서 성공한 삶을 살고 있다. 그리고 의사 아내를 맞았다. 또 경태는 다른 부모에게 팔아야 한다고 하여 집안을 드나들던 만허스님에게 팔아서 형식적인 아버지를 삼아주었다. 경태의 노여움이 극에 달해서 집안이 들썩거릴 정도였다. 형제들은 그것을 놀려댔다.

"만허스님 아들여, 너는 중 새깽잉게로, 따라가서 살어라잉."

영태의 꿈도 전공 예시의 내용이다.

"네 태몽은 농사짓는 일하고 상관있는 것 같다. 논 한가운데에 물자세가 세워져 있고 그 바퀴 사이에서 안경을 쓴 커다란 남생이가 겅충겅충 걸어오더니 내 품으로 딱 안기더라."

영태는 농학의 유전자를 전공하였고 그 후 이 나라 굴지의 유전자학의 일인자가 되었다. 우리 형제들은 눈, 귀, 이들이 건강하여 안과나 치과 치료를 한 적이 별로 없는데 영태만이 안경을 쓰는 것을 보면 거북이 안경 쓰고 있었던 장면으로 그것까지 예시해주었다.

막내 양의는 임신할 무렵 아버지가 아오마스네와 바람이 나서 어머니의 심기가 불편한 때였다.

"꿈에 돼지새끼들이 집 안에 들어왔다."

양의는 번성한 사업을 하다가 국가 경제가 위기를 맞은 IMF 때 큰 타격을 입어 힘들었지만 지금은 비교적 안정된 생활을 하고 있다. 태몽으로 자식들 미래를 예견하셨고 고의로 몰아세우지 않았음에도 우리들은 태몽대로 전공을 찾아 가게 되었다. 어머니의 꿈은 칠십 평생 사시는 동안 길흉화복을 예시해주는 구실을 하였다. 가족들의 일, 이웃들의 일, 동네의 일까지 투시안처럼 비춰주는 거울 기능을 하였다.

우리 집에 큰 화재 사건이 있었다. 어린 영태가 친구들과 불장난을 하다가 일으킨 일이었지만 개정면 전체가 흔들릴 정도의 크나큰 사건이었다. 그 시대 여유 있는 집들은 가을 수확을 일부만 바심 도정을 하고 나머지를 저장하여 쌓아 놓았다가 그 이듬해 봄에 도정하는 것이 십상이었다. 지금 생각하면 쌓아 놓은 기간 동안 쥐들이 먹은 것만도 몇 가마는 되었을 것이지만 별다른 저장 방법이 개발되지 않았고 시설도 미흡하여 겨울 동안 볏눌을 쌓아 두었다. 한겨울 햇볕이 따스하게 내리쬐고 볏단 쌓아 놓은 커다란 덩치는 바람막이 해주어 아이들의 임시 놀이터가 되어주

었다. 팽이를 치거나 자치기, 구슬치기 등을 할 수 있는 놀이마당
이었다. 그 앞은 사람들의 잦은 발걸음으로 잘 다져져서 해만 뜨
면 아이들이 그곳에 모여들었다. 집에서 몰래 숨겨 온 성냥개비
로 검불에 불을 붙이거나 볏짚을 불로 달구어 튀밥을 튀겨 먹기
도 하였다. 그러다가 불이 연달아 붙으면 큰 화재로 이어진다. 화
재가 일어났던 며칠 전부터 신발산 뒷산 자락에(뒤꼍이라고 일컬었
다) 살고 있었던 유씨 집 아낙이 사람을 시켜서 큰일이 일어날 거
라고 몇 번에 걸쳐서 예언을 보내왔다. 그 부인은 유씨가 본처와
일찍이 사별하고 재취로 취한 여자였다. 쪽진 머리가 항상 가지
런하게 빗겨져 있고 웃으면 보조개가 살짝 들어가 여성스러움이
한껏 돋보였던 얌전하고 조신한 여자였다. 수줍음도 많아 사람들
과의 접촉도 많지 않은 그였는데 갑자기 신기神氣가 실려서 자꾸
만 이상한 말을 하여 이웃들을 놀라게 하고 있었다. 어머니는 그
녀의 예시에 마음이 불안한 상태였다.

"아주머니 댁에 큰일이 닥쳐오고 있으니 조심하시오."

그즈음 어머니가 꿈을 꾸신 것이다. 하늘에서 시뻘건 핏물이 뚝
뚝 떨어지는 고기 덩어리가 세 개로 겹쳐서 쌓아 올린 벼눌 가운
데로 떨어져 들어가는 장면이었다. 아침부터 머슴들에게 방앗간
의 불단속, 벼눌 사이의 불단속 등 집 안팎에 대한 주의를 주었음
은 말할 것 없고 우리들에게도 방과 후 행동거지와 인간관계 등
을 점검하며 긴장된 며칠을 보내고 있었다. 그러나 사건은 의외
로 나이 어린 동생들이 저질렀다. 영태는 무섭고 두려운 속내를
드러내지 못하고 그 사실을 성인이 되어서야 고백하였다. 수십
년 동안 수수께끼에 묻혀 있던 놀라운 사실을 고백하는 그 애의

심정은 오죽했을까. 어머니의 꿈은 그대로 적중하였다.

또 중학교, 고등학교, 대학교 입학할 때마다 어머니의 꿈은 결과를 정확하게 예시해주었다. 오빠가 대학에 합격하고 통지가 오던 전날 꿈은 괴이한 것이었다. 암수 돼지 한 쌍이 교미하는 장면이었다. 사람들이 교미 성공에 "붙었다!"라고 소리치는 장면으로 꿈이 끝났다 한다.

나에 관한 꿈은, 대학교 입학시험 결과가 발표되던 전날 밤이었다. 벌 떼들이 달려들어 내 몸통을 에워싸고 웅성거리는 장면이었다 한다.

내 아들 종은이에 대해서도 꿈을 꾸어주셨다. 2반밖에 되지 않는 대전의 변두리 이름 없는 고등학교에 뺑뺑이 돌려 배정된 뒤 3년 동안 나는 하루도 마음이 놓이지 않아 그 애의 공부에 노심초사하였다. 열악한 환경의 학교에서 우리 내외의 꿈이 이루어질 수 있을까 의구심을 품고 안쓰럽기만 한 그 애의 독학 같은 공부를 독려하면서 애태우는 나날을 보내고 있었다. 조마조마한 불안감 속에 안절부절못하고 있을 때 합격 발표를 기다리는 아침 어머니는 전화를 주셨다.

"내가 어젯밤 꿈에 종은이에게 생금덩어리 세 개를 주었느니라. 그 세 개가 무엇을 뜻하는지는 나도 잘 모르겠다마는 그 애가 예사 인물이 아닌 것은 틀림없다. 금덩어리 선물 받고 시험에 떨어지겠냐."

어머니의 말씀대로 종은이는 서울대학교 의과대학에 합격했다. 그 학교로서는 역사에 길이 남을 한 선을 그은 결과였기에 우리 가족들 모두는 그 기쁨을 무엇에도 비교할 수 없었다.

정미소에는 여러 가지 기계들이 많이 설치되어 있다. 기계 조작을 하면서 크고 작은 사고들이 많이 발생한다. 그때마다 어머니는 전날 밤 현몽에서 사고를 예시해주었다. 어머니를 닮아서인지 한때는 나도 꿈에서 여러 가지 일을 예시해 주었지만 나이 들면서 정신력이 약해져서인지 꿈이 잘 맞지 않는다.

통찰력

어머니의 통찰력 또한 날카로웠다. 고등학교 2학년 때 같은 반 친구였던 신윤옥이 집에 왔을 때였다. 내가 저 친구는 마음씨 곱고 손끝도 야물어 사촌인 원영 오빠에게 소개해주는 게 어떻겠느냐고 어머니께 여쭈어본 적이 있었다. 어머니는 "그 애는 얼굴색이 파르스름하고 요기가 흘러 일부종사하기 힘든 상이다. 우리 집안과는 관련 맺지 마라."고 하셨다.

대학 졸업 후 그 애는 모 방송국에서 잘나가는 아나운서였으나 몇 남자를 거치는 동안 씨가 각각 다른 남매를 낳고 결국에는 일부종사 못하더니 스님이 되었다.

"너는 네 얼굴의 붉은 빛이 사라지고 팽팽한 얼굴이 느슨해질 때 건강도 가족들도 편안해질 것이다."

어머니가 어느 날 나에게도 예시해주셨다. 나는 젊은 날 건강의 악화로 네 번의 대수술을 받는 고난을 겪었다. 얼굴의 붉은색이 다 없어지고 탄력도 느슨해지면서 50줄에 오르니 남편도 자식들도 빛이 나면서 삶이 편안해졌다. 태몽과 어머니의 예지력이 길을 놓아주어서인지 밥술이나 먹고 살게 되었다.

어머니는 사람을 만나면 그 사람을 보는 예지력이 있어서 그 사람의 그릇이 얼마나 큰지 작은지, 또 어떤 삶을 살고 있는지, 장차 어떻게 살아가게 될지 읽을 줄 알았고 그런 날카로운 판단력은 우리들에게도 큰 힘이 되었다.

"이 세상에는 보이지 않는 이치가 있느니라. 아무리 발버둥친다고 다 잘 되는 게 아니란다. 제가 타고난 복 그릇이 있다. 전득선이가 이 세상의 모든 이치를 꿰뚫어 모르는 것 없이 박식했어도 집 한 칸 변변히 갖지 못하더라."

"사람이 너무 극성맞게 성질 펴고 살면 안 되니라. 적당히 져주고 양보하면서 살아야지. 너무 극성스러우면 반드시 패하게 된다. 여자 소리가 울타리 밖으로 나가면 안 된다. 남편을 앞지르지 마라. 남편 소리보다 네 소리가 커 울타리 밖으로 나가지 않게 해야 한다. 남편을 앞세워 훌륭하게 성공시키고 너는 뒤를 따라야한다. 남편이 앞에서 빛나면 너는 저절로 더 빛난다. 남편 역정에말대답 하지 마라. 천박스럽다. 여자는 시집가면 그 집 귀신이 되어야 한다. 남편을 하늘같이 떠받들고 시집 동기간을 네 살붙이처럼 여겨야 한다. 시부모님에게는 반찬 없는 밥상 올리지 마라. 억울한 일 있어도 참고 며느리 노릇은 빈틈없이 해드리고 속으로만 울어라. 큰 사람 노릇하려면 네 것을 많이 주어야 한다. 물건도 주지만 특히 밑천 안 들고 줄 수 있는 것 말이다. 같은 말이라도 한 됫박 퍼주듯 넉넉하게 주어라. 그 사람 기분 좋게 해주면네가 준 것보다 훨씬 많은 것이 온다. 네가 넉넉하면 주변이 다넉넉해진다. 네 품이 커야 많은 사람들이 네 사람이 되느니라."

그때는 잔소리였고 듣기 싫은 푸념이었다.

"에이, 그 소리 또 하시네. 나도 다 알아요. 그만 좀 해요."

그 잔소리가 내 삶의 추가 되어 있었다. 결혼 후 남편에게 말대답하지 못했고 시동기간 다 가르치고 혼인시켰다. 시부모님 모시고 살면서 반찬 없는 밥상 내놓지 않으려 노력했다. 다른 사람들에게 상처주는 말 하지 않으려고도 노력하였다. 많은 시행착오가 있었겠지만 그 말씀들이 내 것이 되어 있음을 알게 되었고 내게서 어머니의 모습을 보게 되었다. 학생들 앞에서 어머니의 말씀을 강의하고 있는 나 자신을 발견하게 되었다. 내 자식들에게 똑같은 말을 반복하고 있다.

"얘들아, 큰사람 노릇하려면 물건도 주어야 하지만 말도 좋게 주어라. 상대방을 칭찬해줘라. 사람에게 진실하게 대해주어라. 얄팍한 거짓은 금방 탄로 난다. 성실하고 진실하게 살자……."

더욱이 큰아들 좋은이는 의사이기 때문에 주의를 더 많이 준다.

"네 환자는 모두가 네 아버지이고 어머니다. 열성을 다해서 보살펴라. 그들의 마음을 헤아려라.

너는 보석이다. 그 보석을 사금파리로 만들지 말고 자꾸 갈아서 더 빛나는 보석으로 만들자. 아버지를 닮아서 남달리 총명한 두뇌를 가졌다. 내 자식이 참 자랑스럽다. 너는 왕자다. 너는 인물도 참 잘생겼다. 다른 사람보다 능력이 훨씬 뛰어나다."

그러면서 나도 남편에게 자식들에게 칭찬을 많이 해주었다.

"당신은 다른 사람과는 비교할 수 없는 특별한 빛을 가지고 있어요. 나는 알아요. 당신이 얼마나 능력이 있다는 것을. 내 주변에 수많은 학자들이 있지만 당신 같은 두뇌 수준과 성실하고 부지런한 사람은 못 봤어요. 하늘에 신이 있다면 당신을 큰일 하는

데로 이끌 거예요. 당신의 옷맵시는 누구도 못 따라가요. 당신은 참 근사한 사람이지요. 진실되고 거짓이 없는 당신의 순수성이 좋은 자식 낳게 해주었어요. 당신의 종자를 받을 수 있었던 것은 나의 크나큰 행운이었죠."

남편도 나에게 속임을 당하면서 살았다고 기분 좋아했고 아들들도 나의 회유를 싫지 않게 받아주었다. 그리고 나는 거짓 아닌 사실로 알고 그렇게 생각하면서 살아왔다. 가장 잘생긴 남편과 자식, 가장 훌륭한 남편, 가장 훌륭하게 될 자식. 어머니가 그런 마음 자세로 살아왔던 것처럼 나도 어머니의 잣대로 살아왔다. 며느리를 맞이하여 그 애들이 내 눈에 또 다른 보석으로 등장하였다. 갈고 닦아서 더 빛나는 작품 만드는 것이 내 꿈이다. 다행히도 두 며느리가 다 원석으로 내 곁에 와주었다. 소중한 내 자식들이기에 그녀들에 대한 내 기대는 아들들 못지않게 높은 차원에 올려놓고 있다. 잘 연마되길 빌면서.

어머니는 행복이 충만하여 자식 자랑에 들떠 있었다. 내 큰아들은 무엇이고, 둘째 아들은 무엇이고, 어쩌고저쩌고. 당신 자식이 일등이기를 바랐던 어머니는 체면 불고하고 1등 자식을 부르짖었다. 대학교 재학 시절 여기저기에서 혼인을 위한 매파들이 드나들고 있을 무렵이었다. 할머니 장례식 마당에서 나를 불러 뒷방으로 가더니 분첩을 가지고 와 얼굴에 발라주었다.

"네 사촌들은 키가 크고 인물이 좋은디 너는 키도 찌깐허고 인물이 별로 없응게 분이라도 칠혀서 더 돋뵈게 허야긋다. 내 시키는 대로 혀라잉" 하며 윽박질렀던 일도 있었다. 그런 어머니가 나는 부끄럽고 창피했다. 그러나 지금 나는 그러하셨던 어머니를 닮아가고 있다.

상이군인

6·25전쟁은 가족들을 잃는 상처뿐 아니라 사회 질서까지도 얼룩지게 하였다. 밥술이나 먹고사는 우리 집은 상처 난 사람들의 화살이 되기도 하였다. 어느 날 팔다리를 잃은 상이군인 떼가 집 안으로 습격하였다. 예의가 생략된 상이군인들의 행위는 그 당시 커다란 권리처럼 행사되었기에 그들의 출현은 집안을 발칵 뒤집어 놓는 소란과 함께 삽시간에 제어할 수 없는 공포분위기를 만든다. 수시로 출현하여 금품이나 곡식을 요구하며 집기를 내동댕이치는 등 아수라장이 된다. 수없이 당한 그들의 폭력에 항거할 수 있는 사람은 아무도 없었다. 그만큼 그들의 힘은 상상을 초월한 두려운 대상이었다. 정미소 안에 들어와 곡식들을 퍼 뿌리고 한쪽에 켜켜이 정리해 놓은 가마니들을 흐트러뜨리고 때로는 일을 못하도록 기계 앞에 떡 버티고 앉아서 시위하기도 하였다. 그때마다 얼마큼의 금품을 주고 그 자리를 무마했지만 그들의 만행은 쉽사리 끝나지 않았고 일정 시간이 지나면 다시 쳐들어와 행패를 부렸다.

어머니는 머리를 써서 좋은 방법을 고안해냈다. 당시 기계를 처음 들여와 시운전을 하던 덕수가 손가락을 다쳐 한 손을 붕대로 감고 다니고 있었다. 그것을 이용하기로 한 것이다. 어느 날 그들이 또 들이닥쳤다. 손에 갈고리를 차고 휠체어에 앉은 사람들이 선두에 오고 걸을 수 있는 사람들이 그 다음 줄에서 걸어온다. 그때 어머니가 그들에게 아주 상냥하게 말했다.

"아저씨들 상처를 보믄 내 가슴도 찡혀유. 그 전쟁 통에 얼매나 고통이 많았겄유. 어이 덕수! 이리 오게. 이 사람이 내 동생인디 야아도 최전방에서 수류탄을 맞아 이렇게 손이 잘려나갔유. 내가 그를 집안에다가 두고 일허게 허는 것두 아저씨들 같은 아픔 갖고 있는 사람들 맘을 다 살피게 그러지유. 당신들 중 한 명을 맥여 살리고 있는디 그것도 모르고 이런 행패를 뵈면 쓰것유? 정 그려싸믄 저 동생도 내쳐버릴츄. 어쩔 꺼유? 시상은 고르지도 못허당게. 죽었다고 나도 국가를 위혀서 멋인가 허고 있는디 이렇게 못살게 허든 나도 가만 안 있을꺼유."

그때 덕수가 상처 난 손목을 휘저으면서 한마디 거들었다.

"누구는 당신들처럼 못혀서 이렇게 사는 줄 알어유. 나도 최전방에서 수류탄 맞고 죽을 고비 수없이 겪은 사람이유. 나허고 한번 혀볼라믄 혀보드라고잉."

"아줌니, 그렁 것도 모르고 우리가 너무 심허게 행패 혔내유. 다시는 안 그러께유. 자 어서 싸게싸게들 나가 드라고. 미안혔유."

간단하게 일을 마무리짓고 온 집안이 편안하게 지낼 수 있었다. 외할아버지의 예언대로 어머니는 지혜로운 분이셨다.

학예회

우리들 형제 이야기에 빠질 수 없는 것이 있다면 발산초등학교에서의 학예회다. 학예회에는 후원회 회장이신 큰아버지와 할머니를 비롯해서 우리 집안 식구들이 가장 좋은 중앙자리를 차지하고 있었다. 학예회의 중요한 배역들 선출에도 힘의 영향이 작용하였다. 큰집의 사촌 영순 언니는 〈거북선〉이라는 연극의 선장

이순신 역을 맡았고, 조카들인 기호, 혜경이도 노래를 한다든가 춤을 추는 등 나름대로 배역을 맡았다. 조카들도 일단 저학년은 발산초등학교에 입학을 하였다가 대처의 초등학교로 전학하곤 하였다. 결국 영순 언니, 나, 경태, 기호, 혜경 등 집안 식구들 잔치 같았다. 그때 경태는 다른 배역 외에 아주 중요한 시작 인사 배역을 하게 되었다. 한복을 곱게 차려입으라는 선생님의 지시가 있어 어머니는 분주히 준비에 착수하였다.

"한 번 입고 말 것을 뭣 허러 새로 만든다냐. 이것저것 맞춰서 입히면 되지."

그 결과 바지는 어머니가 평소에 입으시던 속바지 그러니까 보라색 고쟁이의 갈라진 부분을 마주잡아 대충 꿰맨 것이었다. 저고리는 누구 것이었는지 기억이 나지 않지만 남자의 것이 아니었음은 확실하다. 조끼로 살짝 가려서 입혔다.

"경태는 지지배 바지 입었디야. 얼라리 꼴라리. 경태는 지지배랑게."

형제들의 골림이 계속되었고 그때마다 폭력이 우리들에게 가해졌다. 학예회 시작 며칠 전부터 어머니의 맹렬한 훈련이 진행되었다.

"잘못된 점이 있어도 꾹 눌러 짐작하시고……. 그 꾹 눌러 짐작허는 대목에서는 손으로 꾹 누르는 시늉을 허야 혀. 어디 새로 한 번 또 혀봐라. 아이고 그렇게 허든 힘이 없어야. 다시 눌러봐라."

나랑 영태는 이미 그 인사말을 다 외우고 있었고 세 명이서 누르는 행위를 단체로 하였다. 드디어 학예회 날이 되었다. 실질적인 연출가인 어머니는 그날 아침에도 다그쳤다.

"경태야, 떨지 말고 꾹 누르는 시늉 힘차게 허얀댕. 한 번 더 연습허고 가자."

가슴 조이는 시작 징소리가 들리고 6학년 상급생들이 양쪽 끝으로 달려가면서 무대 자락을 열어젖힌다. 그때 유난히도 쬐끄만 사내아이 하나가 무대 한가운데 서서 어설픈 인사말로 학예회를 시작하고 있었다.

"할아버지 할머니, 아버지 어머니, 그리고 형님 아우들, 이렇게 많이 왕림하여 주셔서 대단히 감사합니다. 혹 잘못된 점이 있어도 꾹 눌러 짐작하시고……."

"와와! 잘한다. 아이고, 귀여워라. 방앗간집 애긴가? 예쁘기도 허네잉."

그러는 중간에도 어머니는 관중석에 앉아서 꾹 누르는 시늉을 힘차게 하고 있었다. 동네 안팎의 귀여움을 독차지했음은 물론이다. 이 학예회의 첫인사 배역 결정에 어머니의 입김이 작용했을 것이라는 심증을 우리는 뒤늦게 가졌다.

연극의 선장인 이순신 장군 역에 영순 언니가 배정되었고 그 제일第一 부하에는 고짱네 영자가 낙점되었다. 나는 그 부하 역이 탐나서 속앓이를 했지만 언니가 중요 배역이니 나는 슬쩍 옆으로 뺀 것 같다. 나머지 부하 역할을 맡은 나는 노를 젓고 활을 쏘면서 앞으로 나아가는 배역이었다. 아군이 적군과 싸우다가 장렬하게 죽어가는 장면들이었다. 부하들이 하나둘 죽어가고 이순신 장군도 죽으면서 전쟁을 승리로 이끈다는 이야기였다. 초등학교 3~4학년 아이들이 죽는 장면 연출에 능숙한 연기가 있을 수 없다. 나도 예외 없이 그냥 퍽 쓰러져버려서 선생님의 꾸지람이 많았다.

"경자야. 너는 학예회 허는 날에는 오래오래 몸부림치면서 죽어야 헌다. 너무 빨리 죽으믄 안 되야. 알었냐?"

드디어 연극이 시작되었고 나는 그 전날부터 '죽음 장면 연기'에 올인할 것을 결심하였던 터라 그 시간을 기다렸다. 활 쏘는 연기와 함께 함성 그리고 장군 보좌하는 몸짓들을 열심히 하여 관중석에서는 연달아 박수 소리가 터져 나왔다. 그러면서 마지막 거북선 그림을 머리에 붙여 질끈 동여맨 부하들이 하나둘 쓰러지는 장면 차례가 되었다. 이때 나는 그 비장의 연기 욕심을 맘껏 발휘하자는 실행 의지를 펼치게 되었다. 온몸을 뒤척이면서 손을 휘젓고 신음 소리를 내고 다리를 꼬면서 오래도록 몸부림쳤다. 그런데 나의 몸부림은 연극이 거의 끝날 때까지 너무나 오래 계속되었기 때문에 드디어 관중석에 앉아서 연극 추이를 지켜보던 선생님의 울화를 치밀게 하고 말았다. 벌떡 일어난 선생님은 관중석에 대한 의식도 잊은 채 고래고래 소리를 질러댔다.

"이경자! 빨리 죽어라. 빨리 죽으랑게. 자가 왜 안 죽고 저려싼디야. 꺼구러져. 그만 죽어버려잉."

연극이 끝난 뒤 다른 아이들은 모두 칭찬받았지만 나는 선생님으로부터 혹독한 꾸지람을 들어야 했다. 그 이후 연기생활에 대한 내 희망의 싹이 없어졌는지도 모른다.

가정교육

가정 예법은 큰집에서 익히기 시작했다. 어른 앞에서 달음박질을 하면 안 되고 어른이 계신 방에서 밖으로 나갈 때는 뒷걸음으로 나가면서 엉덩이를 어른 앞에 보이지 말아야 한다. 또 큰소리로 말하면 안 되고 밥 먹을 때 소리 내지 말 것, 다리 벌리고 앉지 말 것, 하루를 지나면 어른께 반드시 큰절로 인사드릴 것 등. 큰아버지는 한 달에 한 번씩 전 가족들을 모아놓고 가족회의라는 이름으로 작은 칠판을 앞에 놓고 교육을 시켰는데, 아마《동몽선습》내용이었던 것 같다. 내가 훗날 대학에서 강의를 할 때《동몽선습》을 만났는데 그 내용이 바로 어린 시절 어른들로부터 받았던 바로 그 가정교육 내용이었다. 양반이 지켜야 할 덕목과 생활 태도였다.

할머니를 비롯한 집안 어른들은 7~8세가 된 딸들을 모아놓고 바느질을 가르쳤다. 맨 먼저 실습은 홈질과 박음질, 감침 그리고 그 실습이 끝날 무렵 떨어진 버선 바닥 즉 뜨지버선 꿰매는 일이 주어졌다. 버선은 몇 겹으로 되어 있어서 뒤집는 순서가 잘못되면 제자리로 돌아오지 못한다. 버선 뒤집기와 볼 받아서 박음질하기는 쉽지 않은 기초 바느질이었다. 버선 바닥의 떨어진 부위를 잘라내고 버선 모양과 똑같은 본에 맞추어 먼저 시침하고 후에 박음질하여 깁는 것이다. 양말 깁기도 기본부터 배웠다. 우선 양말 떨어진 곳을 뜯어내고 밑에다 밑헝겊을 꿰매어 댄 다음 떨어진 양발이 닿는 밑헝겊의 가장자리를 접어 넣어 박음질을 하는데 전구를 넣어 밑바느질과 실 엮는 일에 도움이 되게 하였다. 양말 하나 기울 때에도 박음질, 홈질 그리고 떨어진 바닥을 뜨개질 바늘로 엮는 일 등 여러 기술이 필요하다. 나이 먹어 지금까지도 떨어진 옷 잘 깁는 솜씨는 내 어릴 적 집안 어른들로부터 일찍이 전수받은 덕분이다. 이씨 집안의 딸들이 시집에서 모두 귀여움을 받고 알뜰한 살림꾼 노릇 할 수 있었던 것도 《동몽선습》을 밑바탕으로 한 철저한 가정교육 덕분이다.

어머니는 근검절약의 표본이었다. 다 떨어진 옷은 떨어진 팔다리를 잘라내고 몸통에 다른 헝겊을 이어서 새로운 옷을 만들었다. 또 큰 옷 하나를 뜯어내면 이리저리 잇대어 몇 개의 작은 옷으로 만드는 재주도 있었다. 색이 다르면 물감을 들여서 같은 색의 작품을 만들었다. 팔꿈치와 엉덩이가 잘 해지기 때문에 옷을 만들 때 미리 그곳에 동그란 덧대기를 붙여서 재봉틀로 누벼놓기 때문에 걸음 걸을 때는 덧대기로 말미암은 불편이 많았다. 더욱이 여름의 삼베 반바지에는 어김없이 동그란 덧대기가 붙어 있어서 모양새가 영 예쁘지 않았다. 큰집의 사촌들은 백화점 옷을 사서 입었고 인물 또한 출중하여 옷맵시가 좋았지만 우리 형제들은 새로 사오는 옷이 별로 없고 어머니 손끝의 마술에 따라 매무새가 만들어져 항상 엉성하고 어설펐다.

오빠의 옷은 동생 경태가 다 물려 입었고 그 다음 영태가 또 물려 입었다. 막내쯤 내려가면 헐어서 기운 옷만 입게 된다. 어린 시절 사진을 보면 무르팍, 팔꿈치, 엉덩이가 기워져 있는 백결선생 아들 모습이다. 나는 그래도 외동딸이라고 새 옷 입을 기회가 많은 편이었다. 더 어린 시절엔 배급권 덕에 일제 우아빠리(반코트), 간당꾸(원피스), 지까다비(운동화의 일종) 등을 입을 수 있었다. 덕분에 질 좋은 복식 생활을 할 수 있었다. 그 시절 운동화를 신을 수 있는 사람은 몇몇 특권층에 한정돼 있었다. 심지어 사촌들까지도 우리 집에 보관되어 있는 배급 물건을 기웃거렸다. 정부 공공물건을 사적으로 빼내서 사용한 공물 횡령에 해당하는 행위였다. 때로는 아버지가 서울의 미스꼬시(미도파백화점)에서 신식 옷을 사오기도 하셨는데 그 한 예가 비옷이었다. 노랑색 비옷에 같은 색깔의 우산을 세트로 사 오셔서 어머니는 비가 오는 날만 기다렸다. 비가 한두 방울 떨어져도 어머니는 나에게 그 옷을 입혀서 학교에 보냈다. 나는 뛰어나게 만들어진 신식 비옷이 창피하고 부끄러워서 다른 아이들이 머리에 쓰고 가는 마다리(비료 부대)로 몰래 바꾸어 둘러메고 갔다.

어머니는 마음을 바꾸어 옷을 잘 만들어 입힐 생각이 들면 건너편 엉구나 태천이 솜씨에 의존하였지만 그들에게 주는 삯이 아까워 대체로 어머니 손에서 만들어졌다. 다리가 짧고 펑퍼짐한 우리 형제들의 체격을 오히려 더 망가뜨려 놓은 어머니 바느질이 결국 우리들 정신을 꼿꼿하게 세워주었다. 어머니가 하셨던 것처럼 나 또한 남편의 속옷과 양말을 깁고 자투리로 옷을 만들거나 실 뜨개질로 양말과 스웨터를 짜 아이들에게 입히며 떨어진 속옷을 덕지덕지 기워 키울 때 한 푼 두 푼 쌓여가는 내 정신세계의 곡창을 보았고 자식들에게는 근검절약의 양식을 물려줄 수 있었다. 어머니는 근검절약이 몸에 젖어서 사셨지만 인심은 후해서 말씀도 음식도 푸짐하게 아랫사람과 이웃사람 배를 채워주었다. 생선 살 때, 김치 담글 때, 장 담글 때, 젓갈 담글 때 많이 만들어 작업에 참가한 일꾼들이 가져가게 했고 이웃들에게도 바가지로 푹 퍼서 손 크게 나누어주었다.

"많이들 먹소. 이것 나수 가져가소. 가져가서 새끼덜허고 함께 먹게나. 어이 일순아, 더 퍼주어라. 나수 주어라."

"밑천 안 들이고 인심 쓸 수 있는 것이 말씨이뎅. 이왕이면 상대방 기분 좋게 험서 나누어주거랭."

주변 사람들에게 말씨도 먹거리도 후하게 나누어주고 살았던 어머니의 넉넉한 마음 씀을 흉내 내보려고 했지만 어머니에게서 묻어났던 그 따뜻함을 나는 도저히 흉내 낼 수 없었다. 어머니의 보시가 오늘날의 후손들을 훌륭하게 키워주었을 것이다. 당신 자신과 자식들은 그토록 근검하게 키웠으면서도.

흥

어머니는 흥이 있고 유머 감각 또한 풍부한 분이었다. 그분의 흥은 그녀 한 사람의 흥이 아닌 그 땅에 발 딛는 사람들 모두와 함께하는 것이었다. 봄 여름 가을 농사를 다 짓고 겨울이 되면 동네 부인들이 때때로 모여 동안거를 즐기는 한때가 있었다. 어머니는 그들의 흥을 돋우어 줄 요량으로 음치 목소리로 〈오동동 타령〉을 부르고 신나는 춤을 추어 분위기를 살려주었다. 어머니의 노랫소리는 높낮이가 없고 휴지休止만 있었다. 상하의 음색을 조절하지 못해 사람들을 더 즐겁게 하였다. 못하는 노래를 자신 있게 연달아 해대는 그분이 만든 분위기에 놀이장은 한껏 상기된다. 춤은 당신이 창작하여 곱사등이 춤, 병신 춤, 갖가지를 묘사하여 신나게 추었다. 그러기 위해 우리 형제들을 앞에 놓고 노래 연습을 하였다.

"야덜아, 내가 노래 하나쯤은 똑 뿌러지게 허얄 틴디 아는 것이 없구나. 느그덜헌티 어디 하나 배야긋다. 무신 노래가 좋겄나 한 번 생각혀봐라."

"질로 신나는 노래는 요새 유행하는 〈오동추야〉죠."

"그럼 어디 배워보자. 시작혀봐라. 오동추야 달이 밝어, 오동동이냐. 이렇게 빼믄 되겠냐?"

"어머니 오동추야를 그렇게 책 읽는 것맨치로 허믄 안 돼유. 다시 한 번 혀보세유."

어머니는 연습을 해도 자꾸만

"오똥추야 달이 밝어. 꿍 오동동이냐… 꿍."

중간중간에 흥겨움 표시의 반주를 '꿍'이라는 음으로 만들어 삽입하였다. 어머니 노래하실 때마다 우리들은 방바닥에 데굴데굴 구르면서 웃었다. 아랫사람들을 관리할 때도 우스갯소리를 곁들여 기분 좋게 일을 시켰고 더욱이 비유법이 능숙하여 어휘의 마술을 기묘하게 펼치는 능력을 갖추고 있었다. 우리가 공부에 소홀할 때면

"영수 거그 있능가. 똥지게 하나 맞춰 놓게. 칠뵝이나 공달이맨치로 내일부터 경자가 똥 다 퍼 나른다네. 공부는 하기 싫고 어쩌겠능가."

어머니의 음치를 닮은 경태가 목청껏 소리 지르면 오빠는

"시상으나 어쩐다냐. 지 속으로는 그래도 마음은 있어서 저러는 것을… 쯧쯧……."

이라며 혀를 끌끌 찼다.

오빠가 피력하는 음치의 3대 조건은 첫째 자기가 음치라는 것을 모른다. 둘째 기회가 있을 때마다 노래를 뻔뻔스럽게 부른다. 셋째 한번 시작하면 중단 없이 계속한다. 어머니와 경태는 그 3대 조건의 소유자들이었다. 시도 때도 없이 노래랄 것도 없는 소락

빼기 수준의 음치 노래를 불러대는 어머니와 경태 때문에 식구들은 소음 공해에 시달려야 했다.

우리 집 구조는 장방형의 일본 집을 개조한 건물이었다. 커다란 마루 거실이 전면에 배치되어 배급품 저장과 전시실 기능을 하였다. 거실 뒤로 아버지가 기거하시는 사랑방과 안방, 옆방들이 죽 연결되어 있고, 안방과 옆방, 뒷방을 연결하여 긴 마루가 있었다. 그 긴 마루 끝은 화장실 건물로 가는 연결 마루가 하나 더 붙어 있었다. 본채와 정미소를 연결해주는 곳이 중간문 길이었다. 앞 거실을 통과하지 않아도 부엌을 거쳐 뒤뜰로 갈 수 있었다. 중문이라고 불리었던 그곳은 도둑들의 표적이었다. 정미소 정문은 철통같은 열쇠로 잠겨 있기 때문에 들어갈 수 없고 허술한 중문을 겨냥하여 며칠에 한 번씩 도둑들이 침범하였다. 흉년이 극에 달했던 시기에는 먹거리 도둑이 많아 중문 뜯는 소리에 밤잠 설치며 불안에 떨던 때가 여러 번 있었다. 나는 어릴 때나 지금이나 초저녁잠이 없다. 또 잠귀가 밝아 바스락 소리에도 금세 눈을 뜨는 예민한 아이였다. 한밤중 중방 밑을 뚫는 소리에 어머니를 깨웠고 어머니는 정미소 건너에 있는 사랑방 머슴들을 향해 구원의 부름을 내질렀다.

"도둑이야. 도둑. 어서 나와봐유. 긴상!"

정미소 건너 창고 옆 사랑방은 너무나도 먼 거리에 있어서 소리가 잘 들리지 않을 때도 있었다. 도둑은 안방의 비명 소리에 질겁하고 도망갔다. 때로는 정미소 밑 땅을 파헤치고 들어와 곡식을 훔쳐 달아나기도 하였다. 어머니는 그 사실을 소문내지 못하게 아랫사람들에게 입막음시켰다. 굶주릴 때 먹거리를 훔치는 것은 도둑이 아니라고 하셨다. 때로는 부엌에 쳐들어와 먹다 남은 음식을 가져가거나 먹고 가기도 하였다.

안방과 아버지 방 벽 위 그러니까 천정 바로 밑 한쪽을 떼어내서 그곳에 라디오를 놓았다. 양쪽 방에서 공유할 수 있도록 조치한 것이다. 라디오는 밤에만 방송을 했다. 동네 사람들은 그 라디오 소리를 듣고자 여자들은 안방에 남자들은 아버지 방으로 꾸역꾸역 모여들었다. 그것도 판소리나 유행가가 나오는 프로그램에 시간을 맞춰서 왔다. 유행가가 나오면 온 방 안의 사람들이 목줄기가 터지라고 소락빼기를 질러댔다. 평소에 아버지 어머니를 어려워했던 그 나머지 사람들은 못 왔지만 측근들에겐 미리 귀띔을 해둔다.

"오늘 저녁때는 일찌감치들 오게나. 재밌는 소리가 나온다능만."

"가야지라우. 오늘 저녁은 춤 쪼꼼 추게 생겼네."

주로 단골로 오는 사람은 선수 어멈, 우맹이, 콩사탕, 쪼깐네 등이다. 가끔은 윤철네도 합세한다. 30촉 희미한 전등불 아래 구두통만 한 라디오에서 청승맞은 사설로 이야기가 흘러나오면 앉아 있는 부인네들은

"시상에 불상혀서 어쩐디야. 아이고, 내 신세허구 똑같당게."

찔끔찔끔 눈물을 흘린다. 그러다가 흥겨운 판소리 창이 나오면 안방, 사랑방 안은 온통 춤으로 시끌시끌하다.

"얼씨구절씨구 좋다. 닐니리. 띠리 띠리 띳띠리 흥흥흥……."

"노들갱변 봄 뻐어들 칭칭 뒹여서 매여나 볼까……. 얼씨구절씨구."

"육자배기는 안 나온디야?"

"자네가 한번 뽑아보소."

"천안 삼거리 흥……."

라디오에 고무된 분위기에 사람들은 떠날 줄을 모르고 밤이 이
슥해질 때까지 놀면서 밤참까지 먹는다. 아버지 방에서도 흥 분
위기가 가시지 않아 밤참을 찾는다.

"뭣 좀 채리야겠어."

아버지의 주문이 있기 전에 이미 영애 언니가 부엌에서 달그락
거린다. 밤참은 돼지고기 볶음과 막걸리다. 하얀 쌀밥이 곁들여
지기도 하였다. 한밤중에 놀다가 먹는 밤참은 꿀맛이다. 어른들
은 낮에 양조장에서 가져온 막걸리 한 사발씩 들이키기도 한다.
새벽이 되어서야 각자 집으로 떠난다. 다음 날 새벽부터 시작되
는 일터에서는 지난밤의 흥이 채 가시지 않은 노래 가락과 춤이
재연되기도 하였다. 노래와 춤은 고단한 농사일의 활력소였다.
노동이 있는 곳에는 노래와 춤 그리고 음담패설이 함께한다. 못
자리 할 때, 모 심을 때, 밭농사 할 때, 잡풀 맬 때 등. 우리 동네
사람들은 하나하나가 명창이었고 춤꾼이었고 이야기꾼이었다. 둘
러쳐 있는 산 아래 논밭이 있고 그 가운데 삶이 있었다. 휘휘 돌
아치는 바람 소리에 짐승 울음소리, 새소리가 있고 노동 격려의
추임이 있다. 노래는 그것들이 범벅되어 만들어진 범벅 소리였
고 춤은 몸짓이었다. 금강을 낀 호남평야 한 모퉁이에서는 날마
다 빚어지는 농요의 맛이 달랐고 해야 하는 작업 성격, 분량들을
춤의 추임새로 승화시켰다. 곡식을 헤아리는 숫자 표현도 직선적
번호 부르기로 하지 않았다. "한나이 두어이 셋이여 너이랑게에"
리듬과 음이 살아 꿈틀대는 가락이었다.

이웃을 아우르고 배분하시던 구심점, 그분이 어머니였다. 아버지는 어머니의 배경 병풍이었고 우리들은 그곳에 씨 뿌려져 있었다. 그래서 내 가슴 언저리에는 아스라하게 적셔오는 고향의 이슬이 있고 몸짓이 있고 또 목 터지는 들녘 소리의 메아리가 스며 있다. 어머니의 혼이다. 하늘을 부르고 산을 불러 들판으로 쏟아부어 으깨어 뭉뚱그려진 삶의 애환이 이야기로 소리로 춤으로 다듬어진 것이 우리 동네 이야기들이다. 웃통 벗어던지고 팔자걸음으로 신작로 가운데를 활보하던 최홍엽 아저씨, 꽹과리 잘 치던 정순군 아저씨, 아버지와 유일하게 한판 붙어보자고 으름장 놓던 권용남 아저씨 등도 그 자리에 있었다. 유도 선수였던 아버지 박치기에 넘어가버리곤 하였지만 기가 충만했던 그는 그 이후에도 기회만 있으면 몽니를 부리고 또 대들었다.

가을 추수 일이 끝나고 겨울이 되면 우선 농사일에서 해방이 되어 비교적 한가한 날들을 보낸다. 그래도 우리 마을은 군산 외항에 정박하는 배에 실을 물건들의 운송 장비인 가마니나 새끼 등을 보급하는 잔일 많은 지역이었다. 방안에서 또는 헛간에서 밤을 새면서 일을 하여 겨울 벌이를 하였다. 그러다가 정월이 되고 초하루 이튿날은 각자 명절을 보내고 초사흘 시루떡을 하여 조상에 치성드렸고 보름날이면 팥밥을 한 솥씩 하여 갖가지 나물 요리로 작은 명절을 즐겼다. 정월 초하룻날 입었던 때때옷은 보름까지 입는 것이라고 하여 잘 보관해 두었다가 보름날 다시 꺼내어 입고 잔치 분위기를 되살렸다. 소쿠리에 아홉 집 팥밥을 골고루 얻어 와야 한다는 풍습이 있었다. 이 집 저 집 다니면서 자기 집 팥밥을 나누어주고 또 그 집 밥을 얻어서 아홉 집을 채우면 집에 와서 다양한 보름 밥을 즐기곤 하였다. 누구네 집 밥은 맛이 어쩌고저쩌고 하면서. 어머니는 측근들 몇 명과 동네 집들 다니며 팥밥 얻어 모아서 다음 날 어른들 모셔놓고 하는 보름잔치를 주관하셨다.

널뛰기 그네뛰기도 다시 할 수 있었다. 마당 한쪽에 치워 두었던 널빤지를 꺼내는 일로 분주하였고 우리들은 큰집 사랑방 앞 정원 마당에서 여러 가지 놀이를 즐겼다. 더욱이 가을에 추수가 다 끝나고 농사일이 안정될 때 우리식 추수감사절 동네잔치가 열리는 날이 있었다. 보름날 걸집이라고 하였다. 풍물패가 액막이 풍장을 치면서 집집마다 부엌으로 마당으로 돌아 큰집이나 우리 집 마당으로 모였다. 한 해 농사일을 무사히 겪어내고 수확함에 감사하는 마음과 온 마을의 안녕을 빌어 탈 없이 지내게 해달라는 소망을 담은 제천 의식이었다. 큰집에서 소, 술, 떡, 쌀 우리 집에서 돼지 몇 마리와 술, 여러 먹거리들을 내놓았고 몇몇 잘사는 집에서 십시일반으로 조금씩 보태면서 마을 상징의 커다란 깃대를 앞세워 하늘에 음복하고 정중히 제사를 모셨다. 풍물패가 동네 안팎, 집집마다 부엌, 마당을 돌면서 그 집 신들께 인사드리고 제사 마당에 돌아온 뒤 제사가 진행된다. 돼지머리 입에다 맨 먼저 돈을 물리는 사람은 언제든지 아버지였다. 그 밖의 다른 몇 사람들이 몇 푼의 돈을 얹어 놓은 뒤 본격적인 잔치가 벌어진다.

징잡이 조동영, 장구잡이 이승철, 꽹과리 정순군……. 정해진 풍물패들이 알록달록 유니폼에 고깔모자를 쓰고 풍악을 울리며 마당 안을 돌기 시작한다. 두어 바퀴 돌면 얌전하게 구석에서 맴돌던 사람들이 한둘씩 북자루를 들고 풍악패 꼬리를 따르기 시작

한다. 심지어 머저리로 놀림받던 태공다리 칠봉이까지도 북채로 폼을 내며 춤을 추었는데 어떤 남자는 여자 복장으로 화장을 하여 엉덩이를 씰룩거리며 웃음을 던져주었고, 어떤 사람은 곱사등을 만들어 힐쭉거리는가 하면 여장 남자와 남자가 허리를 감싸고 춤을 추어 웃음을 만들어주었다. 한쪽에서는 아낙네들이 전을 부쳐서 따끈따끈하게 가져오고 홍어무침이 새콤달콤 너부러지게 담겨져 나오는가 하면 갓 무쳐 온 겉절이, 커다란 가마솥에서 삶아낸 돼지고기며 고기 삶은 국물에 얼큰하게 끓여낸 콩나물국 등 마당 가득 펴 놓은 멍석 위에는 푸짐하게 차려진 음식들로 가득하다. 한바탕 어우러진 놀이가 끝나면 중간중간에 마시고 먹고 깔깔대면서 지난 한 해의 회포를 풀고 이웃 사이에 쌓였던 앙금도, 삶의 과정에서 응어리졌던 한도 풀리는, 괄시와 멸시로 천대받았던 떠돌이들의 설움까지도 녹여버리는 그 마당은 방 안의 여자들까지도 춤마당으로 끌어내는 힘을 발휘하였다.

춤뿐 아니다. 각자 솜씨를 뽐내서 만들어낸 음식들이 펼쳐지면서 종합예술의 마당놀이 열기는 점점 더 화력을 뿜어냈다. 흥이 고조되면 점잖게 앉아 있던 어르신 아버지께서 보너스 곡식을 더 얹어 내놓아 흥을 북돋아 주었고 마침내 그들에게 이끌려 한바탕 춤을 추면서 어울려주었다. 그러면 마당은 풍악과 고함 소리가 하늘을 찌를 듯 울려 퍼졌고 이웃 마을까지 흥을 전달해주었다. 그 가운데 태공달이와 칠봉이는 떠돌이 막일꾼으로 마을에서 천대받는 이들이다. 마을 안에서 가장 힘든 일이나 똥 퍼내는 천한 일을 할 때면 그들을 불러 시키고 노임은 입에 풀칠이나 시키고 약간의 담뱃값 정도 주어도 되는 가족도 집도 없는 불쌍한 사

람들이었다. 밤에는 우리 집 사랑방이나 큰집 사랑방 한쪽 구석에 밀치어져 지냈다. 그 집 고정 머슴들이

"너 이놈, 오늘 밤 여그서 자고 싶으면 군불 좀 때고 들어와라. 자리끼도 떠다 놓아라."

으름장을 놓으면서 갖가지 잔심부름으로 그들을 부려먹었고 그러면 그들은 그나마 비위를 맞추어주고 덜덜 떠는 옷매무새로 아궁이 불을 지펴 몸을 녹인다. 방안에 들어와도 자기들이 따뜻한 아랫목 이불 다 차지하고 칠봉이들은 윗목으로 쫓아내 이불도 없이 쭈그리고 밤을 보내게 하였다. 그런 천덕꾸러기들도 이날만은 감추어두었던 끼를 발휘하면서 상전들과 어깨를 나란히 춤을 출수 있었다. 마을 잔치는 춤 노래로 상하계층을 아우르고 마을 사람들의 화합을 다지는 계기가 되었다.

그들이 괄시받았던 겨울밤 사랑방에서는 때때로 따뜻한 아랫목에서 투전판이 벌어지기도 하였다. 투전판이 커져서 일 년 농사모두 날려버리는 경우도 있었다. 특히 큰고모 둘째 아들 팔천이오빠는 자기 집 가게 방에 투전방을 차려 구전 뜯어먹기로 삶을이어나가는 나쁜 행태를 보이기도 하였다. 그러나 고모의 큰아들맹묵 오빠는 큰집 사랑에서 밤마다 〈심청전〉, 〈장화홍련전〉 등을육성으로 읽어 내려 사람들의 이목을 집중시켰다. 그는 여러 소설책들을 읽고 이야기꽃을 피워서 사랑방 스타 노릇을 하고 있었다. 글자를 모르는 무식한 사람들을 관중으로 하고 그 중심에 앉아 소설의 줄거리와 창의적인 곁다리 이야기를 구성지게 엮어서무성영화의 변사 같은 쇼를 전개했다. 그의 인기몰이는 단연 우세했다. 큰 부잣집을 외갓집으로 하고 있는 배경에 뭇사람들의

존경까지 받았다. 그러거나 말거나 그 축에 끼지도 못하고 이 눈치 저 눈치 보다가 꼬꾸라져 잠드는 천덕꾸러기들이 바로 태공달이들이었다.

"공달이, 오늘 밤 재워주었으니 내일은 뒷밭에 똥이나 한나절 찌크려라."

허리가 휘어지게 똥짐 지는 날은 점심 저녁 뜨끈한 밥을 먹을 수 있는 날이다. 겨울에는 그나마 일이 없어 끼니도 못 챙기는 터에 황송한 명령이 아닐 수 없다. 주인보다 더 매정하고 무서운 채찍이 고정 머슴들의 위세였다. 우두머리 머슴에 차석의 머슴들은 충성을 다 바쳤고 떠돌이 일꾼들은 그보다 더 혹독한 대우를 받았다. 따뜻한 방에서의 멸시는 그래도 견딜 만한 대우다. 주인의 작업 지시가 있으면 우두머리 머슴은 뒷짐 지고 거드름을 피우면서 아랫사람들을 혹사시켰다. 힘들고 더러운 일은 최하위의 일꾼들에게 하달되니 떠돌이 일꾼들은 몸도 고달프지만 상위 머슴들에게 당하는 치욕이 더 서러웠을 것이다. 그러한 상황을 주인들이 짐작하고 있지만 그들에게도 어떤 위계질서가 있어서 너무 깊게 개입하지 않는 것이 불문율이었다. 다만 우리들의 성적이 좋지 않거나 게으름을 피우면 어머니는 그들을 빗대어 비아냥거렸다.

"그렇게 공부하기 싫으면 공달이 칠봉이처럼 똥지게나 짐서 떠돌아다닐래?"

어두운 곳에서 멸시받았던 그들이 기를 펴고 흥을 발휘할 수 있는 때가 바로 이때였다. 패랭이 모자를 쓴 놈, 고깔모자로 단장한 놈, 수건을 머리에 두른 놈, 연지곤지 찍고 새빨간 입술연지로 화장한 남정네들 사이에서 흔들흔들 흥겹게 북을 두드려댔다. 평소에는 얼굴도 제대로 들지 못하였던 그들이 무대 위에 선 배우가 되어 숨겨진 흥을 신명나게 드러낼 수 있는 때이다. 삥 둘러서서 함께 흔들어대는 처녀들에게도, 괄시하던 주인집 딸에게도 그때는 머슴이 아니었다. 그 당당한 모습이 오히려 더 큰 웃음을 줄수 있었다. 그들에 대한 재발견이랄까.

어머니는 온 마을의 잔치 한가운데 계셨다. 계획에서부터 끝날때까지 부락 여인들을 진두지휘하여 이끌어갔고 흥을 돋워 적재적소에 웃음거리를 만들어주기도 하였다. 그렇게 잔치는 끝나고흥을 마음껏 발휘한 마을 사람들은 다시 일 년 농사를 위한 겨울휴식에 들어갔다.

벌 떼

큰집 안채 할머니 거처하는 안방에 다락이 있고, 아래채 큰어머니 방 위에도 커다란 다락방이 있었다. 안채에 있는 다락방에는주로 간식거리가 있었고 아래채 다락방에는 이불 방석 선풍기 등살림살이 잡동사니들이 놓여 있었다. 아래채 다락방 층계를 오르면 왼쪽으로 창문이 있고 창문 앞에는 벌통이 놓여 있었다. 창문은 약간 열어서 벌 떼의 들락거림을 위한 통로 구실을 하게 하였다. 다락에 오르기 위해서는 층계와 창문이 바로 옆에 위치해 있기 때문에 자칫 벌통과 부딪힐 위험을 감수해야 했다. 영순 언니를 중심으로 한 놀이패들은 윙윙거리는 벌 떼 옆을 교묘히 빠져나가 다락 안으로 침입하였다. 그곳에서 어른들 몰래 소꿉놀이

하는 모험을 즐기기 위해서였다. 많은 살림살이 도구들이 있어서 소꿉놀이 장소로서는 훌륭한 은신처였다. 켜켜이 쌓여 있는 접시와 사발들은 식사 도구였고 베개는 칸칸을 막는 벽이었다. 칸막이로 만들어진 방에 방석을 깔아서 큰집 작은집으로 이름 붙였다. 마당에서 주워 온 돌멩이들을 접시에 담아

"한 그릇 잡숴유."

"예. 쩝쩝쩝."

"이것은 밥이구, 이것은 국이유."

"후루룩, 아 배 부르다."

"공주님은 안 먹여유?"

"왕자님은 두 그릇 줘야쥬. 히히히."

넘겨주고 받고 이리저리 옮기면서 시간을 잊고 있었다. 놀이는 안쪽 작은 범위에서 시작되었지만 차츰 창문 쪽으로까지 확장되어갔다. 아이들은 그것을 가늠할 수 없는 무모함에 빠져 있었다. 창문 가까이 있는 등잔을 옮겨 오다가 그만 내가 벌통을 발로 차게 되었다. 한순간이었다. 벌통 안에 담겨 있던 엄청난 벌 떼가 쏟아져 나와 내 온몸을 직사포로 쏘아대기 시작하였다.

"으악. 할머이! 할머이! 으으으……."

나는 그만 의식을 잃고 쓰러졌다. 얼마나 시간이 지났을까. 내가 정신을 차리고 눈을 떴을 때 그 참담한 광경을 그림으로 그려낼 수 있을 것 같다. 마당 멍석 위에 나동그라지듯 눕혀져 있는 내 몰골은 구석으로 도망치는 쥐새끼 한 마리 때려잡아 흙마당에 동댕이쳐 놓고 구경하였던 얼마 전의 그 일과 같은 형색이었다. 온몸은 된장으로 범벅이 되어 짭쪼롬한 냄새가 코를 찔렀고 나를

둘러서서 내려다보는 관중들은 훈련받은 군대처럼 일제히 오른손이 콧등 위에 얹혀 있었다.

"으으! 할머이, 으으으……."

내 눈 위로 보이는 하늘은 관중들이 둘러쳐 서 있어 만들어진 동그라미였다. 파란 바탕에 구름이 여러 색깔로 층을 만들어 펼쳐져 있고 이름 모를 새 두어 마리가 그 사이를 날아가고 있었다. 땅바닥의 누리캥캥한 멍석 냄새가 내 육신을 받쳐주고 할머니의 손에는 대나무로 엮어 짠 마당 빗자루가 쥐어져 있었다. 그 빗자루는 사정없이 내 온몸을 후려쳐서 가까스로 정신이 돌아온 나를 더 큰 아픔으로 상처 내고 있었다. 아직도 윙윙거리며 머리칼까지 쏘아대는 벌 떼를 쫓아내느라 헐떡거리며 위아래를 마구잡이로 내려치고 있었다. 벌에게 쏘이는 것보다 후려치는 할머니 빗자루 끝의 고문이 더 아팠다. 공동묘지처럼 부풀어 오른 상처는 빗자루 고문에 터져서 피가 나고 터진 부위에 발라져 있는 된장이 고통 틈새기를 자극하여 숨도 쉴 수 없이 쓰라리게 하였다.

"어쩐다냐. 이를 어찌어. 아가, 쬐끔만 참으래이. 저그 민식이 즈매! 된장 쫌 더 퍼 와야 쓰겄네."

"시망시럽게 놀아쌌트니. 작것들이 다락 못 올라가서 환장들 헌당게."

벌들이 머리칼은 물론 옷이 입혀져 있지 않은 얼굴 팔 다리에 달려들어 물어뜯고 할퀴었나 보다. 그 아픔보다 더 나를 처참하게 만든 것은 벌이 아니었다. 조금 전까지 작은어머니 역할 분담으로 소꿉놀이 하였던 절친한 친구들이 보내는 공포의 눈초리였다. 극심한 된장 냄새를 멀리하고 나를 벌레 보듯 회피하는 그들의 등이 너무나도 싸늘하였다. 밥도 주고 국도 주었던 병선이도 영순 언니도 저 멀리 도망가 버렸다. 어린 마음에 처음으로 느껴 보는 외로움, 비통함, 소외감이었다. 더러워진 몸통이라도 따스하게 보듬어주는 할머니의 품이 있을 뿐이다. 나는 포근한 할머니 품에 안겨 있으면서도 자꾸만 친구들에게 손짓하였다. 이전처럼 소꿉놀이 멤버십을 되찾고 싶은 심정이었다. 꺼림칙하고 껄끄러운 눈초리만 보낼 뿐 아무도 되돌아보지 않는 그들을 향해 헛손짓을 하였다. 화려했을 때 함께하였던 친구들이 추해졌을 때는 등 돌려 차가워지는 세상 밖을 그때 어린 내가 깨우쳤어야 했다. 그들의 따돌림이 나를 얼마나 외롭게 했었던가. 벌 떼와의 사투에서 나는 세상을 보았다.

옻

우리 집 식구들은 민감한 체질이었다.

아버지는 도록도록 누더기가 되어 엉덩이를 긁적거리고 겨드랑이나 팔굼치 등에 반점이 생겨 괴로워하는 일이 종종 있었다. 시골에서는 옻나무를 꺾어 닭에 넣고 보양식으로 먹는 일이 많았다. 몸이 따뜻해지고 보신되는 효과가 있어 민간에 널리 음용되고 있었다. 어떤 집에서 옻닭을 먹었는지 가늠하기란 쉽지 않았지만 아버지의 몸이 정확하게 신호를 보내주었다. 동네 마실 다녀오시면 영락없이 문밖에서부터 긁적거리기 시작하였다. 옻 보양식 먹은 집에 엉덩이만 걸치고 와도 앉았던 엉덩이에 오돌토돌한 반점이 생겼다. 알레르기 반응은 아버지를 비롯해서 나에게도 경태에게도 똑같은 현상으로 표출되었다. 때로는 온 가족이 가려움에 시달리기도 하였다. 아버지와 경태의 양상이 더 심해서 고통 호소가 잦았다. 아버지는 점잖은 체면에 소리 내지 못하고 긁적거렸지만 경태는 어머니를 쫓아다니면서 징징거렸다. 그럴 때면 항상 처방은 하나다. 온몸에 풀이나 된장을 발라주는 일이다. 얼굴, 귀밑, 겨드랑이, 다리, 오금쟁이, 팔꿈치 등 살이 겹치는 부분에 반응이 주로 많이 나타났다. 풀 그릇을 놓고 하루 종일 가려운 곳에 바르던 경태의 약한 모습을 그냥 놓칠 리 없는 형제들이다. 평소에 당했던 피해에 대한 복수였다.

"에에이, 풀쟁이, 풀쟁이라네. 이히히히……."

"풀쟁이 아녀. 나는 아녀."

그러다가 경태는 풀물을 우리들 얼굴에 뿌려대거나 화가 잔뜩 나면 그릇째 던져서 풀 세례를 맞게 되는 몰골이 되기도 하였다. 풀물이 말라갈 때 이곳저곳 옥죄는 건조감을 어쩌지도 못하면서 우리는 그런 장난을 즐겼다.

어머니의 보양식 특허품 가운데 하나가 마당에 풀어놓고 기르는 닭을 한 마리 잡아서 인삼 넣어 중탕해주는 것이었다. 작은 항아리에 잘 다듬어진 닭을 통째로 오그려 넣고 대나무 가지를 주둥이에 엇갈려 가로질러 내용물이 새어나오지 않게 만든 다음 다른 오가리 주둥이와 맞붙여 밀가루 반죽으로 땜질을 한다. 완전히 밀봉한 항아리는 뒤집어 엎어놓고 무쇠솥에 물 부어 중탕을 한다. 항아리에서 익은 닭의 진액이 아래 맞붙어 있는 오가리 바닥에 고이면 겉의 기름을 백지로 건진 다음 그 진액에 인삼을 넣어 재차 끓여내어 먹게 하는 방법이었다. 그 진액에는 인삼뿐 아니라 황기 등 다른 약초도 넣었는데 이따금 건넛마을 임씨네 한약방에서 지어 온 약재가 혼합되기도 하였다.

정성스런 보약은 주로 오빠 몫이 많았고 이하 동생들은 진액 뽑아낸 고기 부스러기나 먹을 수 있었다. 그런데 그 고기는 미역을 빨아 넣고 국으로 변신하여 멀건한 국 한사발로 우리 앞에 놓아졌다. 어머니 머릿속에는 큰아들인 오빠에 대한 정성만 있었고 우리들은 이하 동문이었다. 이에 순종하지 않고 사건을 만드는 아이가 경태였다. 진액 빠진 고기는 저녁상 국거리로 보관되는데 고기 두어 점을 찢어 쩝쩝거리다가 들키기도 하고 나를 불러 동참을 부추기기도 하였다. 그러던 어느 날 나까지 따돌리고 아무도 모르게 닭고기를 뜯다가 그만 고기 단지를 엎질러 깨뜨리고 말았다. 큰일을 저지른 것이다. 그런데 엎질러진 고기 단지는 그냥 내팽개쳐 둔 채 고기 조각으로 낚시질을 한 것이다. 저녁 국거리용으로 요량해 놓은 고기는 온데간데없고 단지만 깨져 있으니 어머니 화가 머리끝까지 치밀었다.

"이 눔의 자석. 말혀봐라. 그 많은 닭고기를 어쨌냐?"

"잘못혔슈. 한 번만 용서혀줘유."

두 손으로 싹싹 빌면서 굵은 눈물 방울이 뚝뚝 떨어진다.

"내가 찌끔 먹고 낚시혔유."

그런데 보양식 닭고기 훔치기는 그것으로 끝나지 않았다. 그 약재 속에 옻이 혼합되는 때가 있다. 아버지를 위한 옻닭 보양식을 만들 때가 있는데 경태가 몰래 고기를 훔쳐 먹었다. 범인 색출하는 과정이 생략되어도 긁적거림이 있기에 구태여 닦달할 필요 없다. 영락없이 경태가 온몸을 뒤척이며 비명이다.

"아이구! 개라라. 아이구 개라 죽겠네."

"너 닭고기 훔쳐 먹었지?"

"아뉴. 참말로 안 먹었슈."

"그 속에 옻이 들어 있어서 먹은 사람만 개란 것여."

"찌끔밖에 안 먹었는디."

알레르기 체질 때문에 거짓을 숨길 수 없었던 에피소드였다. 그 특이체질이 외손자 범수에게까지 내림으로 올 줄을 그땐 몰랐다.

어머니 장례식

어머니 돌아가신 지 20여 년이 지났다. 형제들에게 조언을 구해서 그때의 기억을 기록해 보았다.

사람이 죽으면 우선 주위에 사망 신호를 보낸다. 어머니 평소 입으셨던 옷 한 벌을 지붕 위에 올려놓았고, 아궁이에는 짚불을 지펴 연기로 신호하였다. 마을 사람들에게는 입으로 입으로 돌아가셨음을 통지하고. 집 안에서는 우선 '아이고, 아이고' 통곡 소리 크게 내면서 슬픔을 알렸다. 우리 조상들이 전통적으로 실행하였던 관습의 절차인 것 같다. 어려운 일 당하였을 때 상조를 중요시 여겼던 과정이고 도움을 청하는 의미도 있었을 것이다. 어머니는 가족들이 지켜보는 가운데 힘겹게 숨을 몰아쉬더니 그만 고개를 떨어뜨렸다. 오랫동안(약 5년 동안) 병상에 누워 계셨다. 창백한 얼굴은 주무시듯 편안한 표정이었고 숨소리만 멎었을 뿐이다. 내가 위급상황 소식 접하고 도착하였을 때는 운명 직전이었다. 몇 차례의 고비를 겪었기에 예상은 했었지만 마음 조급하고 가슴이 벌렁벌렁 떨려왔다. 입원과 퇴원을 반복하면서 생애 마지막 몇 년은 아버지의 지극한 보살핌으로 생명 연장이 가능하였고 대처에 나가 살고 있었던 자식들은 자투리 시간을 쪼개어 어머니를 방문하곤 하였었다. 온 마을의 여왕 노릇하였던 어머니 가신 날은 마을 사람들 모두 일손을 놓고 함께 슬퍼하였다. 하던 일 뒤로하고 상가 일 돕는 일을 우선으로 하였다. 동네 사람들은 곧 장례일 수습을 위한 분야별 전문가들을 수배하고 그들로 하여금 기능별 분담 조를 만들어 계획하게 했다. 이를 진두지휘할 상주 대신의 호상을 먼저 지명하고 그의 지휘 아래 바깥 일(망자 처치, 장지 점검, 상여 준비, 우대꾼들 수배, 손님 맞이 등)과 상주들의 복식, 차례 상 준비, 손님 접대용 음식장만 등 집안일 할 안살림 지휘자를 지명하였다. 호상의 직책을 맡게 된 사람은 아버지 가까운 친구이면서 오랫동안 큰집 살림을 관리하여주었던 남발산의 송병섭 씨였고, 안의 일은 영식이 아저씨 아내인 아주머니가 책임지게 되었다. 물건 구매, 부의금 수합, 적재적소에 배치되는 인력의 배분까지 도맡아 일을 수행해야 하는 송병섭 씨는 훌륭하게 통솔 능력을 발휘하고 있었다. 장례 절차 일이 완전히 마무리되는 삼우제 날까지 호상은 우리 집에 머물면서 깔끔하게 뒷정리까지 해주었다.

어머니 운명하시자마자 그 분야에 전문적인 식견이 있는 하령 이모의 큰아들인 외사촌 기준 오빠가 방 안에 들어섰다. 슬픔에 젖어 어찌할 줄 모르고 울기만 하고 있는 우리들을 제어하면서 우선 망자의 머리 뒷목 밑을 볏짚 베개 만들어 약간 높게 받쳐 주었고 입이 벌어지지 않도록 한지 뭉치 만들어 턱 밑을 고였다. 혹 눈이 감기지 않는 경우 자손 가운데 누가 눈꺼풀을 쓰다듬어 내려주기도 한다. 해결하지 못한 일이 있거나 한을 갖고 운명하였을 때는 사망 후에도 눈을 감지 못하는 경우가 있다 한다. 멀리 떠난 자식을 보지 못하고 기다리다가 가셨다거나……. 미국에서 살고 있었던 경태와 남미로 출장 간 사위가 그 자리를 비웠을 뿐이다. 어머니는 아버지 홀로 남겨 놓은 것 외에는 여한 없이 일생을 사신 분이라서 그런지 눈을 잘 감고 가셨다. 그런 동작과 함께 솜을 뭉쳐 콧구멍과 귓구멍 항문 등을 막아 핏물이나 내장 액체가 나오지 못하도록 하였다. 깨끗한 물수건으로 온몸을 닦아준 후 평소 입으셨던 연두색 양단 치마저고리 한 벌 꺼내어 바꿔 입혔다. 그 옷은 운명하시기 전 어머니가 가장 아끼던 옷이라고 직접 지시하신 것이었다. 시신이 굳기 전 이를 방지하기 위하여 반듯하게 눕혀 손과 발을 한지 접어 간단히 묶어 놓고, 밖에서 들여온 칠성판(두께 15밀리미터~18밀리미터, 너비 약 30센티미터, 길이 180센티미터 가량의 판자)위에 시신을 옮겼다. 옮겨진 시신은 반듯한 상태를 유지하도록 한지를 새끼 모양으로 엮어 만든 줄로 꼼꼼하고 단단히 고정시켜 놓았다. 어머니는 안방의 윗목에 모셔졌고 하얀 천으로 덮어놓았다. 미처 준비되지 못한 천은 깨끗한 이불깃을 뜯어 덮개 천으로 사용하였다. 하얀 천으로 덮기 전 우리들은 목 놓아 울었고 그토록 활기차게 사셨던 생전의 어머니 모습이 영화의 장면처럼 내 머릿속 화면 가득한데 그 위를 얇은 천 하나로 덮어버려야 한다는 회한에 몸을 떨었다. 아버지는 이 엄청난 장례 절차의 한가운데 서서 실질적인 지휘자 노릇 해야 하는 처지였다. 마누라 보내는 어처구니 없는 슬픔을 미처 느끼지도 못할 만큼 정신없는 순간들이었다. 그러나 하얀 천이 덮이는 순간은 절절한 목소리로 어머니를 불러댔다.

"여보! 나 혼자 두고 가믄 어쩌란 말여. 아이고! 여보 미안혀. 당신을 더 못 살려서 미안혀. 나도 당신 따라 곧 갈 팅게. 으흑흑"

아버지의 통곡은 자식들 뼛속까지 무너지게 만들었다.

"어머니이이! 어머니이이! 아버지 어쩐대유. 아버지를 왜 버리고 혼자만 가슈유유유."

동네 사람들도 우루루 몰려와 마당에 엎드려 땅을 치고 통곡하였다. 어머니를 따르고 의지하였던 윤철네, 기배 등 몇몇은 아예 몸을 부려 뒹굴기까지 하였다.

"워쨔오려 워쨔오려. 우덜은 으찌 산디야. 허망허게도 가셨네. 아이고 아이고."

날씨가 더워 부패할까봐 얼음덩이를 시신 옆 여기저기에 놓았고, 병풍을 쳐서 윗목의 시신 구역과 구분지어 놓았다. 가까운 친인척이 오면 그 시신 방에 들어가 어머니께 인사드리고 설움을 나누었다. 아버지는 으스스한 시신 방에서 어머니 떠나갈 때까지 주무셨다.

운명하시자마자 밥을 하여 간단한 상을 차리고 어머니 모시러 온 저승사자들에게 인사하는 예를 올렸다. 어머니 사진을 꺼내어서 상 위에 올려놓고 처음에는 최소한의 음식으로 제사상을 차렸다. 마루 한쪽에 상과 사진이 놓여졌고 뒤로는 병풍이 둘러쳐졌다. 상 옆으로 상주들이 주욱 줄지어 서서 손님맞이를 하였다. 어머니 잃은 죄인의 자세로

"어이, 어이……."

하면서 곡을 하였다. 상복은 아직 입관하지 않았다는 표시로 저고리의 한쪽 팔을 끼우지 않은 채 절반만 입고 있어야 했다. 오빠

와 영태, 양의가 서 있었다. 사위인 그이와 경태는 아직 도착하지 않았다. 사위인 그이는 그때 한국은행 금융통화위원으로 재임하고 있던 기간이었는데 남미에 출장 중이었고 장모 돌아가신 소식 맞아 귀국길에 오르고 있었다. 귀국 후 상주들과 합세하여 자식 노릇 함께하였다. 딸과 며느리들은 손님맞이에 앞장서지 않는다고 하여 상시 대기하고 혹 개인적으로 가까운 친지가 올 때면 남자 상주들과 함께 예를 올렸다. 요즈음은 아들 딸, 며느리 다 함께 손님맞이 하지만 그때만 해도 여자는 앞장서지 않는 것이 예의였다. 발인 전까지 끼니마다 망자에게는 여느 때와 똑같이 식사 상이 올려졌다. 식사 상이 오를 때마다 상주들은 곡을 하였다.

"아이고, 아이고……."

다음 날 아침은 염하는 일 때문에 집안이 부산하게 돌아갔다(경태와 사위도 도착하였다). 수의와 한지, 삼베 등을 챙기고 가족들도 빠짐없이 참석토록 독려하였다. 직계가족은 말할 것 없고 사촌들 10촌 밖의 장엽 아저씨네 식구들. 심복의 점동 오빠네까지 마지막 뵙는 순간을 되도록 놓치지 말라고 채근하였다. 안방에 온 식구가 모였다. 칠성판에 눕혀져 있던 어머니 시신에서 입혔던 연두색 한복 저고리 치마를 벗기고 곱게 화장으로 단장시킨 뒤 수의를 입혀서 한지 끈으로 곧은 자세 만들어 묶은 후 명주 천으로 발부터 머리까지 돌돌 말아 다시 묶었다. 마지막 얼굴 부위에서 잠깐 작업 멈추어 참석자들 모두 알현케 하였다. 아버지, 오빠, 나, 동생들, 사위. 사촌들 다른 친인척들 순서로 인사드렸다. 그때 나는 거의 실신할 정도로 슬펐다. 시신 위를 다시 하얀 천으로 덮었다. 그리고 관 위에는 어머니 성명이 적힌 한지가 놓여졌다.

아랫줄 외할아버지를 가운데로 해서 오른쪽 큰할머니, 왼쪽 작은할머니, 뒷줄 오른쪽에 어린 모습의 아버지와 어머니가 서 있다. 어머니 왼쪽 위는 하령 이모부.

어머니의 관임을 알리는 표시인 것 같았다. 이제 다시는 어머니의 얼굴은 볼 수 없다.

"어머니 언제 볼 수 있을까요? 어머니 얼굴 언제 만나요."

형제들은 몸부림쳤다. 입관 순서가 끝나고 참석자들은 몸을 깨끗이 씻었다. 그리고 남자들은 할머니와 큰아버지 장례식 때와는 다르게 전통적인 굴건제복(삼베옷과 또아리 튼 삼베 모자, 지팡이, 그리고 발에는 짚신을 신는 것이 전통적인 복식)을 하지 않고 삼베 모자와 삼베로 다리만 두르고 대나무 지팡이를 짚어 현대화된 굴건제복을 하였다. 구름 떼처럼 몰려 들어오는 손님맞이에 상주들도 녹초가 되어 있었다. 생선회 담당, 전 부침, 돼지 잡고 고기 다듬기, 떡 치는 일, 김치 버무림, 찌개·국끓임 등 부서별 일들이 영식 아저씨네 아주머니 지시에 따라 일사천리로 진행되어 상으로 꾸며졌다. 마지막 메뉴 점검반이 허락 신호 보내면 운반하는 조가 상을 들어 마당에 깔린 멍석 위나 방안 손님들 앞에 놓는다. 며칠을 두고 애통과 손님맞이에 지친 상주들은 오빠·사위가 한 조, 경태·영태가 한 조, 양의·사촌 오빠가 다른 조로 편성되어 맞이하였고 나머지 상주들은 잠깐 2층 방에서 휴식을 취했다. 살뜰하게 차려오는 상주들 밥상에 둘러 앉아 상중임에도 형제들 만남이 좋아 시시덕거리기도 하였다. 평소에는 자주 뵙지 못하였던 외사촌들인 외가댁 외아들 효진이 내외, 하령 이모 아들인 기준 오빠, 거문들 이모 아들 내외 가운데 더욱이 둘째 며느리는 제사 음식 준비를 담당해줘서 무척이나 고마웠다. 큰이모 둘째 아들, 만자산 이모 아들 딸들도 모두 모였다. 만자산 이모는 어머니 생전에 가장 가까이 모셨던 분이다. 어머니보다 몇 년 더 전에 돌아가셨지만 막냇동생이었던 어머니의 앙탈을 가장 많이 받아주었고 잔손 많이 가는 살림살이를 틈틈이 도와주셨다. 어머니 돌아가신 뒤 그 집 둘째 며느리가 아버지를 모셔줘서 우리들은 어머니 안 계신 빈자리를 수월하게 보낼 수 있었다.

외가댁 가족들의 특징은 키가 작고 머리가 우수했다는 점이다. 이모들 자식들은 거의 학교 생활에서 우수한 성적이었고 두각을 보이고 있었다. 외할아버지의 수재성 자질을 이어받았다고 하였다. 큰 지주였던 외가댁은 천리안을 지니셨던 외할아버지의 수완으로 군산뿐만 아니라 충청도에까지 토지를 확장하여 토지 점검 차 하인을 대동하고 여기저기를 자주 시찰하셨다 한다. 소작인들에게 베푼 따스함으로 정평이 나 있었던 분이었다. 외사촌들 모임은 그런 화젯거리로 시간가는 줄 몰랐다. 하인들 여러 가솔들 가운데도 어머니의 존재는 특별하게 돋보여서 외할아버지의 사랑을 독차지하였고 재정·경영에 참여하여 지혜로운 솜씨를 발휘할 때는 어른들을 깜짝 놀라게 하였다 한다.

4박 5일이 지난 후 발인 날이 다가왔다. 2박 3일의 장례 절차도 있지만 아버지는 5일 장례를 고집하였다. 발인 직전의 제사상은 집에서 드시는 밥상이라고 해서 최고의 재료와 조리로 정성을 다해서 차려졌다. 제사를 올린 후 그 음식들은 유대꾼(상여 매는 사람들)이 먹었다. 정성껏 모셔달라는 의미가 담겨 있을 것이다. 망자를 모셨던 관을 6~8명이 양쪽에서 들고 이동하였다. 모셨던 방을 떠나기 전 동쪽으로 뻗은 복숭아 나뭇가지로 관을 두드리면서 잡귀 쫓는 행위를 하였다. 방 네 귀퉁이를 돌며 귀퉁이에 멈추고 복숭아 가지 들고 있는 사람이 선창을 하여 주문을 외우며 두드리면 관 들고 있는 사람들이 따라서 합창하였다. 방에서 밖으로 모실 때는 자손들과 사촌들이 관을 들었다. 관을 들고 집 문턱을 건널 때 맨 앞자리에 선 사람이 문턱 바로 앞에 엎어 놓은 바가지를 세게 밟아 깨고 걸어 나왔다. 잡귀 몰아내는 행위라 하였다. 때로는 결혼식장으로 떠나는 신랑이 집을 나설 때도 바가지 깨는 비슷한 풍습을 실행한다. 기준 오빠의 지시에 따라 섬세한 작업이 이루어졌다.

상여의 틀이 짜인다. 마을에 초상이 나면 신발산 왼쪽 산골짜기 외딴집에 마을 사람들이 공동으로 사용하는 상여가 보관되어 있었는데 일이 발생할 때마다 그곳 상여 부품들을 초상집으로 옮겨

꽃상여

와 조립하였다. 상엿집 근처에는 도깨비들이 우글거린다 하여 사
람들은 그곳을 평소 경외시하였다. 여름철에 별이 총총 떠 있는
맑은 날 밤이면 저 멀리 위치하고 있는 상엿집 주위를 작은 불 조
각들이 떠돌아다니는 광경을 볼 수 있었는데 어른들은 그것이 도
깨비불이라고 하였다. 아마 반딧불이었을 것이다. 어머니는 상엿
집에 있는 공동 사용 상여를 사용하지 않고 정미소 한구석 선반
위에 오랫동안 올려 놓아 준비해 두었던 나무를 꺼내어 새로 갈

고 닦아 만들도록 하였다. 부엌에서 정미소로 가는 문 옆 선반에
는 상여 만드는 나무뿐만 아니라 죽어서 들어갈 나무 관도 얹혀
있었다. 어머니 심부름으로 영수 긴상 부르러 갈 때는 그곳을 쳐
다보지 않고 빨리 뛰어 안으로 들어갔다. 오랫동안 손대지 않아
서 먼지가 수북이 쌓여 어두운 그곳을 더 음습하게 하였다. 잘 짜
인 상여 틀에 어머니 시신 모실 관을 안착하고 그 위에 갖가지 어
여쁜 꽃을 장식하여 화려한 꽃상여를 만들었다. 가시는 길 아름
답고 화려하게 꾸며드리자는 아버지의 배려였다. 어머니 상여는
그 화려함이 너무나도 찬란하여 평소 어머니 내면의 감성과 화
려함이 그대로 표출된 것 같았다. 순간순간 닥쳐오는 일의 무게
에 시달려 당신 자신 돌볼 시간 없었지만 내면에 깔려 있는 오색
찬란한 꿈과, 흥과, 끼는, 상여 위에 얹힌 꽃잎과도 비교가 안될
만큼 화려한 것이었다. 그래서인지 생전에 어머니는 나에게 자주
이르곤 하셨다.

"한 번뿐인 이 세상여. 싫건 재미있고 신나게 살아야 헌댕. 전
서방 무뚝뚝헝게 네가 우수개소리도 맨들고 헛웃음도 침서 참나
무 장작 겉은 느그 서방을 뇍여야 헌댕. 여자가 유드리가 있어야
혀. 겉으로는 꿍짜허는 것 가텨도 쇽으로는 다 좋아허는 것여. 입
성도 이쁜 것으로 입어 버릇혀. 이 좋은 세상 좋은 것 입고 좋은
것 맨들어 먹고 살그래잉."

아버지는 그 말씀 듣고 계시다가 곁에서 한 말씀하신다.

"무신 씨잘 띠기 없는 말을 혀 싼디야. 가가 그럴 행편이 되는
가 시방?"

장지로 떠나는 최후의 인사를 드리기 전 제사를 다시 지냈다.

장례 과정에서의 자손들. 왼쪽부터 다섯째 아들 양의, 넷째 영태, 셋째 경태, 큰아들 내외, 저자, 영태댁, 양의댁, 저자 남편.

우리들은 대문 옆에 놓인 상여에 제사 지내면서 집안에서 인사드리는 마지막 곡을 하였다. 여러 번의 통곡으로 나는 이미 목이 쉬었고 눈물도 나오지 않았다. 큰올케 언니는 힘이 좋고 목소리 또한 우렁차서 우리들 가운데서 가장 큰 소리로 곡을 잘 하였다. 나는 통곡할 때

"잉 잉 응 응 흑 흑."

소리로 일관하였고. 다른 올케들도 곡소리 형태는 나와 유사하여 약간 신식 읍소로 변질되어 있었다. 유일하게 큰며느리인 언니만이 전통적 방법의 곡을 하였고 거기에 덧붙여 무엇인가 이야기를 넣었다.

"아이고 아이고, 어머니 이 못난 며느리 효도도 못하였는데 이렇게 가시믄 어떡해요. 어머니 불쌍혀서 어쩐데요. 아이고, 어머

니 미안해요" 등 곡소리 안에 약간의 대화를 삽입하였다. 슬픔 속에서도 언니의 슬픔 스토리 나열에 속없이 피식 웃음이 나왔다. 순수하기만 한 언니의 울부짖음이 고맙고 대견하면서도 한편 재미있는 장면으로 느껴졌다.

땅에 앉아 있던 상여는 대황부락과 남발산 사람들로 꾸며진 유대꾼들에 의해서 들려지고 상여 사이를 엮은 무명천 줄에 어깨를 걸쳐 움직이기 시작하였다. 대황부락은 원래 이씨 집안 재산의 싹이었던 정미소가 자리했던 동네였고 큰집으로부터 분리해 나와 우리 가족이 살림의 둥지를 틀었던 곳이다. 큰집과 대황부락에 있는 우리 집을 오가며 성장하였던 우리는 남발산도 대황부락도 다 우리의 터전으로 여겼다. 대황부락에서 오래 살았고 남발산에 터를 잡아 새로 집 지어 이사했으나 오빠, 나, 경태, 영태는 서울로 유학하여 집을 떠난 뒤였다. 형제들의 추억이 속속들이 묻어 있는 곳은 대황마을이었다. 두 마을 사람들은 서로 자기들 이웃이라고 여겼고 기꺼이 어머니 모심을 자청하였다.

"우 동네 양반여. 우덜이 모시야 혀. 그 양반이 우덜 주린 배를 을매나 많이 채워주었간디."

두 마을 사람들 어깨 위에 누워 있는 어머니는 그들의 고마운 말들을 다 들었을 것이다.

유대꾼들 맨앞에는 정순군 씨가 종을 흔들면서 곡을 선창하였다.

"가네 가네! 이제 가네. 북망산천으로 나는 가네. 정든 집 떠나서 염라대왕한티 나는 가네! 가족 친지 다 버리고 나만 혼자 떠나가네. 이제 가면 언제 오나. 아이고, 대고 절통혀라."

상여 선창은 내용 창작이 우수해야 하고 목청도 낭랑해야 한다. 정순군 씨는 꽹과리 치는 전문가였다. 동네 풍물놀이 때 그가 둘러치는 꽹과리에 온 마을이 흥겨웠고 풍물마당이 들썩였다. 그 흥의 원천에서 뽑아 나오는 상여 선창이 일품이었다. 상여 나갈 때 그는 여기저기에서 초청되어 다녔다. 구슬프고 흐드러지게 읊조리는 선창으로 상주들을 더 슬프게 하였다. 남발산을 지나서 발산초등학교 앞에 이르자 신발산 유대꾼들로 상여 매는 역할이 바뀌었다.

"우 동네 앞을 지나가는디 당연히 우덜이 모시야쥬. 찌끔이라도 모시야쥬."

신발산을 지나서 대방 골에 들어서니 거기에서도 그 부락민들이 나왔다. 대방골과 아산리의 유대꾼들이 어머니를 다시 모시게 된 것이다. 평소 어머니께서 배푼 덕이 빛을 발하는 순간들이었다. 마을 지날 때마다 부락민들 모두 길가에 나와서 마지막 가시는 어머니 상여길에 눈물지으며 애통하였고 일찍 가심을 안타까워했다.

"불쌍헌 사람덜 많이도 거뒀는디. 저 양반 손에 밥 안 얻어먹은 사람 있었당가? 날도 궂어싸틍만 이 양반 초상남서 하늘도 빼엔혀졌네(맑아졌다)."

유대꾼들이 바뀔 때나 언덕진 길목 갈 때는 또 선창 내용이 달라진다.

"못 가겠네. 못 가겠어. 지덕 사나워 못건느겄네. 망자 힘들어 못 가겄당게. 아이고 무거워, 아이고 무거워. 발길이 천근만근이네. 거그 누구 없어? 주머니 말렀능가."

그러면 상여 앞줄에 돈을 걸어 그 길목 통과하게 해주었는데 돈이 적으면 다시 트집 잡아 상여 채를 앞뒤로 흔들면서 독촉하였다.

"북망산 올라가는디 노자 돈 적어 못 가겄네. 쓸 것 없네. 쓸 것 없어. 왜 일케 동줄이 텅 비었디야. 발걸음이 천근만근이네. 무거워서 못 가겄네."

그러면 상주나 하객 가운데 누가 나와서 돈을 또 걸어주었다. 또 통과하는 마을마다 유대꾼들이 바뀔 때 그 마을에 얼마큼의 돈을 주어 감사한 마음을 표시하였다. 집에서 가까운 장지임에도 유대꾼들과의 밀고 당김 그리고 마을 통과할 때마다 지내야 하는 제사 절차들 때문에 시간이 많이 걸렸다.

장지는 발인 그 전날이나 당일 고인을 모실 장소에 미리 정해진 산일〔山役〕 전문가 몇 명을 파견한다. 연장 준비하고 도착하면 산신령님께 간단한 산신제를 지낸다. 땅을 파고 묘를 만들어 고인 모시게 되는 일에 노여워하시지 말고 허락해달라는 인사였을 것이다. 장지에 상여가 도착하여도 하관 시간에 맞춰서 모셔야 한다. 장지 모심 시간과 고인의 생년월일 등을 고려해서 합이 맞아야 하고 모시는 위치도 향배에 따라 달라진다. 나침반을 놓고 면밀하게 위치를 맞췄다. 석관 안에 모셔진 어머니 시신은 잠시 휴식을 취하고 있었고 석회석 가루를 흙과 섞어 관 모양의 직사각형 땅 속 벽에 바르기 시작하였다. 나무뿌리나 뱀, 쥐 등 이물질로부터의 보호막이었던 것 같다. 벽에만 석회 가루를 바르고 땅바닥은 깨끗하고 가지런하게 흙바닥을 정돈하였다. 바닥 정돈이 끝나면 시간에 맞춰 시신을 흙바닥에 모시는데 돌아가신 후 입관 때부터 모셨던 나무 관을 빼고 시신만 묘 바닥에 눕혔다. 시신 위

아래 옆은 한지에 싼 흙뭉치로 꼼꼼하게 채워졌다. 움직이지 않도록 세심한 작업이 진행되었다. 돌로 만들어진 뚜껑을 덮은 후 염할 때 목관 위에 올려놓았던 성명을 쓴 한지를 돌 뚜껑 위에 올려놓고 그 위에, 위쪽에는 '龍'자를 아래에는 '虎'라는 글자가 크게 쓰인 커다란 한지를 다시 얹어 놓았다. 자손들이 한 삽 혹은 몇 삽씩 흙을 퍼서 묘 안을 채웠다. 여자들은 치마폭에 흙을 담아 묘 안에 쏟아 넣었다. 자손들뿐만 아니라 다른 친구들이나 이웃들도 흙 넣는 일에 참여하였다. 자손들의 순서가 어느 정도 진행되어 땅의 위치까지 흙이 차오른 뒤 평토제를 지냈다. 평토제가 진행될 때 자손들은 다시 곡을 하며 마지막 이별의 슬픔을 고하였다. 나머지는 봉분 전문가들이 남아서 작업을 하였고 우리들은 흐느끼면서 장지를 떠나왔다.

"장지가 안옥허게 앉었네. 들녘 건너로 살던 집도 보잉게로 쓸쓸허시진 않겄어. 뒤는 우덜한티 매끼고 그동안 일 치루니라고 몸들도 될 틴디 푸욱들 쉬드라고잉."

장지에서 돌아온 집안에는 제청이 차려졌다. 아침저녁 식사 시간에 맞춰서 음식을 올리고 우리들은 다 같이 어머니 사진을 향해 서서 제사를 올렸다. 남자들은 두 번 절하고 여자들은 네 번 절했다. 남자와 여자의 절 횟수를 균등하게 할 것을 주장하여 결혼 뒤 우리 전씨 집안은 두 번씩으로 통일하였다. 그러나 친정 집안 풍습은 아버지의 명에 따라 두 번 네 번으로 실행되었다. 우리들은 어머니 잃은 허탈감과 장례 기간 동안 힘들었던 몸을 추스르느라 2층 방에 올라가 잠을 자기도 하였지만 아버지는 슬퍼할 틈도 없이 여러 가지 뒤처리에 여념이 없었다.

장례식 끝나고 삼우제가 되었다. 제사 음식을 준비하고 장지를 다시 찾아 제사 올리고 새삼 애끓는 마음 울컥하여 가족들은 한바탕 또 통곡하였다. 집으로 돌아오자마자 장례 진행 기간에 여러 분야에서 열심히 일하였던 모든 이들을 모시고 음식을 다시 장만하여 고생한 고마움에 대한 인사를 드렸다. 작은 선물도 준비하였다. 그들이 다 떠나간 뒤 우리들은 홀로된 아버지를 빈집에 계시게 하고 각자의 집으로 돌아올 수밖에 없었다. 집으로 돌아와야 하는 발길은 무겁기만 하였다. 어머니 투병하시는 몇 년 동안 아버지가 애쓰신 걸 우리는 다 알고 있었다. 살아계시는 동안 우리 모두 아버지께 더 효도하자고 다짐하였다. 아버지 마음 헤아려 살뜰하게 보살펴드릴 만한 자손은 없었고 만자산 이모 둘째 며느리가 솔선하여 모심을 자청하였다. 그 언니는 솜씨 좋고 마음씨 착하여 아버지의 노후를 훌륭하게 보좌해주었다. 지금도 오빠는 그 고마움을 잊지 않고 명절 때마다 마음표시를 하고 있다. 자식들의 뼈와 살을 만들고 영혼과 정서를 가다듬어주었던 우리 어머니는 그렇게 생을 마감하였다.

3부

쪼깐네 이야기

쪼깐 어멈

우리 집은 쪼깐네와 울타리를 사이에 두고 나란히 살고 있었다. 뒤 끄트머리에 볏짚을 잇대 엮어 만든 짚눌 울타리가 경계였다. 작은 도랑이 우리 집과 그녀의 집 앞을 지나고 있었다. 집터는 그 도랑보다 더 깊어 비라도 많이 오면 움푹 패인 그 집 마당으로 이내 스며들어 그냥 홍수가 되어버렸다. 울타리도 형식일 뿐 커다란 구멍이 뚫려 있어서 사람들의 잦은 들락거림은 길을 공사해 놓은 듯 반들반들해져 있었다. 두 가족은 흔히 앞마당을 통해서 오가지 않고 울타리 구멍 길을 이용하였다.

쪼깐네는 막내딸 쪼깐이를 비롯하여 위로 다섯 명의 아들을 두었다. 광남, 광식, 광철, 광범, 광용이. 남편 고노진 씨는 문대포네 집 머슴이었고, 쪼깐 어멈은 남의 집 품팔이를 하면서 사이사이 길쌈을 하여 식구들의 끼니를 이어갔다. 아랫녘 고창에서 성장기를 보내면서 어른들로부터 배워둔 베짜기 솜씨가 땅 한 뙈기 없이 막막하게 살아가는 타관살이에 한 가닥 보탬이 되었다. 한쪽 무릎을 올려놓고 삼줄기 매듭을 잇고 있는 모습이 그녀의 일상 자세였다. 그래서 그녀의 오른쪽 무릎 피부는 쇠가죽처럼 군살로 울퉁불퉁 불거지고 갈라져 있었다. 볼품없는 박색 생김새였지만 성격이 밝고 입담이 좋아 우리 집을 오가는 부인네들 그룹에 자연스레 낄 수 있었다. 억척스럽고 거세지만 부지런하고 고지식한 그녀는 가난하고 헐벗어도 남의 것을 탐하거나 타협하지 않았다. 자존심이 강해서 이웃들과 다툼도 잦았다. 그 자존심은 본래 고향에서 가산을 꽤나 많이 가지고 풍족하게 살았던 집안의 딸이었다는 가족력에서 온 것 같다.

쪼깐네는 남편 고노진 씨께서 도박에 미쳐 모든 것을 잃은 후 자식들과 입던 옷만 챙겨서 그곳을 떠나 야반도주하였다 한다. 정처 없이 이곳까지 흘러들어 와 자리 잡은 곳이 바로 우리 집 옆 하천둑 가의 움푹 파이고 다 무너져 가는 낡은 가옥이었다. 방 두 개가 부엌을 가운데로 나누어져 있고 마당 앞에는 헛간이 하나 있어서 작업실로 사용하고 있었다. 부엌 건넌방도 작업장이었지만 큰아들 광남의 혼인 이후 방으로 승격했다. 어머니의 절대적인 신임은 그녀의 입지를 돈독하게 해줘서 적어도 동네 여인들이 어머니 앞에서는 함부로 깔보지 못하였다. 일 매무새가 야무지고 성실하여 부잣집 허드렛일에도 자주 불려갔다. 일을 마치고 돌아오는 그녀의 손에는 주인집에서 준 조그만 음식 보따리가 들려 있었는데 우리들은 그나마 그 알량한 음식 옆에서 알짱거리는 때도 있었다.

쪼깐네 끼니는 제대로 된 음식이라고 할 수 없는, 입에 풀칠이라는 표현에 준하는 것이었다. 동네 다른 집들도 궁색하기는 마찬가지였지만 가장 가까이에서 볼 수 있었던 옆집 사정이라 남들보다 좀 더 구체적인 입칠을 목격한 것이다. 온 식구가 몇 끼씩 굶어서 몸이 부어오르면 미친 듯이 산에 올라가 나무껍질을 벗긴 뒤 나무새와 함께 섞어 끓여 먹기도 하고 어쩌다 곡물가루라도 생기면 멀겋게 버무려 죽을 쑤어 훌훌 마시는 것이 고작이었다. 그래도 보리나 밀을 껍질도 벗기지 않고 통째로 빻은 곡물가루로 죽을 쑤어 먹을 수 있을 때는 그것이 특식이 되었다. 굶주린 아이들의 배는 유난히 불룩하게 솟아올라 있었다. 누렇게 들뜬 얼굴에 배만 불룩하고 다리는 힘없이 휘청거리는 모습들이다. 하룻밤 자고 나면 '아무개네 집사람 굶어 죽었다'는 말을 흔히 들을 수 있었다. 눈이 뒤집히게 배고픈 나날들은 들녘에 나와 있는 잡풀까지도 남아나지 못 하게 하였다. 아침식사는 거르고 점심은 칡뿌리나 나뭇잎으로 연명하고 저녁 한 끼는 어떤 형태든 요리를 하여 먹으려고 노력하였다.

그래도 쪼깐네는 그녀의 남편 고노진 씨가 머슴살이로 선 세경이라도 받아먹어 좀 나은 편이다. 양조장 앞은 새벽마다 인산인해를 이루었는데 술 찌꺼기를 받아서 독새 나물이나 냉이 쑥 등을 섞어 끼니로 때우는 사람들의 행렬이었다. 굶은 배 속에 술 찌꺼기가 들어가면 사람들이 벌겋게 취해서 나뒹굴며 헐떡거렸다. 배고픈 식품 가운데 하나가 보릿고개에 나오는 보리 민뎅이었다. 남의 땅을 빌려 보리를 심고 벼 모심기가 시작되기 전 그것을 베어야 했는데 그들은 배고픔을 채우고자 덜 여문 보리를 미리 베어 먹을 수밖에 없었을 것이다. 덜 여문 보리를 베어 훑은 다음 그것을 솥에 넣고 찐다. 살짝 쪄낸 보리를 절구통에서 조심스레 찧다가 키 위에 쏟은 다음 손으로 문질러 껍질을 벗긴다. 절구로 대충 찧어 나무새를 많이 넣고 죽 쑤어 먹을 요량이다. 그토록 소중한 양식 앞에 쪼그리고 앉아 침 흘리는 우리 형제들에게는 맛보기로 한줌씩 쥐어주었다. 쫄깃쫄깃하고 고소 달큼한 맛에 조금만 더 조금만 더 손을 내밀면 쪼깐 어멈은 마지못해 주지만 그것은 그네들로서는 피 같은 양식이었다. 그런 날 어머니는 쌀과 보리를 듬뿍 퍼서 영애 언니 편에 보내주었다.

"철따구 없는 것들이 자네네 귀한 양석을 다 축냈네. 미안허이."

보리 민뎅이 맛은 간식거리 없던 그 시절 꿀 같은 군것질이었지만 그네들에게는 삶을 지탱해주는 양식이었다. 쪼깐네는 낮에는 남의 집 품팔이를 하고, 틈틈이 길가 언덕을 일궈서 만든 손바닥만 한 밭에(도로변 두엄 근처는 임자 없는 공유지이기 때문에 자유 경작이 가능함) 고추, 상추, 호박 등을 심어 가꾸었다. 밤이면 가마니를 치거나, 새끼줄 꼬는 일로 밤샘을 하고 그 사이사이 길쌈을 하였다. 그즈음 군산항에서는 외부로 수출되는 곡식, 물품을 싣는 배가 많았는데 그것들을 처리할 가마니와 새끼줄을 인근의 가정집에서 모두 조달하였다. 가마니와 새끼줄 공출은 일주일에 한 번씩 우리 집 정미소 앞마당에서 이뤄졌다. 서로 좋은 값을 받고자 며칠을 두고 가마니, 새끼줄의 모양새를 다듬느라 분주하였다.

가마니를 칠 때는 손 새끼줄로 먼저 씨줄을 꿰어 놓는다. 손 새끼는 지푸라기 한두 개씩 붙여서 손으로 꼬아 만든다. 손으로 꼰 새끼줄은 가마니 짤 때 씨줄로 사용되기도 하지만 신발이 없던 사람들의 짚신이나 와라지(일본식 슬리퍼 모양)를 짤 때도 기본 재료가 되었다. 씨줄로 엮은 다음, 가로 줄은 양쪽에서 사람의 손으로 짚대 한두 개를 코에 꿰어 가로 끝으로 보낸다. 짚대를 꿰는 막대기는 끝에 두 개의 코가 달려 있다. 한 코는 왼쪽으로 갈 때 꿰어 보내는 일을 하고 다른 한 코는 돌아올 때 꿰어 오는 일을 한다. 양쪽에 사람이 앉아 그 일을 수행하고 가운데 앉은 사람은 지그재그로 짬틀을 운전한다. 가마니는 비료 담는 용도의 가마니와 쌀가마니 용도의 크기가 다르다. 비료 가마니는 씨줄이 40여 개이고, 쌀가마니는 네 고랑을 더 덧붙여야 한다. 이들 가마니에 쓰이는 짚대는 물을 약간 축인 뒤 눅눅해지면 볍씨가 달라붙었던 밑을 두드려서 검불은 빠지고 줄기만 남게 다듬는다. 가마니가 다 짜지면 잔털을 잘라내고 다듬는 일에 온 식구들이 동원되었다. 큰아들 광남, 광식, 광철이 정도가 작업에 참여할 수 있었고 잔챙이들은 우리들과 함께 그 사이를 헤집고 다니면서 뛰고 뒹굴고 소리치며 일 방해꾼 놀이만 하였다.

가을 수확 시기에 쪼깐네의 일 능력은 더욱 돋보였다. 농촌에서는 추수가 끝나면 거두어들인 벼 갈무리를 두 가지로 나누는데, 한 방법은 그 이듬해 바심(타작)할 양을 따로 쌓아 놓는 것이고, 또 다른 거두기는 당장 바심할 벼 양을 분리해 놓는 것이다. 이듬해 바심할 벼는 양지바르고 바람 잘 통하는 한적한 장소에 쌓아 올려 저장하였고 당장 필요한 벼는 바심을 거쳐 갈무리하였다. 가을철 이 일은 중요한 작업 가운데 하나였다. 바심하는 그 전날부터 작업장은 준비로 분주하였다. 논에서 운반해 온 벼는 벼눌가리로 쌓아놓기도 하고, 건조되도록 널어놓기도 하지만 대체로 약간의 건조기를 거쳐 차곡차곡 쌓여 있었다. 힘이 좋고 젊은 남정네들이 이것을 헐어서 작업장으로 날랐고 벼훑이 일은 전부 여인들의 몫이었다. 며칠 전부터 동네 십장 격인 구장이나 우리 집 상머슴이 집집마다 다니면서 일할 수 있는 사람들을 수소문해놓는다. 우리 집 상머슴은 방앗간을 관리하는 긴상이 맡아서 하고 구장인 장삼선이가 십장 격으로 앞장섰다. 일꾼들의 머릿수와 작업량 등 윤곽이 정해지면 작업장 밑바닥에 멍석을 깔아 놓고 홀태 위치가 지정된다. 홀태 설치 위치는 작업 능률에 지대한 영향을 주기 때문에 서로 자리매김에 날카로운 신경전이 벌어진다. 작업이 시작되기 전부터 악다구니가 쏟아지는가 하면 쌍욕이 남발되기도 한다.

"육시헐 년. 그 낯판대기를 들고 으디라고 일을 혀. 서방 잡아 먹은 지 며칠이나 되었다구."

"귀신 씻나락 까먹는 소리 작작 혀. 지년이 잡아먹는 것 봤남?"

한 달 전 남편 잃은 정남이네를 겨냥한 말투다. 먼동 트기 전부터 자리 잡기 위한 신경전이 치열하다. 홀태잡이 일꾼(모두 여자들이었다)들은 여러 층으로 분류된다. 첫째는 나이가 많은 원로급으로 여기에는 대개 그곳 토박이 가운데 대우받을 만한 집안의 안주인, 예를 들면 우맹이 같은 사람이다.

그녀는 장씨이고 이름은 큰애기인데 호적상으로는 장거아土兒로 되어 있다. 일제강점기 호적을 정리하는 면사무소 호적 직원이 마을 이곳저곳을 다니면서 집집마다 이름을 확인하고 다니다가 여자 형제가 둘이서 나란히 울타리 곁에 서 있으니 호명을 하였다.

"너 큰애는 이름이 무엇이고, 작은애는 무엇이냐?"

"성(언니)은 큰애기고, 나는 작은애기유."

"아따 그렇게 말허면 여기 어떻게 적냐. 한문으루 말혀봐라."

"은믄두 모른디 한문을 으찌 안 대유?"

"알었다. 그럼 내가 그냥 적을 팅게 글케 알그랭. 큰애는 장거아고, 작은 애는 장소아다."

그렇게 붙여진 이름이 두 개로 되어 집 이름은 큰애기, 호적 이름이 거아다. 눈이 유난히 움푹 패어 있어서 우맹이라고 불리었다.

우맹이는 남모르는 아픔을 가슴에 묻고 살았다. 큰딸 두냄이는 얌전하고 근면하여 이웃의 칭송을 받으며 살았지만 아이를 생산치 못해 항상 끌탕하였다. 남편이 성 불구자였다는 수군거림이 있었다. 남발산 구장이었던 이씨가 그의 씨내림을 자청하고 밤마다 뒷담을 넘어 잠깐씩 일 끝내고 가곤 하였다 한다. 두냄이 남편은 그가 오면 슬쩍 자리를 피해 큰집 사랑방으로 피신해 주었다. 그녀는 남편을 하늘같이 떠받들고 섬기면서 그렇게 얻은 아들을 궁휼히 키웠다. 모내기 철 두냄이가 허리 굽혀 모심기하면 이씨는 뒷자리로 가 은근히 못자루를 던져주면서 몰래 만나는 여인의 일을 도와주었다. 동네 사람들 모두 알고 있는 사실이지만 모르는 척 눈감아 어여삐 보아주는 것이 우리 마을 사람들의 미덕이었다. 말없이 딸을 멀리서 바라보는 우맹이 할멈 아픔이 오죽했을까.

우맹이는 내가 결혼하여 아이들과 직장일 함께하면서 복잡한 몇 달을 보낼 때 내 집에 오셔서 친정어머니처럼 나를 보살펴주었다. 그 따뜻한 보살핌을 나는 오랫동안 고맙게 생각하였다.

그녀의 친정 장씨들은 토박이로 몇 대를 그 땅에서 살아왔던 터줏대감들이다. 그 일가들이 삼부락 안에 산재해 살고 있으면서 구장 같은 보직도 도맡아 하는 제법 따따부따하는 집안이었다. 그런데다가 그날 일을 주관하는 구장 장삼선이가 친정 조카뻘 되는 관계였기에 단연 특 상위계열에 자리할 수 있었다. 그 다음의 순위는 구장 장씨와의 관계에 따라 정해진다. 새파랗게 젊은 여자 정남이네가 우맹이(선수 어멈) 바로 옆에 자리하게 된 것이다. 이거 웬일인가. 구장 장씨의 결정이니 그 힘에 눌러서 표현은 못하지만 뒷소리까지 없지는 않다.

"엊저녁 방아 쪼매 찧었구먼."

"그년 상판대기 뺏쪼꼬롬혀갖고 해뜩거려쌓등만."

"장가 놈이 요새 그년 기둥서방 허느라고 좆뿌리가 빠진다네."

정남 애비가 간 뒤 친구를 자청하여 집안 살림 돌봐 주면서 그 어멈까지 깊숙이 봐주는 처지였다고 여기저기서 수군거린다.

쪼깐 어멈은 구장의 백도 없고 마을의 토박이도 아닐 뿐 아니라 타관에서 유입된 처지인지라 우선 주종부대에서 밀릴 수밖에 없다. 외지 사람 괄시와 시골 마을의 텃새는 유치한 유세 가운데 하나다. 더군다나 살림살이가 곤궁하여 남편은 머슴살이, 아들들은 남의 집 달머슴 아니면 새 쫓는 일이나 하는 최하위 계층이니 저 끝자리로 밀릴 수밖에 없다. 벼를 훑는 과정에서 볏단을 옮겨다 주는 인부가 따로 있었지만 만만한 사람과 상위 계급 사람에게 운반해주는 볏단의 크기와 속도가 달라 작업 진전 결과는 불리할 수밖에 없다. 뒷서두리 남정네와의 관계가 평소에 어떻게 은밀하였는가도 노동 결과에 중요하게 작용하였다. 그날의 색 흐르는 눈짓, 몸짓, 낄낄댐, 음색이 작업 과정에서 일어나는 일회용 성과를 거둘 수 있기 때문이다. 젖무덤이나 가랑이로 슬쩍 들어오는 손길을 잠깐씩 허용해주는 관용으로 하루 일의 성과 배경 요건을 맞추어가는 여인들의 생존 지혜(?)가 존속되는 마당이다.

작업은 훑어진 벼의 양과 돈의 액수가 공존하기 때문에 살기 띠는 경쟁으로 치닫는다. 그래서 작업 공간 경계는 때때로 분쟁 요인이 되기도 했다. 훑어 놓은 벼가 옆 칸으로 튀어가든지 경계가 불분명해지든지 그런 일로 일하는 과정 내내 옆 사람과의 관계는 팽팽한 긴장감을 야기한다. 쪼깐네는 그런 일에 가급적 휘말리지 않으려고 하였다. 뒷서두리 일꾼에게 몸짓을 할 만큼 육감적이지도 못했고 인물 또한 그에 못 미쳐 매력이라곤 눈꼽만큼도 없는 투박하기만 한 여인인지라 어느 누구도 곁눈질이 없다. 옆 칸과 시비 붙어봤자 도와주는 사람도 없다. 직접 머리에 이어 나르면서 벼를 훑어야 했다. 그러면서 다른 사람의 속도를 앞질러 갔다. 입에서 썩은 냄새가 나고 식은땀이 흘러 쪽진 머리는 산발이 되어 엉겨붙고 가슴을 휘감았던 치마는 지친 허리로 흘러내려 와 저고리 앞섶 아래 삐죽이 나온 병 젖꼭지를 더욱 흉물스럽게 만들었다.

홀태 작업이 끝나면 훑어낸 벼의 양을 말로 되어서 가늠하였는데, 역시 최고의 고수는 우맹이다. 해마다 일등의 자리를 놓쳐본 적이 없는 그녀다. 그녀의 작업 위치는 볏단에서 가장 가까운 곳이었고, 벼 운반 뒷서두리 일꾼도 친인척들, 게다가 일솜씨 또한 날렵하여 3박자가 맞은 결과다. 그 다음 작업량 순위는 쪼깐 어멈이다. 작업 위치, 벼 운반, 일꾼들의 불손함을 감안한다면 쪼깐네 능력이 우맹이를 능가한 것이라 할 수 있다.

훑어낸 벼를 말로 되어 계산할 때도 문제는 있다. 벼를 말에 담아 되는 과정에 꼼수가 있어 때때로 말되지기(말에 곡식을 담아 셈을 헤아려 주는 사람)는 비난을 받기도 하였다. 말 위로 벼를 가득 쌓아 올려놓고 되어갈 때 동글동글하고 길쭉한 밀대가 미끄러지면서 벼를 깎아 내린다. 말 되는 방법은 수북하게 쌓아올려 되는 고봉 말과 밀대로 깎아서 되는 깨끼 말이 있는데 대체로 후자를 택하게 된다. 그때 말되지기의 마음 씀씀이는 작업량 측정 결과에 영향을 주게 된다. 은근한 성추행을 허용하는 부인의 말되기는 말의 가장자리 끝까지 밀어내어 깎아주고, 맘에 들지 않는 부인의 말되기는 말 끝 쪽에 벼를 약간씩 남겨두는 요령을 피움으로써 깎아내린 말 되기와 덜 깎아내린 말 되기 간의 차이를 만들어 잔재주를 부렸다. 때로는 벼를 될 때 주먹을 살짝 말 가운데 삽입하여 벼의 양을 줄이는 행위도 하였다. 그럼으로써 쌀 한 톨의 양이라도 더 계산되게 하는 방법이었다. 그런 편향된 계산에서도 단연 상위 능력을 발현할 수 있는 일꾼이 바로 쪼깐네였다. 그래서 마을 부잣집들이 월등한 그녀의 노동력을 탐했나 보다. 바심이 끝나고 각자 일꾼들은 작업도구를 챙겨서 저녁 끼니 준비로 달음박질친다. 그런 때 어머니는 쪼깐네를 조용히 부른다.

"이따가 아덜 데리고 시라구국이라도 집에서 먹세. 하루 죙일 일 허느라고 되야서 삭신이 쑤실 틴디."

"야, 암유. 홀태 갖다놓구 후딱 가께유."

쪼깐네는 결코 공짜 밥 먹는 여자가 아니었다. 집 안팎 바심 뒷자리를 말끔히 치워주고 부엌 설거지 일까지 거들어주니 부엌 식구들도 좋아했다.

돼지 독립만세

쪼깐네의 억척스러움은 노동력 평가에서만 상위급이 아니었다. 이웃과의 쌈박질에서도 결코 밀리지 않는 챔피언이었다. 쪼깐네 뒷집에는 채상봉 씨네가 울타리를 사이에 두고 살고 있었다. 땅 한 뙈기 없이 사는 곤궁함은 쪼깐네나 마찬가지였다. 다만 상봉이네는 뒷산을 일구어 제법 밭농사를 지을 수 있었고, 상봉이가 자전거포 경영으로 몇 식구 끼니를 이어갔다. 쪼깐 어멈 길쌈 솜씨에 버금가는 요건을 갖추고 있었다. 길쌈은 한 필 만드는 데 손길과 시간이 많이 걸리고 부잣집 마님들의 흥정 태도에 따라 값이 매겨지는 힘든 기술이었지만, 상봉이는 그때그때 고장 난 자전거를 또드락거리면 현금이 나오니 환금換金으로 따지자면 훨씬 좋은 조건이었다는 점에서 두 집 상황의 변별성을 논할 수 있다. 또 쪼깐네는 자식이 5남매나 되어 입에 풀칠할 대상이 많았지만 상봉네는 손자가 없고 아들만 세 명 있었다. 큰아들이 상봉, 둘째가 상구, 막내가 상철이었다.

그 두 집 사이의 문제 돌출은 자연환경이 만들어준 불가불의 구조 때문이다. 울타리와 울타리 중간 상봉네 땅에 더 가깝게 감나무가 하나 있었다. 누가 심은 것도 아니고 언젠가 씨앗 하나가 떨어져서 저절로 큰 것인데 몇 년이 지나자 그 나무에 주먹만 한 감이 주렁주렁 열려 탐스럽게 익어가고 있었다. 그 감나무가 쪼깐네로 가지를 늘어뜨려 몸 전체가 뒷마당으로 휘어져 내려왔다. 울타리 밑은 쪼깐네 아이들과 우리 형제들의 가을 축제 마당이 된다. 불그레 익기도 전에 떫은 감을 아작아작 씹으면서 먹어댔다. 잘 익어서 맛이 들 무렵이면 나무에는 이미 감의 흔적도 보이지 않을 정도다. 그 밑은 항상 어수선하고 동네 아이들까지 합세하여 소란스러웠다. 쪼깐 어멈과 애비는 품팔이 나가고 아이들만 있으니 그 마당은 온 동네 아이들의 간식장이 되어버린 것이다. 정작 감나무 주인인 상봉네는 감 꼴도 보지 못한 채 아랫집 새끼들에게 선물한 셈이다. 이를 그냥 묵과할 상봉 어멈이 아니다. 감히 정미소 집 애들(우리 집)은 야단 칠 수 없고 만만한 쪼깐네를 다그침으로써 싸움 기운이 모락모락 피어올랐다. 감 따먹는 일 하나로 화가 난 것만은 아니다.

"어디서 멋 혀 처먹고 떠딩굴어 온 년이 눈꼴시게 놀아. 일 쪼매 잘 헌다구 말좆을 삶은 놈맹큼이나 억시당게. 즈그 에미 타겨서 새깽이덜까지 나매 감을 씨도 안 냉기고 다 처먹어 버링?"

눈에 불을 붙이고 악다구니 쓰는 상봉 어멈은 일도 안 하고 집 주변만 뱅뱅 도는 방거충이로 자식 벌이에만 의존하여 사는 게으름뱅이였다. 성격이 까다로워서 이웃과의 왕래도 별로 없었다.

"지년이 뭐 마님이나 되는 것맨치로 밭고랑만 까작거림서 자전거포 아들 등골만 빼먹냐?"

두 사람은 서로 상대편 상처 내기에 열을 올렸다. 이런저런 일

로 두 집 마나님 사이는 갈등이 끊이지 않았고 또 분쟁의 계기
도 많았다. 싸움이 시작된 계기는 감나무 사건으로 심기가 불편
한 두 집의 감정이 긴장으로 고조되어 있을 무렵이었다. 상봉이
집 뒤뜰에 가두어 놓은 돼지 새끼 한 마리가 우리를 박차고 나와
쪼깐네 집 헛간과 우리 집 구석구석을 허부적대며 맹렬한 운동에
돌입하게 된 것이다. 돼지 새끼는 갇혀 있던 울안을 뛰쳐나와 자
유를 만끽하면서 돼지 독립만세를 네 발로 부르짖었다. 마당 끝
에 잘 정돈하여 쌓아놓은 짚더미들이며 마당 가운데 널어 놓은
무말랭이, 호박고지 등을 쑤셔대면서 막무가내로 소신껏 휘젓고
세 집 마당을 아수라장으로 만들었다. 그런 일에 가만있을 쪼깐
어멈이 아니었다. 상봉네는 말할 것 없고 다닥다닥 붙어 있는 세
집은 돼지 해방 몸부림에 상처투성이가 된 것이다.

"제길헐눔의 뒤야지 새깽이. 옘병헐 즈그 안쥔 타겨서 몽니도 앤
간허야지. 쓰어글 눔의 세상. 누구는 감 좀 따먹었다고 악떼기 쓰등
만 뒤야지 새끼도 왜 저지랄이랑가 어디 한번 쌍통만 내놔 봐라."

상봉 어멈이 그 소리를 들었다.

"시방 뭐라고 씨부렁대쌌냐. 이 예펜네 아가리 찢어발길라. 내 못
들은 줄 아남? 즈그 에미 쏙싹거려서 새끼들도 감 껄떡거리쌌통만,
인자는 서방 놈까지 동네 과부년 붙어 먹드랑게. 이눔의 예펜네야!
돼지 새끼 싸대는 것 지랄 말고 느그 서방 좆뿌리나 잘 지켜 이년아."

두 여자는 머리끄덩이 움켜잡고 한 덩어리로 엉겨붙었다.

"쥑여라 이년아. 자전거포 또드락거림서 남의 피나 빨아 먹는
집구석 뒤야지 새끼라고 얌전허겄냐? 뒤야지 새끼는 오냐오냐 험
서 느그 새끼는 왜 자석도 못 난디야? 고자놈 아녀? 불알 까서 애

기 못 낳는거여? 그까짓 애기는 깔 짝만 해도 맨드는디…….”

“뭐라고? 그려서 새끼 더 맨들라고 느그 서방은 과부년 붙어먹었냐. 쌍년으로 굴러먹어서 개쌍년짓만 헌당게.”

감나무 사건, 돼지 새끼 사건은 어디 가고 엉뚱한 말꼬리로 싸움은 걸판지게 진행되었다.

“타관서 왔다고 네년이 쌀 한 되빡 주었냐, 물 한 바가지 주었냐? 에이 뒤야지 새끼 붙어먹을 년.”

“왜들 이려. 돼지깐 단속 좀 잘 허지 그렸어. 뭐가 잘혔다고 시끄렁가. 남사시러 죽겄네. 그만들 혀!”

내심 쪼깐네를 응원하는 지엄하신 매무골댁(우리 어머니) 말씀 한마디에 싸움은 그쳤지만 우리들은 쉽게 끝난 싸움 구경이 못내 아쉽기만 하였다. 토박이로 이 땅에서 살아와 으시대는 상봉네와, 객지에서 굴러온 쪼깐네의 싸움은 수그러들었지만 쪼깐네 손아귀에 들려져 있는 한 움큼의 머리칼은 상봉네 것이 분명하였다. 상봉네의 서러운 울음소리가 길게 길게 우물 안 동네에 울려 퍼졌고, 씩씩하게 다시 일터로 나가는 쪼깐네 뒷모습은 승리의 편향을 알 수 있게 하였다. 과부년 붙어먹은 사건은 그냥 홧김에 쏟아놓은 넋두리가 아니었다.

디딤돌 위 신발

문대포 집 머슴살이하는 고노진 씨는 쪼깐이 아버지다. 일 년치 세경을 미리 당겨 가져와도 식구들 양식 감당에 못 미치는 빈약한 액수의 벌이였다. 그나마 술, 투전을 좋아하고 동네 과부집이나 주막집에도 기웃거려 쪼깐 어멈의 앙칼진 목소리가 동네 고샅을 뒤흔드는 때가 잦았다.

한 번은 철수 어멈과 선수 어멈(우맹이), 콩사탕 아주머니가 헐레벌떡 어머니를 찾았다.

"매무굴댁! 얼릉 나와 봐. 년놈이 붙었네. 붙었당게."

세 여인은 어디론가 쏜살같이 달려갔다. 내가 왜 그들을 쫓아가게 되었는지. 어른들은 손짓으로 나를 쫓아내는 시늉을 하였지만 그 손짓은 아무 효력도 발휘하지 못한 채 오히려 나의 호기심만 자극하였다. 그녀들의 발걸음이 멈춘 곳은 만이네 집 마루 앞이었다. 방과 방 사이에 있는 마루방이 현장이었고 그 마루방 앞 작은 툇마루 앞의 디딤돌 위에는 남녀의 신발이 나란히 얹혀 있었다. 안에서는 남녀의 몰아쉬는 숨소리가 극적 순간을 창출해가고 있었고 마루의 삐거덕거리는 소리가 일정 간격으로 리듬을 형성하였다. 차마 인기척도 할 수 없는 상황을 숨죽여 경청하면서 문밖의 여인들은 낄낄거림으로 그 엄청난 불륜을 즐기고 있었다. 삐거덕 소리는 중단 없이 계속 이어져 갔다.

얼마의 시간이 지났을까. 철수 어멈이 쪼깐 어멈을 앞세우고 왔다. 약간 헝클어진 머리가 옆으로 꽂힌 비녀를 겨우 지탱해주는 매무새로 갈지자 걸음이 하도 황망스러워 제대로 옮겨지지도 않는데도 억지로 앞을 향해 나아가느라 가슴은 먼저 가고 흔들거리는 엉덩이와 다리는 뒤로 쳐져 양팔은 더 강하게 저어졌다. 희번덕거리는 눈은 독기가 올라 칼날이라도 품은 듯하였다. 나는 마루 안의 남녀와 서슬이 시퍼런 이 여인과의 대결 현장을 잠깐 예상하면서 재미나는 작품의 시작에 여념 없는 방청 여인들과는 다르게 온몸에 쥐가 날 만큼 오들오들 떨고 있었다.

여기저기에서 사람들이 모여들었고 웅성거리는 방청객들이 기다리고 있는 줄도 모른 채 마루의 삐걱거림은 계속되고 있었다. 이제 막 마당극 한 장면이 공연될 직전이다. 철수 어멈 조강지처 앞세우고 달려오는 동안 나머지 여인들은 남녀의 신발을 부엌 벽에 걸린 구럭 속에 담아두었다. 도망가지 못하도록.

"이 염병헐 연놈 봤나. 찢어 죽여도 비린내 안 날 년. 온 동네 사내들 다 끌어들여 똥개처럼 밑구멍 벌려싸틋만. 쳐 죽여도 분이 안 풀려! 이 개씨앙년아아! 아이구 분혀!"

날카로운 비명은 쩌렁쩌렁 신작로 안마당을 온통 뒤흔들었다. 쪼깐네 아작 소리와 함께 활짝 열린 방 안 정경은 내 어린 눈으로 소화할 수 있는 모습들이 아니었다. 하얀 볼기짝 두 쪽이 엎어진 자세로 내 눈에 들어 왔다. 왜 엉덩이가 하늘로 향해 있는지 전연 알 수 없는 나는 둘이서 씨름판을 벌렸을까 갸우뚱하는 순간, 만이네는 머리끄덩이 잡힌 채 마당으로 질질 끌려나왔다. 고노진 씨는 맨발 알몸으로 튀어서 뒷산으로 도망가고 있었다. 두 쪽 볼기짝을 삐쭉삐쭉 흔들어대면서 윗도리만 걸치고 뛰어가던 그 모습이 아직도 내 눈 앞에 생생하다.

만이네는 일찍이 남편을 여의고 손자 손녀를 키우면서 살고 있었는데(둘째 아들이 일찍 죽어서 그 며느리가 다른 데로 개가하였다) 청상과부 때부터 행실이 바르지 못하여 뭇 사내들을 넘보고 살았다는 소문이 좋지 않은 사람이다. 요즈음 표현으로 꽤나 색기가 강한 여자였던 것 아닌가. 남매를 낳고 교통사고로 먼저 간 아들도 본남편 임씨 집안의 자식이 아니었다 한다. 신발산 부잣집 이씨 씨앗(고짱네 할아버지라든가)으로 태어난 아이였다. 그 아들 덕분에 논 한 떼기를 받아서 그나마 땅주인 노릇하며 살고 있었다. 큰아들만 임씨 성인 본남편의 자식이고 두 아들 모두가 각성바지였다. 그 이후로도 사내놈 끌어들이는 습성은 버리지 못해 동네 아낙들의 성토 대상이 되어 있었다. 아들 삼형제의 아버지가 각각 다 다른 씨라 하였으니 임씨 성 배경이 아니었으면 우리 동네에서 이미 쫓겨날 수 있었던 바람둥이였다. 밭매기 논일 할 때 여인들의 물밑 수군거림을 만들어주는 이른바 소문 제조기였다. 나는 밭일 가시는 어머니를 따라 잠깐씩 일을 거들면서 본의 아니게 그 은밀한 이야기들을 들을 수 있었다.

"동네 몇 놈이 한 구먹 동서라. 어데 노진이만 따먹었간디. 며칠이 멀다 허구 사내놈들 바꿔서 들락거리등만. 그려서 그럭저럭 입칠은 허는게벼. 에이 드런 년."

삐죽대면서 비아냥거리는 다른 과부댁들도 떳떳하지 못한 것은
마찬가지였을 것이다.

전사금

　쪼깐네의 큰아들 광남이는 어머니 고향인 고창에서 가난한 집 여식 하나를 민며느리로 데려와 일찍 장가를 들었다. 쬐끄만 여자 하나가 보퉁이를 옆에 끼고 잔뜩 긴장하여 두려운 눈으로 목을 움츠린 채 이곳저곳을 훔쳐보며 그 집으로 들어왔다. 신기하고 흥미로워서 나는 날만 새면 그 집으로 가 그 여자아이(나는 그녀보다 훨씬 어렸기 때문에 내 눈에는 처녀로 보였다)의 뒤를 졸졸 따라다녔다. 어린 계집아이는 추운 겨울에도 불기 하나 없는 흙방에서 쪼그려 잤고 새벽이면 일어나 집 안팎을 쓸고 닦으면서 민며느리 살이를 하였다. 몇 년이 지나고 열대여섯 되던 해에 물 한 사발 떠놓고 식을 올리더니 건넌방인 가마니 치던 흙방에 종이를 발라 새색시 방이라고 꾸며주었다. 냉골의 흙방에서 무명적삼 하나에 몸을 가리고 새파랗게 언 손으로 덜덜 떨며 묵묵히 일만 하던 불쌍한 각시였다. 바깥일을 다 마치고 남편 광남이가 방으로 기어들면 겨우 그의 품속에서나 몸을 녹이곤 하였으리라. 하지만 그마저 편안한 잠자리가 아니었다. 밤이면 쪼깐 어멈이 이불 속에 발을 드밀면서

"이 방은 좀 따숩냐. 저쪽 방은 하도 좁은게. 오늘은 여그서 자야긋다."

아들 며느리 사이를 가르고 끼어들곤 하였다. 까만색 무명 이불 빨강색 헝겊 끝동 달아 모양 낸 그것 달랑 한 채 있는데 혼자 덮어도 다 가릴 수 없을 만큼 작은 이불에 시어머니까지 누우면 며느리는 발만 덮을 수 있었다. 제대로 각시 한번 예뻐하지 못하고 매번 동네 사랑방으로 쫓겨나던 광남이. 둘의 금실은 좋아서 적구덕(부엌 나무청)에 나무 부려줄 때면 슬쩍 각시 엉덩이를 만지며

"이것 보래잉. 응덩이가 지법 퍼졌당게."

히죽거렸다. 그 맛에 밤 사이 끝탕은 슬며시 녹아버렸다.

둘째 광식이는 언문을 깨우친 제법 똑똑한 자식들 가운데 하나였다. 군대에 가서 편지라는 것을 보내왔다. 쪼깐네는 그 종이쪽을 들고 우리 집으로 달려왔다.

"갱이야(경의). 이것 쪼매 읽어봐라 머시라고 썼냐. 요것이 은제 그렇게 은문을 밴능가 참 신통방통혀야."

자랑스러움과 궁금함으로 온 식구들이 달려와 쪽지에 눈살을 쏟았다. 군대의 부식 담당 부서에서 근무하게 된 그는 그곳에 나오는 양식, 부식들을 조금씩 훔쳐서 돈을 만들었고 휴가 나올 때마다 집 살림에 요긴한 도움을 주었다. 그러나 그는 6·25 때 전사하여 다시는 옴팡집 고향으로 돌아오지 못하였다. 그의 전사 통지가 오던 날, 동네 구장이었던가, 소식 전하는 사람의 머뭇거림이 있었고 쪼깐 어머니의 통곡 소리도 들려왔다. 그 집으로 달려갔을 때 집안은 온통 통곡 소리와 술렁이는 동네 사람들의 위로로 가득 차 있었다. 꼬맹이들은 어른들 사이사이 꿰뚫고 머리

를 디밀어 그 광경에 걱정스런 눈길을 함께 보냈다.

"그날 쩌그 부엌 위 천장 상량 있잖유. 시상으 그것이 뚝 부러지등만 서까래가 우시시 내려앉드랑개유? 가슴이 철렁 내려앉음서 광식이 생각이 확 났죠잉? 꿈자리가 지랄 같어서 하루 죙일 미친년마냥 울렁울렁허등만 내 새끼가 죽었네. 아이고 시상으나. 내 새끼 어찌여! 어쩌 오려. 아이고 아이고! 내 새끼 멕이지도 입히지도 못허고 허천나게 궹기기만 혔는디. 아이고 아이고 시상으 그 불상한 것을 왜 디려갔어."

광식 전사금이 상당액 나와 없는 살림에 대단한 보탬이 되었다. 우선 논을 몇 마지기 샀고, 널찍한 집으로 이사도 하였다. 그리고 소도 한 마리 사서 외양간에 매어놨다. 갑자기 큰 부자가 되었다. 새로 산 그 넓은 집은 동네에서 폐가 취급하여 아무도 매수하지 않았던 집이다. 본래는 허인환네가 살았었는데 그 집안에서 흉흉한 일이 자주 발생하여 팔고 다른 데로 이사하려 하였으나 아무도 매수하지 않아 애를 태우고 있었던 터였다. 그래서 싼값에 살 수 있었다. 외양간에서는 소 때문에 여러 사람이 다치거나 죽거나 하는 사고가 빈발하여 흉가로 소문이 나 있었다. 전에 살던 집 주인 허인환도 소발에 받혀서 다리를 못 쓰고 절룩거려 힘든 일을 하지 못하다가 죽었다. 주로 각시가 부잣집(큰집)을 일터로 여기고 민식이 어멈을 도와 부엌일, 밭일 등을 함께하며 먹거리 등을 조달하였다. 그녀는 허인환과 일찍 사별하고 배정근(우리는 주로 그를 배콩이라 불렀다)네 머슴과 배가 맞아 아이를 하나 낳았는데 쪼그맣게 생긴 모습이 차돌멩이 같아 대추방망이라 하였다. 그러던 그네 집을 매수한 이가 쪼깐네였다.

그 집은 통사리로 넘어가는 산길 옆 움푹 패어 들어간 자리에 앉혀져 있어서 안정감은 있었지만 너무나 깊어서 음침하기까지 하였다. 그 집에 이사한 후 흉흉한 일이 매년 발생하였다. 이사한 뒤 쪼깐 어멈이 갑자기 쓰러지면서 전신에 중풍이 왔다. 그 찌그러진 몸으로 동네 건너 우리 집까지 걸어와서 어머니에게 옛정을 되새기곤 하였다. 어렵사리 목숨 부지할 때 어머니의 도움이 아니었으면 온 식구들이 굶어 죽었을 거라는 둥……. 그리고 이어서 문제의 외양간에서는 또 다른 사건이 일어났다. 넷째 아들 광범이 밥통에 여물을 쏟아 붓고 일어나려고 할 때였다. 소가 갑자기 난폭해져 앞발로 사정없이 걷어차며 미친 듯이 날뛰었다. 정신을 차려 눈을 떴을 때 그의 코는 시뻘건 피로 뒤범벅이 되었고 뼈는 이미 으스러진 채였다. 그때 바로 병원 치료를 받아야 했었지만 앞마당 끝에 돋아 난 쑥 잎을 으깨서 붙이고는 치료하지 않았다. 요즈음 같아서는 타박상에 대한 약이나 항생제를 먹어서 치료가 가능하였겠지만 그냥 방치하여 마침내 상처가 썩기 시작하였다. 썩어가는 얼굴은 흉측하여 보기도 험할 뿐 아니라 몸부림치는 신음 소리와 악취가 대문 밖까지 흘러나와 길을 지나는 사람들의 발길을 멈추게 하였다.

　"나 죽어. 나 좀 살려줘. 밥 좀 줘. 배고파. 나 죽고 너희는 잘 살 줄 아냐. 두고 봐라. 나 죽으면 너희들 다 잡아갈 거여. 아이고 배고파. 아이구 못살겠네. 아퍼서 죽겠네."

　그 처절한 절규에 못 견딘 식구들이 마침내 골방에 그를 가두었다. 광범이는 갇힌 골방에서 상처가 더 심해진 채로 방치되어 있었다. 똥 많이 싼다고 밥을 아예 주지 않아서 굶주림과 아픔의 고통이 극에 달해 발광하였고 악다구니 소리가 점점 약해지더니 어느 날 소리가 끊겼다. 환자의 고통스런 울부짖음이 오랫동안 인근에 스며 있어 그 근처 지나칠 때면 소름끼치는 아픔을 겪었다는 동네 사람들의 후문이 있었다. 들어가 오물과 악취로 뒤섞여진 짐승만도 못한 그의 최후를 이웃들이 거두었을 때도 차마 눈 뜨고 마주할 수 없을 정도로 뭉크러져 썩어 내린 얼굴 모습의 앙상한 시신이었다고 한다. 암울한 그의 죽음은 다시 새로운 불행을 끌어왔다. 큰아들 광남이가 엉철네 가게 근처 귀신이 출몰한다는 창고 앞에서 사람을 밀쳐서 죽게 하였다. 그 살인사건으로 광남이는 형무소 살이를 하였다.

셋째 아들 광철이는 어수선한 집안 불행을 견디다 못해 농약을 먹고 자살을 하였고, 쪼깐 아버지는 소 판 돈을 대처에 나가 살고 있는 큰아들 집에 갖다줄 요량으로 양말 사이에 끼고 가다가 잠깐 조는 순간 소매치기에게 통째로 떼어버렸다. 그 후 세상을 비관하여 그도 스스로 목숨을 버렸다. 비록 헐벗고 굶주리는 생활이었지만 5남 1녀의 다복했던 가정이었는데 이제 이 집에서 살아남은 가족은 광용과 쪼깐 둘뿐이다. 쪼깐은 절룩거리는 다리를 질질 끌면서 형무소 살이하는 큰오빠를 대신해 집안의 살림살이를 도맡아 하였고 조카들까지 돌보면서 가계를 이어갔다.

내리 아들만 다섯을 낳다가 막내로 딸을 하나 얻으니 그 기쁨이 대단했었다. 그 아이가 바로 쪼깐이다. 풍족한 먹새는 없지만 방이라도 따뜻하게 해주자고 고노진 씨가 나무청을 비울 정도로 아궁이에 군불을 지폈었다. 뜨거운 아랫목에 뉘어진 아기는 품팔이 나간 어멈의 손길이 채 닿기도 전에 엉덩이에 큰 화상을 입게 되었다. 쑥을 짓찧어 붙이고 풀을 바르는 등 민간요법을 다 써봤지만 그녀는 기어이 절뚝발이가 되고 말았다. 그래도 어멈을 닮아서 아이가 똘똘하고 사리가 밝아 오빠들 틈새에서 씩씩하게 잘 자랐다. 그녀의 어머니가 자신의 잡초 같은 삶이 짓밟히는 것을 아파하면서도 남편과 자식을 위해 영혼을 불살라 몸을 바쳤던 것처럼 쪼깐이 또한 남아 있는 생명체들을 거두고 있는 숙명을 실행하고 있었던 것이다. 그녀의 바로 위 오빠 광용이는 가난과 지긋지긋한 기억으로 점철된 고향을 등지고 어디론가 정처 없이 떠났다 한다.

갈자리 안방

내 어릴 적 정서 한구석을 차지하고 있는 기억의 터에 그네의 작은 안방이 있다. 어두컴컴한 방안은 매콤하면서 알싸하고, 꼬릿꼬릿한 퀴퀴함이 어우러진 냄새가 났다. 바로 가난의 체취였다. 다 쓰러져가는 초막집 한가운데 겨우 허적거려 뚫어놓은 작은 공간, 거실, 침실, 식당, 응접실이 되어주었던 그 구덕은 쪼깐네 애들과 우리 형제가 뒤범벅되어 뒹굴었던 안방이다.

나는 지금도 우리가 함께하였던 그 방을 그림으로 그릴 수 있다. 방 끄트머리 바깥 뒤엔 무너져 내리는 지붕 한쪽을 떠받힌 통나무 두어 개가 항상 서 있었고, 나뭇대로 엮어 만든 틀 위에 종이를 발라 겨우 걸쳐놓은 창문이며, 갈대 돗자리를 깔아서 조금만 움직여도 흙먼지가 푸석푸석 올라오던 방바닥, 휘어지고 울퉁불퉁한, 그래서 어디가 벽인지 분간도 안 되는 그런 곳에 언제 종이로 한 번쯤 도배했음 직한 누렇게 바래진 아랫목 천정 바로 아래에는 그나마 쪼깐네 선조인지 알 수 없이 뇌랗게 바랜 희미한 사진 몇 장이 붙어 있었다.

좁디좁은 방 윗목 한편에는 고구마 가마니가 얹혀 있었고, 그 옆 구석에 세워놓은 등잔대는 때가 더덕져서 본래는 나무를 깎아 만들었으련만 나무는 간데없고 땟색으로 휘감아 그나마 밤을 밝히는 등불이 되어주었다. 오른쪽 벽에는 베틀을 세워 놓아 쪼깐 어머니의 작업공간이 만들어져 있었다. 베틀 옆에 놓인, 뉘리하게 때 낀 요강에 앉아 오줌도 쌌다. 어머니의 만류를 뿌리치고 경태, 영태, 나는 그 집 안방에 기어들었다. 부모들과 큰 형제들은 품팔이 나가 집에 없고 광범, 광용, 쪼깐과 어울려 히히덕거리며 놀았다. 쪼깐 어멈이 들어오면 항상 우리 형제들을 아랫목 이불에 넣어주고 당신 아이들은 윗목으로 내쳤다. 끼니 연명용 독새풀 열매 가루를 흔들어서 쑤어놓은 죽도 우리들 입에 먼저 넣어주었다.

쪼깐 어멈은 우리 어머니를 여왕처럼 존경하고 따랐다. 우리 형제들을 당신 자식들보다 앞 선 자리에 앉혀주었다. 못생긴 얼굴에도 티 없는 웃음이 함빡 피어 있었고 돌봄 없이 몸 부리던 그녀의 품이 이따금 생각나는 것은 그들이 깔아준 따스한 마음의 명석이 양탄자의 훈김이 되어 우리들 영혼 마당을 데워주었기 때문이다. 지금은 쪼깐과 광용이만 남은 그들. 나는 포근하고 따뜻했고 편안했던 안방 그리고 이 땅의 끈질긴 생명의 몸부림이 어떤 것이었는가를 보았다. 쪼깐 어멈을 통해서.

화장실 콘서트

우리 집과 쪼깐네 집 사이에는 짚눌로 엮어 만든 울타리가 있었고 그 울타리 한쪽은 두 집 사람들의 발길로 말미암아 만들어진 길이 있었다. 국이면 국, 밥이면 밥, 일체의 찬거리들이 운반되는 중요 통로였다. 그 통로 양옆에는 그녀 집 쪽에 화장실이 있었고 우리 집 화장실도 울타리 벽에 붙어 있었다. 너무나 가까이 접해 있어서 그 집 식구 누가 응가를 하는지 쉽사리 감지되었다. 심지어는 냄새까지 번져올 정도였다. 그 집 화장실 구조는 땅에 항아리를 하나 묻고 그 항아리 위에 널빤지 두 개를 얹어 놓은 간단한 구조다. 다만 겉모양을 몇 년에 한 번씩 치장을 하는데, 네 개의 막대기 기둥을 만들어서 그 주위를 짚 울타리로 사각지게 엮어놓았다. 천정 또한 짚이 얹혀 있었다. 문은 가마니를 하나 묶어 매달아서 헛기침으로 사람의 인기척을 알려주었다. 천연 노크 신호 체계였다.

2~3년에 한 번씩 울타리는 새 옷을 입었다. 새 옷을 입히지 않으면 손 닿는 옆 짚 벽이 화장지 대용으로 구멍 뚫리기 때문에 겨울엔 바람이 너무 세게 들어왔다. 화장지는 아예 비치되어 있지

않았다. 일을 보고 나면 손이 가장 가깝게 닿는 곳의 지푸라기 두어 개를 뽑아서 양손으로 부드럽게 비벼 다듬고 뒤처리를 하는 게 고작이다. 여름부터 가을까지는 화장지 구실 매개체로 호박잎이 있었다. 화장실 울타리 밑에는 항상 호박이 심어져 있었고 여름·가을이 되면 그 넝쿨이 탐스럽게 올라간다. 이미 구멍이 넓어진 화장실 짚벽 사이로 보이는 호박 넝쿨은 대체 화장지로 안성맞춤이다. 호박잎은 까실까실한 아픔을 약간 동반하지만 마무리는 지어야 하지 않겠는가.

항아리 변소의 약점은 겨울과 봄철에 나타난다. 겨울에 기후가 내려가면 삼각 빙벽으로 올라간 변 위에 다른 변을 또 얹히기가 어렵다. 쌓인 변 꼭대기와 항문이 맞닿을 수 있기 때문이다. 그래서 산꼭대기를 피해 양쪽 계곡을 찾아 응가를 배설해야 하는 어려움이 있다. 약간의 허리 운동과 엉덩이춤이 필요한 시기이다. 또 기후가 올라가면 그런대로 새로운 고통이 뒤따른다. 꽁꽁 얼어붙었던 삼각산은 녹아서 흥건한 늪을 만든다. 그 늪지대 위에 응가 덩어리를 떨어뜨리면 흥건한 변탕이 튀어 올라 볼기짝 위는 완전히 무궁화 꽃밭으로 그림 그려진다. 진한 냄새와 함께.

변소 이야기는 항상 어린 시절 우리 형제들의 웃음보따리 가운데 한 장이다. 넷째 아들(소에 코를 치여 죽은) 광범이 특히 목소리가 좋아 노래를 하면 쩌렁쩌렁 울리면서 구성지게 꺾였다. 주로 유행가였다.

"울라고 내가 왔등가. 웃을라고 왔등가."

"오둡고 게러어라(어둡고 괴로워라)."

무엇이 그렇게 괴로웠는지 그 의미도 모른 채 목소리를 높였다.

그가 그 집 화장실에서 노래 부르면 우리들도 뒤질세라

"울라고 내가 왔등가."

로 화답하면서 우리 집 변소로 달려가 바지를 내렸다.

"강잉아! 똥 싸냐? 나도 여그서 쌀란다. 히힛."

우리들은 똥 누는 일은 제쳐놓고 노래소리에 심취되어 엉덩이를 까놓고 앉아 있는 자세로 계속 소리를 질러댔다. 때로는 똥이 말라버려 뒤처리도 어려운 때가 있을 정도였다. 누가 하나 노래를 부르기 시작하면 재미가 나서 방안에 있던 다른 형제들까지도 변소간에 모여들어 목줄기가 터지도록 합창하였다. 결국에는 쪼깐 어멈의 호통소리가 우리들의 성스러운 합창대회 막을 내리게 하였다.

"이 옘뱅헐 늠에 새끼덜. 퍼 내지르라는 똥은 안 내지르고 볼기짝 깐 채 먼 지랄들이여. 씨꺼. 그만 앙 그쳐? 똥두통에 빠져 뒤질 늠의 새끼덜."

우리들의 노래 솜씨는 두 집 변소간 노래방에서 갈고 닦인 수준이다. 나는 특히 밤똥을 잘 누어서 형제들의 원성을 많이 샀다. 내가 겁이 많아 밤에는 무섬증 때문에 화장실에 사람을 꼭 하나 달고 가야 했다. 우리 집 화장실은 마루 끝에서 작은 마루다리를 하나 건너 따로 지어진 집이다. 집 뒤 언덕은 대나무밭으로 둘러쳐져 있고 왼쪽 산 밑에 자리하고 있는 방앗간 뒤 골짜기에서 쏟아져 불어오는 흉흉한 바람은 시커먼 입을 벌리고 음산한 기운을 안마당 바닥으로 스믈스믈 흘려보내고 있었다. 바람과 함께 나무들이 쏴악쏴악 흔들면서 그들끼리 부딪치는 소리를 내어 칠흑 같은 어둠을 몰아 금방이라도 우리를 삼키는 것 같았다. 그런 밤이면 영락없이 뱃속이 나를 괴롭혔다.

"경태야, 내 연필 하나 줄게. 나하고 변소 가줄래?"

평소에 동생들에게 적당히 아부해놓아야 하는데 경태와의 관계 개선은 쉽지 않은 문제여서 포기하는 마음과 기대하는 마음으로 건의해본다. 내 말을 들어줄 리 없다. 그래도 나는 아쉬운 입장이라 여러 가지 감언이설로 그들을 꾀어야 한다. 경태는 내 요구를 절대로 안 들어준다. 그 다음 순서가 영태나 양의인데 양의는 너무 어려서 데리고 가봤자 무섭증 해소에 아무런 도움이 안 된다. 영태는 또

"양의가 가면 나도 가께."

라며 꼭 양의를 걸고 나선다. 그래서 할 수 없이 영태와 양의를 회유하여 화장실에 간다. 두 막내들은 평소 경태의 핍박을 누나인 내가 많이 막아주기 때문에 내 청을 거절하지 못한다. 화장실 구조를 설명해야 우리들의 화장실 문화를 이야기할 수 있다. 화장실은 마루로 되어 있고 마루 가운데를 뚫어서 그 밑으로 잔여물이 떨어지게 되어 있다. 그런데 가운데 발을 벌리고 앉는 구멍의 길이가 유난히 길어서 어린아이들은 네 명까지도 앉아서 일을 볼 수 있게 되어 있다. 나는 그 점을 충분히 이용한다. 일단 급한 대로 내가 큰일을 본 다음 그 이후의 여진을 처리하는 데까지 상당한 시간이 걸린다.

"넛님 다 쌌어? 추워. 빨리 방에 들어가자. 응?"

잠자리에 들어서 이불 속에 있던, 그래서 내의만 입고 있는 아이들을 끌고 나왔으니 당연히 추위에 동동거릴 수밖에 없다.

"영태야 너 똥 안 매랍냐. 너도 여그 앉어 싸봐."

"안 매라. 나는 안 싸. 싫어. 빨리 들어갈 티여."

계속 재촉이다. 나는 아직도 뒤 여진 처리가 남았는데.

"영태야, 네가 앞에 앉고 내가 뒤에 앉을게. 그리고 종이로 불장난하자."

등잔불 위에 밑 씻을 종이를 하나둘씩 태우면서 시간 끌기 작전을 편다. 그러면 약간 성공의 빛이 보인다. 그리고 기어이 그 애들을 구멍 위에 앉히고야 만다.

"영태야, 똥 안 매라도 힘을 주면 나온다. 너 한번 혀봐."

영태 형과 누나가 앉아 있고 혼자서만 서 있게 된 양의는 외로움에 그만 항복하고 만다.

"누나! 나도 똥 쌀쳐."

양의와 영태를 앞에 앉히고 나는 뒤에 앉아서 등잔불 불장난을 부추긴다. 또 지치면 노래를 시킨다. 낮에 하였던 쪼깐네 애들과의 합창 분위기를 재현하면서.

"울라고 내가 왔등가 허까?"

착하기만 한 우리 동생들은 그렇게 해서 내 똥 보초도 많이 섰다.

"누나 나도 똥 나온다. 히히 나온다 나온다."

불장난, 노래 부르기에 재미가 나서 추위도, 방으로 되돌아가는 일도 잊은 채 계속해서 종이를 태우고 있노라면 방안에 있던 경태까지 심심하고 궁금하여 우리들에게 왔다(혼자서 남아 우리들을 기다리다가 낄낄거리는 소리에 이끌려 화장실로 오고야 만다). 그 자리를 함께한 그는 불장난에 더 신이 나서 작업에 심취한다. 그리고 합창에도 합세하였다. 네 명이 함께 엉덩이를 까고 앉아 한없이 노닥거리고 노래 부르면서 놀고 있는 우리들의 화장실 콘서트에 어머니는 박장대소하거나 웃음기 머금은 눈 흘김을 주셨다.

"써어글 것들. 먼 짓들이다냐. 춥다. 감기 걸린다."

동생들은 지금도 그 시절 밤똥 콘서트 이야기로 나를 놀린다.

"넛님은 우리들이 똥오줌 가려 키웠어잉."

4부

우리 마을 이야기

이발소

　나의 머리 모양새는 어린 시절 어머니의 바느질 가위 끝에서 디자인되었고 대여섯 살쯤 되면서부터는 정식 이발업을 하는 이발소 아저씨 솜씨에 따라 단장되었다. 이발소에 가기 전까지는 머리 깎기 수준이 쥐어뜯어 놓은 형상의 모양이었다. 양쪽 귀밑에서 잘리는 머리카락의 높이가 항상 달라 한쪽이 올라가면 또 다시 반대쪽을 자르고 하여 마침내 균형을 잃은 머리 모양새는 너무나 높이 추켜세워져서 귀만 보이고 머리털은 다 깎여 없어진 상태가 되어 있었다. 이마 위의 머리 또한 왼쪽과 오른쪽의 높이 맞추기에 애를 먹어 쌀 뒷박을 엎어놓듯 찌그러진 반달 모양으로 올라붙어 이마 위 머리가 아예 머리 정수리까지 헤쳐지는 때도 있었다. 더군다나 뒤통수는 잘 다듬어지지 않아 쥐 한 마리가 먹기 싫은 곡식을 뱉어놓은 듯, 아니면 바구니 바닥을 기어서 입으로 쪼아댄 흔적처럼 되어 있었다. 그 머리가 다 자랄 때까지는 사람들의 놀림감이 되어야 했고 어린 나의 심기도 몹시 불편하였다. 그 창조 과정에 자신이 없을 때 어머니는 부엌을 향해 영애 언니를 불렀다.

"영애야, 쌀 두지에 있는 쪽 바가지 가져오너라."

바가지는 바로 내 머리 위에 얹혔고 어머니는 바가지 밑으로 삐져나오는 머리털을 가위로 잘라냈다. 사이사이 머리털을 얌전히 다듬는 게 아니라 거칠게 뜯어놓은 형국이었다. 그나마 나는 바가지 머리라도 할 수 있었지만 경태는 빡빡머리 깎다가 참변을 당하기도 하였다. 머리 깎기를 시작하여 절반쯤 진행되었을 때,

"안 쥔 기셔유?"

머슴 긴상의 부름이다.

"갱태야, 쬐끔만 기다리래잉. 내 빨리 일허구 올 팅게 여그 앉아 있그랭."

빨리 오신다는 어머니는 바깥일에 바빠서 늦어질 수밖에 없다. 경태는 깎다가 중지된 머리빡으로 어머니 뒤를 쫓아다니면서 졸라댔다.

"엄니 머리 빨리 혀줘. 빨리잉. 엉?"

"그려 쬐끔만 참어라. 어이 영수! 쌀 두 가마 보내고 다섯 가마는 내일 찧더라고잉……."

정미소 일에 바빠 정신을 빼앗긴 어머니는 빨리 오시지 않고 그 머리 모양새가 하도 우스꽝스러워 동네 아이들은 재미나게 놀려댔다. 더욱이 나는 평소에 괘씸하기 짝이 없는 경태였던지라 그 놀림이 고소하기까지 하였다.

그러니까 아마추어 수준에도 못 미치는 어머니의 바느질 가위 이발에서 벗어나 전문가에게 맡겨진 내 인물은 훨씬 세련되어졌고 깨끗하게 정돈되어 거울 앞에 선 나에게 자신감까지 갖게 하였다. 이발소 머리 다듬기 하는 날이면 나는 마냥 흥겨워 머리채

를 흔들면서 집 안팎으로 뛰어다녔다. 어머니 손끝 창조 테두리에서 벗어나 외부 협력 체제의 맵시 격으로 한 단계 진보되는 계기가 바로 우리 동네에 한 집밖에 없는 이발소 출입에서부터 시작된 것이다.

이발소 옆에는 공동 우물이 있었고 그 우물을 중심으로 저 안쪽에 구석 집 암식이네가 터를 잡아 넓게 일가를 이루었다. 암식이네 옆으로 우물 쪽 시암(샘) 안집과 그 사이 가난한 작은 집 한 채가 있었는데 그 집 딸 이름이 옥화였던가. 시암 안집은 우물 가장 가까운 위치에서 우물 지킴이인 양 품고 있었다. 대나무가 떼거지로 무성하게 둘러쳐 있고 외양간에는 소 울음소리가 주변을 무게 있게 눌러주었다. 우물은 이 집에서 관장하듯 시암 안집이 주인으로 인식되고 있었다. 시암 안집 할아버지는 더욱이 할머니에게 정기적으로 문안 인사를 드리러 오는 분 가운데 하나였다. 할머니에게 가끔 문안 인사를 드리러 오는 이가 고정적으로 몇 분 있었는데 주로 안터 사람들 그러니까 원발산에 근거를 둔 사람들이 많았다. 원래 할아버지 할머니가 사시던 젊은 날에는 몇 집 안 되는 사람들이 띄엄띄엄 마을을 이루고 있었기에 저 안쪽 마을 사람들이 마을의 어른이신 할머니에게 예의를 갖추는 전례가 생활화되어 있었던 것 같다. 할머니 등 뒤에서 할머니에게 굽실거리면서 정중히 인사드리는 시암 안집 할아버지 인사 모습을 내려보는 나의 마음은 묘한 감정이었다. 평소에 한 살 차이인 그 집 손녀와 자주 어울리면서 때로는 껄끄러운 때가 있었기 때문이었다. 이어서 왼쪽 옆 도로변 가까이 끄트머리에 있는 것이 조동영 씨 집이다. 조동영 씨는 지능이 좀 모자란 고지식한 남자로 별명이 '지매(저희 어멈)'였다. 더욱이 그에게만 존칭을 붙이는 마을 사람들의 언어 표현을 나는 지금도 이해할 수 없지만 모자람을 약간 비웃음으로 승화시켜 '조동영 씨'라고 한 것 아닐까. 어쨌든 집안 생활 주관을 그보다 좀 똑똑한 안사람이 관리하는 것이 그네의 가정구조였다. 하루 일과는 안사람의 지시에 따라 실행이 되는데 새벽마다 지침이 내려진다.

"지매! 오늘은 뭣 헌디야?"

"오늘은 뒷산에 가서 나무 한 짐 혀다 놓고 즘심 먹은 다음 두엄자리 허쳐 놔야 혀."

그러면 그는 우직한 대답 대신 부리나케 밥을 먹고 지게 챙겨 뒷산으로 내달음질친다. 어깨가 무너지도록 산더미만 한 나무 짐 위에 쏘시개 등을 훑어 어깨에 맨 채 마당에 들어서면 으레 소락 빼기를 질러댔다.

"지매! 이 나무 어디다 부려. 부엌여? 허청이여?"

미처 마누라가 대답을 하지 못하거나

"암디나 쏟아 놔."

하면 화를 벌컥 내지르고 씩씩거리면서

"힝힝 말을 혀야지. 내가 어떡허란 말여. 에이 씨벌눔의 나무. 똥간에나 내던질 겨. 씨이."

그러던 그이도 한 가지 특기는 있어서 마을의 풍악패 놀이에서는 독보적인 징잡이였다. 큰 잔치가 있을 때는 영락없이 그를 찾아 나섰고, 그 역시 자랑스러운 고깔 유니폼과 함께 징을 둘러매고 둥둥 치면서 어깨를 으쓱거렸다. 보통 때 무시당하고 괄시받았던 그 존재가 유일하게 빛나는 기회였고 그의 아씨도 그 점을 부각해 큰 자랑거리로 여겼다.

　우물 옆 밭 가운데에 내 헤어디자이너 정영모 씨가 운영하는 이발소가 있었다. 그 집에는 아들 하나와 딸 셋이 있었는데 큰아들 딸들 모두 인물이 출중하여 욕심내는 사람들이 많았다. 큰아들은 일찍이 아편을 시작하여 정영모 씨가 이발업을 하여 한 푼씩 버는 돈은 말할 것 없고 다른 재산까지 몽땅 들어먹어 가산을 탕진했다. 큰아들이면서 외동아들이었던 그를 귀하게 공부시켜 고등학교까지 가도록 하였으나 끝내 집안 망친 아편쟁이가 되고 말았다. 딸 셋 가운데 큰딸은 신발산 이완식이와 정분이 나서 일찍부터 연애질을 하면서 나돌아 다녔고 쌀집 큰아들 정기 커플과 어울렸다. 정기는 우맹이 아주머니 둘째 딸과 연애를 해서 이완식 쌍과 짝짝이 되어 놀았다. 둘째 딸은 오빠와 초등학교 동창으로 전정기 여동생과 친구들이었고. 막내딸은 내 또래였다. 그 집은 다른 시골집의 어수선한 살림살이와는 다르게 깔끔하고 정갈하여 타인의 왕래를 꺼려하였고 딸 친구들까지도 선별하였다. 나는 그나마 잘사는 집 딸이라서인지 자유왕래 특전이 주어져 있었다.

　우물을 중심으로 밭들이 빙 둘러 있었고 이발소 옆 작은 도랑 건너로는 팔천이 오빠(큰 고모 둘째 아들) 집과 기식이(민식이 어멈 큰아들) 집이 연달아 있었다. 작은 골목 건너에는 신작로를 끼고 산을 등진 쌀집 그러니까 전정기 집이 이어져 있었다. 그래서 그 우물을 이용하는 가구는 쌀집(철수 어멈이라고도 하였음), 팔천네, 기식이, 이발소, 안구석 집, 옥화네, 시암 안집, 조동영 씨네 등 여덟 가구다. 우물가는 항상 번잡하고 시끌벅적하여 언제라도 그곳을 찾노라면 심심찮은 시간을 보낼 수 있었다. 어머니를 따라서 온 아이들도 그 주변을 맴돌면서 놀고 있어서 간이 놀이터로 도 이용되었다. 우물은 이발소 집 밭과 시암(샘) 안집 밭 그리고 조동영 씨네 밭 중간에 있었고 그 중앙부 가까이에 '이발소'라는 간판과 함께 깨끗한 집 하나가 눈에 띄게 자리잡고 있었다. 그 집 안주인은 우물에도 자주 나오지 않았고 또 잘 어울리지도 않았 다. 그러나 이발사 정영모 씨는 마음이 따뜻한 사람이었다. 돈을 내고 이발을 하는 사람은 거의 없었다. 보리나 밀 따위를 조금 퍼 와서 내밀거나 품삯으로 대신하는 경우도 있었다. 우리들은 담배 한 갑이 이발삯이었다. 그러면 그는 군말 없이

"어서 올라가그래잉."

키가 작아서 의자 난간에 판자 조각을 올려놓고 그 위에 오꼼하 게 앉아 있노라면 머리에 비눗물을 바르고 헛가위질을 몇 번 짜 각짜각 돌린 다음 앞머리에 손을 얹는다. 왼손으로는 머리를 지 그시 누르고 오른손에 쥐어진 가위로 사각사각 자르기 시작한다. 나는 눈을 꼭 감고 그 사각거리는 소리와 이마 위에 닿는 쇠붙이 의 감각을 함께 흡입하면서 어느새 꽉 쥔 주먹에 긴장의 땀이 질 퍽해 있음을 느낀다. 어쩌다가 눈이라도 뜨게 되면 머리카락이 눈썹에 매달려 가장자리를 찌른다.

"쬐끔만 참으래잉. 어따 갱자 잘도 참능만."

볼 따귀 위에 아저씨 입술이 어느새 슬쩍 지나가기도 한다.

"쪽! 아이고 이쁘딩이. 머리 깎아 놓게 뽀얀 봉덕각씨 같구만."

어르고 어르면서 울먹거리는 아기 경자의 헤어스타일이 형성된 다. 귀밑에 가위가 차갑게 스친다. 때로는 귓바퀴 아래를 가위로 잘라 상처를 내기도 하였다. 그러면 그는 재빨리 무슨 싸구려 분

같은 것을 발라주면서 칭얼대는 나를 달래었다.

"더 이쁘게 맨들라고 쬐끔 건드렸다잉. 아이고 헐씬 이쁘네잉. 인자 시집가도 쓰겄다. 잘 참어서 좋은 디로 시집가겄다잉."

까칠까칠한 볼따구니가 내 볼 위에서 다시 한 번 입맞춤을 한다. 누룽팅팅한 입 냄새가 코앞에서 얼씬거린다.

"이렇게 이쁜 애기가 울긴 왜 울어. 울어 싸면 밤에 멍석귀신이 둘둘 말아간다잉. 에구 금방 그쳤네. 엣따. 귀신아 물러가렷다. 우리 갱자 안 운다."

어르고 달래는 사이 머리 깎기는 거의 끝나간다. 다음은 앞이마와 뒷머리 아래 면도 차례다. 비눗물을 적당히 발라놓고 엄지와 검지손가락을 꼬부렸다 폈다 하면서 이마빡과 뒷머리 아랫면을 면도칼로 살살 긁어 내려간다. 그 장면에서 칼끝에 대한 두려움이 또 한 번 아기의 정서를 흔들어 놓는다.

"면도는 안 혀. 무서잉. 앙앙."

때로는 면도 생략하고 집으로 뛰어 도망 나오는 때도 많았다. 도망가는 나를 붙들지 않고 손을 털면서 허허 웃던 아저씨였다. 대충 밑바닥 머리카락을 쓸어 담은 다음 정갈하게 가꾸어놓은 마당 끝으로 간다. 앞마당 한쪽으로는 작은 꽃밭이 있었다. 키가 큰 석류나무 사이에 수국을 배치하였고 그 가운데에는 목단이 탐스럽게 자리잡았다. 앞줄에는 맨드라미, 봉선화 꽃 등이 뒷줄 키 큰 나무들에 뒤질세라 목을 빼고 모양을 낸다. 마당과 꽃밭의 경계는 항상 채송화가 담당하였다. 엉덩이 퍼진 아낙네의 앉음새처럼 도란도란 피어나서 재잘대듯 가지런하게 땅에 붙어 꽃망울을 터트렸다. 저쪽 구석에는 보일 듯 말 듯 양귀비 몇 송이가 보인다.

위급한 설사병에 사용할 요량을 마련해 둔 것이다. 몰래 심은 양귀비는 그 꽃이 유난히 화려해서 할 수 없이 눈에 띄지만 국가의 통제를 받던 재배권을 살짝 위반하면서까지도 도둑 식목을 하는 것은 병 치료에 그만큼 탁월한 효과를 주기 때문이었다. 호미 끝을 땅에 박고 우적우적 파고 있다가 손님이라도 오면 땀 베인 매무새 바람으로 이발소 일에 몰입하였다.

　이발소 오른쪽으로는 안 구석에서 흘러 내려오는 작은 도랑물이 있었다. 비가 많이 와서 뒷산의 물이 내려올 때는 그 도랑이 넘쳐 주변의 이발소 집 밭으로 범람하고 또 그 물은 우리 집 앞마당 밑에 묻어 놓은 노깡(배수관)의 수위 양을 훨씬 넘어서 마당 위까지 넘실대 작은 강을 만들었다. 그러면 그 물은 어김없이 움푹 패어 있는 쪼깐네 집을 침습하여 집 벽 중간까지 잠기게 하였다. 이쯤 되면 이발소도 홍수에서 자유롭지 못하였다. 우리들은 비가 그친 뒤 물 구경을 하러 안 구석 원천지까지 올라갔고 그 참상을 즐겼다. 어린 것들은 철이 없어서 어른들의 비통함을 몰랐고 우리 집 방앗간으로 잠시 피난 온 인근집 아이들과 뛰어다니며 깔깔대고 놀았다. 어머니는 아랫사람들에게 지시하여 피난 온 식구들의 먹거리 준비와 홍수 피해 뒷수습에 여념이 없었지만 그 상황이 너무 일찍 끝나는 것이 오히려 섭섭할 뿐이었다. 홍수 덕에 도랑까지 올라온 미꾸라지 잡기는 우리들에게 새로운 재미를 추가하였다. 옆 도랑으로 내려 쏟아지는 푹 패인 물 밑에 소쿠리를 박아 놓으면 물 윗길로 올라가려는 미꾸라지 떼들이 우글우글 오지게 잡혀주었다. 삼베 잠방이 바람으로 소쿠리 하나 손에 쥔 아이들은 물속을 첨벙거리면서 떠들어댔다.

"캬! 잽혔다 잽혔어."

흙탕물에 뒤범벅된 우리들을 냇가에 서서 우두커니 미소로 내려다보던 아저씨는 한 명씩 물길에 헹궈주면서 타일렀다.

"곳불 걸린다. 그만들 허고 어서 돌아가그래잉."

물에 쓸려 다 허물어진 밭이랑을 훑어 올리면서 우리들의 물놀이를 지켜주었다. 단순한 머리 깎기 아저씨가 아닌 어린이들 지킴이셨던 이발소 아저씨는 물에 젖어 덜덜 떨고 있는 우리들을 감싸며 아늑한 품이 되어주었던 고향의 어버이였다.

따리 뱀

오행의 천간지지로 봐서 내 출생의 해는 신사辛巳생에 해당되고 띠는 뱀띠이다. 그래서인지 싫지 않은 것이 뱀, 구렁이다. 뱀과 관련된 기억도 유난히 많고 또 생생하여 이야깃거리가 많다.

우리 집 앞에는 큰 길이 하나 있었다. 그 길의 왼쪽은 큰집 논이고 오른쪽은 채씨 집 논이었다. 그 가운데로 뻗어 있는 큰 길은 자동차나 소달구지가 다닐 수 있을 정도로 넓게 다져져 있는 농로였다. 양쪽의 낭떠러지를 날개로 해서 언덕에는 잡 잔디가 쩔어서 자라고 있었고 갖가지 야생 꽃이 어우러져 피어 있었다. 봄철에는 비스듬하게 다져져 피라미드 옆 변처럼 각을 세우고 있는 언덕에 매달려 우리들은 쑥부쟁이 냉이들을 뜯었고 살랑살랑 불어오는 바람에 밀려오는 꽃 냄새는 얼굴을 발그랗게 치장해주었다. 사이사이 삐죽하게 올라온 삘기를 뽑아 입에 넣으면 생기롭고 달착지근한 싹의 맛이 입 안 가득히 봄을 춤추게 하였다. 그 언덕 위 길은 학교에도, 큰집에도, 남발산, 신발산을 거쳐 저 안동네 아산리까지 연결해주는 아주 중요한 소통로였다.

더욱이 히마다니라는 일본 사람이 지금의 초등학교 자리에 농장을 세우고 쌀을 찧어서 곡식 수탈의 방편으로 농민들을 착취하던 일제강점기에는 곡물 실은 달구지들이 빈번하게 왕래하였다. 오고갈 때마다 뿌연 흙먼지는 양쪽 논을 뒤덮어서 논바닥 색은 물론 벼 머리들까지도 흙백색으로 색칠하였다. 왼쪽 큰집 논은 길과 논 사이에 작은 수로가 있어 붕어 송사리 참게 등 꽤 여러 가지 민물고기들이 노닐고 있었다. 우리들은 그 심심풀이 놀이터 도랑에서 미니 낚시질을 즐길 수 있었다. 오른쪽은 도랑은 없었지만 언덕이 동남쪽으로 뻗어 있어서 풀숲이 잘 우거져 있었다. 양쪽의 여건이 뱀 은신처로 알맞게 조성되어 있었던 곳이다. 그래서인지 양쪽 숲을 오가는 뱀들의 필사적인 꿈틀거림은 흔히 만날 수 있는 장면이다. 달음박질쳐서 그 길을 가노라면 이쪽 논에서 저쪽 논으로 가로질러 가는 뱀의 위험한 몸부림과 갑자기 부닥뜨리게 된다. 풀숲이 끊어진 맨땅을 헤집고 가야 하는 바쁜 일정 수행의 길, 목숨을 걸고 나섰던 모험의 암벽등반 같은 험한 고도 탐험이었을지 모른다. 생사를 가르는 뱀의 오체투지 장면을 목격하는 인간들은 왜 그렇게 놀라서 비명을 질러댔는지. 때로는 긴 장대로 훌렁 떠서 저 건너 먼 밭으로, 논으로 던져버리기 일쑤고, 아니면 그곳을 지나는 소달구지 바퀴에 깔려 순사해버리기도 하였다. 어린 우리들은 대개 비명 족에 속하여

"엇매매… 왝꽥……."

소리치며 가던 길을 되돌아오곤 하였다. 뱀이 지나간 자리는 왜 그렇게 섬뜩하였던지 다시 지나가고 싶지 않았다.

"저거 꼬맹이들까지 웬 지랄들인가! 한 입에 삼켜도 거뜬할 쬐끄만 것들이… 낼름."

뱀은 혀를 늘름늘름 내밀면서 도도하게 기어갔다. 때로는 바퀴에 깔린 시체가 메마르고 부서져서 흙 속에 묻히기도 하였다.

또 논두렁에서 무수히 만날 수 있는 똬리 뱀, 덩어리 뱀들, 홀로 뱀 또는 그 이웃들이 있었다. 가을은 참새들의 영양섭취 수유기이다. 어멈 애비 새끼들까지 떼를 지어서 날아드는 새 떼 퇴치 일은 숨 가쁘게 돌아가는 농촌의 가을철 노동 과정 가운데 중요한 한 템을 차지하고 있었다. 우리 집 새 쫓는 일은 주로 쪼깐네 식구들이 담당하였다. 그즈음 열대여섯 살 되는 광철이와 그의 동생 광범이, 그리고 광용이와 쪼깐이는 함께 새막에 앉아 놀면서 새 쫓는 일을 하였다. 경태와 영태, 양의, 그리고 나는 이따금 합세하던 동네 조무래기들과 함께 새막에 자주 놀러갔다. 찐 옥수수나 단수수대를 꺾어 씹으면서 새 쫓는 일은 차라리 화려한 놀이였다. 우선 우리들 손에 먹거리가 쥐어져 있어서 굶주린 그 애들에겐 부스러기라도 얻어먹을 수 있는 기회였기 때문이다. 광철이가 새몰이 조를 짰다. 그들 가운데 가장 나이가 많았기에 그곳에서는 대장이다. 광용과 나, 광철이와 경태, 경태와 광범, 이렇게 조를 짜 새를 몰았다. 영태, 양의 쪼깐들은 잔챙이들이라서 일에 도움이 안된다. 자꾸만 집에 가자거나 엄마를 불러대는 등 보채고 졸라대서 귀찮을 때가 많다. 조 편성에 따라 둘씩 새가 앉은 곳을 향해 소리치며 달려갔다.

"우야어 우야어……."

땅에 팡개를 눌러 흙을 채우고(대나무 끝을 십자로 잘라서 그 속에 흙이 끼도록 만든 새 쫓는 기구) 휘두르면서 새 떼 쪽으로 달음질쳐 간다. 새 떼는 우리의 쫓음에 잠깐씩 옆 논으로 가서 피하고 다른 집 벼를 쪼아 먹다가 다시 우리 집 논으로 옮겨 온다. 아마 우리 집 벼가 더 맛이 있나 보다. 그 애들은 자연의 섭리를 정직하게 따르는 올곧은 동물들이다. 좋은 종자의 벼이거나 잘 익은 벼, 또는 영양가 있는 벼를 찾아 서로 정보를 교환하고 다른 친구들까지 데리고 온다. 그래서 어떤 집 벼는 유난히 새 떼의 습격을 많이 받고 어떤 집 벼는 피해가 적다. 우리 집 벼는 항상 좋은 종자에 거름을 많이 주니까 통통하게 잘 익고 맛도 좋아 그 애들 사이에서 상위 순번이었던 것 같다.

"다음은 강뱀이 경자 순서여."

땅 주인의 딸이라도 새몰이 노동판 십장 격인 광철의 명령에 따라야 한다. 가을 들판은 금가루를 뿌려놓은 파편들이 저마다의 얼굴로 뽐내면서 너울거리는 무도회장이다. 금붙이들이 벼줄기에 낱낱으로 매달려서 손에 손을 잡고 강강술래를 외치는 춤의 향연이다. 자지러지게 소락빼기 질러대는 우리 민족의 판소리도, 하늘 끝까지 내리 깔려 있는 금빛 파도 위를 내달리는 맨발의 달음박질과 논두렁 밭두렁의 리듬이 살아서 꿈틀대는 생명의 아가지 터지게 내지르는 소리에서 태어났다. 탁탁거리는 메뚜기 몸짓, 날아가는 새소리, 잉크빛 하늘 한 아름의 품에 가득 실으면 논두렁에 넘어지고 논 물속에 나뒹굴어도 세상은 모두 우리들 것이었다. 땅끝이 어디인지 가늠할 수 없이 펼쳐져서 끝내는 서해 바다로 쏟아져 이어졌던 금만경 들판은 내 가슴속 저 밑바닥에 깔려 있는 넓디넓은 바다였다.

우리들은 논두렁에 심어진 콩을 따서 구워 먹기도 하였다. 콩나무를 통째로 뽑으면 콩농사 망쳤다고 어른들로부터 야단을 맞는

다. 듬성듬성 콩을 따되 설익은 것은 빼고 알이 옹골진 것만을 골라서 허리 춤(주머니가 없어서 허리춤 바지를 한 번 접으면 작은 물건을 넣을 수 있는 공간이 생긴다)에 넣고 메마른 콩잎은 불쏘시개로 사용한다. 요리가 완성될 무렵이면 콩 위에서 눈물로 임종을 알린다. 콩 요리가 어느 정도 진행되면 몸 안의 물을 배출하여 콩 껍질 위에는 작은 물방울들이 송골송골 맺히기 때문이다. 물 배출의 과정이 지나면 익는 냄새가 슬그머니 코앞에 와 닿는다. 설익은 콩은 비릿하였고 다 익은 콩은 고소하다. 불탄 냄새가 혀 밑의 침샘을 자극하였다.

벼 고랑, 농익은 풀 냄새와 진흙 냄새가 어우러져 솨악 코 안으로 밀려온다. 사이사이 볏대를 가르면서 이곳저곳에 앉아 있거나 튀어다니는 메뚜기를 잡는다. 무르익은 벼 이삭들은 거의 고개를 숙이기 시작하고 통통하게 살찐 메뚜기들은 부지런히 번식 준비 교미를 한다. 본래 메뚜기는 수컷의 몸집이 작고 암컷의 몸집이 훨씬 크다. 등에 찰싹 붙어 있는 수컷 메뚜기는 새끼로 착각하기 쉽다. 그 볏대 사이로 넘실대며 불어오는 살랑바람은 그들 신방에 들려주는 교향곡이다. 질컥질컥한 논물 안에 발을 들여놓기 전 풀잎으로 온몸을 문질러서 풀 냄새가 몸에 배도록 한 다음, 사알짝 사알짝 발을 움직여 벼 줄기 사이를 들여다본다. 통통히 살찐 메뚜기는 입을 오물거리며 앉아 있다. 손을 내밀어 낚아채면 손아귀에서 뻐름적거리면서 요동친다. 한 마리 앉은 메뚜기 잡기는 싱겁다. 유심히 들여다보면 하나의 암컷에 두 마리의 수컷이 엎혀 있기도 한다. 세 마리가 한꺼번에 손아귀에 들어온다. 성숙된 메뚜기들의 열애 현장을 덮치는 매몰찬 수확이다. 벼 사이에 기생하여 생명력을 강하게 펼치고 있는 풀인 '피'라는 농사 방해꾼이 있다. 농사를 다 지어놓고도 피 퇴치를 못하여 폐농할 수 있을 정도로 벼의 성장력을 능가하는 힘을 가진 풀이다. 벼에 알맹이가 열리고 어느 정도 자리를 잡을 때까지는 계속해서 피사리(피 뽑는 일)를 해줘야 한다. 그런데 메뚜기 잡을 때 가장 요긴하게 사용되는 것이 그 방해꾼 피 줄기이다. 잡은 메뚜기는 뒤 목덜미 껍질에 핏대를 끼워서 아래로 내리고 또 잡으면 그 위에 꿰어 내려서 묵직하게 한 다발이 되면 또 다른 피 줄기를 취하여 메뚜기 꿰는 방법으로 사냥하였다. 메뚜기 구이 맛은 메케하고도 뉘린 냄새가 나지만 그 속살은 아작아작 씹을수록 고소롬하였다.

그러다가 발바닥 밑에 걸려드는 우렁도 잡는다. 우렁 집은 땅보다 약간 움푹한 자욱으로 알 수 있다. 동전만 한 동그라미 모양으로 약간 패인 곳에 손가락을 넣으면 틀림없이 우렁이 들어 있다. 딱딱한 덩어리가 손가락 안으로 뭉컹 하며 잡힌다. 손가락을 꼬부려 파서 우렁을 끄집어낸다. 논바닥 표면의 패인 면적이 넓을수록 우렁의 크기도 크다. 작은 것은 파지 않는다. 더 크도록 놓아주고 크게 패인 구멍에서만 우렁을 파냈다. 우렁은 흙냄새가 물씬 나면서 쫄깃쫄깃하고 질깃한 맛을 가졌다. 우렁은 구워서 꽁지에 작은 구멍을 내고 꼬챙이로 입구 가운데를 꼭 찔러 살살 빼내야만 끄트머리 내장까지 다 나온다. 흙에서 뒹굴며 자란 아이들은 그 흙냄새를 즐길 줄 안다.

도랑에서 팔딱거리는 송사리 새끼도 바비큐 파티에 한몫을 한다. 물고기를 잡기 위해서는 총총히 자라고 있는 벼를 가만히 들여다본다. 벼 가운데에는 마디가 누렇게 들뜬 것이 있다. 그 벼를 뽑아 마디를 똑 분지르면 그 속에 영락없이 벌레가 한 마리 있다. 그 벌레를 쭉 훑어 내린 볏낱 끝에 묶어서 졸졸 흐르는 도랑 물속 물고기들이 오가는 길목에 가만히 집어넣는다. 그러면 고기가 무는 느낌이 손끝으로 짜릿하게 전해져 오고 그 즉시 볏대를 올린다. 그 끝에 달린 물고기는 조심스럽게 빼서 벗어 놓은 고무신에 집어넣는다. 풀잎을 고무신 속에 집어넣고 물을 약간 부어서 자작자작하게 만든 미니 통이다. 비닐봉투가 없던 시절 고무신짝은 요긴한 물고기 보관 통이었다. 낚시한 물고기가 양쪽 고무신 가득 채워지면 새막 옆 바비큐 장으로 간다. 더 많이 잡을 땐 집에 가서 매운탕거리가 되는 경우도 있었다.

물고기 가운데 특히 맛있는 것이 미꾸라지다. 미꾸라지는 침을 많이 흘리는 아이에게 효험이 있다고 해서 어린아이에게 삶아서 그 물을 먹이거나 구워서 살을 발라 먹이기도 하였다. 미꾸라지 잡는 방법은 또 따로 있다. 소쿠리 밑바닥에 된장을 한 줌 놓는다. 된장을 담고 있는 소쿠리가 도랑 물 안에 잠겨지고 한 30분쯤 지난 뒤 소쿠리를 들어 올리면 그 안에 미꾸라지 수십 마리가 용동하며 담겨 있다. 그것을 쏟아 그릇에 담고 그 가운데 큰 것으로만 골라서 구워 먹는다. 더욱이 장마철 비가 그치고 나면 윗논에서 아랫논으로 쏟아져 내려오는 물 폭포가 여기저기 발견된다. 물 폭포에서 내려오는 물받이 논에는 웅덩이가 생기고 그곳은 미꾸라지를 비롯한 여타의 물고기들이 상위 논으로 올라가기 위한 집결지가 된다. 그 웅덩이에 된장 담은 소쿠리를 설치해 놓으면 대박 천렵이 이루어진다.

도랑물 밑을 걷다 보면 의외의 횡재를 만나기도 한다. 집오리들이 도랑물에서 놀다가 알을 빠뜨려 물속에 내던지고 가는 경우도 있다. 멍청한 오리가 그만 그곳에 알을 낳았나 보다. 오리 알은 깨지지 않게 큰불이 꺼지고 난 잔불에 넣어서 굽는다. 거의 구워지면 껍질을 살짝살짝 까서 터지지 않게 조심스럽게 먹는다.

나를 소스라치게 놀라게 한 복수의 끝은 뱀 바비큐 장면이다. 한 마리씩 느실느실 기어가는 뱀을 만나면 머리를 발로 지그시 누르고 꼬리를 한 손으로 잡아 빠른 속도로 공중에서 휘돌린다. 휘돌림에 지친 뱀은 넋이 나간 자세로 굴복하여 마침내 온몸이 축 늘어진다. 그때 머리는 한 발로 누르고 다른 한쪽 꼬리 밑에는 납작한 돌멩이를 받쳐 손으로 혹은 발바닥으로 문지른다. 상처가 나서 꼬리 살갗이 찢어지면 그 찢어진 가닥을 잡고 껍질을 벗긴다. 껍질 벗겨진 뱀은 즉시 요리 불 안으로 던져져서 구워지고 우리는 평소에 징그러움으로 우리를 놀라게 하였던 그에게 복수심으로 낄낄거리며 화형을 가한다. 약간 소금기 적신 듯한 얼간의 느낌이 고소한 맛과 어우러져 닭고기 흡사한 맛으로 입안에 착착 감긴다. 뱀띠인 내가 스스로 나 자신을 씹어 먹는 운명적 순간이었다.

도랑가에는 참게 집이 있다. 참게는 언덕 밑에 구멍을 파고 그 안에서 산다. 한 팀이 새 쫓으러 간 사이에 나머지 아이들은 간식거리 준비를 한다. 우리들에게는 논밭 도랑물이 슈퍼마켓이었다. 도랑물에 발을 담그고 주변의 잡풀을 뜯어 뭉치를 만든 다음 참게 집 입구를 틀어막는다. 다른 간식거리들을 요리하는 동안 참게는 그 언덕 밑 동굴 안에서 질식한다. 잡풀 덩어리를 빼내면 참게는 입구 쪽으로 기어 나와 뻐름적거리고 있거나 기절해 있다.

긴 앞발 갈퀴에 할퀴지 않게 엄지와 검지로 양쪽 다리 달린 쪽 등을 짚는다. 혼절하고 있는 참게는 간이 요리 터로 옮겨 와 생을 마감하게 된다. 새 막 옆에 피워놓은 작은 모닥불은 콩, 메뚜기, 우렁, 물고기들, 뱀고기, 참게구이로 이루어진 웰빙 간식장場이었다.

두어 번 돌고 나면 전신이 땀으로 범벅진다. 그렇잖아도 잘 씻지 못하는 동네 아이들이기에 도랑물은 공동 수영장이다. 누군가 텀벙 소리 내면 수영장은 흙탕물로 뒤범벅이 된다. 진흙탕 범벅된 물이라도 그 속에 뛰어들면 몸속까지 스며드는 시원한 전율로 몸을 부르르 떤다. 그러나 도랑물은 대체로 미지근하다. 한낮의 햇볕이 목욕물을 적당하게 가름하여 주어서 건강에는 더 좋았을 것이다. 서로에게 물장구 치고 도망가고 물속에 넘어져 어쩔 수 없이 물을 마시게 되는 때도 있다. 남녀 나체 진흙 혼탕을 일찍이 체험했던 어린 시절이다.

새가 단체로 날아온다. 한두 마리가 아니다. 그 떼거리가 한번 앉아서 쪼아 먹은 벼 밭은 껍질만 남아서 허옇게 배때기를 드러낸다. 그러기 전에 쫓아야 한다. 논두렁이 미끄러워서 때로는 벗겨진 고무신짝이 나뒹굴기도 한다. 고무신 챙겨 신을 짬도 없이 달리다 보면 맨발로 뛰게 되는데 그때 똥그랗게 똬리 튼 뱀 수십 마리가 엉겨서 덩어리져 있는 뱀 더미를 만나는 경우가 있다. 이미 달리는 속도 때문에 발을 멈추지 못한다. 그만 질끈 밟을 수밖에. 찌글텅 미끄러지면서 밟은 발바닥 밑의 뭉클함과 함께 발등 위로 찰싹 올라붙는 차가운 뱀 몸뚱아리의 섬뜩함은 잊을 수 없는 감각과 영상의 기억이다.

"으악! 비얌이다! 비야암! 으윽윽 으윽윽!"

그해 가을걷이가 끝날 때까지 다시는 그 논두렁에 발을 들여놓지 못한다. 발바닥 밑에 미끄덩 뭉클한 뱀 덩어리를 밟은 잔존감이 그쪽으로 발길 옮기기 망설이게 하기 때문이다. 그러나 파도치던 벼들의 일렁임 속을 헤엄쳐 넘나들던 그 가을의 들녘은 아직도 내 가슴속에서 출렁이고 있다.

큰집의 장독대는 유난히 컸는데 대갓집 갖가지 마른 식료품은 장독대 위의 커다란 항아리에 넣어 보관되었다. 젖은 식료품은 장독대 옆 커다란 동굴인 지하실에 보관되어 있었는데 그 지하실은 그 시대의 냉장고였다. 감자, 고구마, 양파 등이 땅바닥에 널브러져 있고 옆 선반에는 못을 죽 박아서 마늘, 다발, 양파 등이 걸려 있었다. 그 지하실이 요긴하게 사용된 때는 6·25전쟁 때였다. 지하실의 한쪽 벽을 더 파서 비밀 장소를 마련하였고 인민군에 끌려가지 않으려는 오빠들은 2차 지하실인 비밀 장소에 은신하고 있었다. 그곳에서는 솜씨 좋은 오빠들과 특히 영식이 아저씨(할머니의 친정 조카) 등이 갖가지 작품들을 출생시켰는데 그 가운데 가장 뛰어난 작품은 소총이다. 늙어가고 있는 옛 식구들 마음 안에 잔재하고 있는 전설 같은 영식이 아저씨의 솜씨는 두고두고 되씹어도 권태롭지 않은 장영실 이야기이다. 전쟁 시기였지만 비상사태를 예비하는 그들의 각오가 대단했던 것도 사실이다. 간단한 기본 도안도 없는 막막한 동굴 속에서 슬쩍 스쳐 지나가는 인민군이 어깨에 걸친 총대와 다 떨어진 삼베 바지 엉덩이 위에 매달린 초라한 소총 한 자루의 모습 그리고 새를 사냥하던 공기총의 지식만으로 짧은 경험을 밑천 삼아 깎고 또 깎아서 화려한 작품을 만들 수 있었던 우리들의 영식이 아저씨, 그는 절박하게 지하실 안에 갇혀 지낼 수밖에 없는 오빠들의 우상이기도 하였다.

영식이 아저씨는 할머니의 유일한 친정 살붙이 조카였다. 할머니는 저 멀리 고창에서 몰락한 양반집 딸이었다 한다. 할아버지께서도 몰락한 양반집 자손이였는데, 그래도 양반 딸을 찾다 보니 그 먼 곳까지 혼처를 구한 것 같다. 할머니는 젊은 시절엔 가난하였으나 아들인 큰아버지가 성가하여 큰 부자가 되니 외가댁 외삼촌을 시골에서 모셔왔다. 외삼촌은 본댁을 잃고 재취를 보았는데 재취에게는 본남편에게서 낳은 자식이 하나 있었다. 그 데리고 온 자식이 백운네 아버지이다. 영식이 아저씨와 은영이 고모는 재취로 들어온 강씨 그러니까 할머니의 친정 강씨 자손이다. 친정 살붙이 강씨 종자라고 할머니의 사랑은 특별하게 지극하여 집안의 대소사가 있을 때마다 식구들에게 영식 아저씨의 존재를 돋보이게 하려고 하셨다. 윗집은 큰고모 댁, 그 옆집은 백운네 집, 또 그 옆집이 영식이 아저씨 댁이었다. 그 식구들은 큰집을 중심으로 해서 수시로 들락거리면서 삶의 연결망을 이루고 있었다. 우리들은 모두가 한 식구였고 한 집단이었다. 더구나 전쟁 때는 비상시인지라 전 가족들이 모여 어려움을 함께 극복하는 힘을 모으고 있었다. 더욱이 먹거리가 부족하여 큰집이 우리 모두의 삶터였다. 할머니는 자주 친정 살붙이 집을 방문하였고 그 식구들에게 마음을 주었다.

6·25와 얽힌 지하실 이야기는 또 있다. 예측하기 어렵게 날아오는 비행기 소리와 콩 튀듯 긁어대는 따발총 소리는 우리 모두

를 공포의 도가니로 몰고 갔다. 그때는 큰집을 중심으로 해서 큰 고모님 식구들, 우리 식구들, 대처에 나가 살던 오빠네 식구들 모두 같이 모여서 살았는데 죽어도 살아도 함께하자는 묵언이 있었다. 사촌 오빠들은 사랑재(서수면) 작은 고모 댁으로 피난을 갔다가 한밤중에 집으로 오면 지하 2실로 가기도 하고 때로는 마루 밑에 마련한 비밀 장소에 피신하기도 하였다. 전쟁 중 비행기 소리는 공포의 대상이었다. 그 비행기 소리에 가장 민감하게 반응하는 사람이 작은 큰어머니와 큰고모, 그리고 나였다. 나는 본래 무섬증이 많아서 밤 화장실도 여러 사람을 대동하고 가야 할 정도였다. 밥을 굶으면서도 지하실을 못 떠나는 세 사람은 겁쟁이로 따돌림을 많이 받았다. 또 인민군 젊은이와 친해진 오빠들은 그를 비밀 장소인 지하실까지 유인해 와 친분을 맺기도 하였다. 순진한 인민군 청년은 같은 피를 나눈 동포로서 애정을 스스럼없이 표현하였고 오빠들도 그를 따뜻하게 대해주었다. 어른들 또한 부모형제 떠나 전쟁터에 나와 있는 그를 자식처럼 보살펴주어서 마음속 이야기를 터놓아 간접 정보를 듣기도 하였다.

지금은 폐허의 늪처럼 헐려 질척거리고 있는 지하실, 그곳은 우리 가족들의 삶과 뗄 수 없는 이야기, 그리고 역사를 머금고 있는 장소다. 지하실 앞뜰은 잔치 때마다 사용하던 야외 무쇠솥이 나란히 두 개 걸려 있고 지짐이를 부치던 대형 화덕이 있던 곳이다. 인환네와 민식이네의 발걸음이 냄새를 방사하였을 그 뜨락 곁으로는 작은 마당만 한 면적의 장독대가 있었다. 장독대 맨 뒷줄에는 양조장에서 술독으로 쓰던 어른 키만 한 항아리들이 늘비하게 세워져 있고 그 아래 줄에는 좀 작은 항아리들이 켜켜이 늘어서 있었다. 그 안에는 몇 대째 묵은 간장부터 갖가지 비법의 장들이 담겨 있고 말린 생선, 호박 오가리 등 몇 십 개가 들어차 있어 대갓집 풍미를 갖춘 집안의 식재료 저장소였다. 어쩌다 항아리에 담겨진 식재료를 꺼내고자 뚜껑을 열면 그곳 사이를 느를느를 기어 다니는 뱀을 만난다.

장독대는 뒤편 감나무 밭에 잇대어져 있었는데 그 밭이 높아서 축대를 쌓아 정리하였고 층계가 있어 그곳을 지나 밭으로 가게 되어 있었다. 장독대 뒤 축대는 돌로 쌓여 있고 그 축대 돌 사이사이에는 뱀들이 가정을 이루고 있었다. 뱀들의 놀이터는 축대 아래 장독대 샛길이었고 장독대 역시 그들의 앞마당이었다. 층계 또한 그들의 산책길이다. 이따금 만난 뱀들의 가족들, 작은 새끼들과 엄마가 따뜻한 햇볕 아래 길게 늘어져 있기도 하고 똬리로 웅크려 있기도 하였다. 식재료 보관처와 먹이 따러 가는 감나무밭 길은 그들의 삶터와 상충되어 서로 언짢은 사건이 빈번히 일어났다. 막대기를 뱀 밑에 끼어 넣어 멀리 던지거나 두들겨 때리기도 하였다. 온갖 잔인한 만행을 다 저질렀다. 한편 할머니는 그런 우리들의 거친 행동에 꾸지람을 주었고 그 죄스러움을 당신이 손수 사죄하는 자세를 보여주었다. 뱀이 많은 큰집에는 여기저기 출몰 사건도 많았다. 할머니가 계시는 방, 그러니까 안채의 가장 중요한 안방 마루의 구조는 두 칸을 하나로 틀 수 있는 2칸 장방이라고 칭했다. 아래 칸 방에는 할머니가 계셨고 밀문을 열면 윗방은 민식이 어멈와 점동 할매(할머니를 전속으로 시중드는 분), 그리고 큰집을 베이스캠프로 하여 인근 동네를 다니면서 물감을 팔러 다니는 이빨 빠진 물감장수와 소쿠리 장수 등이 잠을 자는 커다란 방이었다.

뒷마루는 좁고 길었으며 좁은 마루 끝에는 커다란 요강이 놓여 있어 할머니의 간이 화장실 기능을 하게 하였다. 요강 안은 누렇게 낀 성에가 삥 둘러붙어 있었다. 점동 할매가 깨끗하게 닦아 놓지 않은 탓도 있었다. 안채에는 화장실이 따로 마련되어 있지 않았기 때문에 우리들도 이따금 그것을 사용하였다. 우리들은 집주인 자손이라서 그 요강을 사용할 수 있지만 부엌 식구들이나 뜨내기손님들은 머슴 사랑방 앞에 있는 두 칸의 야외 화장실을 이용하였다. 앞마루는 넓고 길이가 길어서 추운 겨울을 제외하고는 아래채에 머물고 있는 다른 식구들까지 모두 그곳으로 모여 식사를 하고 다리미질과 강정 만드는 1등 간이 살림살이 장소 노릇도 하였다.

밥상은 할머니와 큰아버지 아버지, 그러니까 아들 둘과 할머니 세 명만 겸상하였고 그 다음은 큰어머니를 비롯하여 큰오빠와 다른 오빠들이 큰상에 둘러앉았으며 다른 상에는 언니들 또 한 상에는 조카들, 우리들이 차지하였다. 식구들이 모두 모이면 자리가 부족하여 그 안방 마루에서 밀려나 아래채 마루에 상을 또 차렸다. 뒷집의 고모댁 식구들, 우리 집 식구들, 고모 댁 옆에 사는 영식이 아저씨 댁 등이 다 모이면 밥상 숫자는 더 늘어났다. 할머니 방, 그러니까 안방은 가족들 집합의 본부였다. 그 본부는 집합 속에서 응집된 영혼의 씨앗을 싹틔워 우리 집안 자손들 하나하나에 다 뿌려준 원앙지이기도 하다. 어린 시절 그 안에서 피어났던 갖가지 이야기들 가족사는 말할 것도 없고 친인척들의 안부와 동네 안팎 이야기들이 굼실굼실 잔존했던 곳이다. 구심점 구실을 하였던 그 마루는 한여름에서 가을까지 식구들이 빈번히 드나들던 곳이다. 나른한 오후 낮잠을 즐기기도 하고 할머니가 몰래 감추어 둔 밀가루 항아리의 엿 토막도 꺼내 먹고, 가을엔 뒤꼍 감나무 밭에서 줍거나 따온 감을 넣어 둔 항아리를 뒤져 간식을 취하기도 하는 요충지였다.

어느 날 그 마루 한가운데서 낮잠을 자다가 이상한 쉿소리가 귀를 자극하였다. 눈을 번쩍 뜨는 순간 나는 그만 입을 떼지 못하고 "구러구러구렁이 이 이 이, 할머니 니 니 으흐 으흐……." 소리도 못 지르고 부르르 몸을 떨고 있는 동안 선반의 시렁 위를 커다란 구렁이가 꿈틀꿈틀 기어가고 있었다. 달려온 할머니께서는 몸서리치고 있는 나를 일부러 나무라셨다.

"귀하신 몸 들으실라. 에잇 쯔쯔. 왜 이렇게 초랭 방정을 떨어쌌냐. 저어리 비켜라잉. 엡이 납셨다. 귀허디귀헌 님께서 으째 하찮은 인간 눈에 띄게 허십니겨. 어서 귀한 몸을 안으로 숨기시지요. 어이 민식이 즈매! 밥 한 사발 깨깟이 혀놓게나."

헛간에 쌓아 놓은 나무 청으로 가신 할머니는 짚단을 한 움큼 잡더니 검불을 정리한 뒤 안방 마루 구렁이가 있는 선반 바로 아래에 깔았다. 머리 위에 물을 발라 양 손으로 싹싹 단정하게 넘긴 뒤 깔아 놓은 지푸라기 위에 우물에서 갓 길어 올린 물 한 사발과 쌀 한 사발, 그리고 민식 어멈이 정성스럽게 담아온 밥 한 그릇을 올렸다. 할머니는 무릎을 꿇고 두 손을 모아 연신 비비면서 중얼댔다.

"귀하신 몸 상허시믄 어쩔라고 이렇게 함부루 뵌데유. 으쨌든지 귀하신 몸은 귀한 대로 기셔야 혀유. 우리 새깽이가 방정떨은 것 다 용서허시고 다시는 뵈지 말어유."

빌고 또 빌어대는 할머니의 행동에 괴이한 안도를 느끼면서 우리들은 그 상황을 구경하듯 바라보았다. 할머니의 기도가 계속되자 뱀은 이내 자취를 감추었다. 자연에 대한 경건함을 몸으로 실천하시던 할머니의 그 빎은 내 삶의 신앙 그릇에 그대로 담겨졌다. 우리 아이들의 중요한 시험이 있거나 집안의 대소사가 다가올 때마다 자그마한 상 위에 새로 지은 밥 한 그릇과 물, 그리고 삼색 나물을 받쳐 놓고 무릎 꿇어 빌고 있는 나의 신앙 행위의 씨앗이 되었다. 그런 정성의 기도는 할머니를 이어 어머니까지 내려오면서 현대적인 수많은 동서양의 종교들이 난무하는 이 시대 속에서도 변할 수 없는 생득적 신앙 씨앗이 된 것 같다. 자주 가는 선조들과 남편의 산소, 그 앞에 서면 옛날 할머니의 빎 자세를 재현하게 된다. 자연에 대한 숙연한 자세가 무의식중에 이슬처럼 가슴 곳곳에 스며 있음을 깨닫게 된다. 마늘, 파, 고춧가루 등 여러 양념들이 골고루 섞여 김치가 된 것처럼 갖가지 여러 형태의 빎들이 흙내음 같은 신앙으로 만들어져 내 안에 들어왔다.

하늘과 땅, 그리고 그 안에서 숨 쉬는 것은 다 경건한 영물이고 존귀한 존재라는 깨달음을 할머니와 어머니에게서 배웠다. 이것저것 편 가르기하지 않고 도닥거리고 감싸주는 따스한 빎이 종교이고 삶이었다. 미천하고 징그럽고 하찮은 뱀과의 대화를 스스럼없이 속삭임으로 풀어가고 섬기는 자세가 무엇을 의미하였는지 말씀하시지 않았어도 내 정신 안에 깊숙이 자리매김하게 되었나 보다. 물 한 사발 앞에서 빌고 있던 할머니는 찬송가와 불경들을 녹여버리고 뱀이 주었던 징그러움까지도 신앙으로 승화시켰던 교훈으로 나를 재탄생시켰다. 뱀은 그렇게 나를 인간과 자연의 고향으로 이어지게 한 영물靈物로 내 기억 속에 남아 있다.

도둑질

어린 시절 누구나 한두 번 겪었던 일들 가운데 하나가 도둑질일 것이다. 내 성정 저 밑에는 도둑질 자질이 있었다. 그 자질은 나이 먹은 지금도 좋은 물건을 만날 때 슬쩍하고 싶은 생각이 이따금 치밀어 오는 것에서 알 수 있다. 우리 집에는 들고나는 현금이 꽤 많았다. 열쇠 꾸러미가 따로 없었던 우리 집은 현금을 서랍 속에 여기저기 넣어두고 다녔기 때문에 요긴한 군것질 기회가 방해 없이 주어져 있었다. 그 현금들은 훔치고 싶은 충동을 매개하는 구실을 하곤 하였다. 서랍 속 돈과 주머니 속의 돈 등이 그랬다.

초등학교 시절 학교 앞에는 작은 구멍가게 엉철네가 있었다. 그 집에는 생필품들과 함께 모찌떡(찹쌀떡), 구름 모양의 카스텔라가 전시되어 있었다. 학교 가는 길목 그 가게 앞에 진열되어 있는 모찌떡은 그곳을 지나쳐 가는 학동들의 발걸음을 잠깐씩 고정시켰고 더욱이 먹거리 욕심이 유난히 많았던 나는 참을 수 없는 먹고 픔에 몸까지 부르르 떨 정도였다. 동그랗고 약간 납작소롬한 모양을 하고 있는 찹쌀떡의 자태는 모양이 탐스러워서 먹을 것 귀한 등하굣길 순진한 어린이들에게 흑심 자극의 원흉이 되었다.

더욱이 하굣길은 배가 잔뜩 고픈 시간이다. 뱃속에서는 꼬르륵 소리와 함께 헛헛해진 창고를 채우라고 입 안에서 당그래질 할 때다.

그 순간 서랍 속에 아무렇게나 던져져 있는 잔돈 부스러기들이 내 눈앞에 어른거렸다. 순간 이성 잃은 작태가 시작된다. 집에 도착하자마자 주변의 인기척을 살피고 서랍을 뒤적인다. 담배 진열대 두 개의 서랍 가운데 왼쪽 것에 손이 간다. 그곳은 몇 년 전까지 물건 배급을 위해 비치해 놓았던 진열장들이 줄지어 늘어서 있고 칸칸마다 각기 다른 종류의 잡동사니 물건들이 무질서하게 너부러져 있었다. 그 가운데 잡동사니 진열대 하나를 방문 앞에 옮겨 담배를 넣어 진열하고 있었다. 전매청에서 특인을 받아 배급할 수 있는 물품들 가운데 설탕, 소금, 석유, 담배 등 몇 가지가 있었는데 그 가운데 담배는 어른들이 주관하였지만 어른들이 안 계실 때는 비교적 자유롭게 만질 수 있어서 우리 형제들은 한두 번씩 나쁜 경험을 하였다. 그리고 서랍을 열면 모찌떡 같은 것은 몇 개라도 사 먹을 수 있는 돈이 있었다.

엄격한 가정교육은 그 서랍의 벽을 엄청나게 높게 느껴지게 하였다. 나는 지엄한 교육의 한 벽을 몰래 무너뜨린 것이다. 돈 한 닢을 후딱 훔쳐서 주머니에 넣고 엉철네 집을 향해 전 속력으로 달려갔다. 누가 볼까봐 옆을 흘깃흘깃 엿보는 태도가 좀 수상하였겠지만 가게까지는 성공적으로 도착할 수 있었다. 나는 모찌떡 한 개를 사서 손에 움켜쥔 채 길 언덕 밑 논 구석에 찰싹 붙어 쪼그리고 앉았다. 사알짝 입에 넣어진 모찌떡, 말랑말랑한 떡 껍질과 팥고물이 쫄깃쫄깃 씹혀지자 황홀하여 눈꺼풀이 저절로 감겨

진다. 그런데 그 맛을 음미할 시간이 없다. 들키기라도 하면 어쩌
남. 떡 덩어리를 재빠르게 입안에 쑤셔 넣어야 한다. 너무나 빨
리 한꺼번에 몰아넣었기 때문에 갑자기 들이닥친 떡 세례에 예비
되지 않았던 목구멍의 괄약운동 미비의 당황함이 황당함으로 반
항했다. 칵칵, 쾍쾍, 콜록콜록. 설상가상으로 기침까지 동반하였
다. 마침내 그 귀하디귀한 떡 조각이 내뱉어지는 위기에 봉착한
것이다. 어쨌거나 목구멍의 절규는 눈물 콧물을 질척이게 하였
다. 유난히도 힐끗힐끗 살피는 폼새며 입 언저리 여기저기 묻어
있는 밀가루의 흔적은 무엇을 말하는가. 증거인멸의 어설픈 뒤처
리와 미숙하였던 도둑질 행태를 어머니는 귀신같은 투시안으로
정확하게 점친다. 어머니 손에 잡혀 엉철네 가게에 끌려간 나는
주인집과 대질심문에 꼼짝없이 걸려들고 말았다. 문 틀 위에 얹
혀 있는 회초리는 여지없이 내 종아리 위로 내리쳐졌다.

"너 이년, 도둑년을 내 자식으로 키울 순 없다. 당장 지서(파출
소)에 가두고 밥도 굶기고 내쫓을란다. 너 이 집에서 쫓겨날래?
다시는 안 그럴래?"

"아이구라. 엄니 다시는 안 그려유. 한 번만 용서혀주셔유. 엄
니 잘못혔유. 살려줘유."

"영수 긴상! 경자 야가 도둑년이 되었네. 나 우새스러버서 이
동네 못살겠네. 도둑년 딸을 두고 내가 어떻게 살겠능가. 지서에
데려가 가두고 오게나."

모찌떡 사건으로 저녁밥도 굶고 지서에 가둘까 두렵기도 하여
나는 윗방 한쪽에 숨어서 훌쩍거리다가 잠이 들었다. 밤새도록
지서에 갇히는 꿈을 꾸었던 나는 새벽녘 어머니의 손길이 내 아

픈 종아리를 쓸어주시며 하는 말소리를 들었다.

"어린 것이 을마나 먹고 싶었을까. 쯧쯧 내 새끼. 아이구 너무 시게 때렸구만."

모찌떡 앞에 서면 초창기 어설픈 도둑질 행각이 떠오른다. 그 쫄깃함과 달콤한 팥고물 맛에 길들여진 나는 지금도 모찌떡을 냉동고에 사놓고 한두 개씩 구워 먹는 습성이 있다. 엉철네 그 떡과는 비교가 안 되는 맛이지만.

공동 우물로 가는 길목은 채상봉이 집을 위로 하고 오른쪽은 쪼깐네 집, 왼쪽은 팽씨(패이상이라고 일컫겠음) 집들이 옹기종기 붙어 있었다. 쪼깐네와 패이상 집 사이에는 상봉이 집으로 올라가는 샛길이 있었고 그 샛길 옆에는 공동 우물이 있었다. 그 샘물은 상봉이네와 쪼깐네, 그리고 상봉이 자전거포 뒷방에 세 들어 사는 사람과 우리 집에서 주로 사용하였다. 우물 아래로는 패이상네 우물도 바로 옆에 있었는데 그 사이에 울타리를 쳐놓아 경계를 긋고 있었다. 그러나 그 울타리는 만들어져 며칠이 지나면 가운데에 구멍이 뚫리고 경계가 망가져 버렸다. 그래서 두 개의 우물을 번갈아 가면서 사용할 수 있었다. 가을철이 되면 우물 주변에는 상봉이 집에서 늘어져 내린 겹벗나무, 버드나무들과 패이상네 뒤 언덕에 비스듬하게 심어져 있는 감나무 개복숭아등이 가지를 늘어뜨려 형형색색 단풍의 운치를 보여주었다. 오전 시간대에는 빨랫감을 들고 나온 아낙네들과 그 어머니를 따라 나온 조무래기들로 제법 북적거렸다.

울긋불긋 우물을 둘러싼 갖가지 나무들이 가을의 색동으로 화려하게 치장하고 있는 그 사이, 낙엽은 바람결에 회오리로 허공을 누비고 주체 못한 이파리들은 한둘 우물 속에 몸을 던지기도 한다. 오후가 되면 인기척 없는 우물은 우리를 슬프게 하는 또 다른 정적을 깔아준다. 울타리 아래 꽈리는, 스산함 같은 것은 아랑곳하지 않고 빼꼼하게 얼굴을 내민 채 회오리에 화답하듯 춤을 춘다. 춤과 함께 흔들거리는 그 애는 고혹적인 색으로 간드러진 손짓을 한다. 노로꼬롬하면서 발그레한 보카시 껍질이 통통하게 살찐 볼록한 몸통을 에워싸서 내 손 끝의 말초신경을 한 몸으로 끌어들인다. 검은 욕심은 서서히 고개를 들기 시작하였고, 그 회유는 날마다 조금씩 모습을 바꾸어 가며 내 발자국을 몇 번이나 꽈리 앞으로 전진 또 후진시켰다.

그러기를 여러 번, 밤마다 낮마다 머릿속에서 맴도는 꽈리의 손짓은 눈을 감으나 뜨나 내 앞에 우뚝 다가와 손 위에 얹혀진다. 어제는 초록색 두루마기를 노리끼리한 치마로 받쳐 입었고 오늘은 노르딕한 두루마기가 빨그스름 치마로 바꾸어 겹친 모습이다. 그것을 따서 입안에 넣고 불어대는 꿈도 꾼다. 입술은 어느새 오물거리고 있었고 손끝에서는 근질근질 경련이 일어난다. 요염한 몸짓의 여인을 만날 때 사내들은 그 암컷의 몸짓에 그렇게 빨려드나 보다. 나는 기꺼이 그 유혹에 빠져버리기로 하였다. 뒤도 돌아보지 않고 울타리 밑에 대롱대롱 매달려 있는 꽈리를 손아귀에 움켜쥐었다. 전 속력으로 집에 도달한 나는 뒷방으로 들어가 주머니에 숨겨진 꽈리를 꺼내어 허기진 사람처럼 속을 파기 시작하였다. 식식거리는 숨소리가 밖에까지 들릴까봐 숨을 죽이면서 그 일에 열중하였다.

꽈리는 우선 입구의 테두리를 조금씩 누르면서 파내야 한다. 테두리 작업이 끝나면 가운데 볼록한 몸통을 자근자근 조몰락거려 물컹거리게 만든다. 탱자나무 가시나 대나무로 엮어진 마당 빗자루 한 줄기가 꽈리 내장 축출 도구로 흔히 사용되었다. 나는 빗자루 줄기 하나를 꺾어 천천히 그러면서 조심스럽게 내장 꺼내기를 시행하였다. 자칫 너무 힘을 주거나 손이 잘못 움직이면 치명적인 상처를 입혀 모든 과정이 수포로 돌아가기 때문에 험난한 공정이 손끝 마술에 땀방울을 뿌려댄다. 쪼끔씩 진전시키되 힘을 부드럽게 배분해야 한다. 그래서 아주 조그만 살점을 떼어 내면서 점진적으로 뱃속 깊숙한 데까지 공략한다. 작은 조각들이 한 첨씩 밖으로 유출되고 나머지 잔여물과 함께 느른한 창자가 숨겨져 있다. 마지막으로 비염 환자의 코에서 나오는 유동성 콧물 같은, 또는 응가의 마지막 과정인 물똥 같은 꽈리의 가장 밑내장이 항복하여 주르륵 빠져나오면 진땀 나는 과정의 대단원에 마침표를 찍게 된다. 나는 후다닥 그것을 입에 넣고 불어본다.

"쭈악 쭈자작."

아니 아직 내장이 약간 남았는가. 소리가 명료하지 않다. 다시 주물러 찌꺼기 내장을 쏟아낸다.

"꽉 꽉 꼬악."

드디어 며칠을 안절부절못하게 하였던 꽈리를 점령한 것이다. 나는 연거푸 불어댔다. 며칠 동안 근질거렸던 입술에서 경직되었던 근육이 풀리면서 꽈리 소리는 더 투명해졌다. 입속에 혓바늘이 돋아날 때까지 구석방에 틀어 박혀 불어대던 나는 드디어 꼬리가 밟혔다. '꼬악'에서 끝나는 일이 아니었다. 꽈리를 뒷방 구석에 숨겨놓고 들락거리는 나의 소행을 수상히 여긴 어머니는 내 뒤를 살피고 마침내 방안에서 이상한 소리를 감지하신 것이다. 그것을 의연하게 밖에 가지고 나와서 불었으면 수상할 것 없지만 자꾸만 숨기고 어머니 눈치를 살피고 흘깃거리는 태도에서 이상한 징후를 발견한 것이다.

"경자야 너 꽈리 어디서 땄냐? 누가 주었냐."

"나는 안 땄는디유. 패이상네 꽈리 쳐다보지도 안 혔유."

어머니는 땀을 뻘뻘 흘리며 둘러대는 나를 그냥 지나치지 않고 다그쳤다.

"남의 것 따면 도둑질인거여. 그냥 하나 달라고 허지 몰래 따냐. 너 지서로 가자. 순사가 도둑놈들 다 잡어 오란다."

"엄니 잘못혔유. 다시는 남의 것 안 딸께유. 한 번만 용서혀줘유."

회초리로 손바닥 몇 대 맞고 훈방되었지만 엊그제도 아파트 마당에 탐스럽게 익어 있는 꽈리를 만져보면서 멈칫 그 옛날의 도둑질 아픈 상처가 떠올랐다.

여름이 한창 무르익어 갈 무렵 마을 머슴아와 처녀들은 또 다른 형태의 도둑질을 모색한다. 짙은 냄새를 풍기면서 나체를 드러내는 참외의 유혹과 탐스런 수박의 눈짓이다. 낮에는 사람들의 눈이 많아 감히 그 옆에 얼씬도 하지 않지만 이슥한 밤이면 들녘 건너 운우리쯤의 먼 동네를 점찍어 도둑질 모의를 한다. 멀리 떨어져 있는 마을의 것을 따 와야 뒤탈이 없기 때문이다. 이미 낮에 장소 모색은 결정된다. 저녁밥을 일찍 먹고 광고판(할머니 송덕비 앞) 앞에서 만난다. 담아 올 구덕을 간단하게 챙기고 행동 장소를 향해 떠난다. 수박 밭 근처 으슥한 나무 밑에 도착한 일당은 일단 망보는 조와 실행조로 나누고 나이 많고 숙달된 사람과 어설

픈 사람으로 구분하여 고양이 소리로 신호 약속을 한다. 미리 숙
련조의 간단한 교육이 있은 다음 능숙하게 몸을 낮추어 밭고랑을
기어간다. 점지해 두었던 곳 근처에서 더듬기 시작한다. 손에 잡
히는 수박 위를 노크해 본다. 고음. 투명소리 수박은 오케이, 저
음. 둔탁한 소리 나는 수박은 노우다. 여러 개를 두드려봐서 가장
합당한 것으로 골라 한 사람당 한두 개 따면 끝내야 한다. 고수들
은 서너 개도 딸 수 있지만 먹을 만큼만 따는 것이 불문율이다.
또 무거워서 옮겨올 수도 없었다. 정식 도둑놈들이 아니기 때문
이다. 수박 농사에 큰 해가 되지 않도록 하는 것이 간단한 예의였
다. 다음 날 수박 밭 주인의 비명 소리는 우리들 배 속에 채워져
있는 수박들이 꾸르륵 소리로 대답해주었다.

겨울밤이 기니 전등 불 아래 옛날이야기도 수십 번 재탕한 내용
이라 시시해져 있다. 그런 때 누군가 출출한 배를 만지면서 중얼
거린다.

"닭새끼나 한 마리 삶아 먹으면 좋겠네."

"먹으믄 쓰지 뭐."

"이슥해지면 운우리 쪽으로 가볼까. 아님 아산리로 갈까."

"슬슬 바람 쪼매 쐴까."

운우리는 들녘 건너 개정 초등학교 뒷동네이니 쌩쌩 찬바람 쏘
이며 원행길을 가노라면 고생도 많다. 고생을 고통으로 생각지
않았던 행동대원들이다. 행동대원들이 돌아올 때 새벽녘이 되는
경우도 있었다. 만만한 집을 골라 닭장 안을 살핀다.

"상순이 너는 키만 껑쩡헝게 망이나 봐야긋다. 갱이허고 선수하
고 둘이 잡어라."

"그러믄 손부터 몸띵이 속에 늭이야 혀. 따땃허게 구어야지."

양쪽 겨드랑 밑에 손을 넣어 따뜻하게 익히면서 주인집 삽짝 밑으로 기어든다. 동네 개들이 요란하게 짖어댄다. 그 애들을 피해서 뒤채 울타리를 살짝 넘어 닭장 안으로 들어간다. 밖에는 넘치게 덩치 큰 상순이 망보고 있다. 정보 전달 신호는 고양이 소리 3번. 고양이가 울면 행동을 중단하고 즉시 철수해야 한다. 낯선 밤손님 침범에 닭들의 파드락거리는 소리를 듣고 주인이 뒤 창문을 열기도 한다. 그때는 쥐 죽은 듯 닭장 밑에 눌러 앉아 비상사태가 안정되기를 기다린다. 닭들도 안정되어 깊이 잠든 사이 따뜻한 손을 닭 날개 밑에 가만히 밀어넣는다. 따스한 손길의 스킨십에 꼬꼬독 꼬꼬독 두어 번 하고 이내 조용해진다. 그때 잽싸게 목 밑으로 손을 밀어넣어 숨통을 조인다. 계획된 타살 범인들에게 항거 한 번 못해 보고 온몸을 내어주고 만다. 그날 밤 선수네 집 무쇠솥에서 풍겨 나온 닭 삶는 냄새는 옆집까지 눈치채게 하였을 것이다. 얼마나 먹었는지 며칠 동안 닭 냄새가 온몸에서 비짓비짓 비져 나왔다. 닭 주인의 악다구니가 저 멀리 메아리쳐 들녘을 넘어오는 듯하였다. 악다구니 메아리를 뒤로한 채 마을은 평화로웠고 눈치채고 있는 사람들 역시 싱긋이 웃고 마는 인심 좋은 시절이었다. 우리들의 애교 어린 도둑 소행과는 다른 형태의 차원 높은 도둑질이 만연하고 있는 요즈음엔 그저 우스개로 고백할 수 있는 순수했던 추억담이다.

성황당 귀신

첫 번째는 똥간 귀신 이야기다.

귀신 이야기는 끝도 없이 이어졌지만 내 기억에 남은 것은 몇 가지가 있을 뿐이다. 큰집과 우리 집 사이에는 가운데 논밭들이 펼쳐져 있는 작은 들녘이 있고 들녘을 삥 돌아 오솔길들이 이리저리 갈라져 있다. 그 오솔길로 소달구지도 사람들도 오고갔다. 큰집에서 우리 집까지 이어진 집들을 외어보면 손창식네, 이종근(우맹이 사위)네가 있고 삼거리를 왼쪽으로 돌면 공동 우물이 있었다. 공동 우물 오른쪽으로 똥강구네와 팔방정네 집이 위아래로 줄달아 있었다. 그 사이 탱자나무 울타리를 돌면 왼쪽으로 박종근네, 이씨 집, 추 선생네가 다닥다닥 붙어 머리를 맞대고 살고 있었다. 추 선생 집에 붙은 작은 텃밭을 끼고 돌아 오른쪽 산등성이로 올라가는 길 입구에 크게 입 벌리고 있던 똥간이 있었다.

지붕도 없이 열려 있는 그 큰 똥간 냄새는 어떤 때는 산등성이까지 퍼져 나갔고 지나는 길목에서도 발걸음을 멈칫하도록 지독했다. 그런 이유로 그곳은 금기 장소처럼 인식되어 있었다. 밤중에 그곳에서는 똥통에 빠져 죽은 귀신이 출몰한다 하였다. 똥을 뒤집어 쓴 귀신이 허우적이면서 "사람 살려!"라는 외침과 함께 지나가는 사람을 괴롭힌다고 하였다. 똥간 옆에는 집이 없고 밭과 나무 잡초만 있어 사람들이 소리를 쳐도 듣지 못하는 후미진 장소였다. 그곳에서 실신하여 쓰러져도 구해주기 쉽지 않은 곳이다. 큰집에서 우리 집으로 오는 길 중간쯤에 왼편으로 가면 전득선 씨 집이 있는데 그쪽으로 꼬부라지는 언덕길 그 모퉁이에 있는 것이 똥 모음 장소다.

그 노천 똥간은 가로 세로 5~6미터가 됨 직하였고 깊이 또한 사람 키보다 깊어서 인근 집들의 똥 모음 장소로 긴요하게 이용되고 있었다. 덮개도 울타리도 없고 주변은 숲으로 가려져 있어 언뜻 보기에는 두엄 모음 잡초더미로 보기 십상이었다. 산으로 올라가는 길목 왼쪽에 자리한 그곳은 조금은 지저분하고 무질서한 잡초 움집 터와 함께 허술하게 방치되어 있었다. 그래서인지 그곳에서는 이런저런 사건들이 많이 발생하였다. 여러 사람이 빠졌었고 짐승들의 시체도 여러 마리 있었다. 헤어나지 못해서 똥통에 빠져 죽은 사람도 있었다. 그 똥간을 머리로 해서 큰집의 밭들이 길게 누워 있고, 좀 떨어져 있긴 하지만 그 위쪽으로는 우리 고추밭도 있었다. 주변이 나지막하게 언덕진 경사면에 잔잔한 잔디밭에는 쑥돌 상석이 비뚤어지게 누워 있었다. 가운데 길을 기점으로 해서 위로 뻗은 밭들은 거의 큰집과 우리 집 땅이었다. 뽕나무 밭이 넓게 가꾸어져 있었고 산소도 여러 채 모셔져 있었다. 오디 따먹으러 수없이 오르락거렸다. 그 옆 고추밭에서 어머니가 일을 하는 날 나는 매끈매끈한 상석을 침대 삼아 누웠다가 앉았다가 하였다. 놀다가 싫증나면 어머니에게 칭얼대면서 보챈다.

"어머니, 일 언제 끝나? 집에 가잉. 응? 배고파잉."

"오냐. 아가. 내 새깽이 심심허믄 여그 와서 나물이나 캐그라잉. 다 혀간다. 찌끔만 기다리랭."

"집에 가앙. 싫어. 어머니 없응개 집에 가기 싫어. 그러믄 나 울티여."

그러는 사이 그 똥간의 냄새는 계속해서 콧속으로 스며든다.

"아이 굴링 내야. 콧대가 부러지겠네. 무신 놈의 똥파리는 이렇게 많디야."

"똥간 옆으로는 당채 가지 말그랭. 거그 빠지믄 에미도 못 보고 죽는데잉. 큰일 낭게 그쪽은 치다보지도 말란 말여."

나는 그곳을 쳐다보는 것만으로도 죽음의 그림자가 덮치는 것 같았다. 지나가는 사람들 모두에게 머리가 핑 돌 만큼 지독한 냄새를 쏘아대고 득실거리는 파리 떼와 그것들의 시체가 나뒹구는 기분 나쁜 장소였다. 그래서 한밤중 그 옆을 지나가노라면 똥을 뒤집어쓴 귀신이 쓰윽 나왔다는 이야기가 숱하게 나돌았다. 동아리에 사는 어떤 아저씨가 한밤중에 하얀 옷 입은 여자의 손짓에 끌려가 따라갔다가 똥통에 빠져 죽었다는 이야기가 온 마을에 퍼져가면서 훤한 대낮에 그곳을 찾아보러 오는 사람까지 있었다. 실제로 똥간 옆에 시체 하나가 뉘어져 있었던 일이 있었다. 누구의 시체였는지는 모르지만 행려병자였던 것 같다. 그 이후 그곳에 대한 흉흉한 소문과 똥통귀신 이야기는 똥간을 파내고 메꾼 이후 사라져 버렸다. 알고 보니 똥간은 그 근처에 땅을 많이 가지고 있던 큰집에서 만들어 놓은 거름통이었다.

두 번째 이야기다. 엉철네 집 뒤는 본래 일제강점기 농장주 히마다니 식솔들의 마구간이었다. 마구간에서는 말들도 여러 마리 죽어서 말 귀신이 득실거리는데다가 그곳 천정에 동네 사람이 목 매달아 죽은 사건이 있었다. 옹기라는 이름으로 불리었던 정신병자 남자였는데 그 행패가 동네 사람들 관계를 피폐하게 만들 정도로 극심하였다 한다. 지나가는 아녀자들을 무차별적으로 때리는가 하면 남의 집 안에 갑자기 침입하여 살림 집기 등을 부수기도 하고 흉기를 들고 다니면서 악다구니를 쓰기도 하였다. 그를 제압할 만한 묘안이 따로 없었던 마을 사람들이 은밀히 죽였다는 소문도 있었다. 누구도 그 일에 대해서 두드러지게 언급하는 사람이 없음을 미루어볼 때 타살의 심증은 있으나 마을 안 어른들 때문에 묻힌 사건이다. 그의 시체가 목매달아 대롱거리는 현장을 본 사람들은 무서움으로 전율하였고 그곳은 흉소로 점찍어지게 되었다.

그 이후 그곳을 지나노라면 힝힝 거리는 말 울음소리로 말 귀신들 그림자가 어칫어칫 지나가기도 하고 또 목매달아 죽은 귀신이 신음 소리를 내기도 하였다 한다. 그곳은 초등학교로 가는 길목에 있었다. 대낮에도 우리 어린이들은 빠른 걸음으로 피해갔다. 어쩌다가 엉철네 가게에 볼일이라도 있을 때면 사람들은 으쓱하게 떨어져 있는 그곳에서 이상한 소리라도 들릴까 몸을 부르르 떨며 달음박질쳤다. 그런데 쪼깐네 큰아들 광남이가 동네 사람을 때려죽인 것도 바로 그 부근 장소여서 사람들은 마구간 귀신에 씌여 살인을 저지르게 되었다고 수군거렸다. 마귀가 붙은 장소로 알려졌던 곳이다.

세 번째 이야기다. 발산초등학교는 히마다니의 집과 도정공장이 있던 장소다. 그의 집 위에 교회가 자리하고 있었고 도정공장은 학교로 변하였다. 일본 사람들이 쫓겨난 뒤 미로로 연결된 집 구조와 지하의 벙커 등은 여러 가지 후문을 남겼다. 우리들은 지 하로 연결된 비밀 통로를 땅에 몸을 붙이고 기어서 들어가 보곤 하였다. 그곳에 갈 때는 음습한 냄새와 여기저기 걸쳐 있는 거미 줄 등 무서운 기운이 어린 가슴들을 팔딱거리게 하였다. 왜 그곳 의 음침함에 그토록 흥미 있어 기어 들어가기를 좋아했는지 모르 겠다. 그 안에 들어가면 사각으로 연결된 복도와 여러 개의 다다 미방들이 있었고 지하 창고는 퀴퀴한 냄새가 코를 찔렀다. 텅 비 어 있는 그 집에 관한 괴이한 이야기들은 이곳에서부터 시작되 어 범람하고 있었다. 그 건물을 사용하고 있는 교회 사람들에 따 르면 예배를 보고 기도를 하는 중에도 여기저기에서 게다짝(일본 사람들의 나무 샌들) 소리가 달그락거리고 안채의 다다미방과 거실 등에서는 두런두런 이야기 소리가 요란하였으며 지하실에서는 이 상한 신음 소리까지 들렸다 한다.

뒤편의 정원은 넓은 들과 밭들에 연결되어 있어 겨울날이면 북 쪽에서 불어오는 북풍이 쐐잉 쐐잉 거세게 몰아쳐서 후원에는 아 예 발걸음조차 옮길 수 없는 괴기스러운 장소였다. 부득이한 일 로 그 후원에 갈 때는 여러 사람이 조를 편성하여 함께 갔는데 그 런 준비에도 불구하고 그들 눈에는 시커먼 그림자가 휘익 휘익 지 나가거나 사람들 앞에 우뚝 섰다가 가기도 하고, 한 서린 "어이 어 이" 통곡도 들려왔다. 그곳을 다녀온 사람들 가운데에는 시름시름 앓거나 병이 들어 앓아눕는 사람도 있었다. 게다짝 소리, 두런거 리는 사람들의 말소리, 후원의 무서운 그림자, 통곡 소리……. 억 울하게 수탈당한 조선인들의 한이 응어리진 장소였기에 그곳을 향한 원한의 흔적이 혼으로 남아서 주변을 떠돌아다닌다고 하였다.

넷째 이야기다. 이 내용은 실제 우리 가족들이 겪은 실화이다. 큰집에서 대야에 가기 위해서는 두 가지 길이 있었다. 하나는 성황당 고개를 넘어 통사리로 넘어가서 대야(지경이라고도 함)로 직접 통하는 지름길이고, 또 한 길은 성황당의 으시시한 고개를 피하여 남발산으로 돌아가는 길이다. 밤중에 성황당 길을 넘어가는 예는 거의 없고 대개는 돌아가는 길을 택하게 된다. 지름길인 그 성황당 길은 동네 당골네가 제사를 모신다던가 걸립이나 마을 축제가 있을 때 농악 패거리들을 대동하고 사람들이 제사 모시는 장소였다. 그곳의 나무에는 알록달록한 헝겊들이 너덜너덜 달려 있고 돌무덤이 수북하게 쌓여 있어 한눈에도 심상치 않은 성스런 장소라는 것이 느껴진다. 지나가는 사람들은 그 나무 아래를 향해서 약간의 묵념을 한다든가 돌멩이 하나를 던지면서 주문을 외우기도 하였다. 한낮에도 우리들은 형언할 수 없는 두려움 때문에 그 고개를 넘는 일을 삼갔다. 성황당 위치를 중심으로 한 길의 양 옆에는 참나무와 잡나무들이 꽉 차게 서 있었다. 칙칙하게 박혀 있는 나무들은 한낮에도 이상한 그림자를 드리웠고 어둑어둑한 나무길 사이를 걸어가노라면 저 언덕 위에 원색의 헝겊 조각들이 바람에 흔들려 숲속의 괴이한 기운으로 길목을 더욱 스산하게 하였다.

어느 날 지경에서 서커스 공연이 있다는 소식이 들려왔다. 삼륜차에 나팔 하나를 싣고 동네방네 다니면서 선전하기 시작하였다.

"품바 품바 품바바바."

"싸까스가 왔습니다. 저녁밥 일찌감치 잡수시고 옷 깨끗이 입으시고 구경하러 오십슈우. 고개 넘어 한발짝이믄 지경입니다. 이번 참에 못 보시믄 인자 은제 올랑가 물라유."

온 마을의 아이들은 맨발로 자동차의 뒤를 따른다.

"기야쓰(기름) 냄새가 좋다잉."

"일례 방에 있디야?"

은영이 고모가 황급히 큰언니(사촌)를 찾았다.

"지경서 싸까쓰 헌디야. 저그 임씨부인도 같이 간당게 함께 가드라고."

서커스 구경이라는 말에 마음이 들썩이면서 세 사람 발걸음은 어느새 지경 쪽 길을 향해 빠르게 움직이고 있었다. 신출귀몰하는 배우들의 기교에 흠뻑 젖은 그들은 시간 가는 줄도 잊은 채 빠져들고 있었다. 공연이 끝나고 뿔뿔이 헤어져 집으로 향하는 마음 또한 바쁘게 서둘러야 했다. 10리 길을 되돌아 와야 하는 밤길이었기 때문이다. 그런데 세 명의 의견이 달라져서 다른 길을 선택하게 되었다. 임씨부인은 담대하여 성황당 길을 택했고 소심한 은영 고모와 일례 언니는 남발산으로 돌아서 오는 길을 택했다.

"뭔 일 없게 조심히 가드라고."

고모와 일례 언니는 험한 길을 택한 임씨부인이 염려스러워 돌아오는 길이 불안하기만 하였다. 성황당 근처 남발산 공동 우물 근처에 도달했을 때였다. 저 앞에서 임씨부인이 어서 오라고 손짓을 하고 있는 것이 아닌가. 두 사람은 임씨부인의 무사함에 안도하며 반가운 마음에 그녀 가까이 다가갔다.

"빨리도 왔네. 어서 가자고."

그 순간 임씨부인 형체의 여인은 하얀 소복을 하고 머리는 풀어 산발한 채 히히거리고 있었다.

"으악! 귀신이다. 귀신! 으으으으……"

두 사람은 서로 손을 움켜잡고 집을 향해 전 속력으로 달렸다. 그러나 대문과 안채의 거리가 멀어서

"문 열어. 문 열어유. 귀신 나왔어유."

겁에 질린 절규가 쉽게 들리지 않았다. 머리를 풀어 산발한 귀신이 뒷덜미를 잡아 낚아채는 것 같아 온몸은 오그라들고 있었다. 머슴이 대문을 열어주었을 때 사색이 다 된 두 사람의 모습에 식구들도 다 같이 놀랐다. 머슴을 시켜 임씨부인의 향방을 문의한 결과 그 부인은 일찍 집으로 돌아와 깊은 잠에 빠져 있었다 한다. 그 사건은 두 사람이 함께 목격한 사실이기에 신빙성이 있고 우리 가족들은 그 이야기를 수십 번씩 되뇌며 본인들에게 확인하였다. 그때마다 두 사람은 합창이나 하듯 똑같은 경험담을 반추하였다. 머리를 풀고 히히거리던 그 귀신은 과연 무엇이었을까.

다섯째 이야기다. 큰집에서 제사를 모시는 날에는 온 집안 식구들이 목욕하고 옷 갈아입고 경건한 자세로 자정을 기다린다. 나무를 많이 사용한다고 야단치시던 할머니도 제사 전 목욕에는 질책이 없었다. 심지어는 제사 전에 화장실 가는 일까지 금기로 되어 있어서 제사 시작 한 시간 전에 일을 마쳐야 했다. 남자들은 안방에 앉아 밤치기를 하였고 여자들은 부엌 살림꾼들과 음식 준비에 부산하였다. 우리들 꼬마들은 졸린 눈을 비비면서 시간을 기다렸지만 결국에는 그 시간까지 졸음이 기다려주지 않아 항상 뒷방에서 잠에 취해 꼬꾸라지고야 말았다. 제사에는 사위들까지 다 참석을 하였는데 사랑재 고모 댁은 큰집 뒤편에 위치하고 있

어서 큰 염려가 없었지만 상작 고모 댁은 성산면에 있어서 오고 가는 길이 멀고도 험하였다. 지금처럼 길이 잘 닦여 있는 것이 아니어서 산길과 들길을 건너 꼬부라진 외진 길을 왕래해야 했다.

제사를 마치면 제사상 치운 그 자리에 제사 음식을 다시 매만져서 상을 차리고 가족 전체가 앉아 술 한 잔을 곁들여 밤참을 먹었다. 술은 양조장에서 가장 잘 조제된 약주를 골라 가져오기 때문에 밤참에 곁들인 맛이 특별히 좋았다. 남자들은 한 잔이 두 잔 되고 두 잔이 석 잔 되면서 주거니 받거니 얼큰해질 때까지 마셨다. 밤참 술자리가 끝나면 큰집에 남아서 잠잘 사람들과 각자 집으로 갈 사람들이 갈라지게 된다. 안식구들은 할머니 방이나 아래채에서 잠을 청하고 남자 어른들은 새 사랑방에 자리를 펴주었다. 상작 고모부는 처갓집에서 잠자는 것이 거북하다고 한사코 그 밤중에 당신 집으로 되돌아가기를 고집하였다. 큰집에서 고모 댁으로 가는 길은 도처에 위험한 곳이 도사리고 있었다. 통사리로 넘어가는 길은 외지고 후미진 곳이었다. 통사리 방죽에서 지경의 산외면으로 넘어가는 길은 겨우 한 사람이 걸을 수 있는 좁다란 길에 꼬불꼬불한 골목이 길게 뚫려 있어서 밤에 강도가 자주 출현하고 귀신도 나온다는 흉흉한 소문이 떠도는 장소였다.

어느 날 밤 고모부는 처갓집 제사 음식과 얼큰한 술기운에 취해서 흥얼흥얼 몸을 흐느적거리며 예의 그 골목길을 지나가고 있었다. 중간쯤 갔을 때 어느 빼어나게 예쁜 여인이 고모부에게 간드러진 몸짓으로 다가오는게 아닌가. 고모는 큰 집안의 맏며느리다운 풍채와 고고함을 지니신 분이었다. 고모부의 흐트러진 자세를 용납하지 않고, 대갓집 마님의 본분을 지키느라 엄격함을 허물지 않고 집안의 구심점을 잘 지켜가는 분이었다. 아내의 범접할 수 없는 꼿꼿함에 짓눌려 살던 고모부는 풍류를 즐기고 술을 좋아하는 분이었다. 나긋나긋한 여인의 유혹을 뿌리칠 수 없는 술객은 그만 달콤한 여인의 품에 안겨 한밤을 꼬박 지새우게 되었다. 마음껏 춤추고 노래 부르며 몽롱한 흥취 속에서 그녀와 신나게 놀았다. 그러다가 새벽녘이 되면서 자꾸만 꺼져가는 듯한 느낌에 정신을 차려 보니 행색이 말이 아니었다. 숲속을 얼마나 헤매었는지 온몸은 여기저기 상처 투성이고, 옷은 갈기갈기 찢겨져 있었다. 그리고 두 손 안에 소중하게 안겨 있는 것은 아름다운 여인의 손목이 아닌 피 묻은 몽당 빗자루였다고 한다. 도깨비 장난에 홀려서 온밤을 보낸 것이라고들 하였다. 원래 기가 센 고모부여서 그나마 살아났다고도 하였다. 이후 고모부는 제사 때가 아니어도 그 골목길을 다시 가지 않았다고 한다. 우리가 성장하여 그곳을 여러 번 가봤지만 골목의 한가운데는 바깥과 완전히 단절된 곳이다. 숲이 우거지는 여름·가을철, 밤이 깊은 겨울철 여러 사람들이 동일한 귀신 경험담과 강도 당한 이야기를 하였다. 고모부가 손에 안고 있었던 피 묻은 빗자루의 정체는 무엇이었을까 항상 궁금하였다.

연   애

나에게는 몇몇의 이성에 대한 기억의 흔적이 드문드문 발자국처럼 남겨져 있다.

최초의 이성 문제는 나를 5학년에서 1년을 건너뛰어 중학교로 월반케 한 큰집 달머슴의 아들 오해옥이라는 아이의 연애편지 사건이다. 어느 날 점심 먹고 학교에 갔을 때 웅성거리던 반 친구들의 모습에서 이상한 징후를 느꼈다. '오해옥은 이경자를 사랑한다'는 연애편지가 내 책상 서랍 벽에 붙여져 있었던 것이다. 온 동네 빈 벽, 학교 화장실 등에 '오해옥 이경자 연애 걸었다'가 낙서되고 나는 울고불고 이 세상에 태어나서 처음 겪은 이성 난에 상처를 받은 것이다.

연애라는 말은 마을의 큰 사건들의 이야기를 담은 엄청난 공포성 단어다. 그 당시 사회 현실에서는 절대 용납될 수 없는 일이었다. 마을 안에서 어떤 처녀가 유부남과 바람을 피운 적이 있었는데 그 처녀는 즉시 머리를 빡빡 깎였고 집안의 뒷방에 갇혀 바깥 출입 못하는 벌을 받았다. 마을 사람들은 풍기문란한 일로 시끄러웠던 그 집안 사람들과 상종하길 꺼려했던 일이 있었다. 또 한 사건은 6·25전쟁이 끝나고 전쟁범들에게 벌을 주는 과정에서 일어났던 일이다. 전쟁 때 북한 정책에 가담하여 인민위원으로 일하였던 어떤 젊은이에 대한 공판이었다. 그는 숙모와 불륜을 저질러 아이까지 낳았다. 전쟁이 끝나고 마을 사람들은 전쟁범이라는 죄목과 불륜이라는 죄목을 함께 씌워 남자와 여자 그리고 아이까지 쇠고랑을 채워 온 동네를 조리돌리고 있었다. 머리를 깊게 숙이고 두 손이 묶인 채 울먹이던 그들의 모습, 그리고 그들에게 똥바가지를 끼얹던 광경, 아기의 울음소리. 끔찍하고 무서운 형벌이었다. 내 머릿속에는 머리 깎여서 뒷방에 감금당했던 동네 처녀와 똥사례 받으며 조리돌림을 당했던 남녀의 모습이 연애라는 내용으로 함께 담겨져 있었다. 그 장본인이 바로 나, 이경자라는 생각에 치를 떨었다.

나는 큰 상처를 받았고 학교 생활은 얼떨결에 1년 단축되었다. 그 일로 말미암아 현실 적응과 학력 진행에 어려움을 많이 겪게 되었다. 제일 어려웠던 과목은 수학이었다. 3·4학년은 6·25전쟁과 뇌염이라는 전염병 창궐로 기초 공부가 안 된 상태였고 5학년에서 중학교로 간 나는 산수 학력이 절대적으로 모자란 상황이었다. 그렇잖아도 수 감각에 우둔하였던 나는 텅 빈 수학의 공간을 외우기 과목으로 채우면서 힘겹게 학교 생활에 적응해가야 했다. 그 빈 공간은 대학 진학 때까지 이어졌으며 전공 선택도 제한적인 범위 안에서만 해야 했다. 첫 이성 문제가 나의 장래를 결정짓게 하는 데 작은 계기를 만든 셈이다.

중학교에 진학하여 2·3학년까지 체력이 유난히 허약하여 편도선이 항상 부어 있는 병치레꾼이었다. 타인들과도 적응력이 약해서 사촌 언니인 영순 언니 뒤만 졸졸 따라다니며 나 혼자서는 다른 사람과 이야기도 할 줄 모르는 어릿어릿한 모자란 아이였다. 언니 후일담에 따르면 나는 중학교 재학 중에도 콧물이 두 줄 고정되어 있었다고 한다. 손등은 코를 닦아 맨질맨질하였고 바짓가랑이는 줄을 세울 줄 몰라 무릎이 툭 튀어 나온 채였으며 웃저고리에 붙는 깃도 세탁할 생각을 못해 새까맣고 꼬깃꼬깃하였다. 머리 빗질도 자주 하지 않아 헝클어져 있었고 아침에는 늦잠이 많아 학교 가기에도 빠듯해서 세수도 제대로 하지 못했다. 새벽에 일찍 일어나서 세수, 아침밥, 기차 정거장까지의 행군, 학교생활 과정을 매끄럽게 소화하는 절차가 버거워 쩔쩔매는 날들이었다. 체력적으로 힘들었고 정서적으로 성숙되지 못한 칠칠맞지 못한 못난이였다.

초등학교 5학년까지의 생활은 남녀 학생들을 합해도 일등을 할 정도로 총명한 아이였다. 하지만 그때에도 친구들과 어울림에는 미숙하여 다른 아이들이 만들어놓은 분위기에 한 일원으로 참석할 수 있었을 뿐 내가 능동적으로 주선하여 만든 놀이 작품은 없었다. 소극적이고 겁이 많고 소심하였다. 세숫물까지 떠다 바치는 집안 환경에서 곱게만 자란 내가 독립적으로 헤쳐나가야 하는 세상 밖은 호락호락한 것이 아니었다. 그래서 몸은 아프고 버거운 여건에 징징대며 울먹이곤 하였다. 오직 의지할 수 있는 대상이 어머니였지만 그 어머니는 저 멀리 계셨다. 사업과 집안 살림, 많은 자식 돌보는 일에 시간을 빼앗긴 어머니에게서 흠뻑 적셔진 사랑을 받지 못하였다. 조금씩 나를 정비하고 홀로서기를 연습하면서 중학교 생활에 발을 디밀기 시작하였다. 갑자기 변한 환경에 적응 못하였던 방황은 중학교 2학년에 들면서 조금씩 풀리기 시작하였다. 낙제점에 가까운 성적으로 절망하였던 1학년 시절에서 벗어나 점점 안개가 걷히고 성적도 쑥쑥 올랐다. 고등학교에 입학할 때에는 우수한 성적으로 공고가 붙었다.

그 무렵 내 안에만 갇혀 있던 정서의 눈도 밖을 향해 돌려지기 시작하였다. 대야에서 이리(지금의 익산)까지 6년의 기차통학 기간은 훨씬 억세어진 환경으로 나를 다듬어주었다. 날마다 만나는 통학생들, 상인들, 덜컹거리는 기차의 흔들림, 들쑥날쑥하는 기차 시간, 험악한 깡패들의 돌발적인 출현 등 아찔한 여건의 노출 위에서 배움이라는 하나의 목표만을 향해 시간 속을 질주하고 있었다. 6·25전쟁의 상처가 미처 가시지 않은 사회 체제는 무질서함과 무모함이 버무려져 억지와 막무가내로 이어지는 혼돈의 세상이었다. 분명히 아침저녁으로 출퇴근이나 통학을 위한 기차 노선은 있었지만, 다른 여건이 충족되지 못하면 기차는 멈췄고 갑자기 발생한 상황에 어린 학생들은 당황하여 허둥대기 일쑤였다. 등교하지 못하는 사태, 집에 돌아가지 못하는 상황은 통학생들끼리 허기진 발걸음으로 몇 십리씩 걸어서 집에 돌아가게 만들기도 하였다. 40~70리 길을 예사롭게 걸어 다녔던 그 힘이 노년으로 접어든 나의 육신을 아직까지 버티게 하였는지 모른다. 연발되는 기차 지연 도착을 기다리는 동안 춥고 배고프고 다리도 아팠다. 용돈 한 푼 없는 우리들은 누구라고 할 수 없는 다 같은 처지였다. 바람을 피해서 건물 벽에 기댄 학생들은 이야기와 작은 놀이를 하면서 시간을 때운다. 어쩌다가 부모님 호주머니에서 훔친 부스러기 돈으로 깨엿이나 팥빵을 사서 먹는 때도 있었다. 나는

윗줄 왼쪽부터 가정교사, 일례 언니, 은영 고모. 아랫줄 왼쪽부터 고봉댁, 큰어머니, 형진 오빠, 어머니.

치사하게 깨엿을 들고 한쪽으로 숨어서 다른 친구가 올까봐 몰래 입에다 넣고 오물오물 먹었다. 나누어 먹을 수 없을 만큼 적은 양이다. 깨엿 한 가락이나 빵 한 개로 여러 명의 친구들 앞에 내놓을 수도 없겠지만 분배 정신도 실종되어 있었다.

부끄러운 사건은 또 있다. 중학교 입학이 결정되었을 때 이리라는 큰 도시로 생전 처음 가보는 일이 눈앞에 다가오고 있었다. 어머니는 중학생이 되었으니 가장 좋은 옷을 입어야 한다고 장롱 속에 아껴두었던 노랑색 모본단 저고리와 감색 세루치마를 꺼내어 다리미질을 하였고 아꼈던 하얀 운동화 위에 분필을 짓찧어 그 가루를 물과 섞어서 지적지적한 채로 열심히 발랐다. 하얗게 단장한 운동화를 장독 위에 얹어서 햇빛에 말리고 동네 이발소 아저씨에게 빤듯빤듯 머리도 다듬었다. 신발산 영구네 바느질

집에서 만든 신식 바지와 남발산 태천네 집에서 맞춰 입었던 멋진 세라복도 있었지만 어머니 요량에는 곱게 차려입은 한복 맵시로 나를 그려봤던 것 같다.

아버지 뒤를 따라서 간 곳은 이리여자중학교라는 곳이다. 2층으로 된 건물이 여러 채 서 있었고 단아하게 정돈된 정원과 널찍한 운동장이 한눈에 들어왔다. 나의 초등학교 생활 수준이 창고 안의 학습과 운동장 없는 논바닥에서 뛰어놀던 수준이었다면 처음 만난 중학교의 모습은 동화책에서나 볼 수 있었던 소공주의 궁궐 같았다. 엄청나게 벅찬 변화에 오히려 혼란스러운 불안감이 엄습해왔다. 그날 내가 겪은 잊지 못할 충격들은 지금도 선명하게 기억의 한 페이지에 남아 있다. 교정에 나란히 줄을 서서 선생님의 간단한 설명과 함께 신체검사 시행 지시를 받았다. 도시에서 공부한 아이들은 복장부터 달랐다. 나처럼 한복 치마저고리에 분필 가루 뒤집어쓴 운동화를 신은 아이는 들녘에서 유학 온 학생이거나 산골에서 온 아이들뿐이었다. 도시 아이들은 바지에 우앗빠리(반코트) 같은 세련된 옷을 입었고, 머리도 나처럼 클레오파트라식 이발을 하고 온 아이는 없었다. 얼뜨고 부끄러움 많이 타고 붙임성도 없었기에 어색하고 을씨년스럽기만 하였다. 더군다나 아버지만을 의지해야 하는 처지였으나 엄격하기만 하였던 아버지와의 관계가 전혀 도움되지 못하였다. 아버지 역시 자식 사랑을 근사하게 해보지 못한 터라 오랜만에 단 둘이 된 딸과의 분위기 만들기에 세련됨을 보이지 못했다. 그런저런 상황을 지나는 동안 아버지는 불쑥 내 손에 무엇인가 봉다리 한 개를 쥐어주었다.

"배고픈데 우선 이것이라도 먹어둬라."

제과점에서 정식으로 만들어진 빵이라는 것을 생전 처음으로 만난 순간이다. 갖가지 떡 종류와 견과류 그리고 산자, 쌀강정 같은 것만 먹어왔던 나는 신식 제품인 빵이라는 것을 이전에 접해본 적이 없었다. 부드럽고 달콤하고 향기로운 그 맛, 한꺼번에 먹지 못하고 조금씩 떼어서 아껴가면서 입안에 굴려 먹었다. 빵에 대한 최초의 체험이고 희열이었다. 중학교 신체검사 대기 장면과 아버지의 빵봉다리, 그리고 환상적이었던 제과점 앙꼬빵. 한 컷으로 된 자막이다.

신체검사가 끝나고 오후 시간이 늦었다. 빵으로 배고픔을 대충 추스른 나를 아버지는 영정통에 있는 국밥집으로 데려갔다. 무슨 제목의 국밥이었는지 모른다. 아버지는 주문을 하였고 이내 두 그릇의 국밥이 나왔다. 어떤 제목의 음식이었는지 그런 것 전혀 모르는 나는 고기와 건더기가 많은 얼큰한 국밥 안에 코를 박았다. 이것 역시 바깥세상에서 먹어본 최초의 음식점 밥이었다. 우리 집에서는 쇠고기 갈비짝을 자구로 잘라 커다란 가마솥에 넣어 하루 종일 삶아 만드는 고깃국을 며칠씩 먹는 일이 빈번하였다. 솥뚜껑을 열면 갈비 건더기가 둥둥 뜨면서 끓어오르는 국물 위로 넘쳐나던 그 가운데를 국자로 설설 저어서 한 그릇 푹 퍼 밥 말아 먹던 일, 아니면 잘게 찢어서 양념 묻혀 미역과 함께 만든 미역국, 무국들. 잔치 많은 집안에서 무수히 만났던 그런 국이 아니었다. 조미료랑 후춧가루를 얹어서 만든 희한한 맛을 만난 것이다. 신체검사 장면에 한 가지 더 덧붙인다면 영정통의 국밥 한 그릇을 넣어야 한다.

국밥 한 그릇을 맛있게 치운 다음 아버지는 사촌인 일례 언니

집을 방문하였다. 일례 언니네는 이리에서도 가장 번화한 영정통 한가운데 이층집으로 자리하였고 일층은 제화가게로 되어 있었다. 나는 영업 품목에는 관심이 없었다. 처음 보는 이층집 계단이 신기해서 무작정 계단 오르내리는 일에 열중하였다. 한없이 넓게만 펴져 있는 마당, 집 그리고 여러 채의 집들 속에서 자란 나는 이층으로 집이 올려져 있는 것이 흥미로웠다. 어른들의 이야기가 오가는 동안에도 슬금슬금 계단을 오르고 이층집 창가에 서서 지나가는 풍물을 보는 데 정신을 빼앗기고 있었다. 그 이후 기차가 연발하여 집으로 돌아오지 못할 때면 그 집에서 숙박하는 일이 있었는데 밤이 이슥해지면 메밀묵과 찹쌀떡을 양 갈래로 어깨 지게에 매달고 팔러 다니는 장수가 밤마다 거리를 누볐다. 팥고물로 뭉쳐진 떡 종류인 당고를 파는 밤거리의 풍광이 이채로웠다.

"찹쌀떡, 메밀묵 사요."

"당고 사요. 당고!"

그 옆집에 김만자와 조정자가 살았다. 언니 집과 김만자 집 그리고 한 집 건너 조정자 집은 이층 지붕을 기어 넘어서 왔다 갔다 할 수 있었다. 늦은 밤에 어른들 몰래 이층 지붕을 타고 놀았던 일도 빼놓을 수 없는 추억이다.

이리는 4개의 기차 노선이 교차되는 중심지였다. 나는 그 가운데 군산선에 의탁하는 처지였다. 군산선 남녀 학생들은 군산의 항구 입김이 세서 유난히 억세고 요란스러웠다. 항구 중심의 깡패들은 스케일이 커서 내륙 깡패들과는 상대가 되지 않는 마피아 같은 조직을 형성하고 있어서 그곳을 넘나드는 외국 선박들의 교통정리를 마음대로 흔들 수 있는 막강지세였다. 바닷바람의 짠 기운에 쩌든 장정들의 힘은 이리 깡패들의 으스댐에 이따금 찬물을 끼었었다. 그들의 기차 안 왕래를 모두들 숨죽여 참아야 했던 고통의 날들이 있었다. 그때 기차는 객차가 없고 화물칸만 있었다. 하늘만큼이나 높은 화물 칸 기차에 오르기 위해서는 먼저 탄 남자 장정이 손을 잡아끌어 주어야 하고 밑에서는 엉덩이를 받쳐주어야만 가능했다. 주로 장정 어른이나 상급반 남학생들이 그 일을 담당해주었고 우리들의 부끄러운 남녀 접촉은 그런 과정에서도 슬금슬금 이루어졌다.

군산선 기차 노선은 군산역을 출발점으로 하여 개정, 대야, 임피, 오산을 지나서 이리역에 종착하는 과정을 거쳤다. 나는 대야역에서 서정숙 등과 기차를 탔고 임피에서 신경자를 비롯하여 여러 친구들이 올랐다. 다음 오산에서 조행자, 김향운 등이 오른다. 앞 역에서 먼저 오른 우리들은 다음 정거장에서 오르는 친구들의 책가방을 받아주고 가볍게 그 애들이 기차에 오르는 것을 도왔다. 이미 여러 정거장을 거치는 동안 꽉 차게 들어찬 통학생들로 비집고 들어갈 자리가 없을 만큼 기차 안은 대만원이다. 오산에서 오르는 학생들은 바깥 손잡이에 매달려 발만 들여놓고 떠날 때도 있었다. 요즈음 인도나 파키스탄의 시골 버스 풍경과 다름이 없었다. 기차 손잡이에 매달리는 학생들은 차 안에 자리가 있음에도 위험한 스릴을 즐기는 패거리들도 많았다. 주로 모범적인 학생이 아닌 껄렁패나 깡패들이다.

군산선을 중심으로 한 깡패 가운데 백골단이라는 패거리가 있었다. 이리공업고등학교에 재학 중인 7~8명의 남학생들이 나팔바지를 똑같이 입고 약간의 팔자걸음으로 거리를 휩쓸었다. 만만

한 학생들에게 시비를 걸어 두들겨 패고 돈도 빼앗는 무서운 아이들이었다. 깡패는 조직성을 갖고 있는 상위 개념의 단체였고 껄렁패는 아무 조직에도 가담하지 않은 실속 없는 덜렁이로, 깡패 흉내를 내면서 깐죽거리는 아이들이었다. 그러니까 백골단은 제법 나쁜 짓 실행을 하는 멤버가 확보되었고 행동 강령이 정립된 영세 깡패단이었다. 그 두목인 최마룡이라는 놈에게 내가 선택되었다. 얼굴에는 칼자국 흉터가 있어서 생김새도 험악하게 생겼고 히죽거리는 표정은 몸에 으시시함이 느껴질 정도로 음흉스러웠다. 그런데 그 애는 이따금 자기가 내려서 가야 할 임피역에서 하차하지 않고 대야역에서 하차하여 하교하는 길목에서 나를 집적거리는 것이었다. 누런색 연애편지 봉투를 내밀면서 내 옆구리를 건드렸다.

"시간 좀 내주세요."

나는 남학생이라는 대상 자체가 어색하고 무서웠던 터라 냅다 도망가기 바빴다. 종종걸음으로 앞질러 가다보면 어느샌가 내 앞을 가로막으며 편지를 주거나 내 책가방 사이에 억지로 끼워 넣었다. 그것을 잽싸게 빼어 던지면서 걸어갔다. 때로는 가방 사이에 편지를 슬그머니 넣어두는 때도 있었다. 알 수 없는 것이 내 마음이다. 그가 무섭고 두려우면서도 피래미 같은 껄렁패 부하가 아닌 험악한 깡패의 두목이 나에게 마음을 품고 있다는 사실이 은근히 싫지 않았나 보다. 내가 내리는 대야역에 그의 모습이 보이면 두려움과 반가움이 교차하여 나를 향한 그의 미행이 기다려졌다. 두리번거리면서 그를 찾기까지 하였다. 그러던 어느 날 그 애가 우리 집 인근까지 따라왔다. 계속에서 집적거리고 나는 거절하고 하는 장면을 목격한 사람은 다름 아닌 마을 안에서 가까이 지내는 아버지의 절친한 친구 양동녕 씨였다. 그는 통사리를 거점으로 벌족한 가문을 거느린 양씨가의 한 분이었다. 통사리 양씨는 큰 부자는 아니었지만 한 마을을 차지하고 있으면서 타성바지 영입을 거부하는 힘을 뿜어낼 수 있는 씨족 집안이다. 나중에 내가 혼인할 때가 되니 그의 아들과 인연 맺기를 청해 와서 이러쿵저러쿵 이야기를 나눈 바 있는 집안이다. 그분이 마침 논에서 물꼬 점검을 하고 있었는데 어떤 머슴아가 귀한 친구 집 딸 뒤를 졸래졸래 따라다니면서 귀찮게 구는 것이 아닌가. 그렇잖아도 열악한 여건 속에서 위태롭게 기차로 통학을 하고 있는 여자 자식들이라 어버이들의 마음에는 항상 염려의 시선으로 지켜주어야 한다는 마음이었다.

"어떤 놈이 우리 갱자를 구찮게 찜쩍거리냐. 이 후레아들놈 같으니라구. 이 옘병헐 놈의 새깽이! 너 뒤여지고 싶으냐. 한 번만 그 애를 건드렸다간 내가 이 삽으로 모가지를 쳐 죽일 것이여. 쓱 안꺼질텨?"

논일 하다가 가져온 삽 뒷바닥으로 그 애의 볼기짝을 후려치면서 호통을 쳤다. 똥구멍이 빠져라 도망간 그 머슴아 최마룡은 그 이후 다시는 나를 성가시게 하지 않았다. 나는 오히려 살짝 섭섭하였다.

중학교 3학년쯤 되었을 것이다. 나는 생전 처음으로 친구 집에서 외박을 할 수 있도록 허락을 받았다. 큰집이나 우리 집 밖 다른 어떤 집에서도 외박이 허락되지 않았던 엄격한 집안의 통제 속에서 콩나물처럼 자란 나는 친구들과 함께 밤을 보낼 수 있다는 기대감에 마냥 마음이 들떠 있었다. 하룻밤을 허락받은 그 친구 집은 남의 집이 아닌 일례 언니 시댁이었다. 그래서 어머니의 허락이 이루어졌을 것이다. 일례 언니는 친구인 서정숙의 숙모였고 외가에서 자란 그 친구는 우리들을 그곳으로 초대한 것이다. 외가댁에는 할머니 내외를 비롯해서 삼촌들과 숙모 가족들이 함께 살고 있었다. 그 가족 가운데 막냇삼촌이 있었는데 그 막냇삼촌은 우리들보다 한 학년 위였고 이리남성고등학교에 재학하고 있었다. 그날 마침 삼촌은 친구 문성현이라는 남학생을 데리고 와서 우리들의 방문을 맞이해주었다. 요즈음으로 말하면 그룹미팅이 이루어진 셈이다.

저녁을 일찍 먹고 친구 정숙이와 삼촌은 우리들을 어떤 방으로 안내하였고 그 방에서 서로 통성명을 하였다. 정숙의 사촌 최미영자, 나, 서정숙, 이순례 그렇게 여자는 4명, 남자는 삼촌과 그 머슴아 1명, 이렇게 4대 2의 미팅이 막 이루어지고 있었다. 갓 사춘기에 접어든 우리들에게는 이성을 가까이 접할 수 있었던 최초의 순간이었다. 삼촌은 사돈지간이어서 그런지 별로 관심이 없었다. 그 옆에 앉은 남학생에게 최미영자와 나의 시선이 꽂혔고 발그레해진 볼 따귀에는 웃음꽃잎이 화안하게 흩뿌려져서 방 안을 깔깔댐으로 도배하고 있었다. 밥상을 함께하였을 때부터 콩닥거리는 가슴안의 소리가 들킬까봐 자세를 움츠리고 밥을 먹었다. 날마다 먹었던 우리 집 반찬과는 다른 여러 가지 나무새와 찌개 등에 수저 가락을 휘저으면서 맛있게 먹었다. 끌어당기는 맛에 취해서 배는 이미 남산만 하게 부풀어 올라 있었고 후식으로 가져온 고구마까지 먹은 우리들은 칼같이 불어오는 들녘 찬바람을 한껏 안고 온 터라 딱신딱신한 아랫목의 기운에 온몸이 녹아들고 있었다.

김제면과 대야면의 경계인 만경강 가의 신창리는 대야에서부터 집 한 채 없이 드넓게 뻗어 있는 들판 한 가운데를 한없이 걸어가야 하는, 먼 곳 만경강 둑을 어깨로 하여 고즈넉하게 앉혀져 있는 아름다운 마을이었다. 사나운 북풍을 안고 가기 때문에 발걸음 내딛기가 힘들어 옆으로 뒤로 뜀박질하면서 전진한다. 길 옆 논바닥에는 여기저기 웅덩이가 파여 있었고 그 웅덩이는 추위로 꽝꽝 얼어서 작은 얼음판을 만들어주었다. 이따금 바닥으로 내려가 찔뚝찔뚝 얼음도 지쳤다. 누가 엉덩방아라도 찧으면 깔깔대고 박수치고 팔짝팔짝 뛰면서 온몸을 흔들어 들판을 웃음으로 덧칠하였다. 하도 웃음이 화려해서 영하의 추위는 이미 저쪽으로 달아나 버렸다. 아침저녁으로 통학하는 학생들은 배움에 대한 열정과 목표로 20킬로미터 남짓 되는 그 길을 가는 데에 굴복하지 않았다. 남학생의 존재만으로도 활활 타오르는 열기를 뿜어댈 수 있었을 텐데 들녘 바람의 흥분이 채 가시지 않아 우리는 더 충혈되어 있었다. 공연히 밖을 들락거리면서 긴장을 식히고 문 밖에서 소곤소곤, 훗훗훗, 하다가 또 방으로 들어가곤 하였다. 어색한 분위기는 서로를 쩔쩔매게 하였고 누구도 그 긴장된 분위기를 풀어나갈 수 없어 어찌할 줄 몰라 모두들 땀만 삐질삐질 흘렸다. 그때 삼촌이 제의를 하였다.

"우리 수건돌리기나 할까?"

제일 먼저 삼촌이 일어나서 술래를 자청하고 수건을 손에 쥔 채 둥그렇게 앉아 있는 우리들의 뒤를 빙빙 돈다. 빙빙 돌다가 가만히 누구의 뒤에 수건을 놓고 오면 그 사람이 눈치를 채고 빨리 일어나 술래 노릇을 해야 한다. 그런데 수건을 돌리는 동안 우리 모두는 눈을 감고 노래를 부르면서 앉아 있어야 하기 때문에 술래의 낌새를 못 알아차리는 때가 있다. 수건돌리기 놀이로 한바탕 웃다가 보니 분위기가 훨씬 부드럽게 바뀌어졌다. 그러자 삼촌이 또 다른 제의를 하였다.

"화투나 치자. 성현이 너 먼저 선하고 패를 깔아라."

나는 평소에 익힌 민화투 실력이 약간 있었기에 힘들지 않게 그들과 합세할 수 있었다.

"이눔의 자석 왜 우산 쓰고 지랄이여. 비약 좀 헐라는디."

"아니 똥 찌크리는 것이 젤여. 똥부터 먹어둬."

"홍단으로 붉게 물들여 봐."

"너 청단은 헐 수 있을 것 아녀?"

비약, 초약, 풍약. 떠들썩한 웃음소리가 하도 요란스러워 어른들은 이따금 문을 슬쩍 열어보면서 한마디 던진다.

"멋이 고롷게 좋다냐. 꿀 마시는 소리가 마당까지 울린다 야."

머슴애라면 어린 시절 논두렁에서 새 쫓아 달릴 때 놀았던 이웃집 쪼깐네 형제들 그리고 초등학교 시절 치마폭 추켜올리며 놀리던 최예봉이들밖에 접해본 적 없지 않은가. 남학생 문성현의 얼굴은 뽀얀 피부가 해맑게 피어올라 있고 눈은 선하게 쌍까풀져 있어 순하고 착하게 생긴 예쁘장한 모습이어서 순진한 가시나들을 더욱 강하게 끌어당겼다. 영악하지 못해서 게임에서도 번번이 지고만 있는 그 애에게 매료되어 녹작지근하였던 좀 전의 피곤함은 어디론가 사라지고 흥분 도가니로 고조된 밤의 열기는 시간도 쪼개지 못한 채 쭉쭉 달려가고 있었다. 밤은 그렇게 방해 받지 않고 새벽을 향해 다가갔고 화투 놀이는 계속되었다. 새벽녘인가 어른들의 만류로 게임은 종료되었지만 남은 밤의 어둠은 잠이라는 덮개로 덮어지지 않았다. 너무나도 황홀하였고 신비스러웠고 뿌듯하였고 가슴 설레는 사건이었다.

다음 날 서로 인사하고 헤어졌다. 그것이 우리들 만남의 전부였다. 그러나 그때 남자와의 만남은 내 이성 전선에 커다란 파문을 가져왔다. 이성에 대한 이상하게 짜릿한 느낌을 알게 된 것이다. 나는 오산역에서 오르는 통학생들 사이에서 그 애를 찾게 되었다. 그 찾음은 나뿐 아니라 최미영자도 함께였다. 그녀도 그날 밤 그 머슴아 생각에 몸을 뒤척였고 나를 만나기만 하면 그 이야기로 시간 가는 줄 몰랐다. 어쩌다가 멀찌감치 지나가는 그 애를 볼 수 있는 날은 기뻐서 어쩔 줄 몰라했고 행복한 시간이었다. 인간의 본능이 눈을 떠서 세상 밖을 어루만지기 시작하였던 시기였다. 그 뒤 최미영자는 고등학교를 군산여자상업고등학교로 진학하였고 나도 그 애에 대한 관심이 점점 스러져갔다. 내가 가까이 만나 이야기를 나누고 웃음을 함께하였던 최초의 이성이었다.

아침저녁 기차역까지 가는 길은 국도 1호였다. 제법 도로로서 면모를 갖추고 뻗어 있었다. 물론 전쟁의 후유증은 포장도로를 상상할 수 없는 험상궂은 길로 만들었지만 그 길은 서울로, 대전으로, 전주로 그리고 남쪽 김제 부안을 거쳐 목포 여수에까지 연결되는 중요한 도로였다. 자동차들은 뿌연 먼지를 날리면서 달렸다. 우리들은 등교 때 그 사이를 요리조리 피하면서 대야 기차역으로 향하였고, 하교 때에는 기차역에서 내려서 5킬로미터쯤 되는 길을 걸어서 돌아오곤 하였다. 그렇게 다니는 동네 사람들 가운데에는 전북대학교에 재학 중인 한 대학생이 있었고 초등학교 교장선생님 자제들인 3남매가 있었다. 그리고 큰집의 사촌 영순 언니와 고짱 동생 영자, 우리 집의 나 그리고 동생 경태가 있었다. 그 밖에 몇몇의 학생들이 있었지만 우리들과는 별로 가깝게 지내는 편이 아니었다.

특이하게 생각나는 사람은 전북대학교 재학 중인 한 학생이다. 걸음을 조신하고 얌전하게 걸으면서 자세가 반듯하여 우리는 그를 "빠뜻이 걷는 사람"이라고 불렀다. 평소에 구두를 신고 다니다가 비가 한 방울만 떨어지면 그 구두를 벗어서 양 겨드랑이에 끼고 비 맞지 않게 구두를 아끼는 아저씨였다. 없는 살림살이에 겨우 대학교의 학자금을 마련하여 다니지만 4년 내내 교복 한 벌과 구두 한 켤레로 다니던 모범생 "빠뜻이 걷는 사람". 그 대학생은 지금 어디에서 무엇을 하고 있을까.

도로의 양쪽에는 농로 기능의 도랑물이 졸졸 흐르고 있었고 도랑 물 옆 언덕 옆에는 무밭이 있어 무가 시퍼런 등커리를 내밀면서 탐스럽게 자라고 있었다. 도로와 무밭의 경계에 코스모스가 울타리 쳐서 흐드러지게 피어 있었다. 코스모스는 분홍색과 빨강색 흰색이 서로 얼굴을 부비면서 바람에 몸을 맡겼고 그 사이에는 이름 모를 잡꽃들이 야생을 뽐내면서 얼기설기 섞여 있었다. 들국화는 자기네 텃밭 침입자 코스모스를 거부하며 떼거지 시위로 자리 잡았고 갈퀴처럼 못생긴 질경이, 크레카 분꽃들이 목을 내밀어 한 패거리 꽃 떼 속에 합세하였다. 짙은 풀꽃 내음이 바람이 불 때마다 슬쩍슬쩍 콧구멍 앞을 간지럽혔다. 방과 후 기차를 내려 걸어오느라면 이미 피로와 배고픔이 목까지 차 있다. 누군가 용감하게 코스모스를 헤치고 무밭을 침범한다. 길쭉하게 잘 자란 무는 요염한 여인의 허리 토막처럼 육감성 자태를 뽐내다가 우리들 손에 잡히면 껍질 벗겨 입에 물려 아작아작 씹혀졌다. 가을철 무는 매콤달콤하여 씹히는 쾌감과 함께 갈증을 가라앉히고 피로를 가시게 하는 훌륭한 보신 음료다. 코스모스 꽃은 가지를 꺾어 둘레 모자 만들었고 옹기종기 얼굴 내민 네 잎 클로버 꽃은 반지로 손가락에 끼어졌다. 이따금은 곽 교장네 아들 재섭 오빠가 목청 뽑아 불렀던 쏠베이지 노래에 귀 기울이면서 하굣길은 아름다운 놀이로 변해가고 있었다. 술래잡기는 코스모스 밭을 누비는 게임이었고 숨바꼭질은 남녀 학생들이 눈가리며 서로를 잡아끄는 약식 스킨십이었다.

쏠베이지 노래 주인공 재섭 오빠는 통학 길에서 키웠던 또 하나의 이성 체험이다. 둥그스레한 얼굴은 제법 하얀 피부로 호감 가는 인상이었고 옆으로 약간 흔들면서 걸었던 그는 우리들 조랑조랑한 동생들을 맡아 돌봐주는 가장 높은 상급반 오빠였다. 곽 교장네 딸들 2명과 고짱네 영자, 사촌 영순 언니, 그리고 나와 경태가 그의 돌봄 울타리 안에 속해 있었다. 그의 목소리는 테너였고 그 당시 선호하였던 명곡들을 힘들지 않게 뽑아낼 수 있는 훌륭한 목소리를 지니고 있었다. 저녁 피곤한 하굣길은 그의 노래로 수놓아졌다. 노래에 자신이 있는 그는 언제라도 입을 벌려 흥 분위기를 만들어주었다. 민감한 감수성을 지녔던 우리들은 노래에 취해서 발길 옮기기가 훨씬 가벼웠다. 나는 하늘까지 치솟는 그의 음색 안에 젖어들어 슬프기까지 하였다. 그러면서 나도 모르게 그에게 빠져들고 있었다.

어느 날 코스모스 밭을 지나면서 숨바꼭질이 벌어졌다. 꽃밭에 숨어 있는 나를 그가 찾아내서 내 눈을 꼭 감겨줄 때 가슴 두근거렸고 그런 두근거림이 무엇인가 되물어보게 되었다. 그 마음은 너무나도 부끄러운 일이었기에 절대로 표시해서는 안 된다고 나 자신에게 다짐하고 또 다짐하였다. 들녘 바람에 맞부딪치는 코스모스 밭의 꽃잎들은 우리들을 향하여 마음껏 몸채를 흔들었다. 논바닥에서 뿜어져 나오는 흙냄새와 풀잎들의 체취는 들녘에 던져진 우리들 성정 바닥으로 한 켜 두 켜 쌓여갔다. 내가 두근거림으로 쏠베이지 노래를 들이키는 동안 풀잎들의 농염은 더욱 강렬한 유혹으로 밀려왔다. 어느 날인가부터 내 일기장 위에서는 차마 부를 수 없는 약칭 'J'라는 칭호가 드문드문 쓰여지기 시작하였다. 세상 누구에게도 들켜서는 안 된다는 꼭꼭 숨겨진 비밀의 설렘이었다.

서울로 대학에 진학한 그가 여름방학 때 마을에 나타났다. 기다리는 한 학기는 길기만 하였다. 그가 우리 집을 향해 걸어오는 것을 이미 지켜보고 있었던 나는 걸레쪽 두어 개를 놋대야에 담아 머리에 이고 동네 공동 우물로 갔다. 그가 잘 보이는 장소를 찾아 앉아서 걸레 빠는 시늉을 하였다. 그가 성큼성큼 걸어왔고 모른 척 앉아 있는 내 등 뒤로 와서 두 손으로 눈을 감쌌다.

"누구인지 알아맞혀 봐."

"응? 누구냐. 송자냐. 복님이냐?"

모르는 척 다른 이름을 외웠다.

깜짝 놀란 듯 팔짝팔짝 뛰면서 그를 맞았다. 그해 여름은 행복한 나날이었다. 그는 수시로 우리 집을 들락이면서 공연히 동생들을 어르고 저녁이면 어슬렁거리면서 마당 주변을 맴돌았다. 들마루 끝에 앉아서 밤하늘 위에 수놓아진 카시오페아, 북두칠성, 삼태성을 찾아 손가락질로 하늘을 허적거렸다. 쟁반 위에는 잘 익혀진 옥수수가 수북이 놓여 있었다. 한 알갱이씩 뜯어 입에 넣고 오물거렸다. 시원한 밤바람은 한낮에 쩌들었던 육신을 식혀주었고 들마루의 상큼한 바닥 감촉은 그와의 소곤댐이 없었어도 방으로 발길을 머뭇거리게 하였을 것이다. 그러던 어느 날 모기장 안에서 우리들의 행태를 지켜보시던 어머니께서 나를 불렀다. 깊은 눈으로 지긋하게 나를 응시하시더니 무겁고 엄하게 말씀하셨다.

"경자야. 너 재섭이 좋아하는구나. 재섭이는 참 좋은 애다. 그런데 지금은 만나면 안 된다. 나는 딸이라도 너에 대해 큰 꿈을 갖고 있단다. 너는 틀림없이 큰 사람이 될 것이다. 지금 머슴아나 좋아할 때가 아니다. 대학도 가야 하니 공부를 해야지. 너는 더 좋은 짝을 만날 수 있을 것이다. 대학교 졸업할 때까지는 어떤 남자도 만나서는 안 된다. 그때 가서 그 애를 다시 만나 보아라. 그래도 그 애가 근사하게 생각이 되고 또 훌륭하게 자라 있으면 너희들의 만남을 허락할 것이다. 그때까지만 참자."

어머니에게 비밀스런 속마음이 들켰으니 그 부끄러움 때문에 얼굴을 들 수가 없었다. 나는 부모님의 말씀을 거역한 적이 없었다. 우리 식구들은 가정교육이 엄격하여 부모님의 말씀에 절대 복종하는 가풍을 가지고 있었다. 혼자만의 길을 간다는 생각은 애당초 없었다.

"어머니 잘못했유. 다시는 안 만나유. 별로 좋아하지도 안 혔유."

무안한 마음에 거짓말까지 하면서 백배 사죄하였다. 그 다음 날 그가 집에 와도 쳐다보지 못했고 마음을 접고자 노력하였다. 어머니 말씀은 곧 법이었다. 나는 밀려오는 대학입시 준비에 진력하였다. 그에 대한 생각도 까맣게 잊어가고 있었다. 대학에 진학하여 새로운 세계를 맞은 나는 흥분과 호기심으로 날마다가 모험이었고 개척이었다. 시골 촌년이 서울이라는 엄청난 중앙지로 삶의 터전을 옮기고 대학이라는 이질적인 학제에 적응하느라 정신적인 몸살에 영혼의 질서가 재편되어가고 있었던 터였다. 그 모든 것을 소화해야 하는 부담과 울렁임은 초학년 내내 계속되었고 내 자신을 정돈하기 위한 안간힘만 있었던 때였다. 자그맣고 올망졸망한 우리 동네의 삶을 살았던 내게 새로운 문물과 한 단계 높아진 대학 생활, 인간들과의 만남은 변환기를 맞은 나에게 인생 노트 다음 페이지를 새로 쓰게 하였다. 어린 시절 추억들의 장을 넘기고 달라진 색종이를 다시 접기 시작한 것이다.

2학년 때였던가. 그가 신촌에서 살고 있는 우리들 집을 방문하였다. 대문간에서 만난 그는 옛날의 쏠베이지 학생이 아니었다. 제비족들이 입는 화려한 색깔의 감색 양복에 색안경을 쓰고 머리에는 포마드를 발라 이상한 냄새가 코끝을 아프게 찔렀고……. 한껏 멋을 부리고 나타났다. 아련하게 남아 있던 코스모스 밭 숨바꼭질 남학생이 아니고 상하이 뒷골목에서 으시대는 똘마니 같은 남자 차림이었다. 나는 어머니의 말씀이 생각났다.

"대학을 졸업하고 그가 훌륭하게 자라 있으면 내 다시 만남을 허락하마."

"어머니 말씀이 옳았어요."

그는 내게 그 답을 주고 있었다. 내 순수했던 성정 위에 살며시 얹혀졌던 쏠베이지 향기는 코스모스 숲길 밖으로 멀어져 가버렸다. 그렇잖아도 탈색되어가는 책갈피 전 페이지였는데. 차라리 찾아오지 말지.

티 없이 맑고 투명했던 사춘기 시절 기차통학과 함께 스쳐간 몇 명 머슴아들 이름 다시 한 번 불러본다. 나를 한 학년 월반하게 한 초등학교 시절의 오해옥. 백골단 깡패 두목 최마룡. 처음 만나 화투놀이 하였던 문성현. 쏠베이지 노래가 은은하였던 재섭이.

팔봉 선생

　의료시설이나 위생관념이 희박하였던 시절이었다. 아이들의 사망률이 높아서 며칠 전에 같이 놀았던 친구가 어느 날 죽어나가기도 하고 시름시름하였던 어른들 또한 병원 치료 한 번 제대로 받아보지 못한 채 세상을 막음하는 시대였다. 요즈음 우리나라도 아프리카 오지에 우물을 파주고 학교를 세워줄 정도의 경제 수준이 되었지만 그때의 우리 형편은 그에 못지않게 가난하여 아이들은 신발조차 신을 수 있는 혜택이 없었다. 그나마 우리 마을은 여건이 좋아서 이곳저곳에 공동 우물이 있었고 그 우물을 길어 날라 물만은 풍족히 먹을 수 있었다. 그러나 잘 씻지 않고 집 안팎의 비위생적인 생활 수준은 인도 변두리 천민들의 생활 못지않은 빈천함 그대로였다. 몇 년 전 인도를 여행하면서 그다지 새롭게 느껴지지 않았던 광경에 나 자신도 놀랐다. 어린 시절 내 이웃들의 삶 모양과 닮은 꼴이었다. 굶주림으로 삐쩍 마른 몰골, 배만 불쑥 튀어나오고 눈은 퀭한 채 맨발로 거리를 맴돌던 친구들이 다시 떠올려졌기 때문이다. 금강 지류 언저리에서 잡아 올린 물고기를 먹고 걸린 간디스토마 보균자는 마을 전체 인구라 할 정도로 많았고 그것을 치료하지 않아 누렇게 뜬 얼굴로 불쑥 나온 배를 안고 마을 이곳저곳을 어슬렁거리던 환자들이 내가 함께 놀던 친구들이었다. 전염병이 돌거나 사경을 헤매는 정도의 아픔이 있을 때는 개정병원이나 군산에 있는 도립병원을 찾는 게 고작이었다.

대방산이 둘러친 산 아래 저 안동네부터 여러 개의 부락들이 포개지고 잇대어져서 포감포감 만들어진 동네가 발산이라는 지역이다. 원발산, 대방골, 신발산, 남발산, 대황부락…… . 발산초등학교 앞 작은 들녘을 앞마당처럼 바라보면서 고개 넘어 통사리까지를 아우르는 마을은 제법 큰 영역을 품고 있었다.

이 넓은 마을들의 건강 지킴이가 한 분 있었는데 채팔봉이라는 의사선생이었다. 사경을 헤맬 정도로 병이 중태일 때는 20리 밖 종합병원으로 치료를 받으러 갔지만 대부분 질병들은 가정의 역할이자 종합병원 구실을 해준 대황부락 끝자락 그분의 집에서였다. 그는 학력이 우수하지도 않았고 생김새가 수려하지도 않았다. 집안이 떵떵거리는 명문가도 아니었다. 서울의 속성 의사 양성소에서 간이로 배운 것이 전부였다. 서울에서 좋은 스승을 만나 그 집에 머물면서 스승의 의학 지식을 습득하였다 한다. 그 스승이 성실한 분이었던 것 같다. 팔봉 선생의 환자 대하는 태도로 보아 그 수습 과정을 짐작할 수 있다. 그곳에서 스승의 중매로 만난 아내는 서울의 명문 여학교를 졸업한 인텔리 여성이었고 그 여인은 시골의 보잘것없는 시댁을 향해 발걸음을 옮겨주었다. 말썽 없이 시집살이를 충실히 해냈고 자식들을 훌륭하게 키워냈다.

팔봉 선생은 우리 마을의 생명줄과 같은 존재였다. 그가 있어서 질병을 두려워하지 않았고 산기産氣가 있는 집안에서는 안정된 마음으로 아기를 생산할 수 있었다. 마을 어떤 집에 병이 발생하면 일단 치유를 위한 처방 모색이 두 갈래로 이루어진다. 첫째는 당골 어멈을 불러 간단한 푸닥거리를 한다든가 무당 전득선이 어머니를 불러 깨끗한 밥 한 그릇 물 한 그릇 떠 놓고 부뚜막의 조왕신부터 달래는 '치성'으로 해결하였다. 대수롭지 않은 병은 자연 치료도 있는지라 '치성'의 효과였다고 믿었다. '빎' 효과가 없는 질병은 일단 팔봉 선생을 찾아갔다. 이미 진행된 병에 손댈 수 없는 중병이 되면

"저거 팔봉이 돌팔이여. 지가 어떻게 낫겄는가. 병자만 깔짝거려 놓고……"

라고 비난까지 하였다.

이 짓 저 짓 하느라고 병이 진행되어 환자의 상태가 중증이 되었을 때 병원을 찾는 형편이었으니 치료는 더 힘들 수밖에 없다. 보리쌀 한 되빡이나 달걀 한 줄 치료비로 삐죽이 내밀면서 그것도 삭감해달라는 게 농촌 사람들이었다. 약값 계산은 아예 헤아리지도 않았고 수고비는 더군다나 계산할 줄 모르는 마을 사람들 비난도 멸시도 묵묵히 감수하였던 그다. 그래도 그 사람을 기억할 수밖에 없는 이유는 그의 허름한 왕진가방과 함께 소명 받은 사람처럼 환자만을 찾아다니던 고마움 때문이다. 잘 씻겨지지도 않아 손톱 속의 흙때 그대로 묻어 있는 손으로 머리 만지고 가슴 만지며 성실하게 환자 맞이하였던 그였다. 넘치지도 모자라지도 않는 그의 객관적 진료는 몽매한 시골 사람들에겐 차갑게 느껴졌을지도 모른다.

나는 특별히 그를 잊지 못한다. 대학원 시절 담낭염으로 힘들

어 했던 시기가 있었다. 체기를 빼내야 한다고 어머니는 나를 끌고 군산 가는 철로의 언덕 벽에 잇대어 아슬아슬하게 판자를 엮어 만든 어떤 허름한 집 문간방으로 갔다. 방안에는 여인네 몇 명이서 끄르륵 끄르륵 트림을 하면서 소화가 안 된다는 둥 병증을 부각하고 있었다. 방안은 시크름하고 퀴퀴한 곰팡이 냄새 그리고 병자들의 끌끌대는 몰골들로 음침하고 불쾌하여 견딜 수 없는 분위기였다. 안방 벽은 파리똥으로 뒤덮여 있고 해결사 여자의 옷매무새, 더러운 손 그리고 철로 위를 달리는 기차 소음까지 합해져서 짜증을 증폭시켰다.

"어머니, 나 싫어요. 더럽고 불결하고 믿음이 안 가요. 집에 가요."

"야가 시방 여까지 와서 뭔 소리를 헌다냐. 너 끌끌대는 것 이 아줌니가 속 시연히 빼준다고 안 허냐. 시꺼. 아이고 아줌니. 우리 딸부터 손 대줘유."

그 집주인 여자는 나를 보자마자 얼굴에 체기가 꽉 차 있다면서 당장 손목을 끌더니 목구멍에 손가락을 넣고 우적거렸다. 나는 그만 왝왝 거리면서 내장 속 음식물을 전부 쏟아냈다. 그때 그 여자는 무엇인가 고기 불어터진 것 같은 줄거리를 하나 보이면서 소리쳤다.

"이것 봐유. 이것이 가심에 꽉 얹혀 갖고 있었구만유. 인자 다 빼냈유."

옆에 앉아 있던 여인들도 함께 감탄하였다.

"아이고 신통혀라. 속이 시언허겠네. 아가씨야."

"한 가지 더 있유. 손바닥에서 체를 더 빼야 혀유."

소독도 하지 않은 바늘로 머리 위를 싹싹 문지르더니 내 손 바닥 가운데를 후벼 팠다.

"아이고 아파요. 나 안 할래요. 어머니 싫어요. 아이고 아이구라."

그런데 신통하게도 손바닥에서 하얀 실타래 같은 것이 나오는 것이 아닌가. 나는 아직도 증명되지 않은 그 물체가 무엇이었는지 의심스럽다. 아무것도 없는 내 손바닥에서 왜 그런 실가닥 같은 것이 나올 수 있었는지 그 의심이 풀리지 않는다. 고기 줄기 같은 물체는 그 여자의 속임수였음이 분명하지만 실 가닥은 속임수가 아니었기에 의학적인 설명이 필요하다. 목구멍을 후벼 파고 손바닥을 후벼 팠음에도 집에 돌아온 나는 다시 가슴을 움켜잡고 방바닥을 쓸면서 몸부림쳤다.

나의 비명에 온 집안 식구들이 전전긍긍하였다. 마침내 큰어머니와 고모님까지 오셨다. 무명 앞치마로 쌀 수북이 담은 됫박을 덮어 배와 가슴을 마사지처럼 골고루 쓸어주었다.

"야가 뭣이 씌어도 단단히 씌었네. 여보게. 고집부리지 말고 쌀 한 되빡 찌크러야겠네. 득선네 불러서 시루 하나 혀 놔야 허겄어. 잔밥 멕여도 안되네."

"그리 얄랑게뷰. 어이 덕수 거그 있능가. 저 건너 득선네 좀 시방 오라구 허야굿네. 시집도 안 간 년이 시상으 이게 뭔 꼴여."

그날 저녁 우리 집에는 간단한 푸닥거리가 진행되었고 득선네는 나무줄기로 내 머리랑 배를 쓸면서 주문을 외웠다. 큰어머니 고모님들은 안방에 앉아서 윗목에 차려진 제사상에 연신 절을 했다.

"으디 초상집에 가서 주당 맞고 왔구만요. 신령님께서 고개를 홱홱 젓어싸유. 나수 빌었응게 오늘 저녁만 지내믄 쇡이 가라앉을치유."

그 다음 날도 나의 통증은 계속되었다. 이제 팔봉이 차례다.

"팔뵝이라도 불러봐야긋네."

"그 놈이 뭘 안다구. 차라리 개정병원으로 가보자구."

"아녀. 저러다가 애 잡겄어."

사랑채에 얼굴을 내밀고 소리친다.

"거그 누구 있능가. 언능 가서 쪼매 팔뵝이 디려와."

정중하게 인사드리면서 마루에 들어서는 그를 아버지는 모른 채 사랑방으로 들어가신다. 아버지 의견을 존중치 않은 어머니의 태도와 평소 돌팔이 취급으로 팔봉이 진료를 신임하지 않았던 심기 불편한 마음을 그렇게 표현한 것 같다.

"이리로 반듯하게 누워 봐요. 여그가 아파요? 이쪽이 아파요? 숨을 쉬었다가 멈춰봐요. 엎어져 봐요."

머리도 만져보고 열도 잰다. 맥도 짚어보았다. 마침 그의 여동생이 한의과 대학에서 한의학을 공부하고 있었던 터라 노후에는 한의학 지식까지도 섭렵하여 한방과 양방 의학을 종합적으로 인용 진료하였다.

"위장 때문이 아니라 쓸개에 문제가 있네요. 쓸개에 염증이 심해서 통증이 심한 것입니다. 큰 병원에 가서 다시 정확한 검사를 해봐야 합니다. 내가 우선 약 몇 개를 줄 터이니 먹어보세요. 좀 가라앉을 것입니다."

그는 진통제인 바랄긴 몇 알을 주었고 진땀으로 범벅된 내 통증도 슬그머니 진정되었다. 그 이후에도 소화기능은 좋지 않았고 심해지면 예의 그 통증이 재발하여 나를 괴롭혔다. 십여 년 동안 다른 의사들의 위장 장해 판단을 믿고 약만 복용하였고 팔봉 씨가 내려준 병명을 무시하였다. 소화불량에 미열까지 동반된 나날의 고통에 시달리다가 어느 날 서울대학교 출강 교수였던 김 내과 병원에서 정확한 진단이 나왔다.

"극심한 담낭염으로 수술을 요함. 미루어지면 담낭이 터질 수도 있음."

명의 팔봉 선생의 의견에 귀 기울였다면 쓸개를 다독이는 치료로 적출 수술 지경에까지 이르지는 않았을 것이다. 그의 진단을 무시한 결과로 오늘날 나는 쓸개 빠진 년이 되어버린 것이다. 득선네 푸닥거리 효과를 뒤로 미루고 쌀 되빡 엎혀준 그 비용으로 담낭 다스리는 치료를 하였더라면 내 가슴에 칼자국 흉터도 없었을 것이고 고기도 마음껏 먹을 수 있게 쓸개즙 펑펑 쏟아져 나왔을 것을. 쓸개를 떼어내니 쓸개즙 부족으로 변비가 생기고 만성 변비는 직장 종양까지 유발해서 나는 마침내 죽을 고비를 수없이 겪어야 했다. 우리 동네 명의 팔봉 선생의 진단을 믿지 않은 죗값은 내 배 위에 몇 개의 칼자국 그림을 만들었고 창자들의 질서를 교란해 삶 내내 비실비실 생활로 연명하게 되었다.

큰집에 잔치가 있었다. 손님들이 떠난 뒤 직계가족들만 남아서 여흥을 즐기고 있었다. 그즈음 형진·원영 오빠들은 대학생이었고 신문화를 받아들여 신식 춤을 우리들 앞에서 재현하고 있었다.

"띳띠리 띠 띳띠리 띠……."

"도롯도 춰야 혀. 그러면서 휙휙 돌려야지."

"아녀. 탱고가 맞아. 야! 영순아 이리 나와봐. 내가 돌려볼 팅게."

아래채 장방과 뒷방이 다 터져 있어 대광장 같은 방안에 모여 앉은 우리들은 즐거움에 흥취되어 오빠들의 몸짓에 뱃살을 움켜 잡고 대굴대굴 굴렀다. 넘치는 웃음이 몸통에 통증을 유발할 수 있다는 사실도 그때 처음 알았다. 마침내 뚫어진 신체 부위들 여기저기에서는 찐득한 액체가 삐질삐질 나오기까지 하였다. 눈에서는 눈물, 코에서는 콧물, 아랫도리에서는 오줌, 그 뒤에서는 방귀, 그 방귀 소리에 웃음은 또 재충전되고 서로의 모습에서 새로운 웃음을 찾고, 새벽까지 이어진 향응은 민식 어멈의 밤참을 준비하게 하였고 맛깔나는 밤참과 함께 무대 위의 공연은 계속되었다. 새벽이 가까워지면서 갑자기 경태가 비명을 지르고 배를 움켜잡았다. 과도한 웃음 때문일 것이라고 가볍게 넘기고 공연에 도취된 식구들은 깔깔대기만 하였다. 그런데 경태의 얼굴이 샛노래지면서 심상치 않은 병증을 보이기 시작하였다. 바깥 사랑채 머슴 봉기를 불러서 아이를 업어 먼동도 트기 전 팔봉 씨를 찾았다. 그는 청진기를 귀에 대고 아픈 곳 여기저기를 누르면서 신중하게 진찰을 하였다.

"먹은 것도 별반 없는디 참 이상시럽기도 허네. 허기는 엄청 납떠쌓게유. 시삐여겼드니만."

어머니는 새벽녘 잠까지 설치게 한 그네 식구들에게 인사 겸한 걱정스러움을 표현하였다.

"아떨이 시망시러서 그럴 수도 있지유. 애비가 잘 볼 팅게 사둔은 마음 놓슈."

"혹시 맹장인가유?"

팔봉 어머니와 대화를 나누는 동안 급히 어머니를 찾는다.

"아줌니. 글씨 맹장인가 저녁 먹은 것이 잘못 되었는가 주사 한방 놓았응게 집으로 가서 기다려봐유. 어제 저녁으 뭔일 있었유?"

"얼라. 어짜쓴데유. 큰집에 잔치가 있어서 즈그 사촌들끼리 재밌게 나분닥거려 쌓드만. 밤새도락 남발산이 들썩거렸대유. 아이고 어쩐디야."

명의들도 이따금은 오진을 한다. 창자가 꼬인 것을 잘못 진단 내린 것이다. 경태는 계속 통증을 호소하면서 울어댄다.

"날이 밝는 대로 군산 김 외과로 가야긋다. 맹장일지도 모릉게. 빨리 수술을 허야지."

집에 업혀 온 경태는 자전거로 김 외과로 실려갔다. 시간이 약간만 지체되었어도 창자가 썩을 수 있었다는 병원 진단과 함께 즉시 수술을 받았고 깨끗하게 치유되었다. 어설픈 병원 갔더라면 소화제나 지어주었을 것이고, 남발산 임 생원네 갔으면 침이나 몇 방 놓아 병을 키웠을 텐데 팔봉 씨의 임시 처방과 부모님들의 신속한 대처로 시급을 다투는 급환을 치유할 수 있었다.

동네 아낙들이 아이를 생산할 때도 인척이나 이웃이 와서 산후 도움을 주지만 때로는 다른 사람 도움 없이 강아지 새끼 낳듯 스스로 낳는 때도 많았다. 소독도 하지 않은 바느질 가위로 탯줄을 자르고 피를 질질 흘리면서 부엌 바닥을 기어 나가 찬물 한 그릇 먹는 것이 고작인 시절, 산모 뱃속 여건으로 수술을 요하는 경우에도 방치되어 그만 죽어가는 일이 많았다. 감히 팔봉 선생을 불러볼 엄두도 못 냈다. 그럴 때 그는 주저 없이 사경을 헤매는 산모 앞에 다가가 생산을 유도하고 탯줄을 잘라 아기를 안겨주었다. 방바닥에 깔아놓은 볏짚 사이로 흥건하게 쏟아낸 핏물 위를 정정정정 걸어 나가는 그의 어깨는 발만 동동거리던 가족들의 든든한 버팀목이었다. 급성 맹장으로 화급을 다투는 환자에게도 그의 손길은 생명소생을 위한 초인종이었고, 전염병이 동네 안팎을 넘칠 때 몸을 사리지 않는 예방과 처치로 공포에 떠는 마을 사람들의 두려움을 달래주었다.

남발산의 임씨, 대황부락의 장엽 아저씨, 대방 골의 채씨, 상봉네 자전거포에 세들어 살던 돌팔이 이빨쟁이 등이 의원 간판은 걸지 않았어도 한약이나 단방약 또는 침술로 간단한 시술을 해주었지만 양의로서 정통 진료는 단연코 팔봉 선생이었다. 의사 자격증이 있었는지는 모른다. 하지만 자격증을 초월한 그의 해박한 임상 경험과 정확한 진단은 도회에서 내로라하는 어떤 사람보다 더 훌륭한 의사 수준이었다. 나의 어린 시절 우리 가족들의 건강은 물론 마을 사람들 건강이 그의 해박한 손끝 처치로 지켜졌기 때문이다. 우리 동네 사람들은 그처럼 탁월한 명의가 가까이 있는 줄도 모르고 얼마나 많은 진료비를 엉뚱한 데서 탕진했을까. 이제 와 생각하니 미안하고 고맙고 소중한 의사 팔봉 선생이었다.

고짱네

"영자는 걸레도 잘 빨고 시서리도 잘허는디 너는 왜 그렇게 일을 못허냐."

"영자는 공부도 잘허고 말도 잘 듣는디 너는 그것도 못허냐."

"고짱은 동네 사람들헌티 인사도 잘허고 심부름도 잘 헌단다."

게으름을 부리거나 공부를 안 하거나 심부름을 귀찮아하거나 동생들과 싸우거나 할 때 후렴처럼 따라다니는 어머니의 비교 꾸지람이 있었다. 어느새 오빠와 내 마음 깊은 곳에는 그들 남매에 대한 원망과 싫어하는 감정이 쌓여갔다. 그렇잖아도 능동적이지 못하고 부끄러움으로 움츠렸던 나는 영자에게 열등의식까지 갖고 있었다. 비교와 꾸지람 때문에 자연스레 그들을 멀리하게 되고 미움까지 생겨났다. 그 집 아이들 또한 만만찮아서 우리 형제들을 향한 대립각이 날카롭게 서 있었다.

고짱 아버지는 남매를 남겨두고 그들 어머니가 20대일 때 폐결핵으로 세상을 떠났다. 자식 둘과 문전옥답의 농토와 훌륭한 기와집 등 상당한 유산을 남겨주었지만 그 망망함과 쓸쓸함이 오죽했을까. 아버지 어머니는 그런 그녀를 안쓰럽게 여기고 도움이 되고자 노력하였다. 우리 집을 향한 경쟁심을 양성으로 발산하는 험담들도 그러려니 덮어주곤 하였다. 그러나 그 문전옥답의 농토 때문에 농사철만 되면 험담이 악다구니로 바뀌어 큰집 우리 집을 싸잡아서 농도 짙은 화살로 무차별적으로 쏘아왔다. 그럴 때 발산 안 들녘은 작은 소란으로 어수선하였다. 큰집 논과 우리 집 논 사이에 박혀 있는 그녀의 땅은 이씨 집안 논을 거쳐야만 농수를 건네받을 수 있는 불리한 자연조건을 가지고 있었다. 큰집 앞 천수답은 작은 저수지가 마련되어 있어서 아쉬운 대로 그 물로 충당하였고 우리 집 앞 도로변에 있는 논들은 수로가 설치되어 있어서 수리조합 물을 끌어댈 수 있었다. 논들 사이에는 고짱네 논과 대방골 채씨 집 논이 있었지만 채씨 집 논은 수로에 머리가 하나 간신히 연결되어서 수로 물을 이용할 수 있었지만 어느 곳에도 수로 연결이 되지 않은 고짱네는 물길에 관한 한 맹지였다. 농사철 물을 댈 수 없었던 답답함도 안타까운 일이었다. 수리조합 물이 넉넉지 못할 때는 쩍쩍 갈라진 논바닥을 보면서 마침내 물싸움이 살인으로까지 발전하기도 하였다. 흘러오는 물을 들녘 안 여러 땅에서 나누이 사용해야 하는 상황에서 고성의 난무는 연례행사처럼 치루는 홍역이었다.

이씨 집안과는 고짱 할아버지 시절부터 세교가 있었던 관계여서 작은 일에는 서로 양보하고 이해하는 사이였다. 농사일도 의논과 양보로 순서를 기다리면 싸움은 줄었을 것이다. 성격이 강하고 욕심이 넘쳐났던 고짱 어머니였다. 혼자서 세파를 헤쳐가야 했고 자식들은 앞자리에 위치하게 하고 싶었을 것이다. 감히 넘볼 수 없는 상대는 이씨 집안이었다. 이씨 집안보다 더 앞선 위치가 되고 싶었던 그녀가 돌을 던질 상대는 큰집과 우리 집이다. 더 군다나 우리 집과는 연령대가 비슷하고 아이들 되어가는 모습 비슷하여 무차별 화살 발사 상대로 조준되었다. 그 조준된 화살의 아픔을 오빠와 내가 감당해야 했던 처지를 어머니 또한 함께 부추겨 비교 꾸지람으로 상처 주었다. 쉽사리 일이 성사되지 않을 땐 시아버지뻘 되는 큰아버지 · 아버지를 맨이름으로 들먹이고 분노가 북받칠 때는 욕설과 발악으로 화를 뿜어냈다.

"흥! 이성렬이 이성환이 형제 요새 날 따따부따해도 별것 아녀. 과부 등쳐 먹고 을매나 잘되는가 보자."

농사철만 되면 이성렬 · 이성환 이름이 논바닥 위에서 둥둥 떠다녔다. 욕심껏 논물 대주지 않는다는 악다구니였다. 가뭄이 계속될 때 비가 많이 와서 홍수 날 때 그리고 자기 농사가 우리 농사보다 좀 약할 때, 그럴 때마다 동네 안 들녘은 고짱 엄마의 고성으로 논두렁이 흔들렸다. 결코 성정이 나쁜 사람은 아니었다. 일찍이 청상과부가 된 그녀는 어린 남매를 앞에 놓고 날마다 남편의 산소에 올라 구슬피 울었다 한다. 고짱 아버지는 폐결핵에 걸려 그 시절 약도 제대로 써보지 못하고 요절하였다. 아버지 얼굴도 익히기 전에 애비 없는 아이들이 된 것이다. 가슴 절절한 사연을 안고 있었던 고짱 엄마는 그 실타래 같은 한을 삶의 의지로 극복해갔다. 시부모 때부터 내려온 유산인 땅덩어리를 혼자 힘으로 일구고 가꾸었고 고짱인 아들 재황과 딸 요시꼬, 영자를 제일의 자식으로 기르고자 열성을 다하였다. 그 목표는 이씨 집안의 자식들 가는 학교에 함께 가는 것이었다. 사촌들과 오빠가 전주로 유학을 하니 당신 아들 고짱도 전주고등학교로 유학시켰다.

사촌인 영순 언니와 내가 이리로 학교 들어가니 딸 영자도 함께 보냈다. 오빠가 서울대학교에 입학하니 아들 또한 연세대학교로 보냈다. 내가 이화여대에 가니 그녀의 딸 영자가 또 이화여대에 갔다. 그 남매는 똑똑하고 영리하여 공부도 잘했고 뛰어난 언변도 타고났었다.

그 집안 남매와 우리 형제들과의 비교 교육, 꾸지람으로 어린 시절 상처받았고 또 그들을 마음에서 밀어내는 결과까지 초래하였다. 똑똑하고 훌륭하였던 남매였는데. 고짱네와 밀고 당기는 기싸움이 자식들 교육에까지 영향을 주었고, 농사철 안 들녘을 심심치 않게 만든 이야깃거리 가운데 하나다. 그러나 농사철이 지나고 겨울 동면기에 들면 두 집안은 서로 왕래하면서 맛있게 익은 김장김치 머리를 잘라 뜨끈하게 퍼 올린 흰 쌀밥에 얹어 먹는 정다움도 나누었다. 고짱네 안방 따끈따끈하였던 아랫목이 그립다.

금가락지

추 선생네 왼쪽 텃밭을 끼고 귀신 나오는 뚱간이 있고 이를 끼고 돌면 오솔길이 있었는데 건너에는 홍록 씨네가 살고 있었다. 홍록 씨는 큰집 할머니 시중 들어주던 점동 할매 사위다. 좀 모자라고 우둔하여 할 수 있는 말과 쓸데없는 말을 골라서 할 줄 몰라 삶의 질서를 못 찾는 아내와 여러 명의 자식을 두었다. 홍록 씨는 남의 집 머슴살이 했고 그의 아내 작은놈(점동 할매 작은 딸이었던 것 같다)은 들마루에 나와 앉아서 오가는 사람 다 불러들여 놀자판 벌리고 살았다. 천성이 선하고 맺힌 데가 없어서 사람들이 그녀 옆에 많이 꼬여들었다. 안동네 걸음걸이 능그적거리며 걸어가는 모습의 성정을 흉내 낸 능청이라는 또 다른 부인이 있었다. 그녀와 양대 산맥 이루어서 작은놈, 능청이로 불리어져 사이도 좋았고 삶의 태도도 비슷하였다.

끼니도 제대로 챙겨 먹이지 못한 천덕꾸러기로 내던져 길러진 자식들이었지만 그 애들이 장성하여 서울로 가더니 그곳에서 돈 푼 좀 모았다. 중국집 심부름꾼으로 취직하더니 성실한 자세 어여삐 여겨 주인이 기술을 전수해줬고 마침내 따로 중국집 마련하여 소박소박 재산 모으기 시작하였다. 어렵게 길러진 자식들일수록 효심이 극진하다. 똑똑하고 출세한 자식들은 대부분 과거 돌아보기를 거부하고 밝아 보이는 앞길로만 질주한다. 부모도 형제도 거추장스러워 일신의 영달을 귀히 여기는 출세족의 후자들과는 다르게, 추했고 더러웠고 빈천했던 과거를 가슴 아프게 생각하는 전자들은 어버이 섬김이 지극하고 형제들 사이에 우애 돈독하여 곁으로 불러들여 마른땅 함께 밟고 싶어 챙겨간다. 출세하면 줄줄이 연줄 만들어 함께 발맞추는 사람들이 바로 가난뱅이 출신들이다. 흥록이네 자식들 가슴속에 배어 있는 어버이는 우선으로 손꼽히는 아픔이었다. 그 소원은 금가락지 팔찌로 환원되었다. 흥록이네 금가락지 소문은 입에서 입으로 건너면서 우리 형제들 교훈 항목에 한 줄 더 덧붙여졌다.

"흥록이네 자석들 봐라. 멕이지도 입히지도 못혔는디 서울 가서 출세혀갖고 즈그 매 금가락지 껴줬단다. 우덜 자식들도 싸가지 있을랑가 모르겄다."

"나도 돈만 벌게 되면 어머니 금가락지 끼어드려야지."

마을 안 자식들 모두에게 금가락지 선물로 효도하도록 지침 만들어준 작은놈 아들들은 삼강오륜을 몸소 실행한 효자의 선구자였다. 마을 안 자식들에게 어서 돈 벌어 어버이에게 금가락지 끼워드리자는 마음 만들어준 그네 자식들이다. 나도 어머니에게 처음 월급 받았을 때 빨강 속내의와 금목걸이를 사드렸다. 흥록이네 자식들에게 뒤질세라. 새까맣게 찌들어질 때까지 어머니 목덜미에서 달랑거렸던 첫 월급 선물 목걸이는 군산선 기차 안에서 침 흘리며 졸다가 땍께꾼(소매치기) 일당거리로 주었지만 흥록이네 자식들로 말미암은 효심의 한 항목을 실천한 셈이다.

팔방정

똥강구네 뒷집 팔방정은 이름도 잊었지만 그로 말미암은 일화는 아직도 우리 집 형제들 입에서 오르내리고 있다. 이상한 언행을 팔방정에 빗대던 어린 시절이 있었고 그 비유는 현재 진행 중이다.

팔방정의 본명이 김중배였던가? 어쨌든 그는 본래 우리 고장 토박이가 아니었다. 어디선가 외부에서 유입되어 이사 온 낯선 사람들이었다. '오늘 못하면 내일 하지' 태도로 살아가는 시골의 삶 태도와는 다르게 절제되어 있었다. 학력도 높아서 여느 사람들과 어울림도 편하게 이루어지지 않았다. 합리적이고 계획적으로 살아가는 그의 생활이 토박이들 눈에 낯설었고 마침내 입방아감 되기에도 충분하였다. 넓디넓은 밭이며 문전옥답이 안정된 부잣집이었다. 집 앞에는 커다란 나무 한 그루 서 있고 그 아래에는 들마루가 있어서 여름날 사람들의 놀이터로도 좋은 장소였다. 끊임없이 밭 가꾸고 마당에 깔려 있는 곡식들을 매만졌으며 온몸은 항상 흥건한 땀에 배어 있었다. 도회 생활 오래 하다가 요즈음 표현으로 귀농에 뜻을 두고 이주해 온 사람들이었다. 그래서 그의 부지런함은 목표 달성을 하고자 달리는 마라토너 같았다. 그런 그의 이상한(?) 생활 태도를 토박이들은 이런저런 일로 아니꼽다는 듯 수군댔다. 또 그래서 붙여진 이름이 팔방정이다. 식솔로는 그의 아내와 자식들 그리고 돼지 새끼 두어 마리가 있었던 것으로 기억된다. 동도 트기 전 남발산 고샅이 들썩거리도록 요란스럽게 수선을 떨며 일을 시작하였다. 다른 사람들은 한밤중으로 깊이 잠들어 있을 때 유난히 일찍 일어나 왔다갔다 두런두런 옆집 사람들 새벽잠 못 자게 깨방정을 떤다고 원성이 많았다. 남편이 잠도 없이 방정을 떠니 아내도 거기에 보조를 맞춰 함께 부지런해야 했을 것이다.

"동네 이사 가야지 잠 못 자서 못살겠당게. 무신 놈의 남정네가 밤새도락 잠도 안 자고 그렇게 방정 떨어싼디야. 여편네도 똑같텨. 천하에 그런 팔방정은 츰 봤어. 내외간이 함께 방정 떨으니 팔방정이 두 개 합쳐서 십육방정이지."

그러던 어느 날 돼지 새끼를 들여와 기르기 시작하였다. 돼지우리를 어쭙잖게 만들어서인지 자꾸만 밖으로 뛰쳐나와 인근 집들을 쑤시고 다녔다. 항의하고 싸워서 마을 사람들과의 관계도 날마다 불편한 분위기로 변해갔다.

"서방 각시 시설떠는 것도 시끄런디 되야지 새깽이까지 동네방네 망치고 다닌당게로. 팔방정 내외허구 되야지 새끼꺼정 합쳐서 이십사방정 아녀? 이십사방정이 한꺼번에 날띨 때는 귓창이 떨어진당개."

그래서 붙여진 그 집 명칭이 팔방정네 집이다. 원래 삶의 방식을 여러 가지 모색해오던 그네는 시골 생활을 접고 진취적 사업이나 해볼까 해서 서울로 이사하였다. 종로에 '복산상회'라는 가방 판매 업종 가게를 마련하였다. 어느 날 우연히 종로 거리에서 경태를 만난 그는 반색을 하고 '복산상회' 소개와 함께 또다시 만남을 기약하고 헤어졌다 한다. 이후 우리들은 빠른 행동의 반복이나 이상한 표정에 대해서 그전의 '팔방정' 표현이 아닌 '복산상회' 줄임말의 '복상'이라는 칭호로 놀려댔다. 우리 형제 사이에는 그 '복상'과 '팔방정'이라는 용어가 아직도 유효하게 사용된다. 미국 동생 경태와 국제 전화를 할 때도 빨리 끊게 되면 "누나 복상?"하고 히히거린다. 그의 근면한 생활을 어여쁘게 보지 않은 배타성에서 만들어진 토박이들의 표현이었던 '팔방정'은 우리 형제들에게 또 하나의 웃음 주는 이야깃거리이다.

문대포

　문대포의 본 이름은 문석완이다. 그의 아버지는 문영록 씨로 그는 우리 동네 기독교의 양대 산맥이라 할 수 있는 두 분 가운데 한 사람이다. 하나는 신 장로이고 다른 하나가 문 장로다. 신 장로는 성실하고 근면하면서 절도 있고 정직한 분이었다. 유난히 배타적이었던 우리 마을에서 기독교가 발붙일 수 있었던 것도 신 장로의 착실한 삶이 본이 되었기에 가능하였다. 우리 집은 불교에 가까운 전통 종교 집안이었고 그런 가풍은 마을의 종교 분위기에까지 영향을 미쳤는데, 우선 교회에 목을 매고 사는 사람들을 농사일에 적극 참여시키지 않았고 백안시했다. 더구나 큰아버지와 아버지는 '예수꾼들' 운운하면서 적대시하였다. 그렇다고 점쟁이를 가까이 하는 것도 아니었다. 집안에 지장암 스님이 들락거리고 그곳에 시주하고 스님 주도의 고아원에 경제적 후원을 해주는 등 비교적 불교에 가까운 집안 분위기였다. 신 장로는 한복을 깨끗하게 차려입고 성경을 옆구리에 끼고 공손한 걸음걸이로 교회로 가는 길목에 있는 우리 집 앞으로 지나가곤 하였다. 다른 사람 같으면 "쯧쯧 예수쟁이가 기분 나쁘게 집 앞에 알짱거리냐"

며 혀를 찼겠지만 신 장로의 공손함과 근면함에는 무어라 나무람이 없었다. 오히려 그를 긍정적으로 평가하였다.

"신 장로만 같으면 예수 믿어도 누가 뭐라고 허겄능가?"

그 아들도 똑같은 자세였고 젊은이들의 본이 되고 있을 정도였다. 신 장로는 마을 사람들에게 기독교도의 상징으로 각인되어 있었다. 종교를 떠나 한 개인으로도 존경받을 만한 가치가 있는 사람이었다.

또 한 분이 문 장로 문영록 씨다. 문씨들이 벌족하여 마을 안 여기저기에 친인척이 많았다. 만자산 이모님 댁 큰며느리인 토순 언니 친정도 그 문씨 일가였다. 문 장로는 신 장로와 쌍벽을 이루면서 지금의 발산초등학교 뒷자리 그러니까 히마다니 농장 안채를 교회당으로 사용하고 있었다. 두 명의 장로가 열심히 운영하였던 교회는 무슨 일 때문인지 분파되어 신 장로파 신도들은 발산에 남고 문 장로파 신도들은 아산리 쪽 언덕에 자리를 마련하여 집회하고 있었다. 발산 사람들은 그곳까지 거리 문제도 있었겠지만 발길을 옮겨가지 않았다. 아마 신 장로에 대한 신뢰가 하느님만큼이나 강하였던 것이 아닐까. 어쨌든 문 장로 일파는 통사동에 거주하는 또 다른 양씨 일파와 합심하여 아산리 교회로 이사 갔다.

문영록 씨에게는 큰아들 문석완과 작은아들 문윤길이 있었고 딸 신애가 있었다. 머리가 우수하여 큰아들은 중앙대학교에 다녔고 작은아들은 서울대학교 법과대학를 졸업하여 판사까지 지냈다. 작은아들 윤길은 내가 월반하여 6학년에 갔을 때 반장이었는데 공부를 잘하여 내가 넘볼 수 없는 우수한 머슴아였다. 나중에 그가 서울대에 재학하고 나는 이대 학생이어서 15명의 동기동창 가운데 가장 출세한 두 명이 된 셈이다. 더군다나 그는 판사, 나는 대학교수였으니 쌍벽이라고 할 수 있을 것이다. 딸 또한 대학 공부는 하지 못하였지만 고등학교 졸업 후 발산초등학교에서 학생들을 가르치고 있었다. 나는 그녀에게 학교 수업도 받았지만 아버지 계몽운동 시절 무용 지도를 받아 어린 나를 무대 위에 등단시켜 알량한 춤도 출 수 있게 하였다. 가족 모두가 튼실한 신앙심을 가졌고 생활 태도도 성실하여 타의 모범이 되는 집안이었다.

그런데 그렇게 착실하고 선한 가족들 가운데 아들 석완이만 '문대포'라는 별명을 얻게 된 것은 그의 과장된 표현에서 온 희화적 호칭이다. 마을 사람들에게 즐거운 한 토막 이야기를 나눌 수 있는 거리를 제공한 공로자이다. 그는 대학 졸업 뒤 군산중·고등학교에서 학생들을 가르치는 교사가 되었다. 그 학생들에게는 얼마나 많은 이야기보따리를 주었을까. 한 사건을 설명할 때는 웃음기도 없이 과장된 몸짓을 하는가 하면 금방 탄로 날 사실을 서슴없이 꾸며대는 그의 재치(?)가 웃음거리로 남게 된다. 속았다는 악감 들지 않고 길도록 웃음 머금게 하는 여운을 남겨준 그였다.

예화를 들자면, 어느 날 저 멀리에서부터 천천히 걸어오는 그를 목격할 수 있었다. 그런데 가까이 오면서 몇 사람의 인기척을 알아챘나 보다. 갑자기 헐레벌떡 뛰어 오더니 손목을 들어 시계를 살폈다. 그러면서 한마디 했다.

"아이고 숨 차다. 지경서 여그까지 오는디 딱 5분 걸렸구만."

지경에서 발산까지는 약 5킬로미터의 거리이다. 그 먼 거리를 축약된 언어 사용으로 말하여 주변 사람들을 웃게 하였다. 웃게 하려는 의도가 아닌 듯 번번이 정색한 표현이다. 너부데데한 얼굴로 사람 좋은 환한 표정은 우리 모두를 행복하게 하였다.

또 다른 예화가 있다. 그는 6·25 때 서울에서 대학을 다니고 있었다. 전쟁이 발발하자 천신만고 끝에 고향에 돌아올 수 있었다. 사람들은 위험한 전쟁의 화염을 뚫고 내려올 수 있었던 그의 용기를 한껏 치하하면서 고생담에 귀 기울여줬다. 그런데 그 고생담은 도를 넘어서 너무 큰 고지로 치달아버렸다.

"내가 한강도 넘기 전에 다리가 끊어져 버렸어. 그래서 고심 끝에 헤엄쳐서 강을 건너기로 하였지. 옷과 구두를 벗어 한 손에 올리고 다른 한 손으로만 헤엄을 쳐서 남쪽 강변에 도달하게 된 거야. 그런데 다른 한 손을 내려다보니 물 한 방울 묻지 않았더란 말이야."

오늘날 세계적인 수영 선수에게 한 손 위에 옷과 구두 올려놓고 다른 한손으로 헤엄쳐 한강 건너게 해보자. 과연 그 말이 사실일 수 있을까.

영식이 아저씨는 솜씨가 좋아 총칼도 잘 만들었지만 총 쏘기에도 일등이었다. 새를 잡으러 간다든가 집 안에 돌아다니는 쥐를 잡는 일 따위는 손쉽게 할 수 있는 쏘기 선수였다. 그러한 아저씨를 문대포가 별명을 붙여 '파리총쟁이'라고 하여 마을 사람들은 영식 아저씨 댁을 '파리총쟁이 집'이라 일컬었다. 어느 날 마을 고샅에 몇 명이 모여서 영식 아저씨 탁월한 총 쏘는 능력에 대한 잡담을 하고 있었다. 그곳을 지나던 문대포가 그 자리에 합석하게 되었다. 예의 코 벌름거리는 표정으로 한마디하였다.

"영식이 총 쏘는 솜씨는 알어줘야 혀. 발산에서 총 조준하여 서울 향해 쏘았는데, 남대문 추녀 끝에 앉은 새를 맞혔당게. 내 말이 틀린감?"

또 하나의 일화, 어느 날 그가 불현듯 지경에 있는 양조장으로 큰오빠를 방문하였다. 고향인 발산 사람을 만나면 우선 반갑고 기분이 편안해진다. 서로 자주 만나는 관계도 아닌 그가 불쑥 나타나니 무엇인가 의아한 표정이 웃음 위에 얹힐 수밖에 없다.

"어쩐 일인가. 마을에 무슨 일이라도 생겼능가?"

"아뇨. 사장님 신상에 관해서 상의드릴 말씀이 있어서유. 저 거시기 요번 국회의원 선거 때는 눈 딱 감고 한번 입후보 허셨으믄 쓰겠는디유. 지가 동창생도 많고 발이 넓어서 도참모 허믄 당선되는 것은 식은 죽 먹기유. 나만 믿으면 틀림없당게유."

"참 자네 생각은 고맙네만 나는 본래 정치에는 뜻이 없는 사람이네. 그리 알고 마음을 접게나."

'대포'라는 말을 익히 듣고 있었던 오빠였다. 말씀대로 정치에 뜻이 없기도 하였지만 문석완과의 면담은 소문으로만 듣던 '대포'성을 다시 확인하는 계기가 되었다.

"사심이 없고 열심히 사는 사람임에는 틀림없어. 하찮은 나를 우러러 섬긴다 하니 고맙기 짝이 없지만."

마을 사람들 만나면 몇 가지 회자되는 이야깃거리 가운데 하나였다.

이　름

　몇 년 전 미국 영화 〈늑대와 함께 춤을〉을 보았다. 주인공이 불리었던 이름이 '늑대와 함께 춤을'이었다. 진뫼골 사람들 호칭 또한 이와 다르지 않았다. 대체로 누가 태어나면 아기에게 바라는 희망사항, 생김새, 출생 순서에 따라 그에 합당한 표현으로 이름 지어졌고 성장 과정에서 삶의 행태가 다른 이름을 만들어주기도 했다. 또 별명으로 통칭되던 것 가운데에는 살아가면서 인지되었던 어떤 사건이나 상징적인 것들이 작은 역사를 만들어 그대로 별명이 된 예도 있다.

　희망사항이 이름으로 만들어진 경우는 예나 지금이나 같다. 현재 태어나고 있는 아이에게는 이 시대 부모들의 소망이 담겨지고 있고 예전에는 그 시대 부모들의 소망이 있었다. 다만 예전의 내용이 복, 건강, 덕스러움, 순하고 착하라는 포괄적이고 단순한 것이었다면 요즈음의 내용은 좀 더 지적이면서 구체적이고 상징적인 것으로 변화되었다. 더욱이 최근에는 한글이름이 지어져 '함박꽃', '나리', '별' 등이 있는가 하면 국제화 흐름에 맞춰 서구적 발음이나 종교적 특성에 맞는 것으로 '마리', '테리', '요한', '바울'

등이 있다. 내가 살았던 시절 1940년대 즈음 불렸던 진뫼골 자식들과 일반인들의 이름에 어떤 희망사항이 담겨져 있을까. 한번 불러보는 것도 흥미 있는 일이다.

복을 희구하는 이름으로 딸인 경우 복례, 복자, 복순, 복달, 복님 등이 있었고, 아들인 경우 복동, 복남, 복수, 복천, 복만 등이 있었다.

큰집 사촌 둘째 언니는 '복례'였는데 큰아버지의 진보적 교육관에 따라 경성(지금의 서울)의 이화여고에 진학하였다. 뒷받침하는 경제력도 풍족하여 서울 유학 생활을 여유 있게 할 수 있었고 아랫사람들의 섬김을 한 몸에 받았던 미모 특출 난 신식 여성으로서 그 시대 가장 각광받는 신여성이었다. 그 역량 충분히 드러내어 사회활동으로 빛을 내야 했으나 집안 어른들의 진보성 뒤에 도사리고 있는 보수성은 딸의 바깥 활동을 그다지 반가워하지 않았다. 마침 혼기가 되니 부안의 한 양반가인 박씨 집안 손과 혼약이 이루어졌다. 인근에서는 양반으로 알려졌고 한 고을을 호령하였던 집안이었다. 형부 또한 일본에 유학하여 중앙대학 본과까지 졸업한 우수한 신랑감이었다. 가세로 견주었을 때 박씨 집안은 많은 토지와 재산을 지녔지만 일제강점기에 토지가 분배되었고 부잣집 자손이라는 허울 좋은 껍질만 남아 있었다 한다. 그 집안은 가세가 기울고 있고 이씨 집안은 흥하고 있던 상황이었다. 그러나 혈통(양반), 학벌, 허우대 등 두루 갖춘 신랑감은 흔치 않다 하여 둘은 맺어졌고 아들 딸 낳아 잘살고 있었다. 서울의 화려한 유학 생활로 신문화에서 놀던 언니의 시골집 양반가 시집살이는 녹록지 않은 인고의 나날이었다. 더욱이 법도와 체면을 중시하는

복례 언니의 학창 시절

집안 교육은 현실과 정면 대결해야 하는 사회생활 적응에 한계를 지녔던 것 같다. 자긍심 강하고 양반스러움만 강조하던 형부는 마침내 현실과 타협에 어려움이 많았다. 한때는 전주에 있는 농업관계 어떤 고등학교에서 교사로 학생들을 가르치기도 하였으나 교사와 학생들의 불협화음 때문에 그 자리를 그만두고 오랫동안 직업 없이 살았다. 그의 오만함은 처가 나들이 때 아랫사람들의 빈축을 사기도 하였다. 부안 사위가 올 때면 부엌에 특별한 음식 준비 조치가 하달되었지만 그는 산해진미로 차려오는 밥상 위 반찬에 트집을 잡고 쌍놈의 솜씨라는 둥 비아냥거려서 집안 가솔들 마음을 편치 못하게 하였다. 서슬 퍼렇게 아래턱 올리고 살아왔던 그도 선대부터 내려오던 재산이 한 켜씩 메말라가니 생활도 피폐해져 갔다. 더욱이 6.25전쟁은 지리산에 가깝게 위치한 언니 집을 더욱 어렵게 만들었다. 아들 딸 성장 뒤 두 내외는 막내 동생 영순 언니의 주선으로 미국에 이민 가서 그곳에서 안주하여 살고 있다. 늘그막에 그나마 미국 생활이 만족스러워 '복례'라는 이름값이 꽃을 피운 것 같다. 복을 많이 타고 나서 잘살기를 바랐던 큰아버지 큰어머니의 소망이 기대만큼 썩 잘 이루어졌다고 할 수 없는 경우이다.

지금 나의 친정 본가가 위치한 뒤 언덕에는 교회가 있다. 본래 그 교회 자리에는 '복순, 복달, 복님'이라는 여자 형제들이 살고 있었다. 그녀들의 부모들은 얌전하고 조용하게 살던 사람들이다. 교회에 열심히 다녔고 믿음 또한 튼실하여 현재 위치하고 있는 교회에 자기네 집을 넘겨 판 것도 신심에 연유한 까닭이었을 것이다. 딸 삼형제가 살았던 것으로 기억된다. 딸들의 이름을 '복'자 돌림 하여 복 많이 받기를 가장 많이 원했던 집안이었을까. 그 가운데 막내딸 복님은 내 또래였다. 똑똑하고 야무졌다. 친구들 아우르는 능력도 뛰어나서 항상 어리바리하였던 나는 그 애의 통솔 밑에서 하나 되는 것을 다행으로 여기는 때도 있었다. 고무줄 놀이 할 때 그애는 넓은 몸뻬를 입어 발등에 고무줄 감아 뛰는 재주가 돋보여서 나는 그 애의 몸뻬 같은 바지를 많이 원했다. 어머니는 채순석 씨 집에서 짠 홈스펀 같은 고급 천으로 바느질집에 맡겨 멋진 신식 바지를 만들어 나에게 입혀주었지만 고무줄놀이 할 때는 바짓가랑이의 터진 모양 때문에 오히려 방해가 되었다. 마을 아이들은 너도 나도 몸뻬를 입고 나와 그 놀이에 합세하였다. 어머니 몰래 바짓가랑이 밑에 깜장 고무줄을 넣어 꿰매서 몸빼 모양을 만들고 놀이터에 나갔지만 복님의 것처럼 근사하게 잘 실행되지 못했다. 그때마다 바지 망쳤다고 꾸중만 들었을 뿐이다. 그즈음 내가 가장 부러워하였던 패션은 광목에 검정색 염색을 하여 펑퍼짐하게 고무줄로 아래통을 조여 맨 복님의 몸빼바지 모양이었다. 편을 짜서 놀이할 때 한편의 일원이 잘못하여 실패해도 복님이 뛰어서 그 애의 몫까지 다 갚아주고 단연 자기네 편 아이들을 승리로 이끌어갔다. 나는 이것이 그 애의 통자루 몸빼 덕이라고 생각하였다. 놀이하기 전 편을 가를 때도 복님이 시키는 대로 이쪽이 되기도 저쪽이 되기도 하였다. 나는 은근히 복님 편이 되면 기뻤고 다른 편이 되면 불안하였다. 유난히 똑똑하였던 복님이. 나이 먹어 그도 늙었겠지만 어릴 적 놀이에 실패한 친구들 몫까지 뛰어서 대신 승리로 이끌었던 그때처럼 아마 지금도 어디에선가 옆 사람들을 도움으로 이끌어 어려운 사람 몫까지 챙겨 승리로 가는 길목에 서서 진두지휘하며 살아갈 것이다. '복님'의 '복'자가 그렇게 만들 것이다.

더욱이 딸에게는 순하고 착하고 덕이 많으며 예절 밝은 아이 되기 바라는 이름이 지어졌다. 순함의 계열인 순덕, 순례, 순자, 순희 등과 착함 계열의 선희, 선숙, 선자, 선수, 정순, 정수, 정희 등 그리고 후덕하라는 뜻의 덕례, 덕순, 덕자, 덕만, 덕수, 덕봉 등의 계열이 있다.

태어남의 순서와 부자 되기를 바라는 이름도 있었다. 일례, 삼례, 삼선, 삼순, 일천, 사천, 팔천, 칠봉, 칠수 등이 있고 큰애기, 작은애기, 큰놈, 작은놈, 막내 등이 있다. 일례는 큰집 첫 번째 언니이다. 제일 먼저 태어났다 하여 '일'자와 예절 있게 살아야 한다는 '례'자가 조합된 경우다. 부자 되고 훌륭하게 잘 살라는 내용 이름이 일천, 사천, 팔천, 억만 등이다.

'억만'은 동네에서도 가장 어렵게 살아가고 있었던 사람이다. 억만금의 재산을 가지라는 이름을 지녔지만 오히려 더 곤궁하게 살고 있었다. 성은 나씨요, 이름은 억만이었다. 그는 하나의 입이라도 덜겠다는 의지로 딸 '복례'를 서울에서 공부하며 생활하였던 우리 형제들에게 보내주었다. 철 모르던 시절 나이도 어린 그 아이에게 모질고 인정머리 없이 굴었던 나였다. 14~15세 되는 어린 아이였다. 그런 아이에게 부엌살림을 맡기고 우리들은 공부하러 다녔다. 몹시도 추웠던 겨울날, 무더웠던 여름, 얼마나 힘들었을까? 내가 자식 키우면서 미안한 마음으로 많이 자책하였다. 억만이 부자 되기를 꿈꾸었던 복례였지만 현실과 소망은 일치하지 않았던 것 같다. 영리하고 눈치 빨라서 배우들 이름 외우면서 한글을 깨우쳤고 더듬더듬 책갈피 훑더니 몇 년 뒤에는 소설책까지 쉽게 읽을 수 있는 총명함을 보였다. 감수성 풍부하고 예리하여 상황 판단 정확하였던 아이였다. 몇 년 전 수소문하여 방배동 우리 집을 방문하였다. 딸 훌륭하게 키워 좋은 사윗감 보았다고 자랑하였다. 옛날의 철 몰랐던 시절의 무모했음을 깊이 사죄하였다. 아버지 '억만'의 부자 소망 이름과 복 많이 받으라는 딸의 '복례'라는 이름값이 조금이라도 영향 주었을 것이다.

아들 낳기를 기다리던 부모들 바람이 만든 이름도 있다. 대를 이을 아들은 낳지 않고 계속 딸을 생산하면 딸그만, 딸털이, 말년, 말녀, 끝례 등으로 초조함을 표현하였다.

호적에 등재된 이름 밖에 별명으로 불리어진 경우도 많았다. 대부분 이름 부르는 것이 진부하다고 느껴졌을지 모른다. 아니면 해학적 묘사감이 새로운 호칭 갈망을 자극하였을 것이다. 생김새, 처해진 상황, 직업, 어떤 사건의 계기 등이 다른 호칭을 만든 경우다. 얼굴 모양이 넓다고 '넙춘이', 너부데데하고 통통하게 살이 쪄 있어 곤충 이름에 비유된 '똥강구', 걸음걸이 기웃뚱기웃뚱한다 하여 '진둥잔둥', 대답을 웃으면서 한다 하여 '호호', 걸음걸이 촐랑댄다고 '촐랭이', 그 반대로 느긋느긋하게 걷는다 하여 '능새', '능챙이', 행동거지가 엉성하다 하여 '엉철이', 눈 푹 패인 모습에 '우맹이', 염병 앓이 후유증으로 얽어진 얼굴에 '콩사탕', 몸에 점이 크게 있다 하여 '점동, 점순이', 입술이 약간 째져 있다 하여 '째보', 얼굴이 작고 쪽 빠지게 길다 하여 '쪽재비', 허풍쟁이 '문대포', 부지런함을 비아냥거린 '팔방정' 등 다 그에 속하는 호칭들이었다. 또 쌍둥이로 태어났다 하여 '쌍둥이, 쌍례, 쌍순'이라 하였고, 작은 체구에 탱공탱공하게 생겼다 하여 '대추 방방이'라고도 하였다.

일제강점기가 지나고 해방이 되어서 아버지 주최의 계몽운동 목적이었던 연극단 공연은 이후 많은 이름을 배출하였다. 그 배역마다에 붙여진 이름이 바로 별명이 되었다. 큰고모의 셋째 아들인 운묵 오빠는 군산에서 시계 고치는 기술자로 있으면서 연극단 배역으로 일본 앞잡이를 잡아가는 조선 형사로 분장하였다. 극 중 한 장면에서 "이놈 게 섰거라!"를 "스톱, 스톱!"이라 외치면서 범인을 추적하였다. 오빠의 호칭은 즉시 '스도프stop'가 되었다. 또 그 공연 하는 과정에서 관중을 사로잡았던 바이올린 연주자가 있었다. 아버지 어머니가 새집 터를 장만하고자 몇 채의 집을 사서 헐고 소망하던 집(현재의 친정집)을 새로 짓게 되었는데 그 터에 있었던 집들 가운데 하나에 어떤 낯선 외지인 가족이 살고 있었다. 그는 농사지을 땅도 없었고 몸을 부려 농사일을 잘할 수 있는 체력으로 닦여진 사람 같지도 않았다. 살림살이는 보잘것없어 궁핍해 보였고 매무새 또한 빛바랜 부스스한 머리에 허름한 옷가지 걸친 채였다. 어려움 속에서도 바이올린만은 애지중지하여 반들반들하게 닦아서 항상 새것처럼 모신다고 하였다. 바이올린을 그렇게 잘 연주할 수 있는 것을 보면 아마 부잣집 아들로 태어나 수준 높은 교육을 받았거나 풍족한 가정의 후손쯤으로 짐작되었다. 연극 공연을 계획하던 마을 사람들에게 그의 바이올린 연주가 입에 올랐고 즉시 천거되어 거사에 참여케 되었다. 외지인들에게 배타적이던 토박이들 마음까지 완전히 흔들어놓았던 공연이었다. 그 후 그는 '빠이롱쟁이'가 되었고 마을 사람들은 숨어 있는 능력자를 새로이 인식하고 태도 변화를 보이기 시작하였다. 연극 공연 전에는 새 집터에 뿌려놓은 밭과 채소 둘러보러 가시는 어머니를 만날 때면 인근 사람들은 그를 공연히 트집 잡아 쪼아대곤 했었다.

"깽깽이쟁이가 어디서 떠딩굴어왔능가. 온 동네 떨먹거려싸서 여간 끄꿉수 주는 게 아녀유."

그러던 생트집이 달라졌다.

"우 동네 그런 잘난 딴따라가 있는 줄 몰랐쥬."

이따금 낡아빠진 바이올린으로 구슬픈 가락을 켜곤 하였던 그는 결국 살고 있던 집마저 팔고 어디론가 사라졌다. 빠이롱쟁이 집터는 쓸쓸하게 연주되었던 가락을 삼켜버린 채 조금은 게으르고 후줄근하였던 그의 그림자와 함께 친정집 마당이 되어 잔잔한 추억으로만 남겨졌고 우리의 시선을 잠깐 머물게 한다.

눈꺼풀에 작은 살점 하나 붙어 있었던 광철이는 '새촛'이 되었는데 그의 여자 동생 별명도 재미있다. 〈쪼깐네 이야기〉에서 언급되었던 딸의 이름이다. 호적 이름은 '광녀'지만 통칭되었던 이름은 '쪼깐이'였다. 그의 부모들은 아들 다섯을 낳은 뒤 귀하게 딸 하나를 얻었다. 그 아이는 어머니가 제대로 먹지도 못하고 일에만 시달려서인지 10개월의 뱃속 성장 기간도 다 채우지 못한 채 유난히 작은 아이로 태어났다. 너무나도 작은 그 애기는 젖 뿌리도 못 빨아먹어 사람 구실 제대로 할 수 있을까 걱정될 정도였다. 그러나 여럿이었던 오빠들이 불행과 함께 고향 땅을 다 떠나간 뒤 조그만 아이였던 그녀는 홀로 남아 그녀의 어머니가 살아왔던 것처럼 묵묵히 조카들을 거두고 인내하면서 쓰러져간 집안의 맥을 이어주었다. '쪼깐'이라는 이름은 비록 '아주 작다'는 의미였지만 그녀는 '가장 끈질기고 강한 삶'을 살았다. 그 시대 여인들이 모진 가난과 세파를 헤쳐주었듯이 '쪼깐이'도 곧 그녀 어머니의 기구한 삶 이후 들이닥친 가정의 파고를 의연하게 극복한 억척스런 여인이었다. 어린 시절 가장 가까이 함께 하였던 잊을 수 없는 그네 식구들, 내 이웃이었다.

직업에 비유한 호칭도 있다. 물 퍼 올리는 모터 관리인 을용이 오빠는 '모다간'이었고, 자전거포에서 자전거 고치는 일을 하는 사람을 '빵구'라고도 하였다. 또 큰고모 딸 고묵 언니는 아이를 생산하지 못하여 양자를 한 명 들였다. 그는 새벽마다 군산 선창에서 도매 값으로 들여온 생선을 자전거에 싣고 온 동네를 돌면서 장사를 하였다.

"펄펄 뛰는 새웅개, 새웅개 사슈……. 시방 금방 잡은 명태유, 명태 사시랑게유. 말만 잘허믄 그냥 줄치유."

'명태'는 고묵 언니 양자인 그에게 붙여진 이름이다.

'토방니'라는 이름도 재미있다. 그녀의 어머니가 밭에서 일하다 가 산기가 있어 급히 집으로 향하였다. 마당을 건너 겨우 마루 끝 까지 왔지만 아이는 뱃속을 휘익 돌아서 입구까지 나와 얼굴을 내밀고 들락날락 한다. 양수는 이미 터져 땅바닥이 홍건하다. 마 루 기둥을 잡고 가까스로 올라가려는 순간 신발 디딤돌과 마루 사이의 흙바닥에 아기가 쏟아져 나와 나뒹굴어졌다. 얼른 수습하 여 방으로 옮겼지만 흙바닥에 떨어져 태어난 이력은 지워지지 않 았다. 그 후 그녀의 이름은 영원히 '토방니'로 불리었다.

인디언의 이름 붙이는 방식은 그 사람의 삶의 상황이나 특징을 현실성 있게 반영해 이름 짓는데서 온 것이다. 그렇게 붙여진 '늑 대와 함께 춤을'은 우리네의 호칭과 다르지 않다. 그들이 살던 문 화인류학적 환경이나 내가 어릴 적 살았던 환경이 엇비슷하게 정 서적인 동질감으로 이어지고 있다. 자식에게 바라는 희망사항, 그 들이 살고 있었던 삶의 모습, 생김새 등이 이름 붙여지는 과정에 서 이야기로 엮어져 유사성으로 나타나고 있기 때문이다. 빠이롱 쟁이, 토방니, 명태, 빵구, 스도프, 파리총쟁이, 능챙이, 진둥잔 둥, 호호, 촐랭이, 팔방정, 지매 등. 이제는 그리운 이름들이다.

지은이의 말

따뜻한 아랫목 화롯가 긴 담뱃대 물고 앉아 계시던 할머니 곁에는 언제나 맛있는 간식과 재미있는 이야깃거리가 있었다. 화로 속에 묻어놓은 밤이랑 은행 알을 뒤적이던 우리들이 이야기를 해달라 보채면 할머니는 드문드문 한마디씩 옛이야기를 들려주곤 하셨다. 담뱃대 끝에 얹힌 담뱃가루를 손가락으로 꾹꾹 누르거나 연기를 푸우 뿜어대기도 하셨다.

"하도 혀싸서 헐 말도 없뎅. 늙어서 다 잊어뿌리고 인자 생각도 잘 안 난당게? 그냥 나 지낸 얘기나 헐라믄 몰라도."

"아무것이라도 혀줘유. 갠찮아유. 할머니잉."

"그럼 생각나는 것 하나 혀주마. 나 어릴 적 옛날에는 사람이 죽으면 땅에 바로 묻지 않고 나무 위에 걸쳐 놓거나 거적에 싸서 산에 그냥 놓아두었단다. 초분이라고 허등가? 죽은 사람이 생전에 쓰던 그릇이랑 옷들이랑 함께 놓았는디, 그것을 도둑질하는 사람들이 있었당게. 묘구 도둑이라고 혀. 그네들은 옷도 알룩달룩 입고 얼굴에는 이상한 색칠을 혔다고 허드라. 나는 한 번도 안 봤는디. 그런디 입술에도 시뻘건 것 칠혔다고 혀. 어린애들은 그 사람들헌티 잽혀가믄 간을 빼간단다. 그 간을 용총배기(문둥이)헌 티 팔아 먹는댜. 느그들도 함부로 싸돌아댕기지 말그랭. 꺼떡허 믄 간 띠어간당게. 나도 어릴 땐 밖에 못 나갔어. 울어쌀 때 묘구 도둑 온다고 허믄 뚝 그쳤지."

수십 번을 들어도 재미있는 할머니 옛날이야기였다.

이제는 손주들이 와르르 다가와서 나에게 이야기해달라고 졸라 댄다. 동화책, 만화책들이 쏟아져 나와 내가 새롭게 들려줄 이야 기는 별로 없다. 우리 할머니가 들려준 옛이야기가 새롭고 흥미 있었듯이 내 후손들에게 남겨줄 수 있는 것은 우리 아이들에게는 옛날이야기이고 나로서는 지나온 세월들 이야기뿐이다. 우리들이 할머니에게 이야기를 졸라댈 때마다 할머니가 한 토막씩 꺼내 보 여주셨듯, 나도 이 구석 저 구석에 감겨 있는 추억의 파편 보따리 들을 글로 풀어 보여주고 싶었다.

전라북도 옥구군 발산리는 긴 발의 산이라는 뜻, '진뫼'라는 이 름으로도 불리었다. 남발산, 신발산, 대황부락 3부락은 진뫼라는 지명을 사용하여 발산이라는 지명과 함께 소통되고 있었다. 세 마 을에서 일어난 이런저런 이야기들을 생각나는 대로 메모하였다 가 정리해 본 것이 《진뫼골 이야기》이다. 희미하게 멀어져가는 기 억들, 묻혀 있던 조각들을 주워 조합하다 보니 앞이야기 뒷이야기 서로 반복되고 겹치고 정돈되지 않아 산만한 내용이 되었다.

진뫼라는 한 동네에서 일어났던 이야기들은 가난 속에서도 티 없이 맑고 순수하게 살던 전 시대의 모습이다. 더욱이 쪼깐네 이 야기는 내가 체험한 최하의 빈궁함이었다. 그에 굴하지 않고 야 생초처럼 억척스럽고 용감하게 삶을 갈랐던 올곧은 쪼깐 어멈을 그 시대의 전형적인 표본으로 그려보았다. 가장 밑바닥 빈곤한 삶의 모습을 쪼깐네가 보여주었다면, 큰집과 우리 집 이야기는 상반된 상류층 내용이다. 이씨 집안 이야기와 쪼깐네 이야기가 상대적인 대립각이었다면 동네 이런저런 일화들은 그 중간의 완충적인 내용이 될 것이다. 낱낱의 일화들로 꾸며진 본내용은 전체적인 구도로 볼 때 상중하의 큰 틀로 엮일 수 있다. 상층에 큰집과 우리 집 이야기, 중간에 동네 이야기, 하층에 쪼깐네 이야기이다. 이들은 함께 살고 호흡했다. 엉키고 교차되어 따로 떼어 기록할 수 없는 관계도 있다. 더욱이 큰집과 우리 집 이야기는 반복 교차가 더 심하다. 이씨 집안이라는 공동의 울타리 안에서 일어난 사건들이기 때문이다. 그래서 이 글은 사라져가는 우리 동네 이야기들이 안타까워서, 아직도 남아있을지 모르는 기억 창고 안의 부스러기라도 뒤적거릴 수 있을 때 모아보자고 기록한 것이다. 그러다 보니 자연스럽게 삼층 구도 내용이 된 것이다. 그리고 그것이 아마 그때 사람들 삶의 층위였던 것 같다.

가족사에 해당하는 우리 집 이야기를 다시 한 번 반추하면, 큰집이라는 사회, 그 터에서 나는 태어났고 어린 시절을 보냈다. 이씨라는 가정의 특수한 테두리 안에서 싹이 텄고 거름 주어지면서 골격이 만들어졌다. 우리 집으로 분가하여 아버지, 어머니, 오빠, 동생들, 우리 집 일꾼들 세계에서 구체적인 살이 붙었다. 엄격한 범절을 중요시하던 집안 어른들에게서 인간의 도리와 이치를 배웠고, 아버지에게서 후덕한 베풂을, 어머니의 역동적인 삶에서 힘과 꿈과 욕망을 얻었다. 또 큰집 할머니에게서 품격, 절도, 절약을, 큰아버지에게서 그 시대 경제 개척자로서 야망과 진취적 기상과 예의를, 큰어머니 고모들 일꾼들에게서 조화와 포용을, 사촌들과 부딪히는 성장 속에서 협력과 양보를, 그리고 이들 수많은 가족들이 헝클어짐 없이 질서 있게 살아갈 수 있는 무언의 지침을 배웠다.

한 고을의 경제적 기둥이었던 큰집과 우리 집은 도덕적으로 흩어짐 없어야 했고 이웃들에게 경제적 도움을 주어야 하고 정신적으로는 앞서 가야 한다는 사명감이 주어져 있었다. 실제로 큰집과 우리 집은 그 시대 나름의 부를 누렸지만 항상 베풂의 자세를 함께하려고 노력하였다. 큰아버지께서는 생전에 해마다 곡식을 풀어 굶주린 사람들 양식으로 도움을 주었고 그 꿈을 더 실현하기도 전에 일찍 돌아가셨지만 아버지와 어머니는 몸소 어려움 겪는 사람들을 외면하지 않았다. 자식들에게는 이따금 들리는 고향에서 가풍의 품위를 잃지 않도록 하라는 엄명이 있었고, 더욱이 내 시집살이에서 경거망동 금지 조항은 귀가 따갑도록 반복된 후렴이었다. 어른 공대할 줄 알아야 한다, 베풀어라, 천박한 언행 삼가라, 과격한 일 하지 말라, 남편 하늘처럼 섬겨라……. 그래서 마을 사람들 누구보다 더 공부도 성적도 앞서 가는 사람 되라고 촉구하였다. 더욱이 큰집에서의 숨 막힐 듯한 예의범절 교육은 이씨 집안 자손들을 깎은 밤으로 만들었지만 우리가 이탈 행동으로 망가지는 일은 없었다. 선친들의 배려가 자손들 장래를 다듬어주신 것이다.

이 책 안의 이야기들은 요즈음 세대들이 읽기에는 구시대적인 것들, 거부감 느껴 외면당할 내용들이다. 그러나 내가 살던 시대나 오늘날이나 인간의 질서와 도리는 하나의 맥 안에서 이루어진다고 보아야 하지 않을까. 조각보 꿰어 맞추어놓은 이야기들이다. 우리 동네 사람들, 이씨 자식들 가운데 한 사람이라도 이 글 읽고

"아! 그것이었어. 그때 그렇게 살았어. 선조들이 우리를 그렇게 가르쳤어. 그리운 우리 동네 사람들⋯⋯."

이라 하며 추억 더듬는 기회가 되고, 보고 싶은 사람들과 장면들을 이 책 속에서 다시 한 번 만나보기 바란다. 개인적으로는 손자들에게 이야기보따리 한 권 끌러 보여주는 할머니가 되고 싶었다.